U0937785

世界文学名著名译典藏

海狼

[美] 杰克·伦敦◎著　曾建华◎译

長江出版傳媒 | 长江文艺出版社

图书在版编目（CIP）数据

海狼 /（美）杰克·伦敦著 ；曾建华译. -- 武汉 ：
长江文艺出版社，2018.5（2024.1 重印）
（世界文学名著名译典藏）
ISBN 978-7-5702-0220-1

Ⅰ. ①神… Ⅱ. ①杰… ②曾… Ⅲ. ①长篇小说—美
国—近代 Ⅳ. ①I712.44

中国版本图书馆 CIP 数据核字（2018）第 031549 号

责任编辑：刘兰青　　　　责任校对：毛季慧
封面设计：刘　垒　　　　责任印制：邱　莉　胡丽平

出版：长江出版传媒 | 长江文艺出版社
地址：武汉市雄楚大街 268 号　　　邮编：430070
发行：长江文艺出版社
电话：027—87679360
http://www.cjlap.com
印刷：长沙鸿发印务实业有限公司

开本：880 毫米×1230 毫米　1/32　　印张：10.5
版次：2018 年 5 月第 1 版　　2024 年 1 月第 2 次印刷
字数：229 千字

定价：40.00 元

导读

杰克·伦敦（Jack London，1876—1916），美国作家、记者、社会活动家，商业期刊小说的先行者之一，以其文学创作赢得了享誉世界的盛名，积累了可观的个人财富。杰克·伦敦的文学作品有评论者认为是文明的头脑与原始强力的完美结合，是科学进化论的喉舌，代表了人类的朝气和勇敢气质。他在文学史上素有“美国的高尔基”之称。他的小说在20世纪初给美国文坛带来了一股雄健、锋利而又清新的风气，使创作和生活、文学与社会的关系出现了前所未有的密切联系，在一定程度上影响了美国文学发展的进程。

杰克·伦敦在离异家庭中长大，卖过报，辍学做过童工，在工厂打过工。17岁时随捕海豹船做过水手，经过朝鲜、日本沿海，最远至西伯利亚去狩猎海豹。他在美国淘过金，做过采访日俄战争的战地记者。早年生活的困苦经历和丰富的人生履历为他积累了大量的生活经验、人生感悟和文学创作素材。杰克·伦敦没有受过完整系统的高等教育，主要靠自学，涉猎了大量的政治、人类学和哲学、文学、历史乃至生物学等领域的著作，奠定了他文学作品的主题和思想观念基础。作为一个勤奋、多产的作家，杰克·伦敦坚持每天写作，在不到二十年的创作生涯中共写出了19部中长篇小说、150篇短篇小说和故事，3个剧本以及大量的报告文学、随笔和论文，共出版了50部书籍，总字数达900多万。杰克·伦敦因婚姻的不幸、家产的变故以及身体健康方面的原因，在40岁时便结束了自己的生命。

《海狼》出版于1904年，是一部感情色彩强烈、人物心理活动描述细腻、航海活动描写生动、生活场景较为单一的文学作品。故事梗概如下：某个星期一的早上，文化学者、文学评论家汉弗莱·范·魏登搭乘“马丁内斯”号渡轮返回旧金山，途中遭遇海上大雾，渡轮不幸与它船相撞沉没。他被途经此地的一条捕海豹的三桅帆船“幽灵”号救起，船长拉森人送外号“海狼”，是一个身材魁梧、有着原始人蛮力的航海老手。他出生卑微，12岁时就做商船上的舱房小厮，14岁做船上侍仆，16岁做二等水手，17岁做一等水手；然后又当水手舱领班，最后自己拥有了一条三桅猎海豹帆船，是一个颇具传奇性的人物。海狼拉森强扣下汉弗莱，强迫他充当船上的舱房小厮，使他过着与书斋舒适生活迥异的海上苦难生活。海狼拉森笃信“强权即是真理，软弱就是错误”的人生教条，完全凭暴力主宰船上水手和猎手的命运，终于激起手下人的强烈反抗。一天夜里，几个水手联手将海狼拉森和船上的大副抛进了大海。大副命丧大海，海狼拉森却奇迹般地返回船上，并对牵涉其中的水手进行了致命的报复。台风期间，一艘由美国开往日本的邮轮遇险，“幽灵”号救起了落难的美国女作家莫德·布鲁丝特及同艇的其他海员。汉弗莱和莫德为未曾谋面的文学界同道中人，在进一步交往中汉弗莱对莫德暗生情愫，而海狼拉森也对莫德心怀不轨。一天深夜，海狼拉森企图性侵莫德时，头痛病突然发作，躺在床上无法动弹，汉弗莱和莫德乘机乘坐小艇逃离了“幽灵”号。两星期后，他们却又在勉力岛上不期而遇，而此时海狼拉森已病入膏肓，所有的水手和猎手也都另谋生路。但海狼拉森本性难改，依然想方设法欲使三人同归于尽。汉弗莱和莫德最终制服了海狼拉森，修复了帆船，并在大海上被美国政府的一只缉私快艇救起，有情人终成眷属。

杰克·伦敦声称，他创作《海狼》的主旨在于“攻击尼采和他的超人哲学”，这就使小说的某些章节充满了哲学思辨的色彩。在小说塑造的人物中，汉弗莱、莫德本身就是文化思想界的精英人物，而海狼拉森尽管是个野蛮残忍的极端利己主义者，却天资过人，自学了哲学、文学、天文地理、自然科学乃至文法知识。以海狼拉森为一方，以汉弗莱、莫德为另一方，双方在哲学层面展开了激烈的交锋，涉及生命的存在价值、今生与来世、生命的短暂与永恒、理想与道德、理性与感性、善与恶、利己与利他、弱肉与强食、灵魂与肉体等基本观念。这些思辨观念一方面可以激发读者的深层次思考，得到人生的某些启迪；但另一方面亦使读者读来有概念化之感。另外，从小说给人的总体观感来看，杰克·伦敦本人受尼采哲学的影响过深，即使在有意识地采取批判态度时，他的观念与尼采哲学仍然有着割不断、理还乱的关系。小说中海狼拉森这一人物着墨浓重，他的观念、言论、行动、形象，无不给人以刺激性的印象。杰克·伦敦在描述海狼拉森时，其笔触摇摆于欣赏与厌恶的两极，这既反映出人物自身的两面性与复杂性，亦反射出杰克·伦敦在哲学层面的矛盾心态。相比较之下，其对立面人物言行的描述则显得比较乏力。另外，出于作者的自身经历（不乏夸耀的成分），其对帆船航海的技术性描写细致且冗长，对当代读者而言，不免会有些许的陌生感和乏味感。

总而言之，《海狼》的出版进一步提升了杰克·伦敦的文学声誉。尽管文学批评界对该小说的意义有各种不同的解读，但它所表现出的思想性和艺术风格使美国文学界的面目为之一新。

译者　2017年11月

于武汉大学珞珈山下

目录

Contents

第一章

我都不知道该如何叙述下面的故事，虽然我有时无端地将故事的起因与查利·弗斯特这个名字联系在一起。查利·弗斯特在塔马佩斯山南边的磨坊谷中拥有一幢消夏别墅，在冬天的闲暇时间里，他经常待在那里读几本尼采和叔本华的著作作为消遣，而在夏天他宁愿待在尘嚣的都市里流汗受累。而我养成了一个习惯，每一个星期六的下午都会去看望他，并在那儿待到星期一早上，而这就是我在一月份某个星期一上午漂泊在旧金山湾里的原因了。

我搭乘的渡轮“马丁内斯”号还是比较安全的，它是一艘新渡轮，在旧金山与索萨里托之间也不过只运行了四五趟而已。危险出在笼罩着海湾的浓雾上。我生活在陆地，不知晓雾的厉害。实际上我还记得我来到前甲板上层，心情悠然而自得，思绪随着迷之雾气展开了幻想之旅。新鲜的海风扑面而来，一时间觉得自己仿佛独自氤氲在这温润的朦胧之中——但实际上我并不孤独，因为我隐约感到头顶上驾驶室里有一位领港员，还有一个船长模样的人。

我记得当时我还在思索着专业分工的便利之处。有了专业分工我就可以放心地去探望住在港湾另一边的朋友，而无须研究雾啊、风啊、潮水和行航这些烦心事。我想，术业有专攻是件好事。领港员和船长掌握了专业知识，成千上万像我这样的门外汉就不必学习这些知识了。另一方面，我也用不着学习多种知识，只需将注意力放在几个特殊的领域就够了，例如《爱伦·坡①在美国文学中的地位分析》——顺便提一句，那是我在最新一期《大西洋月刊》上发表的论文的题目。记得我上船穿过船舱时，目光曾感兴趣地注意到一位壮硕的绅士正捧读着一本《大西洋月刊》，翻开处恰好刊载的是我那一篇论文。由此我又联想到了专业分工：领港员和船长有了专业知识，就可以在那位壮硕的绅士阅读我那篇关于爱伦·坡的专业论文时，将他从索萨里托平安地送到旧金山去。

一个有着红色脸膛的人砰的一声关上了身后的舱门，步履沉重地踏上了甲板，破坏了我的思绪。但我已为一篇文章打好了腹稿，题目就叫做《论自由的必要性　为艺术家而呼》。红脸人抬头朝驾驶室瞥了一眼，环顾了一下周围的雾气，咚咚走过甲板，又折返回来(显然他双腿装着假肢)，在我身边站住，双腿叉开，脸上带有欢快的表情。我想他这一辈子一定是在海上度过的，我果然没有猜错。

“像这样恶劣的海况是会叫人早生白发的。”说这话时他朝驾驶舱点了一下头。

“我倒并不觉得十分紧张，”我答道。“在我看来这就像A、B、C一样简单。他们凭罗盘判定方向、距离和速度，这不过是一个计算问题罢了。”

“不紧张!”他反驳道，“像A、B、C一样简单！计算问题!”

他身子背着风向一靠，仿佛为自己鼓劲似的，朝我圆瞪起双眼，“那么从金门涌来的这股潮水是怎么回事?”他诘问道，更确切地说

① 爱伦·坡：Edgar Allan Poe（1809—1849），美国诗人、小说家、文艺评论家，现代侦探小说的创始人，主要作品有诗歌《乌鸦》、恐怖小说《莉盖亚》、侦探小说《莫格街凶杀案》等。

是对我吼叫道，“它退去的速度如何？朝哪个方向涌动，呃？听到钟声了吗？那是警钟航标，我们已经到达航标顶上了。你看，他们正在转向。”

从雾里传出来一阵丧钟般的鸣响，我依稀能瞧见领港员在拼命地打着舵盘。钟声先前似乎是从正前方传来的，现在已到了我们侧面。船上的汽笛声沙哑地鸣叫着，别的船拉响的汽笛声亦不时地从雾外传到我们耳边。

“那是一种渡船，”那人说道，他指的是我们右侧传来的汽笛声，“再听听那边，听见没有？是用嘴吹的号角，很可能是一种平底纵桅船。船老板，你可得小心啊！啊，我早就料到了，地狱要张口吃人了。”

眼瞧不见的渡船不间歇地拉着汽笛，伴随着嘴吹号角惊慌失措的悲鸣声。

“他们在彼此提醒，想避免撞船。”红脸人继续往下说，此时汽笛声止住了。

他在将号角和汽笛声翻译成日常语时，显得容光焕发，两眼放着光。“那汽笛声表明船在向左边靠，你听到那个家伙发出像青蛙叫一样的声音——在我看来那是一艘三桅汽船，正顶着潮流争上水呢。”

一阵短促而尖利的汽笛声扑面而来，呜呜地像是发了狂。“马丁内斯”号上敲起了锣，明轮停止了转动，脉搏般的跳动戛然而止，不一会儿就恢复正常了。那短促而尖利的汽笛声，就像是在巨兽号叫间乱鸣的蟋蟀声，从我们的侧面穿过浓雾，很快就渐行渐远了。我望向我的同伴，想听他解释这是怎么回事。

“是那种玩命的汽艇，”他解释说，“真希望我们的船能撞沉它！中看不中用的东西！闯祸的尽是这类船。任何一头笨驴只要上了这种船就像饿死鬼去赶阴间的早餐一样，笛拉响得能盖过一支乐队，那分明是在警告全世界，我来了，而且管不住自己，你们可要加倍小心。别挡道，注意礼让，而自己却不遵守规则！”

他那没来由的恼怒不禁使我哑然失笑。在他愤怒地在甲板上前后咚咚踱步的当口，我欣赏起了雾的浪漫之处。雾确实浪漫，它给旋转着的斑驳地球笼罩上一层巨大无朋且神秘莫测的灰色面纱。与之相比人只不过是微不足道的尘埃，遭诅咒般地怀着病态的狂热勠力干活，驾驭着或木制或铁制的“马”穿过神秘的中心，在“未知之处”盲目地摸索前行，充满自信地大声喊叫，心情却因疑虑和恐惧而愈加沉重。

同伴的声音惊醒了我，我不禁莞尔一笑：我自以为已洞悉了一切奥秘，事实却证明亦不过是在摸索和瞎折腾而已。

“喂！有船闯进了我们的航道了，”他大声叫道。“你听见了吗？它的速度还挺快。估计它没有听见咱们，因为它处在顺风向。”

疾风正对着我们吹来，我能够听见清晰的汽笛声，就在船头不远的侧面处。

“是渡船吗？”我问道。

他点了一下头，补充道：“不然它就保持不了这样的航速了。”他又咯咯一笑，“上面的人可是要急坏了。”

我抬头一瞧，船长已经将头和肩膀探出了驾驶舱，正努力往浓雾深处望去，仿佛仅凭意志力就能够将浓雾看透似的。船长一脸焦急的神情，而我的同伴亦焦躁难耐，他已经咚咚地跑到栏杆旁，专注地望向前方那看不见的潜在危险。

就在此时，事故以迅雷不及掩耳之势发生了。前方的浓雾犹如被一把利剑劈成了两半，一艘汽船的船头冒了出来，两边挟裹着浓浓的雾气，犹如鼻尖上挂着水草的海上巨兽。我看见了驾驶舱，看见了一个白胡子老头撑着肘子将身体的一部分探出了舱外，他穿着一套蓝色制服，我现在还记得他那整洁、镇定的模样。他那种危急状态下的镇定形态可真是惊世骇俗啊！他接受了命运的结局，与其携手共进，冷静地估量着相撞的后果。他就倚靠在那儿，镇定且带探究性的目光越过我们，仿佛是在确定两船相撞的准确位置。我们船上的领航员气得暴跳如雷，对他大声吼道："都是你让撞上的！"他却置若罔闻。

我扭头一看，这句话的意思再明显不过了，令人无法反驳。

"找一个物件抓牢吧，"红脸人对我说道，全然没有了刚才的咋呼劲儿，仿佛那种超然的镇静具有传染性。"听听那些女人的呼救声。"他冷峻地说道，语气里带有一丝挖苦的意味，俨然以前有过这种经历似的。

我还是没来得及接受他的忠告，两条船就撞上了。我们这条船十有八九是被撞在了腰部，但我什么也没有看见，那条奇怪的船已驶离了我的视线。"马丁内斯"号突然开始倾斜，传来木板的破裂掉落声。我被惯性摔倒在潮湿的甲板上，还未待我爬起来就听见了女人的惊叫声。我敢肯定，正是这种难以名状、令人血液凝固的尖叫声使我陷入了恐慌中。我想起了存放在船舱里的救生衣，却在舱门口被一群歇斯底里的男女挡住，给推了回来。随后几分钟里发生的情况我想不起来了，只是清楚地记得我不停地从头顶的架子上扯下救生衣，而红脸人则将它们往一群近乎疯狂的女人身上套。这种记忆如同我见过的任何一幅画那样清晰、栩栩如生。我现在又看见这幅画了——船舱一侧参差不齐的破洞，洞口涌进来的、旋转着的灰蒙雾气；蒙着套子的空座椅上扔满了乘客仓皇逃命时丢下的随身物品，都是些包裹、手袋、雨伞、围巾和外套之类的用品；那位读过我论文的壮硕绅士身上裹着软木和帆布，手上还拿着那本杂志，不停地用单调的语气问我有没有危险；那位红脸人英勇地拖着咚咚作响的假腿，见到新来的人就给他套上救生衣；最后是女人们形似癫狂的尖叫。

最让我神经受不了的就是女人的这种尖叫声，它也一定考验了红脸人的神经，因为在我心中至今还留存有一幅永远不会褪色的图画。那位壮硕的绅士正在往外衣口袋里塞那本杂志，同时眼睛好奇地四下张望着，一群女人乱糟糟地挤成一团，拉长了煞白的脸张开大口号叫着，那情景犹如叫回失去的魂魄。红脸人的脸已气成了紫酱色，双手高高举过头顶，形似召唤霹雳般大声命令道："住嘴！啊，别叫了！"

我记得那场面使我突然笑了出来，可我当即发现自己其实也有点神经质，因为她们与我同类，形同我的母亲和姐妹，面对死亡心生恐惧，她们不愿死。同时我还记得她们的叫喊声使我想起屠夫刀下猪的号叫声，两者的相似性使我不寒而栗。这些女人拥有最高贵的情感，最温柔的同情心，此刻竟大张着嘴尖声喊叫。她们想活下去，却陷入绝望无助的境地，只能像被夹住了的耗子般尖叫。

场景的凄惨驱使我走上了甲板。我心里难受，有一种想呕吐的感觉，于是在一条长凳上坐了下来，恍惚中我听见和看见人们奔跑呐喊着，争先恐后地放下救生艇。那场景和我书中读过的一模一样。滑车阻住了，怎么也拉不动。一只小艇坐满了妇女和儿童，放到水面上，塞子却没有塞上，立马进了海水翻沉了。另一只小艇已放下了一端，另一端却被滑车挂在了半空。只好放弃了。肇事的怪异汽船早已踪影全无，虽然我听人信誓旦旦地说它一定会派出救生艇来搭救我们。

我下到了下层甲板，"马丁内斯"号正在快速下沉，船舷离海面已很近了。许多乘客正在往海里跳，而在海里的人却又在大喊大叫，希望有人将他们拉上船去，没有人理会他们。有人大叫着船沉了，在惊慌失措中我随众人一齐跳进了海里。怎样跳下去的我已经记不清了，但我立即明白了在水里的人为什么那么迫不及待地想回到船上去，那是因为海水太冷，冷得人生疼。我跳下去时那冷痛感来得既快且猛，犹如火烧火燎，直达骨髓，犹如被死神的魔爪攫住一般。痛苦和惊恐不禁使我倒吸一口气，却被海水灌进了肺里，幸亏救生衣将我带出了水面，我嘴里充满了海水的苦咸味，喉咙里和肺里的辛辣刺激物几乎将我窒息。

但最让人难以忍受的是寒冷的感觉，我觉得自己坚持不了几分钟了。人们在我身边挣扎着，扑腾着。我听见了他们彼此间的呼喊，也听见了桨声。显然，那艘奇怪的汽船已放下了救生艇。随着时间的不断流逝，我吃惊于自己依然活着。我的下肢已毫无知觉，冰凉的麻痹感裹缠住我的心脏并不断向里面渗透，微浪挟带着可恶的泡沫不断向我袭来，灌进我的嘴中，呛得我喘不过气来。

呼喊声渐趋模糊，虽然我听见传来几声绝望的“救命”声，心里明白“马丁内斯”号已沉入海底。后来——不知道时间过去了多久——我恢复了意识，却也被自己的处境吓坏了。我一个人孤零零地漂在海面上，再也听不见落水者的呼喊和尖叫了，只听得见海浪在雾中发出梦呓般的空洞回响。人若抱成团，即使处在危难的境地，因共同的利益所系，亦不会像一个人独自面对那样感到惊恐万分。我现在就处在这种孤独的惊悚状态：我会漂向何方？红脸人说海潮是从金门退过来的，那么我会漂向外海吗？我穿着的救生衣是用何种材料做成的？它会随时破裂成碎片吗？我曾经听人说过，这类玩意都是用防水纸和灯芯草制成的，遇水很快就会浸透，完全失去浮力，而我却是一个十足的“旱鸭子”。加上我又是孤身一人，独自漂泊在迹近亘古空旷的灰色海面上，我承认我已经接近心理崩溃了。我像那些女人一样大声尖叫起来，并用麻木的双手拍打着海水。

这种境况持续了多长时间我已完全没有印象，因为中间穿插了一段空白阶段，其间发生了什么，犹如人们对烦恼和痛苦的梦一样，已然记不清了。当我清醒过来时，时间仿佛过去了若干个世纪。我看见一只船的船头从雾气里钻了出来，几乎就在我的头顶上。船上张着三张三角帆，彼此间恰到好处地重叠着，且都兜满了风。船头破水处激起了大量泡沫且发出汩汩的水响声。我似乎正处在它的航道上，我想大声呼喊，但早已声嘶力竭。船头压了下来，却刚刚将我错开，只是溅了我满头满脸的海水。黑色长长的船体从我身边滑过去，距离非常近，简直是触手可及。我想抓住它，甚至不惜将指甲嵌进船身，但却双臂沉重，毫无活力。我想再次呼救，却完全发不出声音。

船尾从我身边一扫而过，下降在波峰间的谷底，就在此时我瞥见一个人影伫立在舵旁，还有一个人无所事事地待在一旁，悠闲地抽着雪茄。那个人慢悠悠地转过头来，朝我这边的水面上瞥了一眼，嘴里喷出一股浓烟。那一瞥显得漫不经心，毫无目的，是人们在百无聊赖时做出的偶然举动，因为人活着总是要动动身子的。

但那一瞥对我来说却是生死攸关。我看见了那条船正逐渐被雾气吞没，看见了舵手的背，看见了另外那个人缓慢地转过身子，目光扫视着水面，然后抬眼朝我的方向瞄了过来。他一脸心不在焉的表情，仿佛陷入沉思状态，我可真害怕他对我视而不见。但是他的目光正落在我的身上，并与我有了眼神的交流。他确实看见了我，因为他疾步跑向船舵，将舵手推向一边，两臂不停交叉地转着舵盘，同时发出各种指令。那只船似乎沿原航道的正切线冲了出去，立刻被雾气吞没了。

我觉得自己很快就会失去知觉了，我用尽自己的意志力，竭力想从包裹着我的虚无和黑暗中挣扎出来。过了一会我听见了越划越近的桨声，还听见了一个人的呼唤声。当他靠近我的身体时，他恼怒地吼道："你他妈的怎么不吱声？"这话是冲着我来的，我觉得。然后我就陷入了虚无和黑暗之中。

第二章

我的身体似乎在一个巨大的轨道上以快速的节奏来回摆荡着，无数闪光的亮点噼啪作响地从我身边飞过，我知道那些都是星星，还有转瞬即逝的流星，陪伴我作着天际间的旅行。当我的身体摆到最高点，向相反的方向荡过去时，身边响起炸雷般的一记锣声。我在这无法估算的岁月里来回摆荡了若干个宁静的世纪，享受和品味着这段美妙的放飞行程。

但是梦的程式却发生了变化，我知道我一定是在做梦。身体的摆荡幅度愈来愈小，猛烈的晃动使我心烦意乱，几乎喘不过气来，看来上天似乎蓄意要将我抛出轨道，炸雷般的锣声响得越来越频繁，我怀着莫名的恐惧等待着它的下一次敲响。身体好像被人拽着拖过了太阳烘烤着的沙滩，接着便是一种难以言喻的痛苦，皮肤像受到火刑烧灼般的难以忍受。那锣还在当当地敲，犹如丧钟一般。耀眼的光点似无尽的银河从我身边流过，仿佛整个恒星系统都坠向了虚空。我倒抽了一口气，却痛苦地屏住了呼吸，同时睁开了双眼。只见两个人正跪在我的身边，摆弄着我的身体。那强大的摆动节奏缘于船在海上行进时的起伏力；那可憎的锣声是挂在船壁上的一个煎锅，在随着船只的上下颠簸而叮当作响。那灼得人生疼无比的热沙是一个人用他的粗糙手掌猛拭着我赤裸的胸膛。我痛得身体扭来扭去，半抬起了头。我的胸口又红又痛，我看见有细小的血珠从红肿的表皮上渗了出来。

“差不多了，约恩森，”有个人说道，“你没有看见你把这位先生的皮都擦破了吗?”

那个被叫做约恩森的人停止了在我身上的擦拭，笨拙地站起身来，那是个斯堪的纳维亚型的魁梧汉子。对他说话的人显然是个伦敦佬，有着一张轮廓分明、文弱俊俏，几乎带有几分女性味的脸，充分说明他是吮吸着妈妈的乳汁、听着圣玛丽教堂①的钟声长大的。他头戴一顶肮脏湿漉的平纹细布小帽，细窄的腰上系了一条邋遢的麻袋，这说明他是这条船上肮脏不堪厨房里的厨工，而我正躺在这间厨房里。

“您现在感觉如何，先生?”他问道，脸上带着数辈以来以讨小费为业那种人的媚笑。

作为回答，我强挣扎着坐起身子，约恩森扶我站了起来。煎锅的叮当作响还在可怕地折磨着我的神经，我无法理清思绪。我抓住厨房的木案稳住身体——我得承认木案上的油腻使我牙碜，越过一个滚烫的铁灶，伸手握住那只讨厌的煎锅，将它从钩子上取了下来，将它稳稳地塞进了煤箱里。

那个厨工见识了我神经质的表现，咧开嘴笑了，将一个热气腾腾的大口杯塞到我手中，说道：“喏，喝下去就好了。”那是一种令人作呕的饮料——船制咖啡，可是那种热气却令人精神为之一振。我一边喝着那滚烫的玩意儿，一边看了看我那破皮渗血的胸口，转身对着那个斯堪的纳维亚人说道：

① 圣玛丽教堂：因伦敦圣玛丽教堂在近伦敦市中心处，常用来指代伦敦或伦敦人。

“谢谢您，约恩森先生。可是您不觉得您用力有点过猛吗？”

他从我的动作中，而不是我的言语中，感受到了一丝责备的意思，于是伸出手掌来给我看。他手上的老茧令人印象深刻。我摸了摸那角质的凸起物，那种可怕的触觉不禁又使我牙碜起来。

“我的名字叫约翰逊，不叫约恩森。”他用那种虽然缓慢却分外纯正的英语说，那语调只带极轻微的外国腔。

他那浅蓝色眼睛里带有些许的抗议色彩，同时流露出畏怯的坦率和男子汉气概，这都赢得了我对他的好感。

“谢谢您，约翰逊先生。”我改变了称呼，伸出手去与他握手。

他犹豫了一下，露出尴尬和羞涩的神情，将身体的重心换到另一条腿上，然后胡乱地抓起我的手热情地握了起来。

“有干衣服让我换上吗？”我问厨工。

“有的，先生，”厨工欢喜地答道，“您要是不嫌弃我的衣服的话，我就下去在我的箱子里找找看。”

他躬身走出了厨房，步子轻快顺溜，给我的印象与其说像猫一样轻巧，倒不如说像油一样滑溜。我后来才知道，事实上这种滑溜，或者说油滑，可能是他人格中最突出的特征。

“我们在哪儿啊？”我问约翰逊，我猜他是一名水手，结果猜对了，“这船叫什么名字？要到哪里去？”

“已经过了法拉龙岛①，航向大体为西南方向。”他缓慢小心地答道，似乎寻找着最适合的英语表达方式，并机械地按着我提问题的顺序作答，“这船是‘幽灵’号三桅船，是去日本捕获海豹的。”

“船长是谁？我穿上衣服后得立即见到他。”

约翰逊的面部表情显得迷惑且尴尬，他迟疑了一会，在脑海里极力搜索词汇，给出了完整的回答。“船长是海狼拉森，或者说人们就是这么称呼他的。我没有听说他还有别的名字，但你跟他说话最

① 法拉龙岛：美国旧金山正西面的一个小岛。

好轻柔一点。今天早晨他在发脾气，大副……”

他的话尚未说完，厨工已经溜了进来。

“你别在这扯淡，约恩森，”他说道，“老头子在甲板上等你呢，现在你可不能惹他不高兴。”

约翰逊顺从地向门后走去，同时在厨工的背后朝我递了一个郑重但略显怪异的眼神，好像是在强调他刚刚被厨工打断的话，要我对船长说话时轻柔一点。

厨工弯曲的手臂上挂了一套皱巴巴的衣服，样式难看，且散发出一股难闻的味道。

“这套衣服放进箱子时还有点发潮，先生，”他解释道，“但您凑合着穿吧，等一下我在火炉旁烤干您的衣服。”

船的颠簸使我难以站稳，我用手抓住案板，在厨工的帮助下穿上了一件贴身的羊毛汗衫。我的身体一接触到那件粗糙的衣服就汗毛直竖，起了一身鸡皮疙瘩。他注意到我身体情不自禁的颤抖和苦脸相，笑了起来。

“我希望您一辈子都不要习惯穿这种衣服，您那皮肤可真是娇嫩，连女士都比不过您呢。我一见您就知道您准是位绅士。”

我本来就有点讨厌他，他帮我穿上衣服这个动作使我更加讨厌他了。与他身体的接触令人反感。他的手一碰到我，我的身子就本能地闪避，再加上厨房灶上大小各异的锅、罐中冒着泡逸出的气味，我在这两者的夹攻之下，迫不及待地想呼吸一点新鲜空气，何况我还需要去见船长，以便商谈如何安排我上岸的事宜。

在几乎不间断的道歉声和评论声中，我穿上了一件廉价的棉布衬衫，那件衬衫领子已磨损了，胸口处也变了颜色，我怀疑是陈年的血迹所致，脚上套了一双工人干活时穿的粗革高帮劳动靴，配上一条洗白了的浅蓝工装裤。裤子的一条裤腿比另一条短了足足十英寸，那短了一截的裤腿让人觉得好像是魔鬼要攫取伦敦佬的灵魂，但只触及了表体，放过了实体。

我戴上一顶男仆的小帽，穿上一件肮脏的条纹棉布夹克，权且当作外衣。那件夹克长仅及腰身，袖子亦刚过手肘。穿戴完毕后我问道："如此善待我、应该得到感谢的人如何称呼呢？"

厨工立马摆出一副恭顺的身姿，脸上堆满"不足挂齿"的假笑。以我刚结束的在大西洋海轮上与服务员打交道的经验看，我敢发誓他是在等着给小费呢。而以我对这类人的了解程度，他那种身姿倒不是刻意装出来的，那是一种谄媚的天性，是从娘胎里带出来的。

"我叫马格里奇，先生，"他讨好地说，女性化的面庞露出油滑的笑容，"托马斯·马格里奇，先生。随时愿意为您效劳。"

"好吧，托马斯，"我说道，"我不会忘记你的，衣服干了以后我们再谈。"

他的脸上溢出一种柔和的光泽，双眼放光，犹如在他心灵的深处父辈又复活过来，勾起了上辈子所收小费的模糊记忆。

"谢谢您，先生，"他答道，态度十分感激，但真的也十分卑微。

他溜到了一边——与滑动门毫无二致——我上到了甲板。因为在海水中浸泡的时间过长，我的身子还很虚弱。一阵海风吹来，我站立不稳，跌跌撞撞走过颠簸的甲板，来到船舱的一角，扶住舱壁稳住了身子。船体倾斜得很厉害，在急流中起伏着奔向辽阔的太平洋。如果这条船如约翰逊所言航向为西南方，那么我估计刮的大约为南风。雾气已经散去，海面上闪耀着刺眼的阳光。我转身面朝东方，我知道那边的陆地就是加利福尼亚，可是除了一层低矮的雾障，什么也看不见——显然这正是给"马丁内斯"号带来灭顶之灾、将我陷入目前困境的雾。北面不远处，有几座光秃秃的礁石突兀在海面，在一座礁石上我便认出了一座灯塔。在西南方向，几乎就在我们的航线上，我隐约看见了几条船上形似金字塔的船帆。

观察完地平线上的景观后，我又打量起周边的环境。我的第一个想法就是：像我这样一个遭遇到撞船事故，与死亡擦肩而过的人并没有得到足够的关注。除了掌舵的水手目光越过船舱好奇地瞟了我一眼之外，我没有引起任何人的注意。

每个人都好像在关注着发生在船体中部的事，那儿有一个大个子仰面躺在舱口盖上。他全身穿着衣服，只是衬衫的胸口处被人扯开了。看不清他胸部的状况，因为他的胸口长着浓密的黑色胸毛，犹如狗毛一般。他的脸庞和脖子也被黑中带白的胡子遮住，那胡子若不是被水弄得湿不拉叽的，不停地往下滴水，一定也是很硬、很厚实的。那个人的眼睛闭着，显然已经失去知觉，但是嘴却张得很大，胸口起伏，吃力地喘着粗气，好像快要窒息了。有个水手每隔一小会儿就机械地将一个系有绳子的帆布桶扔进海里，两手交替将其提上来，再将桶中的海水泼到那个躺着的人身上。那个在舱口之间来回踱步、口中用力咬着一支雪茄烟头的人，就是那个因不经意的一瞥而将我从海中救上船的人。他的身高约在五英尺十英寸，或十点五英寸，但我对他的第一印象，或者说感觉，却不是他的身材而是他的孔武有力模样。当然，他身材魁梧，肩宽胸厚，但我却不能将他归于力大无朋的大个子那一类。在他身上显示出的力量本应属于那种肌腱发达、肌肉结实的精壮男人，但表现在他身上，因为体量大，就有了一点大猩猩的味道。当然，他的形貌一点也不像猩猩，我这里所强调的是力量本身，与相貌没有关系。这种力量我们将其与原始社会、野生动物、想象中的栖息在树上的人类始祖联想在一起——是那种野蛮、凶悍、本身充满生命力的力量，是行动的天然潜力，是根本的存在形式，世界上许多种类的生命都是按照这种模式创造的。概而言之，它是指蛇被砍去了头，生命已然消失，身子还在继续扭动的力量；或是指海龟已失去完整形体，用手指戳其破碎的肉体还能蠕动或蜷曲的力量。

这就是那位来回踱步的人给我留下的力量印象。此时他正叉开双腿，稳稳妥妥地站实在甲板上。他的每一块肌肉动作，从晃动肩膀到咬紧雪茄，都显得用力过度，似乎来自于无法控制的过剩精力。实际上，虽然他的每一个动作都充满力道，却只是对他体内蕴藏着更大力量的一种宣示。那力量蛰伏着，不时被扰动一番，但总有被唤醒的那一刻，到那时犹如雄狮的暴怒，风暴的肆虐，令人惊恐万分，不知所措。

厨工从厨房门口探出头来，咧开嘴对我鼓动般地笑着，同时用大拇指朝那个在舱口走动着的人的方向一翘，那意思是要我明白那个人就是船长，用厨工的用词就是“老头子”，那个我想见面而且要麻烦他送我上岸的人。我刚想迈步，去结束那我深信会是“暴风骤雨般”的五分钟会谈，这时那位不幸的人儿却被一阵更加窒息性的发作控制住了。他瘫倒的身体痉挛般的扭动着、蜷缩着，只见背部的肌肉一发紧，下巴和湿漉漉的胡子朝上一翘，胸口便无意识地、本能地鼓胀起来，挣扎着想多吸口气。我知道他那络腮胡子下的脸早已涨成了紫色，只是人们看不见罢了。

船长，或海狼拉森——人们都这样称呼他——不再踱步了，低头望着这濒死的人。那垂死的挣扎如此猛烈，就连那位水手也只是好奇地看着，忘记了向他身上泼水。帆布桶歪了一下，海水流到甲板上。快死去的人脚后跟蹬得舱口盖砰砰作响，又伸直了双腿，使劲将它们绷紧，摇晃了一下脑袋，然后肌肉便松弛了，脑袋也停止了晃动，他发出一声如释重负的叹息，下巴垂了下来，上唇缩了上去，露出两排叫烟草熏黑了的牙，面对这个他已然离开并以计取胜的尘世，他的五官最终凝结成这种魔鬼样的龇牙咧嘴嘲笑的表情。

随后发生的事情出乎所有人的意料，船长对着死者大发雷霆，咒骂之声不绝于耳。不是那种温和的责骂，也不纯是污言秽语，船长用的每一个词都涉嫌亵渎神明，更要命的是他此类词汇量还特别丰富，犹如电火花般不停地噼啪作响。我一辈子从未听过此类事情，也不敢想象会出现这种场面。我自诩具有一定的文字表达才能，亦喜用强有力的比喻和词语，我敢说在场的人没人能像我那样理解他那些暗喻所特有的生动、有力和绝对亵渎含义。据我大概的了解，引起船长大发脾气的原因为：死者是船上的大副，却在离开旧金山之前上岸去放纵自己，然后不识趣地在航行刚开始就一命呜呼，使海狼拉森面临缺人手的窘境。

不用说，尤其是用不着对我的朋友说，对这件事我感到十分震惊。我一向对诅骂和恶毒的语言怀有抵触情绪，因此我当时情绪低落，心情沉重，甚至有一点头晕目眩的感觉。对于我而言，死亡具有庄严、隆重的性质，它的来临是宁静的，它的仪式是神圣的，到目前为止，我还没有见识过死亡那肮脏与骇人的一面。正如我说过的，当我听见海狼拉森脱口而出的可怕咒语，感受到它们可怕力度的同时，震惊的心情亦无法言表。那咒语的火热语流足以烤焦死者的脸。如果说被骂时那湿漉漉的黑胡子会萎缩鬈曲，冒烟燃烧起来，我也不会感到意外。但死者显然已置身事外，依然带着含讥带讽的怪笑表情，颇具挑战的意味，他才是事态的主宰者。

第三章

与开始时一样，海狼拉森突然停止了咒骂，又点着了雪茄，环顾了一下四周，眼光碰巧落在了厨工身上。

“哦，伙夫？”他平和地说，而那平和之中带有钢铁般的冷峻。

“是，先生。”厨工急切地应答道，带着恳求和歉意的语气。

“你老伸着脖子在那儿瞧，瞧不够吗？你知道，这样做是不健康的。大副已经死了，我可不能让你再死掉。你得非常非常注意你的健康，伙夫，明白？”

他那“明白”两字是像鞭子一样抽出来的，跟开头平和的语气截然不同，厨工立马就服了。

他怯怯地答了一声“是，先生”，惹祸的脑袋缩回厨房去了。

眼见厨工遭到了一顿斥责，围观的人也都失去了兴趣，各人各干自己的活去了。不过，有一伙人的举止似乎不像水手，他们还在厨房与舱口之间的平台上闲荡着，彼此间继续低声交谈。后来我才知道他们是猎手，捕获海豹的，地位可比普通水手高多了。

“约翰森！”海狼拉森大声喊道。一个水手顺从地站了出来。“将你的掌皮和针线拿来，把这个叫花子缝上。帆柜里有旧帆布，凑合着用吧。”

那个水手循例回答了“是，是，先生”，然后问道：“给他脚上坠什么东西，先生？”

“总有办法的，”海狼拉森回答。他又升高了调门叫道：“伙夫！”

托马斯·马格里奇像玩偶匣中的玩偶一样从厨房里蹦了出来。

“下舱去装袋煤上来。”

“你们有谁带着《圣经》或是祈祷书了？”船长又对那些在舱口平台上闲逛的人问道。

那些人都摇了一下头，有人说了一句俏皮话，引起一阵嬉笑，但我没有听清。

海狼拉森又问了水手们同样的问题，看来《圣经》和祈祷书在船上是稀罕物。有个水手自告奋勇提出找舱下值班的人问问，过了一会回来也说没有。

船长耸耸肩。“看来我们只有省掉那些废话，直接将他扔进海里了，除非我们这位像牧师的难民能背诵海葬的祈祷文。”

此时他已完全转过身子，面对着我。

“你是个牧师，没错吧？”他问道。

猎手们一起转过身——一共六个人——打量着我，我痛苦地意识到自己那稻草人般的模样。见到我的这身装束，他们全都纵声大笑。死者还在我们面前，张着嘴直挺挺地躺在甲板上，可他们毫无顾忌，照笑不误，笑得像大海般放纵、粗暴和一览无余。它源自粗糙的情绪和感觉的迟钝，源自不懂得礼节和文明的天性。

海狼拉森没有笑，虽然他那灰色的眼中蕴含着一丝被逗乐的意味。此时我已离他很近，感受到了他本人给我的第一印象。这种印象与他的身材无关，也与他那不绝于耳的咒骂没有关系。他的五官棱角分明，线条有力，脸型方正且丰满，乍看上去给人以厚实饱满的感觉。但也跟他的身干一样，仔细观察之下，那厚实感似乎消失，取而代之的是那种潜藏在肉体之内、生命之中的强大的心灵或精神张力。他那嘴唇、下巴、耸立在双目之上的高高额头，本身带劲，太有劲了，但在目力所不能及的后部和深处，还潜藏着巨大的生命活力或精神力量。这种活力或力量无声无息、漫无边际，无法将其与类似物明确地区分开来。

那双眼睛——研究透彻他那双眼睛是我的宿命——又大又漂亮，彼此间隔得很开，犹如真正的艺术家一般，其上是两道弯弯的浓眉和硕大的前额。眼睛的颜色呈现出那种变幻不定、使人困惑的灰色，有各种层次，不同色调，从来没有两次是相同的，犹如阳光下的丝绸变色，有本色灰、深灰、浅灰和带绿灰，甚至有时是那种深海洋面的纯天青色。这双眼睛可以用千重假面隐藏灵魂，而有时——在罕见的情况下——也可以瞪得浑圆，袒露自己的真实想法，在这个世界上作一次精彩的冒险；这双眼睛可以望着铅灰色的天空无助地苦思冥想，亦可以喷射出兴奋的火花，犹如挥动着的宝剑的道道闪光；这双眼睛可以闪出犹如北极冰川般的寒光，亦可以表现出柔情蜜意，且带着男性的阳刚之气，充盈着诱惑和逼迫之感，使女人为之神魂颠倒，心甘情愿地作出愉悦的牺牲。

还是回到场景中来吧。我告诉他，我为这场葬礼感到遗憾的是：我不是牧师。他厉声问道：

“那你以什么为生呢？”

我得承认以前从来没有人问过我这个问题，我也从来没有考虑过这个问题。我一时转不过弯来，傻乎乎地结巴道：“我……我是一个绅士。”

他撇了撇嘴，鼻孔里哼了一声。

“我干过工作，我有工作。”我激动地喊叫着，仿佛他是一个法官，我必须为自己辩护似的，同时强烈地意识到我与他讨论这个问题真是蠢到家了。

“为了生活？”

他的语气中有一种主人般的威逼气派，我在他面前手足无措了——用弗斯特的话来说就是“惊慌失措”了，像个在威严校长面前的一个小学生。

“谁给你饭吃？”这是他的第二个问题。

“我有收入，”我理直气壮地答道，可随时恨不得咬下自己的舌头，“对不起，我必须说明，这些与我要找你谈的问题毫无关系。”

但是他全然没有理会我的抗议。

“那么，是谁挣的呢？嗯？我早想到了，是你父亲。你是靠死人的腿站着的，你自己从来就没有腿。靠你自己走不了一天的路，混不到一日三餐饭。让我瞧瞧你的手。”

他的潜能一定是被激发了，而且来的迅速且准确，否则一定是我打了一下瞌睡，因为还没等我意识过来，他已两步抢到我的面前，抓起我的右手举到眼前看看。我想将手抽回，但他的手指握紧了，未见他使劲，而我感觉到自己的手指快要断掉了。在这种景况下人是很难保持尊严的，我不可能像小学生那样扭动挣扎，也不可能对像他这样的家伙发起攻击，他只稍微一拧，我的手臂就会断掉。我没有其他的招儿，只能站在原地不动，忍受着他的羞辱。这时我注意到死者口袋里的物品已经掏空，放在了甲板上，而他的身子和龇着牙的脸已经用帆布包裹起来，看不见了。水手约翰森手掌上戴着一种皮制的玩意儿顶着针，用白色的粗麻绳缝着帆布包的折叠处。

海狼拉森带着鄙夷的神情甩下了我的手。

“是死人的手让它保持得软绵绵的，除了在厨房干一些洗盘子之类的粗活外，没什么其他用处。”

“我希望您能将我送上岸，”我坚定地要求道，因为此时我已经能控制住自己的情绪了。“如果您认为因为送我上岸耽误了时间，惹来不必要的麻烦，那么您认为该付多少钱，我就付给您多少钱。”

他带着一种奇怪的神态注视着我，眼睛里露出了嘲笑的表情。

“我有一个相反的建议，而且有益于你的灵魂。我的大副死翘翘了，必须提拔许多人。我需要一个水手到后舱顶替大副的职务，而那个水手的岗位又需要船舱小厮到前舱去顶上，而你就得补上船舱小厮的位置。在航行合约上签字吧，月薪二十美金，吃住免费。你认为怎么样？提醒你一句，这对你的灵魂有好处，能够教你学会自立，以后就会懂得靠自己的双腿站住，说不定还能迈出两三步呢。”

我没有理睬他。我在西南方看见的那条船的船帆已越来越大，越来越清晰。可以看出那帆是三桅帆船的帆，与“幽灵”号上的帆一样，虽然我能看出船身要小一些。那条船挺漂亮，起伏着朝我们飞驰而来，显然会和我们擦身而过。前一会儿风力曾短暂的增强，太阳愤怒地眨巴了几下眼睛便不见了踪影。海面变成了沉闷的铅灰色，显得不安分起来，将排排白浪抛向天空。我们船的航速加快了，船也倾斜得更厉害了。有一次在疾风的吹袭下，船的一边护栏扎进了海里，海水冲刷着那边的甲板，几个猎手慌忙抬起了脚。

“那条船马上就会从我们身边经过，”我停了一会儿，又说道：“既然它与我们航向相反，十有八九是开往旧金山的。”

“十有八九是的，”海狼拉森答道，同时从我身边半转开身子，叫道：“伙夫！喂，伙夫！”

伦敦佬从厨房里钻了出来。

“那个小厮在哪？去把他给我叫来。”

“是，先生，”托马斯·马格里奇匆忙离去，消失在船舵另一端的舱口，不一会功夫又冒了出来，跟在他身后的是一个年纪十八九岁的壮实小伙子，锁着眉头，一副惹人心烦的模样。

“他来了，先生。”伙夫说。

海狼拉森视他如空气，将身子直接转向小伙子。

“你叫什么名字，小子？”

“乔治·利奇，先生。”小伙子绷着脸答道，那神态明显表露出他知道自己被叫上来的原因。

“听上去就不像个爱尔兰的名字，”船长尖酸地说道，“就你那副模样叫奥图尔或麦卡锡要好得多，除非你老妈在柴火堆里藏了个爱尔兰男人，我想这倒是很有可能的。”

我看见那小伙子听到这侮辱性的语言后，攥紧了拳头，身上的血往上涌，脖子都红了。

“好了，咱们不谈这些，”海狼拉森继续说道，“你可能有理由忘记了自己的姓名，不过，只要你遵守船上的规矩，我同样喜欢你。你肯定是在电报山港登记下海的，嘴脸都带着电报山味。那儿出来的人能吃苦，但也双倍地让人不省心。我与你们这类人打过交道。好了，你可以下决心在我的船上将臭毛病改掉，听明白了吗？是谁安排你上船的？”

“麦克里迪和斯旺森公司。”

“叫‘先生’！”海狼拉森大声吼道。

“麦克里迪和斯旺森公司，先生。”小伙子纠正了自己的称呼，双目带着怨恨的光芒。

“预支的钱谁拿去了？”

“公司拿去了，先生。”

“我早猜到了。很高兴你把预支款给他们了，动作可真够快的。好几位绅士正四处在找你，你大概已经听说了吧？”

小伙子瞬间变了模样，迹近野蛮人。他身子一弓，似乎要扑将上去，那张脸扭曲得像发怒的野兽，咆哮着：“那是……”

“那是什么？”海狼拉森问道，语气却显得特别温柔，好像急切地想知道没有说出来的那个词。

小伙子却犹豫了一下，忍住了怒气。“没什么，先生。我收回说的话。”

“你刚才的举动证明我没有看错人。”海狼拉森说这话时脸上带着满意的笑容。“你多大了？”

“刚满十八岁，先生。”

“胡说。你肯定不止十八岁。就算只有十八岁你体格也够大的，看你身上像马一样的膘肉。把你的行李收拾好，搬到水手舱去。你现在是个划桨手了，被提升了，明白吗?”

船长未等小伙子同意，便转向那位刚完成可恶的缝尸袋工作的水手。“约翰森，你懂航行吗?”

“不懂，先生。”

“哦，没关系，你现在照样是大副。把你的行李拿到后舱大副床位去。”

“是，是，先生。”约翰森高兴地应道，迈步朝前走去。

这时原来的舱房小厮却站在原地没有动弹。“你还在等什么?”海狼拉森问道。

“我签的合同不是做桨手，先生。”小伙子答道，“我签的是做小厮，再说我也不愿意划桨。”

“将东西收拾好立即到前舱去。”

这一次海狼拉森的命令口吻令人不寒而栗。那个小伙子愠怒地盯视着他，脚步仍然未动。

这时海狼拉森又一次展示了他的惊人的力量，且完全出人意料。前后不过两秒钟，他在甲板上蹦起足有六英尺高，然后一拳揍在小伙子的肚皮上。此时我自己也好像挨了一拳似的，胃部一阵痉挛。这充分说明我的神经系统有多么敏感，多么不习惯见到暴力场面。那个小厮——他的体重至少有一百六十五磅——身体一蜷，软绵的身子被拳头抵住，犹如裹在铁棍上的一块湿布，随着拳头的挥动飞了出去，在空中画出一道短短的弧线，脑袋和肩膀撞到甲板上，和尸首滚在了一处，躺在那里身子痛苦地扭动着。

“怎么样?”拉森问我，“你下定决心没有?”

我刚刚还时不时地瞟一眼那不断靠近的三桅帆船。那条船差不多和我们的船齐头并进了，最多相距二百码。那是一条很漂亮敏捷的小船，我已能看见船帆上的黑色大数目字，还看见了领港船的标志图案。

“是条什么船？”我问道。

“‘贵妇人’号领港船，”海狼拉森冷冷地答道，“送走了领港员，正赶回旧金山。像目前这风速五六个小时就可以到港。”

“您能不能给它发个信号，让它送我上岸去？”

“对不起，我的信号簿掉到海里去了。”他说，那群猎手怪异地笑了。

我盯住他的眼睛，脑海里却与自己激烈争辩了一小会儿。我见识过他如何残暴地对付那个舱房小厮，我想那厄运也可能落到我的头上，如果不是更糟的话，正如我所说，我与自己争辩了一番，然后做出了我自认为平生最勇敢的举动。我跑到船边，挥舞着双手大叫起来：

“啊嗬，‘贵妇人’号！送我上岸去！只要将我送上岸，给你们一千美元！”

我等待着，看见舵轮边站着两个人，一个人掌着舵，另外一个人将麦克风举到了嘴边。我没有回头，却时刻等待着背后那人面兽拳头的致命一击。最后，时间好像过去了几个世纪，我再也忍受不了那紧张的刺激，将头扭了过去。他却站在原地没有动，只是随着船的颠簸晃动着身体，点着一支新的雪茄。

“怎么回事？有什么问题吗？”

呼喊声来自“贵妇人”号。

“有！”我扯着嗓子大叫道，“是事关生死的问题！你们将我送上岸，我给你们一千美元！”

“我的船员在旧金山喝多了，正发酒疯呢。”海狼拉森随后在我后面大声喊道。“这一位，”他用大拇指指了指我，“刚才还说他看见了海蛇和猴子呢！”

“贵妇人”号上的人透过麦克风哈哈大笑，作为回应。领港船瞬间与我们擦身而过。

“代我送他下地狱！”“贵妇人”号上传来最后的呼喊声，那两人与我们挥手告别。

我绝望地倚靠在栏杆上，望着那条漂亮的三桅船在波浪翻滚的海面上与我们不断拉开距离。那条船可是只要六七个小时就可以回到旧金山了！我头痛欲裂，喉咙发紧，心也似乎提到了嗓子眼上。一个飞卷的浪头打上船舷，带咸味的浪花落到我的嘴唇上。风强劲地吹着，“幽灵号”倾斜得十分厉害，海浪吞没了船背风面的栏杆，我听见了海水冲上甲板的声音。

过了一会我转过身子，看见那个舱房小厮摇摇晃晃地站了起来，脸色惨白，身体因强忍痛苦而抽搐着，看来伤得不轻。

“喂，利奇，到水手舱去吗？”海狼拉森问道。

“我去，先生。”利奇垂头丧气地答道。

“那么你呢？”船长又问我道。

“我给你一千美金……”我开始回答，却被他打断了。

“别废话，船舱小厮的活你干不干？或者是你也想领教一下我的手段？”

我该怎么办？被他狠狠地揍一顿，甚至给揍死，也于事无补。我紧盯着他那冷酷的灰眼睛。如果它们也蕴含着人性和温暖的话，那折射出来的也只有冷酷无情。我们可以从某些人的眼睛中看到灵魂的悸动，而这双眼睛流露出来的只有苍凉、冷酷，灰蒙蒙的，就像眼前的大海。

“怎么样？”

“好吧，”我应道。

“说‘好吧，先生’。”

“好吧，先生。”我改了口。

“你姓什么？”

“范·魏登，先生。”

“名字呢？”

“汉弗莱，先生，叫汉弗莱·范·魏登。”

“年龄？”

“三十五岁，先生。”

“行了，到厨工那儿学干活去吧。”

就这样，我被迫给海狼拉森打工了。他比我强壮，事情就这么简单。可是这件事当时看上去是那么不真实，就是现在回想起来也同样不真实。他是我心灵上一道迈不过去的坎，是一场可怕的噩梦。

“站住，先别走。”

我正走向厨房，闻声乖乖地站住了。

“约翰森，把船上所有的人都叫出来。现在一切都备齐了，我们得举行葬礼，将没有用的垃圾从甲板上扔出去。”

约翰森去叫舱下的休班人员，两个水手按照船长的命令将帆布包裹着的尸体放在一个舱口盖上。甲板的两边靠着栏杆各绑着几只小艇，艇底朝上。几个人抬起那放着尸体的舱口盖，送到船背风的一面，双脚朝外放在小艇底上，脚上拴好了厨工拿来的那袋煤。

我一向认为海葬是非常庄严的，是令人肃穆的场合，但那场海葬让我大失所望。有一个被他的同伴叫做“黑人”的猎手，小个子，黑眼睛，讲起了下流故事，其中夹带着许多咒语和脏话，每隔一两分钟猎手们就会哄笑一次，在我听来就如狗吠狼嗥一般。水手们吵吵闹闹地聚集在甲板后部，舱下值过夜班的人还不停地揉着惺忪的睡眼，彼此之间小声地交谈着。他们脸上都露出一种不祥的、担心的表情，原因显而易见：摊上这么一个船长，又出师不利，他们对此次航行的前景看法不太乐观。他们时不时地偷瞟海狼拉森一眼，我能看得出来他们怕他。

他走到了舱口盖旁边，在场的所有人都脱下了帽子。我扫了他们一眼，一共是二十个人，加上掌舵的水手和我一共二十二人。我对他们抱有好奇心，这是可以被原谅的，因为在接下来不知多少个星期、多少个月里，我将在这个漂浮着的迷你世界，禁锢般地与他们朝夕相处在一起。水手们主要源自英国和斯堪的纳维亚血统，面部大多呈沉闷冷漠的表情，而猎手们的面部表情则强烈和丰富得多，皱纹明显，带有纵欲的明显迹象。奇怪的地方是，我即刻注意到，海狼拉森的五官上没有这种邪恶的印记，看上去毫无凶恶之感。是的，他脸上也有皱纹，但那皱纹只显露出他的决心和毅力。他的脸看上去直白坦率，而这种直白或坦率因为他将胡子刮得很干净而尤为显著。直到发生下一次事故之前，我都不太相信有着这样一张脸的人竟然会那样对待那个船舱小厮。

他张嘴说话时，一阵阵排浪打到三桅船上，不时淹没着船舷，风吹打船帆索具发出尖啸声。有的猎手焦急地朝上望去。搁着尸体的背风处栏杆淹没在海水中。当三桅船在海水中抬起身子右转舵时，海水冲刷过甲板，除鞋面外大伙被海水淋得透湿，急如骤雨的海水如冰雹般砸在身上生疼。海浪间歇时，面对着一船脱帽致敬、身子随着船的颠簸而上下起伏的人，海狼拉森开口说话了。

“我只记得一句祈祷词，”他说道，“那就是：‘那身子将被扔进海里。’那么扔吧。”

他住了嘴。抬起舱口盖的人满脸困惑，显然奇怪于仪式为何如此简短。海狼拉森冲着他们大发雷霆。

“将那头抬高些，娘的，你们他妈的到底是怎么回事?”

他们慌忙失措地抬起了舱口盖，死者脚朝外像一条狗一样被抛进海里，脚上的那袋煤坠着他消失在海面上。

“约翰森，”海狼拉森急促地对新任大副说道，“大伙既然都上了甲板，就别让他们散了。收下中桅帆和斜桅帆，好好收，看来我们是和东南风干上了。最好同时将三角帆和主帆缩进来。”

甲板上的水手立即手忙脚乱起来，约翰森吼叫着各种口令，水手们收回或放出各种各样的绳索——这一切当然使像我这样生活在陆地上的人感到困惑，但是给我留下深刻印象的却是他们感情上的麻木不仁。死者成了一只已然过去的插曲，一个用帆布包裹着、坠着煤袋抛弃了的意外事件，而船却依然前行，工作照常进行，没人受到死亡的影响。黑人又讲了一个新故事，逗得猎手们哈哈大笑。水手们拉拽着、放松着帆绳，两个水手爬到了高处。海狼拉森站在迎风处研究着阴云密布的天空，死得可憎、葬得可怜的死者遗体正在向海底沉没、沉没……

然后，向我扑面而来的便是大海的残酷无情和阴冷恐怖。在它面前，生命显得花哨且廉价，成了一种说不清、道不明的兽性存在，成了一滩被搅起的、冒着气泡的海泥和泡沫。我双手抓住侧支索旁的栏杆，迎风站立，眼光穿越泛着泡沫的白浪凝视着那堵掩映着旧金山和加利福尼亚海岸的低垂雾障。风携带着雨扑面而来，我几乎都看不见那雾障了，而这条对于我来说显具陌生感的船，载着一群令人心生畏惧感的家伙，在波涛汹涌的大海中时隐时现地穿行，朝着西南方向，奔向那空寂辽阔的太平洋。

第四章

在接下来的日子里，我竭力适应在猎海豹三桅船“幽灵”号上的新环境，却受够了羞辱和痛苦。那位被水手称作“医生”，被猎手喊作“汤米”，被海狼拉森唤为“伙夫”的厨工变成了另外一个人，而他对我态度的丕变是由于我在船上的地位改变造成的。他以前对我有多么阿谀奉承，现在就对我有多么盛气凌人。实际上我不再是他口中所称的皮肤娇嫩得像个“贵妇人”的绅士，而是一个分文不值的舱房小厮。

他荒唐地坚持要我尊称他为“马格里奇先生”，而他吩咐我工作范围和职责时的动作和态度令我十分难堪。据他所言，除了四个舱房的清扫及相关事务，我还得在厨房给他打下手，而我在切削土豆或洗涤油腻的锅盘时笨拙的动作随时都会成为他惊诧或嘲讽的话题。他选择性地忽略我过去的身份、所熟悉的生活和环境，他是有意为之的。我得承认，这一天还没有过完，我恨他已超过了我这一生中所恨过的任何一个人。

就在头一天，“幽灵”号在“折好风帆”（此类术语是我后来在船上学会的）闯过马格里奇先生所说的“号叫的东南风带”时，发生了一件尤其让我难堪的事件。五点半钟我按照他的安排在舱房里摆好桌子，将防颠簸盘碟落好位，然后从厨房送去茶水和食物。与此相关，这里我禁不住要提及一下在风浪中的木甲板上行走的首次体验。

“机灵点，否则你会淋得透湿的。”这是马格里奇先生临别时的指示。我一只手拎着一只大茶壶，另一只手臂弯里搂着几条新烤的面包，走出了厨房。这时一个名叫亨德森，个子瘦高、身手敏捷的猎手正从所谓下等舱（那是猎手们对他们位于帆船中部寝舱的俏皮称呼）往船尾的舱房走去。海狼拉森站在舵楼甲板上，抽着他永远也抽不完的雪茄。

“喂，她来了，快躲一下！”厨工大声喊道。

我停止了脚步，因为不知道是什么东西来了，却看见厨房滑门砰地一声关紧了。然后我看见亨德森发疯般的朝主索具所在的位置奔去，跳进了里面，然后爬上了比我头高几英尺的地方。几乎与此同时，我看见一个大浪卷曲着、喷着泡沫涌到了栏杆上方，似乎悬在了那里，我正好处在它下面。我的脑子一下子似乎转不过弯来——发生的一切对我而言分外陌生，闻所未闻。我意识到我已处在危险之中，但仅限于此而已。我惊呆了，站在原地未动。这时海狼拉森在舵楼上吼叫起来：

“快抓紧个东西，你——你这个驼背①！”

但为时已晚。我向索具冲过去，本可以抓住它，却被从天而降的大浪冲失了手。以后发生的事我已记不清了，只记得我泡在了水里，透不过气来，有一种要溺毙的感觉。然后我双脚一滑，人倒在了甲板上，身子不停地翻滚着，也不知道被冲到了什么地方，中途几次撞上了硬的物件，还有一次右膝盖被狠狠地磕撞了一下。然后

① 主人公名字叫 Humphrey，此处船长称他为“Hump”，英文中此单词有“驼背”“骆驼”之意。

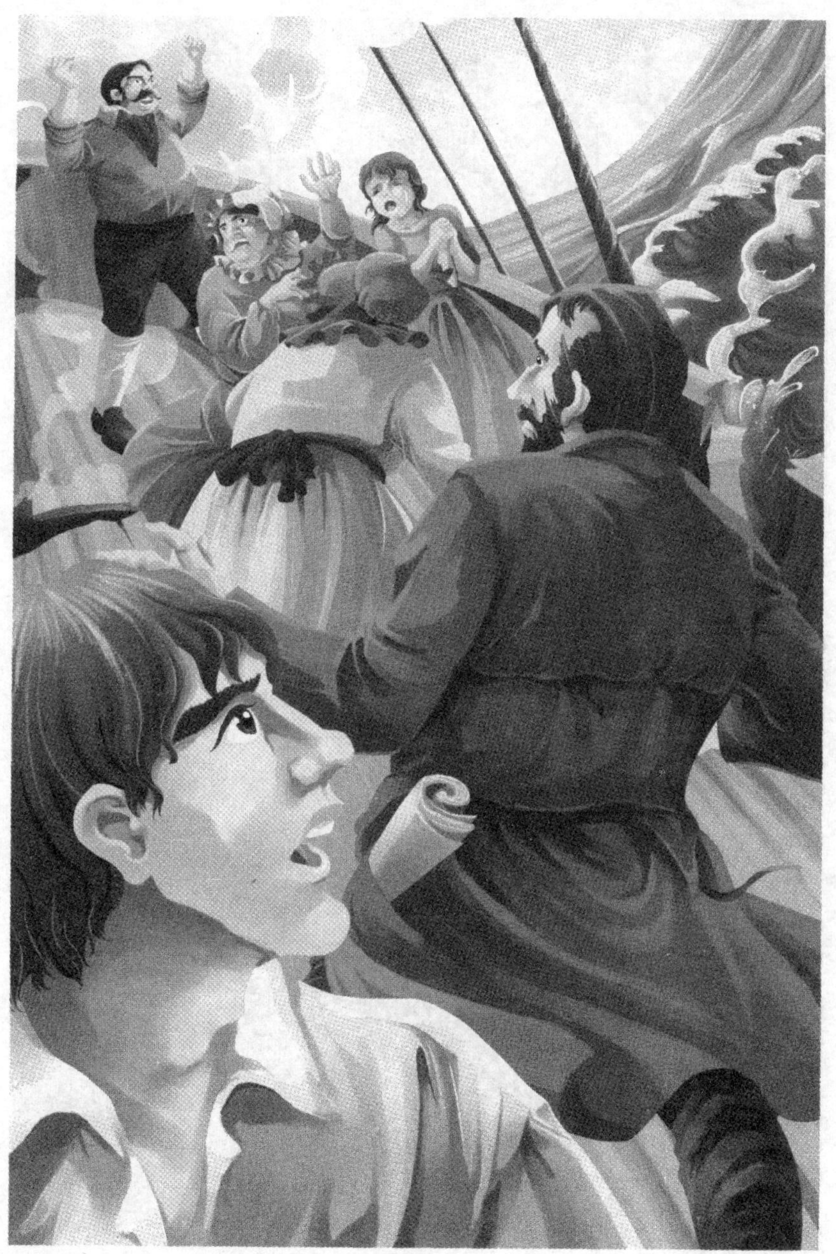

浪水似乎突然退去，我又呼吸到了新鲜空气。原来我被大浪冲倒在厨房的外墙下，又被海水裹挟着从向风面的统舱升降口翻滚到了背风面的甲板排水口。我受伤的膝盖痛得要命，它支撑不住我的身体，至少我是如此认为的。我感觉那条腿一定是断掉了。但是那厨工的眼却一直盯住我，他从背风面的厨房门口大声咋呼道：

“好啊你！想在那儿躺上一晚上吗？你的茶壶呢？掉进海里了？你要是跌断了脖子也是自作自受！”

我努力挣扎着站起身子，大茶壶还在我手中，我瘸行到厨房门口将茶壶递给他。可是他还不依不饶，不知道是真生气了还是装模作样。

“老天爷作证，你要不是个笨球才怪！我倒想问问，你能干得成什么？嗯，你能干什么？连送一壶茶到后舱去都给弄洒了，害得我还要重新去烧一壶。”

“你干抽抽鼻子干什么？”他莫名地又愤怒了，对我吼道，“因为你那可怜的小膝盖头受了点外伤是不？妈妈的可怜小宝贝。”

我并没有抽鼻子，但我的脸可能因为疼痛而扭曲变形了，但我激发出身体的全部韧劲，咬紧了牙关，以后跛行在厨房与舱房之间时就再也没有出现过问题。这次事故给我造成了两个后果——一个是受伤的膝盖，因为一直没有进行适当的包扎，让我受了好几个月的罪；另一个就是外号“驼背”，那是海狼拉森在舵楼上给我起的。从此以后我在船的上上下下就没有别的名字，我也就习惯成自然，自认为是“驼背”了，好像“驼背”就是我的名字，而且从来就是我的名字。

在舱房服侍进餐者不是一件轻松活儿，餐桌旁围坐着海狼拉森、约翰森和六个猎手。首先，舱房本身就很狭小，我还得在里面来回走动，再加上船身剧烈晃动，使行动变得更加困难，但是给我留下最强烈印象的是我服侍的那帮人完全没有同情心。我感到膝盖在裤子里肿胀起来，越肿越厉害，我都痛得要晕厥过去了。我在舱房的镜子里照见过自己的脸，惨白得像幽灵，都痛得扭曲变形了。他们都瞧出了我的身体状况，但却熟视无睹，没人吱一声儿。直到海狼拉森说出以下这番话时——当时我在清洗盘子——我对他几乎心存感激了：

“别把这种小伤小病放在心上，这类事你以后会逐渐习以为常的。它可能让你瘸上几天，也可能教你怎样走路。”

“你们把它称作‘悖论’，是吧？”他又补充道。

我点了一下头，循惯例说了一句：“是的，先生。”他露出心满意足的表情。

“我想你懂一点文学，呃？好吧，我们另外找个时间单独聊聊。”

然后他便不再理我，掉头上了甲板。

那个晚上，在我做完了一堆似乎永远都做不完的工作后，我被打发到统舱休息。我在那里搭了一个加铺。我很高兴自己终于摆脱了那个可恶的厨工，能躺下身子休息一下。使我感到惊奇的是，我身上的衣服竟然干了，而我却没有丝毫感冒的症状，尽管我被海水浇了个透心凉，从“马丁内斯”号落下后又在海水中泡了那么长一段时间。照以往的经验推论，受了这番磨难后，我应该躺在病床上休养，享受专业护士的精心护理了。

但是我的膝盖却丝毫让我不省心。就我的观察而言，我的膝盖骨似乎在肿胀部分的中心鼓了起来。我正在床上坐着查看我的膝盖时，亨德森偶然瞥了它一眼（这时六个猎手都在舱房里吸着烟，大声交谈着）。

“看起来很麻烦，”他评论道，“找块布包上，慢慢会好的。”

就这么一句略带安慰的话。要是在陆地上我就会仰身躺在床上，由一个外科医生照料着，严格遵循医嘱：躺着别动，什么事都不许干。但对这帮人我也应该说句公道话：尽管他们对我的伤病漠不关心，当他们遇到了相同的麻烦时同样对自己麻木不仁。我认为这第一是习惯使然；第二是他们的天性不那么敏感。我确信一个天性敏感、感情丰富的人在面对相同的伤害时，所感受到的痛苦是他们的两三倍。

我尽管感到疲倦——实际上是筋疲力竭，却因为膝盖的疼痛而难以入睡。我尽力不大声呻吟，如果是在家里我一定会大声宣泄出我的痛苦的，但是这种近乎原始社会的新环境似乎需要粗暴的压抑手段。这帮人的行事方式像野蛮人，遇见大事如苦行僧般淡定自若；遇见小事则如乳臭儿般任性哭闹。我记得，在日后的航程里，另一个叫克伏特的水手失去了一根手指头——被砸成了肉酱，却面不改色，嘴里都没有哼一声；我也多次见识过这个克伏特仅为一点琐事就与人争得面红耳赤。

他现在就是这样一副德性，嘴里叽里呱啦，大声吼叫，舞动着双臂，像魔鬼附体般咒骂着，与人争辩，起因只不过是在争论海豹幼崽是否生来就会游泳。他坚持认为海豹崽一生下来就会游泳。而另一个猎手，名叫拉蒂默，这是一个长得很像美国佬模样的瘦子，有着一双眯缝眼，透着一股机灵劲儿，不同意这种观点。他认为海豹幼崽出生在岸上，不为别的，就是因为它不会游泳，得让它们的妈妈教，就像老鸟教小鸟儿飞一样。

在大部分时间里，另外四个猎手或是倚靠在桌旁，或是躺在床上，任由这两个对手争论不休。但是他们显然也对这一话题很感兴趣，时不时地就帮某方一两句腔。有时他们同时朝着对方大声嚷嚷，喧嚣的声浪在狭窄的舱房里来回振荡，犹如人造滚雷般震人耳膜。此论题本身是幼稚可笑的，没有讨论的价值，而他们推理的依据则更加不成熟，不着边际。说实话，这里面只有微乎其微的理性成分，甚至可以说理性全无。他们的辩论方法只是简单的肯定、假定或否定。他们证明海豹幼崽是否生来就会游泳的方式是先武断地给出结论，紧接着的是攻击对方的判断力、常识、种族甚至个人的既往生活史，反驳方亦是如法炮制。我说这些是为了证明我被迫与之交往的这帮人的智力水平。智力上他们还是小孩，尽管长了一副成人的身躯。

他们抽烟，不停地抽，抽的是那种粗糙、廉价、味道极其难闻的烟叶，船舱里弥漫着烟雾，令人难以忍耐。如果我有晕船的毛病，这种烟雾和帆船穿越风暴时的颠簸准会令我呕吐。即便如此，我也感到十分恶心。当然，这种恶心的感觉也有可能是腿痛和劳累过度引起的。

我躺在那儿思考时，自然会从自己和自身目前的处境着眼。我，汉弗莱·范·魏登，一个堂堂的学者，也可以称作文学艺术的爱好者，竟然躺在一条到白令海捕海豹的三桅船的船舱里，这可真是一件闻所未闻、做梦也难以想象的事情。还是舱房小厮！我一辈子没有从事过体力劳动，更别提什么厨房杂活了。我的生活一向安稳、平静——是一种学者和隐士的生活，且有可靠和可观的收入作为保障。我一向对喧闹的生活环境和激烈的体育活动不感兴趣，是个书呆子，小时候爸爸和姐姐就是这么称呼我的。我生平只参加过一次野营活动，却在开营伊始就离开了同伴，逃回到舒适安逸的家中。可现在我流落到这条船上，浮现在眼前的只有无止境的摆桌子、削土豆和洗碗碟的凄惨前景。而且我的身体不够强壮。医生总说我空有一副好身坯，可惜没有通过锻炼予以培养。我身上的肌肉群既小且软，和女人一般——至少医生在屡次劝我参加一些时髦的体育运动时是这么认为的。但我仍然只喜欢用脑力，不喜欢用体力，后果是我来到这里，却没有充沛的体力去应付即将到来的艰苦生活。

以上所述只不过是我脑海中闪过念头的几个片断而已，提及于此只是为我命中注定要扮演的软弱无助角色提前做个铺垫。同时我也想起了母亲和姐妹，想象着她们悲伤欲绝的神情。我是“马丁内斯”号海难事故失踪的死难者之一，是一具还未找到的尸体。我能想见报刊上的大字标题，想见大学俱乐部和比比洛学会的同仁们摇着头叹息道：“可怜的家伙！”我也能够想见到查理·弗斯特如同那天早上与我告别时那样，穿着睡衣懒散地倚靠在窗前长沙发的靠垫上，口中冒出些神谕般的悲观警句。

与此同时，“幽灵”号三桅船正在泛着泡沫的波峰与浪底间向着太平洋深处起伏前行，渐行渐远——而我就在“幽灵”号上。我能够听见外面的风声，像野兽压抑的吼叫。有时头顶上还传来脚步声，四周则是持续不断的嘎吱声响，船上各种各样的木制构件和航行装备发出音调迥异的各种噪音。猎手们还在争论着，互相辱骂着，咒语和脏话不绝于耳，像一群半人半兽的两栖动物。我看见他们的面孔因愤怒而涨得通红，而在被随着帆船的颠簸而摇晃不定的防风灯光的映照下，扭曲成病态的蜡黄色，更凸显了其残忍的本色。供休息用的舱位在灰蒙的烟雾中像是动物园野兽的栖身之地。舱壁上挂着油布衣裤和高筒防水靴，长、短枪参差不齐地嵌牢在枪架上，那都是一些过往年代海盗和海上冒险家的装备。我难以控制想象的天马行空，无法入睡，那可真是一个沉闷和困乏的漫漫长夜。

第五章

我在猎手舱度过的第一个夜晚也是在那里的最后一个夜晚。第二天，新任大副约翰森就被海狼拉森逐出了舱房，到猎手舱去过夜了，而我则入住了从第一天起就住有两人的舱房特别小间。猎手们很快就知晓了这个变化的原因，发出了一阵抱怨声。约翰森好像有在睡梦中将白天所做过的事情重温一遍的习惯，时不时地大声喊话，发出指令，海狼拉森实在是难以忍受，于是将这个怪物推给了猎手们。

我一晚上都没睡着，起床后身体很虚弱，情绪很痛苦，瘸着腿开始经营我在“幽灵”号上的第二天的生计。托马斯·马格里奇清晨五点半钟就来到我的舱位旁边叫我起床，很像是比尔·赛克斯唤出他的猎狗。但是马格里奇先生对我的虐待却被人照样奉还，外加利息。他不必要的大声呼叫（我整夜都没有合眼）肯定吵醒了一个猎手，因为一只沉重的靴子呼地一声从昏暗之中扔了过来，马格里奇先生痛得失声大叫，然后便低声下气地乞求大伙儿原谅。后来我在厨房里注意到他的耳朵被砸破了，又红又肿的，一直没能恢复原态，水手们都戏称他为“花椰菜耳朵”。

那一天充满了痛苦的变故。我头天晚上把干衣服带下了船舱，第二天清晨第一件事就是替换掉厨工的那套衣服。我寻找我的钱包，里面除了些许零钱外，应该还有一百八十五美金的金币和纸币。我对于这种事记性很好。钱包我是找到了，但里面除了小额银币外，其他的全给人搜走了。我到甲板上的厨房里干活时对厨工谈了这事。虽然我料到会得到无礼的回应，但没料到是一篇好斗的阔论。

“听着，驼背。”他开始教训我，目露凶光，喉咙里发出咆哮声，“你是想让我揍扁你的鼻子吗？如果你认为我是贼，就该把自己的东西保管好，要不然就是你他妈的自己的错。你这要还不是恩将仇报，上天可以戳瞎我的双眼！你他妈的是一个可怜的人渣，上船后还是我将你弄进厨房的，好心好意照料你，你反倒这样来报答我。要我说，下次就让你去下地狱吧，但这回我得好好教训你。”

嘴里这么嚷嚷着，他已经攥紧双拳朝我冲了过来。说起来丢面子，我不但躲了那一拳，还逃到了厨房外面。我还能怎么做？在这条充斥着兽性的船上，除了暴力，任何东西都不管用，道德说教更是前所未闻。你想象一下：像我这样一个中等个的男人，身板瘦弱，肌肉松弛，缺乏锻炼，过着平静安稳的日子，惮于任何形式的暴力——这样的男人能做什么呢？要是跟这样衣冠禽兽的人去较真的话，那我也可以和发狂的公牛去搏斗一番了。

我当时就是如此想的，因为我必须找到如此行动的依据，与我的良心相安无事。但这种依据并不能使人信服，即使到了今天，我以男子汉的身份回想这些往事，也不能完全原谅自己。因为当时的情景已超出了纯理性思考的范畴，它所要求的是相应超越冰冷理智决定的血性解决方式。从常规逻辑上看，应该没有一桩事能让我感到羞愧，但是每次忆及于此，我心里就会腾起一股莫名的羞辱感，男子汉的骄傲使我的身份无端感到了玷污和糟蹋。

上述想法与当时的情景无关。我从厨房逃走得太快，膝盖疼痛难忍。我无助地跌倒在舵楼的甲板隔断处，好在伦敦佬并没有追过来。

“你们瞧他那逃走的熊样！瞧他那熊样！”我听见他叫嚷着，“还拖着条瘸腿！回来吧，妈妈的小宝贝，我不揍你了。不，不揍了。”

我走回去继续干活，此事至此暂告一段落，虽然好戏还在后面。我在舱房的桌子上摆上早餐，七点钟服侍船管人员和猎手们用餐。狂风暴雨在此刻显然已经停歇，尽管海上还是波浪滚滚，风力强劲。值早班的水手已扯起风帆（两条中桅帆和船首的三角帆除外），“幽灵”号正在兜满风疾行。我在餐桌旁还听说早餐后那三张帆也会扯起来，我还听说海狼拉森急于利用这场暴风提供的有利条件，将帆船送到西南方向的一片海域，好让他赶上东北向的贸易风。他希望利用贸易风的助力往南画个弧线，进入热带海域，再在靠近亚洲海域边界时掉头向北，完成到日本附近海域的航程。

早餐之后我又有了一次不会令人羡慕的经历。我洗完盘子，清除了舱房火炉，提着炉灰上了甲板，要将它们倒进海里。海狼拉森和亨德森站在舵轮旁神情专注地谈着话，水手约翰逊把着舵。我在往船的向风面走时看见约翰逊的头忽然摆动了一下，我误以为是他认出了我，给我道声“早安”，实际上他是在向我发出警告，要我去背风面去倒炉灰。我没有意识到自己的错误行为，从海狼拉森和猎手身旁一走过便将炉灰迎风倒了出去。风把炉灰顶了回来，不但刮了我一脸一身，也将炉灰刮到了亨德森和海狼拉森身上。海狼拉森立即狠狠地踢了我一脚，就像踢一条狗一样。我从来不知道挨踢会有这么痛，我脚步踉跄地从他身边蹿了出去，直到撞到舱壁才稳住了身子。我几乎痛昏了过去，眼前的一切物体都在旋转，体内直犯恶心。那种犯晕厥的感觉十分难受，我好不容易才将身子挪到了船舷边。海狼拉森没有继续教训我，他掸了掸衣服上的炉灰，又跟亨德森交谈起来。约翰森在舵楼甲板隔断处目睹了这一幕，打发了两个水手到船的后部去清扫炉灰。

那天近午时分，我又撞见了一个性质完全不同的意外事件。我按照厨工的指派到海狼拉森的船长房舱去收拾房间，整理床铺。靠近他的床头，紧挨着墙壁摆放着一个小书架，上面摆放了一些书籍。我扫了一眼，不禁大吃了一惊，因为我注意到了莎士比亚、丁尼生①、爱伦·坡和德·昆西②这样的大名；还有以廷德尔③、普罗克特和达尔文为代表的科学家著作，也有天文学和物理学专著。我还注意到了布尔芬奇④的《寓言时代》、萧伯纳的《英美文学史》，还有约翰逊的两大卷本自然史。另外还有许多语法书，著者有米特卡夫、里德和凯洛格等人。我见到一本《统编英语》时不禁笑了起来。

我很难将这些书籍和我所见识的那个人联系在一起，我甚至怀疑他是否阅读过这些书。但是我在给他收拾床铺时在毛毯间发现了一本剑桥版的《勃朗宁全集》，那里显然是他睡着时掉落的，翻开出的章节是《在阳台上》，我发现在好些段落下面，有铅笔画下的横线。此时船颠簸了一下，我把书掉到了地上，书中飘出了一张纸，上面潦草地画了一些几何图形，还有一些数学计算公式。

显然，这个令人心生恐惧的人并不是一个无知的鲁莽汉子，尽管人们从他粗野的行为中必然会给出这样的结论。他在我的眼里瞬间成谜。将他天性的两个截面分开理解是很容易的，但二者的有机统一却令人心生困惑。我曾经注意到他具有良好的语言才能，尽管有时也有表述不够精确的小瑕疵。当然，他跟水手和猎手们交流时

---

① 丁尼生：Alfred Tennyson（1809—1892），英国诗人，重视诗的形式完美，音韵和谐，辞藻华丽，被封为“桂冠诗人”。

② 德·昆西：Thomas De Quincey（1785—1859），英国散文家，文学评论家。

③ 廷德尔：John Tyndall（1820—1893），英国物理学家，研究气体辐射热，论证天空呈蓝色是尘埃对太阳光散射而形成，“廷德尔效应”即以其姓氏命名。

④ 布尔芬奇：Thomas Bullfinch（1796—1867），美国著作家，著作涉及古代历史传说、文学艺术等领域，主要贡献在于以通俗笔法改写了古代和世界神话。

经常出现语言漏洞，犯明显的语法错误，但那是行话俚语本身具有的特色，他在与我有限的语言交流中，意思表达得准确且清晰。

窥见他性格的另一面使我壮起了胆子，我决定向他提及丢钱的事。

“我的钱被偷了。”不久之后，我看见他独自一人在船尾来回踱步，便对他说。

“称先生，”他纠正我，语气虽不粗暴，但也威严。

“我的钱被人偷了，先生。”我纠正道。

“怎么被偷的？”他问道。

我告诉他事情的原委，我怎样将衣服留在厨房里晾干，而我向厨工提及此事时又如何差点被他痛揍了一顿。

我描述时他一直微笑不语。“顺手牵羊，”他下结论般说，“伙夫顺手牵羊。可你不觉得你那可怜的小命值这几个钱吗？再说，只当花钱买个教训吧，你会逐渐学会如何照顾自己和钱财的。我估计到目前为止，你的钱财都是由你的律师或经理人帮忙打理的。”

他的话中带有一丝讥讽的意味，可我还是问他：“那我怎样才能将钱要回来呢？”

“那是你的问题了。你现在再也没有律师或经理人了，只能靠自己。你到手了一块美金，就该在手里攥得紧紧的，像你这样随手乱放，丢了活该。而且你也犯了错，你没有权利诱惑你的同伴。你引诱了伙夫，他堕落了，你伤害了他不朽的灵魂。顺便问一句，你信不信灵魂是不朽的？”

他问这个问题时才懒懒地抬起了眼皮，心灵的深处似乎向我开放了，我仿佛窥见了他的灵魂。可那只是一种幻觉，深是够深的，但这世上没有人能够深入到触及海狼拉森的灵魂，或是窥视到它——对此我现在已深信不疑。我后来才明白过来，这是一个非常孤寂的灵魂，从未揭下其伪装的面具，虽然偶尔作态地装作去揭开它。

“我在您的眼睛里看到了永存，”我回答道，省掉了“先生”。这是一种尝试，因为我想以彼此交谈的密切程度，应该问题不大。

他果然没有注意到这一细节。“我想你这话的意思是你看到了一些鲜活的东西，但那也不能保证永存不朽。”

“我看到的比这还要多。”我继续大着胆子说。

“那么你就是看到了意识，那种感知生命活力的意识。可这依然说明不了问题，没有永存的生命。”

他的思维那么清晰，思想的表述是如此的准确无误！他将好奇的目光从我身上挪开，望着向风面铅灰色的天空，眼神中带有一丝悲凉的色彩，嘴唇的线条也变得僵硬，情绪显然很低落。

“那又能达到什么目的？”他忽然扭转身子问道，“假如我能够永存吧——那又如何？”

我一时语塞。我怎样去对这个人阐述我的理想主义呢？我能够用语言来表述某种信念吗？这种信念又如梦中听见的某种旋律，只可意会，无法言传。

“那么您相信什么呢？”我反问道。

“我相信生命犹如一团乱麻，”他不假思索地答道，“或者说像酵母，一种酶。它会活动，时间可持续一分钟，一个小时，一年，或者一百年，最终总会停止。为了继续活动大酵母就会吞食小酵母；为了保持体力强酵母就会吞食弱酵母。幸运的酵母吃得最多，活动的时间也就最长，生命不过如此而已。对此你怎么看？”

几个水手在帆船中部操弄着帆索之类的玩意儿，他朝他们不耐烦地挥动了一下手臂。

“这些人在活动，水母也活动。他们活动是为了吃，也是为了能继续活动，事情就是这么简单。他们为肚子活着，这是一个闭环，你逃不掉这个循环，他们也一样。最后他们停止了，不活动了，死了。”

“他们有梦想，”我打断他道，“催人上进的、光明的梦……”

“梦见的是食物。”他以格言般的语气说道。

“更会梦见……”

“食物。梦见更大的胃口和满足这种胃口的更大幸运。”他的语气更刺耳，却并不轻率。“你仔细听好。他们梦见幸运的出海经历，能赚更多的钞票；梦见在船上当大副；梦见大发横财——总而言之是占有更优越的地位去掠夺他们的同伴。他们梦想着整个夜晚寻欢作乐，享受着美味的食物，脏活累活都留给别人干。你和我与他们一样，毫无区别，只是我们吃得更多、更好罢了。我现在就在吃他们，你也一样。可是在过去，你比我吃得更多。你睡柔软的床铺，穿漂亮的衣服，吃精美的食物，可床是谁铺的？衣服是谁做的？饭是谁烧的？都与你没有关系。你从来就没有流汗做出过任何东西。你靠你父亲赚的钱生活，像一只军舰鸟扑向鲣鸟，从它们口中将它们捉到的鱼掠走。你与组成所谓政府的那帮人是同伙，而那帮人是所有其他人的主人。你们把别人挣来准备自食的食物吃掉。你们穿着温暖的衣服，而那些制作衣服的人却穿着破衣烂衫，冻得瑟瑟发抖，还得向你，或向管理你的资产的律师和事业经纪人乞求一份工作。”

“这话题已扯远了。”我大声叫道。

“才没有呢。”此时他陡然语速加快，两眼放光。“这是猪的生活方式，也是人的生命属性。讨论猪性的永存有什么用处和意义？目的何在？边界又在哪里？你没有种过粮食，可是你一餐吃掉的或浪费掉的食物却可能救一二十个可怜人的性命，他们种了粮食却吃不到嘴里。你生命永存的目的何在？或者可以换一个问法，他们生命永存的目的何在？就拿你我之间发生过的状况来说吧，你的生命和我的生命迎头相撞以后，你自诩的永存还有什么意义？你迫不及待地想返回陆地，因为那里对你猪性的存在有利；而我的愿望是将你困在船上，这里我猪性的存在有绝对优势，我一定要把你留下来。我既可以让你存活，也可以毁掉你。可能是今天，也可能是这个星期或是下个月，你就会死去。我现在就可以一拳揍死你，因为你是一个可怜的弱者。但是，如果我们的生命是永存的，你又如何解释这种现象呢？你和我这一辈子都过着猪性存在似的生活，永存的生命是不属于此的。还是那些问题，讨论这些有什么意义？我为什么将你留在船上？……”

“因为您更强势。”我脱口道。

“我为什么更强势？”他的问题似乎没有止境。“还不是因为我这块酵母比你大吗？难道你不明白吗？明白了吗？”

“我只明白我没有指望。”我断言道。

“这一点我倒同意你的看法。”他答道，“既然没有指望，那你还活动干吗？因为活动就是生活吗？如果不活动，不是酵母的一分子，有没有指望就无所谓了。但是——问题就出在这儿——我们虽然没有理由想活，想活动，却依然活着、活动着，碰巧因为活着和要活动是生命的天性。要不是因为这个原因，生命就会死亡。正是你身体中的这种生命使你梦想着永存，它活着，并且想永远地活下去。呸！永远不变的猪性罢了！”

他忽然转过身子向前甲板走去，在舱楼甲板的隔断处站住了，将我叫到他身旁。

“顺便问一句，伙夫从你那儿顺走了多少钱？”他问道。

“一百八十五美金，先生。”我回答。

他点点头。过了一会儿，正当我向升降口楼梯走去，准备下舱去摆放午餐餐桌时，我听见他在船的中部大声骂着什么人。

第六章

第二天早晨暴风雨已完全平息，“幽灵”号在平静无风的海面上轻快地滑行，偶尔有轻微的海风拂面。海狼拉森不安地在舵楼甲板上逡行着，眼光搜索着东北方向的海面，强劲的贸易风一定是从那个方向刮来。

人们全都聚集在甲板上，忙着收拾自己各式的小艇，为本季节的捕获行动做着准备。船上一共有七只小艇，除了船长的救生艇外，其他六只都是猎手用的工作艇。每条小艇上有三个人，由一个猎手、一个桨手和一个舵手组成。桨手和舵手在三桅船上都是船员，猎手在通常情况下可以指挥桨手和舵手，而全体成员都需要听从海狼拉森的指挥。

以上这些知识，以及更多的有关知识，都是我现学的。在旧金山和维多利亚各船队里，“幽灵”号被公认为是航速最快的三桅船。实际上它以前是一艘私人游艇，建造时速度是主要的考虑因素。它的轮廓和装备就已经很能说明问题——尽管我对此类事情不明就里。

昨天值第二个二时班①时我和约翰森小聊了一会，他把有关这船的来龙去脉告诉了我。他谈得眉飞色舞的，言辞中带着对好船的喜爱，像某些人钟爱骏马一样。他对这次航程的前景持悲观的看法，我从他那儿了解到海狼拉森在猎海豹船的船长中早已声名狼藉。约翰森完全是受到“幽灵”号的诱惑才与海狼拉森签约的，而现在他已经开始后悔。

他告诉我，“幽灵”号是一条重八十吨的三桅船，构造得极其精巧。它的横梁，即宽度，为二十三英尺，长度略大于九十英尺。铅制龙骨的重量无人知晓，但奇重，因而堪称稳定，而它还配有展幅巨大的船帆。从甲板到主中桅的桅冠之间的距离超过一百英尺，与它相比，前桅和中桅短八至十英尺。我之所以给出这些数字，是想让读者对这个载有二十二名船员的浮动小世界的大小有个具体的印象。这是一个极小的世界，一粒微尘，一个斑点，人们竟然敢乘坐这种小且脆弱的人造工具到大海中去冒险，想到这点就让我惊讶不已。

海狼拉森还以随意处置船帆闻名。我曾无意间听到亨德森和一个来自加州的猎手斯坦迪什谈过此事。两年前他在白令海遭遇飓风，将几根桅杆全砍掉了。现在的桅杆都是后来重新装上去的，更重，更结实。据说他在安装时曾扬言，他情愿将船拱手相让也不肯失去桅杆。

除了因受到提拔而喜出望外的约翰森，似乎每个人上船都有其特殊理由。前甲板上的人有一半是远洋水手，他们的解释是不清楚这条船和其船长的状况，而知道底细的人则窃窃私语，说这些猎手们尽管枪法娴熟，却都以喜欢争吵和流氓习气而名声远播，因此正

① 二时班：船上为调换夜间值班时间，将下午4—8时的值班分为两班，各两小时，称为第一“二时班”和第二“二时班”，为正常值班时间的一半。

派点的三桅船船主都不愿意雇他们上船。

我与另一个船员交上了朋友，他名叫路易斯，是来自加拿大新斯科舍省的爱尔兰裔人。他有着圆胖的身子，满脸快活样，善于交际，只要愿意倾听，他会和你一直聊下去。下午，厨工下舱午睡去了，我正在削着永远也削不完的土豆皮，路易斯就摸进厨房和我“闲聊”。他解释他上船的原因，说是签字时喝醉了。他向我再三保证，要是在清醒状态下，他是绝对不会签字画押的。他好像每年到季节都会上船捕猎海豹，已经有十二年了，被认为是两个船队最优秀的两三个舵手之一。

“啊，小伙子，”他对我遗憾地摇着头，“你选了一条最闹心的三桅船，而你不像我，我是喝醉了。出海打海豹是水手的‘乐园’——但指的可不是这条船。大副是第一个挂掉的，但是记住我说的话，在这一趟航程结束前，还会有人死掉的。嘘，这话就我俩知道，还有那根柱子知道，海狼拉森就是个十足的魔头。‘幽灵’号会成为‘地狱’船的，自从船被他控制后就一直这样。我不知道吗？难道我不知道？我会记不住这个人？两年前在日本函馆他与人起了争执，杀掉了他的四个跟班，我当时正在‘埃玛’号班轮上，离现场还不到三百码呢。就在当年他还一拳打死过一个人。先生，是真的一击毙命了，脑袋准是像蛋壳一样被敲碎了。还有一次他邀请英岛市市长、警察局局长，几位日本先生到船上做客，他们都带了夫人——漂亮的小宝贝，像扇子上画出来的美女。在他的精心安排下，船开出后那几个可爱的丈夫像出了偶然事故一样漂在船后的小舢板上，一个星期后那几个可怜的小妇人才在岛的另一边上了岸，没有人接，只好翻山路回家，脚上穿的小巧精致的草鞋，走不了一英里就散掉了。这些事难道我都不知道？海狼拉森就是那个野兽——《启示录》① 里所说的大兽。他不会有好下场的。可你得记住，我什

① 《启示录》：基督教《圣经·新约》的末卷。

么都没有对你讲过，一句悄悄话都没有。哪怕这条船上最后一个妈妈的儿子都成了鱼食儿，我老胖子路易斯也不打算在这次航程里送命。”

“海狼拉森！”过了一会儿，他鼻子哼了一声说道，“听听这个名字，你听听！狼——他就是一匹狼！他跟某些人还不一样，那些人只是黑了心，而他则是干脆没有心。狼，就是一匹狼，他就是那么个东西。难道你不觉得他是人如其名吗？”

“可是，既然他臭名远扬，”我不解地问道，“又怎么能找到人帮他在船上干活呢？”

“在上帝的陆地和大海上，你是如何雇人干活的？”路易斯带着凯尔特人的怒气问道，“如果我不是醉得像头猪，糊里糊涂签下了名字，你能在这船上碰到我吗？这条船上好些人是不屑于与他们共事的，比如那些猎手；有些人被蒙在了鼓里，比如前舱那些油腔滑调的可怜宝贝，可是他们会明白过来的，一定会的，到那时他们就会后悔来到人世间了。我要是能忘掉可怜的老胖子路易斯和即将遇到的麻烦事，真恨不得为这些可怜虫掉几滴眼泪呢。但提醒你一下，这可不是什么悄悄话，不是的。”

“那些猎手都是些坏小子，”隔了一小会他又说了起来，因为他体质上有一种坏毛病——话痨。“你就等着瞧他们在船上嬉戏作乐，闹个天翻地覆吧。只有那个家伙能降住他们，能够让这些黑心烂肺的家伙心存一丝对上帝的恐惧。就说我那个猎手霍纳吧。他们叫他‘骑手’霍纳，性格文静随和，说话细声细气的，像个小姑娘。你还以为一块牛油含在他嘴里都不会化呢，可是就在去年他不是杀死了他的舵手吗？还说是什么意外的不幸事故，可我在日本横滨遇见了和他同艇的桨手，他告诉了我事件真相。还有‘黑人’，那个黑小鬼，因为在俄国的禁猎地铜岛偷猎，不是被俄国佬送到西伯利亚的盐矿关过三年吗？戴上手铐脚镣，跟同伴关在一处，不是还吵过架、闯过祸吗？‘黑人’还把他杀的人大卸八块，用桶拎上矿顶，一次带一块，今天是腿，明天是胳膊，后天是头，就那样的。”

“你说的不会是真话吧！”我吓得大声叫出来。

“什么真话？”他条件反射般地反问道，“我可什么都没说。我又聋又哑；为了你妈妈的缘故，你也得是又聋又哑。对提到的任何人或事，我说的都是好话，否则上帝可以诅咒我的灵魂，让那灵魂在炼狱煎熬一千年，然后打入最后最深的地狱里去！”

约翰逊，那个我刚上船就擦破我身子的水手，似乎是全船上下性情最直率的人。他说话办事从不拖泥带水，与他接触过的人能感受到他的率真和男子汉气概，但亦不乏一丝羞怯的味道，可能被人认为是胆怯。但他并不是一个胆怯的人，他似乎敢于坚持自己的信念和男子汉身份。正是这种性格，使我刚见到他时，见识到他拒绝别人称他为约恩森。基于此，路易斯对他的性格和人品作了判断和预测。

“在前舱的同事中，北欧佬约翰逊是个好人，”他说道，“是前舱中最好的水手，也是我的桨手。但是不幸的是他碰上了海狼拉森，只要火花一冲，他俩就会干起来。这事只有我看得明白，就像看天上的云彩就知道有暴风雨一样。我曾经和他像哥俩般谈过心，可是他不想隐藏自己的观点，瞧不起虚眉假脸的人。有看不惯的事情他就会发牢骚，而迟早会有跟屁虫将这些话传到海狼的耳朵里。海狼是很强壮的，而且见不得别人比他强壮，但他会见识到约翰逊的强壮。约翰逊不会服软的，不会在挨打受骂后还说‘是，先生；谢谢您的好意，先生’。啊，将来会出事的，一定会的。到时候我到哪去找另外一个桨手，只有上帝知道！老头子叫他约恩森，那个傻瓜怎样回答？他说‘我的名字叫约翰逊，先生’，然后就一个字母一个字母地拼给他听。可惜你是没有当场看见那老头子的脸！我以为他当场就会跟约翰逊翻脸呢，他没有。不过他总有翻脸的那一天，会叫那北欧佬吃不了兜着走，否则就算我少了些见识，不懂得海船上人的行事风格。”

托马斯·马格里奇的行为越来越过分了，他要求我与他对话时言必称先生，理由是海狼拉森好像很喜欢他。我觉得船长与厨工称兄道弟是前所未有的怪事，但海狼拉森就这么做了。有两三回他还将脑袋伸进厨房，与马格里奇开几句无伤大雅的玩笑；有一次还在舵楼隔断处跟他足足交谈了十五分钟。谈话完毕后，马格里奇返回厨房，脸上泛着油光，在干活时还哼起了街头小贩似的小曲，假声假气的，还老跑调，对人的神经是一种折磨。

“我跟头儿们总是相处的很好。”他用推心置腹的语气对我说，“我知道我如何做才能招人喜欢，我知道这一点。我前回的那个船长——我不在乎下到舱里去和他闲聊两句，为友谊喝上一杯。‘马格里奇，’他对我说，‘马格里奇，你入错门了。’‘入错什么门了？’我问道。‘你生来就是个绅士，不用靠干活来挣饭吃的。’驼背，他要是没有对我说过这样的话，让我遭雷劈死。那时我可是坐在他的舱房里，快活舒服地抽着他的雪茄，喝着他的朗姆酒的。”

这种恬不知耻的自我吹嘘弄得我心烦意乱。我还从来没有听过那么令我憎恶的声音。他那油滑的语调、胁肩的谄笑和骇人的自负，对我的精神是一种极大的折磨，有时气得我全身发抖。可以肯定地说，他是我此生见过的最厌恶、最烦心的人。他做的饭菜之肮脏令人难以形容，因为全船人吃的饭菜都要经过他的手，我只好在一堆食物中仔细辨别，挑相对不那么脏的食物果腹。

我的双手不习惯干体力活，给我惹了许多麻烦。指甲褪了原色，变黑了。脏物也渗进了皮肤表层，即使用刷子也洗不干净了。手上还磨出了水泡，一个接一个的，似乎没完没了，还钻心地痛。我的前臂上还有好大一块烫伤，那是因为有一次船晃荡时我没站稳，跌倒在厨房的火炉上造成的，膝盖上的伤也没有好转的迹象，红肿没有消退，膝盖骨也还鼓起着。从早到晚瘸着腿走路是不利于伤口的愈合的，如果这伤还能养好的话，我需要的实际上是休息。

我以前从来不知道这个词的真正含义。到目前为止我已休息了半辈子，对此我却浑然不觉。现在我要是能坐上半个小时不动，什么事都不做，甚至什么都不想，那就是世界上最惬意的事了。可是从另一方面看，这也是一种启示，从此以后我就能体会体力劳动者的辛苦生活了。我做梦也没有想到干体力活是这么可怕的一件事，从清晨五点半起直到晚上十点钟，我是全船人的奴隶，没有一丁点自己支配的自由时间，只有在第二个二时班快结束时才能够偷闲休息一分钟，瞥一眼泛着阳光的海面，看着水手爬上纵帆上缘的斜桁，或是放出船首斜桁的帆绳，这时我一定会听见那令人厌恶的呻吟："哎，驼背，说你呢，别磨蹭了，我这眼睛还盯着你呢。"

统舱里有激烈打斗过的痕迹，据说是"黑人"和亨德森干了一仗。亨德森似乎是猎手中脾气最好的一位，动作迟缓，不容易被人激怒。可是这一回他一准是被激怒了，因为"黑人"进舱来吃晚饭时一只眼睛青肿充血，满脸怒气。

晚饭之前发生了一件残忍的事，充分反映了这帮人的残酷无情。水手中有一个名叫哈里森的新手，是一个长相愚笨的乡下小伙子，我猜想他是受到冒险精神的激励来做第一次海上航行的。当时由于风向不定，三桅船航线走得歪歪扭扭，风帆也东偏西倒的，急需一个人上去将纵帆上的前斜桁扳正。哈里森爬上去后，横帆索却不知为何在它所穿过的斜桁滑车尾部被卡住了。要把它拉出来有两个办法：一种是放下前帆，相对来说比较简单，也没有风险；另一种是穿过斜桁尖头的升降索出去，爬到斜桁顶上，而这要冒极大的风险。

约翰森向哈里森大声叫喊，要他从升降索间爬出去。大伙儿心里都明白，那小伙子是害怕了。在甲板上方八十英尺的高空，命悬几根乱抖的细绳，他有理由感到恐惧。如果风向稳定，情形倒也不会太坏，但是"幽灵"号是在茫茫大海上颠簸起伏的一条空载帆船，每颠簸一次帆就嘭嘭作响地拍打一次，升降索也随之放松或收紧，升降索极有可能将上面的人抽下来，像拍子拍苍蝇一样。

哈里森听见了命令，也知道怎么做，但是他却犹豫不决，这可能是他生平第一次爬到这么高的地方。深得海狼拉森霸道真传的约翰森口中不断地骂骂咧咧的。

“够了，约翰森。”海狼拉森不客气地打断他说，“我得让你明白，在这条船上骂人是我的事。需要你帮忙时，我会主动喊上你的。”

“是，先生。”大副恭顺地应答道。

这时哈里森已经开始从升降索往外爬。我在厨房门口抬头望着他，只见他四肢颤抖，仿佛发了疟疾。他爬行得非常小心缓慢，每次只前行一英寸。在清晰蓝天的映衬下，他的身体就像一只大蜘蛛，在窗花格似的蛛网间爬行着。

因为前帆高高翘起，哈里森要略微向上爬行，升降索穿过了斜桁和船桅的几道滑车，给了他四肢几处着力点。可现在的问题是风力不够大，风向也不够稳定，船帆兜不满风。他刚爬出一段距离，“幽灵”号顺风向前航行了一段距离，又一头扎进了两浪之间的浪谷中。哈里森停止了爬行，两手死死抓住身旁的物体。我在八十英尺下也能看见他为了保命紧抓物体时肌肉痛苦的痉挛。帆瘪了，斜桁向中部冲撞过来，升降索松弛了，虽然这是转瞬间发生的变故，我却能看见升降索在他的体重之下垂了下去，随即斜桁急速扫向一边，大帆像放炮一般发出砰砰的声响，三排帆的折叠尖全扫在帆上，叭叭作响，像打排枪。哈里森在空中正心惊胆颤地朝前爬，突然间停住了，此时升降索又绷紧了，犹如向哈里森迎头抽了一鞭。他失去了对身体的控制，一只手悬空了，另一只手拼命坚持了一会儿，也松了，身子被甩了出去，直往下掉。但是他设法用双腿保住了命，头朝下悬在了半空。他双手一使劲重新拽紧了绳索，却花了很长时间才重新回到先前的位置。他被困在那儿了，可怜的家伙。

“我敢打赌，他是没有吃晚饭的胃口了。”我听见海狼拉森在厨房转角处外端说道，“别站在下面，说你呢，约翰森！小心！会出事的！”

实际上哈里森看上去非常难受，像晕了船一样。他猫着身子在那危险的地方攀附着，压根儿就不想动弹一下，而约翰森却狠心地催促他去完成自己的任务。

“真可耻!”我听见约翰逊用英语咆哮道，语速缓慢，语音准确。他站在主索具旁边，离我只有几英尺远。“那孩子干活可主动呢，给他合适的机会，他就会上手。可这却是……”他停顿了一会儿，我想他最后想说的单词是“谋杀”。

“小声点，你!”路易斯悄声对他说，“看在你妈妈爱你的份上，闭嘴!”

但把一切瞧在眼里的约翰逊继续大声嚷嚷着。

“听我说一句。”猎手斯坦迪什对海狼拉森说道，“他是我的桨手，我可不想失去他。”

“你说的很对，斯坦迪什。”海狼拉森这样答道，“他上了你的艇就是你的桨手，可他在我的船上就是我的水手，我他妈想要他干什么他就必须干什么。”

“但那也没有理由……”斯坦迪什激动地开始反驳。

“就这样吧，说得好极了。”海狼拉森反呛道，“道理我已经跟他讲明白了，到此为止。他是我的人，我要是乐意，可以拿他做碗汤喝到肚子里去。”

猎手眼中冒出愤怒的光，但却扭转身子进了统舱的升降口，待在那里观察着上面的情形。这时所有的人都上了甲板，眼睛都朝桅杆上部望去，那里有个人正在和死神搏斗。工业化的组织将人的生命交给了某些人控制，而他们对此却保持一种冷漠的心态，看得叫人寒心。我一向过着超乎于尘世的生活，做梦也没有想到底层社会的劳作会是这样的一种场景。生命对我而言似乎一向是特别神圣的存在，可是在这儿它却一文不值，在商业计算里它就是个零。不过在这里我必须说明，水手们之间还是抱有同情心的，约翰逊就是一个明显的例子，但是大小老板们（猎手们和船长）则表现得没心没肺。即使斯坦迪什的异议也只是表明他不愿意失去自己的桨手，如果陷于困境的是别人的桨手，他也会抱着看热闹不嫌事大的心态的。

还是说回哈里森身上吧。约翰森对着这个可怜鬼足足辱骂了十分钟，才逼着他动弹了身子。一会儿后他爬到了斜桁尽头，跨上斜桁，进而稳住了身子。他理顺了帆脚索，有时间沿着略微下斜的升降索返回到船桅，但此时他却失去了做下一个动作的勇气，尽管目前他处的位置并不安全，但他觉得升降索处更不安全。

他望着他必须穿越的空中路径，又往下瞅了瞅甲板，双眼圆瞪，身子猛烈地颤抖起来。我从来没有在人的脸上看到过如此恐惧的表情。约翰森催他赶快下来，但不管用。他任何时候都有可能被从斜桁上抽下来，但已经惊吓得没了主意。海狼拉森与“黑人”一起走来走去谈论着什么，注意力已没再放在他身上，尽管他也对舵手大声叫唤过一次：

“你偏离航道了，你这个家伙！集中精力，否则你会有麻烦的！”

“是，是，先生。”舵手回应道，将舵轮往下打了两把。

舵手先前是故意让“幽灵”号偏离了航道几个罗经点①，是想让现有的微风张满前帆，使其稳定下来。他是冒着惹怒海狼拉森的危险帮不幸的哈里森的。

随着时间的不断逝去，这种悬而未决的状况使我感到了害怕，而在托马斯·马格里奇的眼里，却是一件令人乐不可支的奇事。他不断地从厨房门口探出头来说些俏皮话，恨得我牙痒痒！在这个令人恐惧的时刻，我心中对他的积怒越来越深，几乎达到不可控制的程度。我平生第一次有了想杀人的欲望——“见红”，这是套用某些作家的形象语言。在一般的意义上来说，生命依然是神圣不可侵犯的，但是像托马斯·马格里奇此类生命的存活，确实是对神灵的亵渎。当我意识到自己也“见红”了时确实也吓了一跳，一个念头闪

① 罗经点：罗盘上两个罗经点之间的夹角，等于十一点二五度。

过了我的脑海：我是否也沾染了周遭环境的暴戾之气呢？我以前一向不赞成夺人性命，即使对十恶不赦的罪犯也持有如此的看法。

又过去了足足半小时的时间。我看见约翰逊和路易斯发生了某种争执，到后来约翰逊挣脱了路易斯的胳膊，向前奔去。他穿过甲板，跳进前桅索具里，开始向上攀爬，但没有逃过海狼拉森敏锐的眼睛。

“喂，喊你呢。你爬上去干什么？”他大声喊道。约翰逊停住了攀爬，盯着船长的双眼缓慢地答道：

“我上去把那个孩子弄下来。”

“马上给我从索具里出来，你他妈的最好利索点！听见没有？下来！”

约翰逊犹豫了一小会儿，但是多年来对老板的顺从想法占了上风。他忧闷不乐地下到甲板上，向前走去。

下午五点半钟我下舱去摆餐桌，却心不在焉地不知道自己在做什么，眼睛里脑海中充斥着一个人的影像，他的脸色苍白，全身颤抖着，犹如甲虫般戏剧性地攀附在剧烈抖动的斜桁上。六点钟上晚餐了，我上甲板到厨房去取食物，看见哈里斯还待在相同的位置。进餐的人在谈论着其他事情，似乎没有任何人关注那个被无常的命运置于危险境地的鲜活生命。稍晚些时候，我特意又去了一趟甲板，却高兴地看到哈里斯已经在有气无力、步履蹒跚地离开索具，往水手舱挪去。他终于鼓足勇气，自己爬了下来。

为使这次事件具有完整性，我还得记叙一段我与海狼拉森在船舱里的谈话，当时我正洗着盘子。

“你今天下午看上去有点闷闷不乐的。”他提起了话头，“怎么回事？”

我心里清楚他知道我跟哈里森差不多同样难受的原因，他只不过是想让我说出来罢了。我回答道：“是因为那个孩子受到了粗暴的对待。”

他微微一笑。“我看这就像晕船一样，有人晕船，有人就没事。”

“不是这样的。”我反驳道。

“就是这么回事。”他继续往下说，“这世界充满暴力，就像海洋涌动不息一样。有人一上船就恶心，有人一见暴力就恶心，那就是唯一的理由。”

“可是你却拿人的生命乱开玩笑，在你眼里难道生命就没有任何价值吗？”我质问道。

“价值？什么价值？”他两眼直勾勾地盯着我，其中隐含着一丝嘲弄的笑意。“什么样的价值？怎么衡量？由谁来衡量？”

“我来衡量。”我答道。

“那么生命对你意味着多少价值？我是说他人的生命。开个价吧，它的价值是多少？”

生命的价值是多少？我怎么能给生命定出一个具体的价值呢？我一向能言善辩，但在海狼拉森的面前却有点笨口拙舌了。自那次以后我认定此种状况一部分是他的强势性格，但更大的部分在于他具有与我迥然不同的世界观。他与我以前遇到的唯物主义者不同，我跟后者可以从共通的地方入手，可我跟他却没有什么共通之处。而且，他思维的单一指向性也使我感到困惑，他往往单刀直入直奔问题的核心，忽略表面的细节，而且带着一种不容人申辩的神气，使得我觉得脚下没底，仿佛在深水中挣扎。生命的价值？我怎么可能当场回答这种问题？我以前把生命的神圣当作不证自明的事，从来没有怀疑过生命具有内在价值是公认的真理，等到他对那公认的真理提出挑战时，我竟然语塞了。

“昨天我们就讨论过这个问题。”他说，“我认为生命是酵母，一种发酵的东西，它为了生存就吞噬生命，而即便生存下来，也不过是一种猪性的成功。为什么呢？如果说供求之间有关系的话，那么生命就是世界上最廉价的东西了。世界上只有那么多水，那么多土壤，那么多空气，而想来到这个世界的生命无穷无尽。自然可真是挥霍无度啊，你看看鱼类数以百万计的鱼卵吧。再看看你和我，在我们的腰眼里就蕴藏着生产数百万条生命的潜能。我们要是有时间和机会，使他们都来到这个世界上，一个也不落下，我们就能成为数国国民之父，使多个大陆人满为患。生命？呸！生命毫无价值，在众多廉价之物中它是最廉价的。随处可见到生命在乞讨。自然随心所欲地大把散播着生命，在只容得下一条生命的地方它播下了一千条生命。生命吞噬着生命，直至最强悍和最贪婪的生命才能活下来。”

“你显然读过达尔文的著作，”我说道，“可当你下结论说人为了生存可以恣意伤害其他生命时，你显然误读了他的意思。”

他耸了耸双肩。“你自己明白，你的那套说辞仅是对人的生命而言，因为你伤害的兽、禽、鱼的生命和我或任何其他人一样多。可是人的生命本质上和其他生命没有什么不同，尽管你觉得不同，而且自认为你有这种不同的理由。我为什么要吝惜这种随处可见的、毫无价值的生命呢？世界上的水手超过了海船的需求量，工人超过了工厂和机器的配给量。你们这些住在陆地上的人心里明白，穷人拥挤在城市的贫民窟里，忍受着饥饿和瘟病的折磨；更有赤贫的人因为吃不上一块面包或一小块碎肉（那也是残害了的生命）而死去，你们对此却束手无策。你见过伦敦码头工人因为争抢工作机会而像野兽一样搏斗吗？”

他往升降口楼梯走去，又转过身来说了最后一段话：“你知道吗？生命的唯一价值是它自定的，它必然估价过高，因为它有偏好，会溢价自沽。就拿我叫他上桅杆的那个人为例吧。他紧抓住物件不放手，好像自己是个宝，比钻石、红宝石还要贵重。可对你而言呢？他并不贵重。对我而言呢？他根本就不贵重。对他本人而言呢？十分贵重。可是我不接受他的报价。他可悲地高估了自己的价值。要想出生的生命太多了。如果他跌了下来，脑浆像蜂蜜从蜂房涌出来一样流到甲板上，那对世界而言也算不上什么损失。他对世界毫无价值，因为供应量太大，他只对自己有价值，而他死后自己也意识不到自己已失去了价值，可见这个价值也就是个虚幻之物。只有他自己把自己看得比钻石和红宝石还要贵重，但钻石和红宝石不见了，溅落在甲板上，被一桶海水冲得无影无踪，而他自己甚至也不知道钻石和红宝石没有了。这对他算不上什么损失，因为他损失了自己，也就无从知道损失。你还有什么话可说？”

“你的话至少在逻辑上说得通。”我只能这么说，手里还在继续洗着盘子。

第七章

经过三天风向不定的航行后，我们终于进入了东北贸易风的风带。这一晚我睡得很好，第二天清晨，尽管膝盖仍然隐隐作痛，我还是走上了甲板。在风力的鼓励下，“幽灵”号浪花飞溅地前行着，除艏三角帆外，其他的帆全升了起来，两侧的翼帆也张开了，承受着船后吹来的疾风。啊，神迹般的浩大贸易风！我们不分昼夜地航行着，第二天如此，第三天亦如此，日复一日地航行着，船后吹着稳定、强劲的风。三桅船自动地前行，不用收放帆脚索，不用操纵滑车，不必调整中帆，除了掌舵外水手们几乎无事可干。太阳落山时，松一下帆脚索；清晨时将沾满露水的帆脚索重新拉紧——就这么点事。

随时间段的不同，船的航速在十节、十二节、十七节之间切换。东北向的强风不间断地刮着，船在航道上一昼夜能行驶二百五十英里。这种将我们迅速带离旧金山、奔向热带地区的航速使我怀有一种喜忧参半的复杂心理。天气是一天比一天热了，水手们在值完第二个二时班后上到甲板上，脱得赤条条的，用桶从海里提上水来彼此泼洒着。飞鱼开始现身，晚上值上层班的水手在甲板上胡乱跑着，追逐掉落在甲板上的飞鱼。第二天早上，在小恩小惠的刺激下，托马斯·马格里奇的厨房里就会飘出煎飞鱼的诱人香味。偶尔的要是约翰逊在船首斜桁端处捕获了色彩斑斓的美人鱼，那前后舱的人们就有吃海豚肉的口福了。

约翰逊似乎总是在船首斜桁处或在桅顶横杆上度过自己的空闲时光，凝视着“幽灵”号满帆破浪前行。他有时似乎处于灵魂出窍的状态，欣喜若狂地望着饱满的风帆和泡沫飞溅的尾流，感受着“幽灵”号随着身边涌动无际的波峰浪谷起伏前行，双眼中流露出一丝敬畏的激情。

这些日日夜夜正如某个人所说的，“充满惊喜和狂欢”，我虽然被那些杂活缚住了手脚，也不时踅上甲板去欣赏那梦境中亦无的旷世美景。头顶上的天空呈一尘不染的深蓝色，与同色的海面互映成趣，船头前的海水闪现出蓝丝绸般的颜色和光泽，四周的天际线上空悬浮着羊毛般洁白的朵朵轻云，静止不动，几不变形，仿佛给完美无瑕的蓝宝石天空镶嵌了一副银白色的框架。

我还记得在一个深夜，早过了上床的时间，我却半坐半躺在前甲板的水手舱前，凝视着“幽灵”号船头犁开的白色浪花。水花声像幽静小谷里泉水潺潺流经苔痕斑驳的山石，它的浅吟轻唱使我远离尘世，进入浑然忘我的状态。我再也不是诨名为驼背的舱房小厮，再也不是在书籍堆里做了三十五年白日梦的那个范·魏登了。但是，我背后一个人的突然发声却将我拽回到现实中。没错，是海狼拉森的声音，带着那个人独特的坚定口吻，沉醉在他吟诵诗句的意境中：

啊，炽烈的热带之夜，尾流是光的一道鞭痕，
制伏了燠热的天空。
稳定的船头隆声作响驰过繁星倒映的海面，
惊恐的鲸在霞光里摆动着尾片。
船的铁甲留下了太阳的印记，可爱的姑娘，

帆绳紧绷，沾满夜露，
我们隆隆前行，沿着古老的航路，自己的航路，
之外的航路
沿着漫长的航路，常走常新的航路，我们顺流南下。

“嗯，驼背？有何感受？”他按吟咏的节律和情景的需求作了适当的停顿后，问道。

我盯住他的脸。这张脸泛射着光芒，犹如身边的大海，双眼映射着星光。

“你吓到我了，我真想不到你竟然有如此的激情。”我冷冷地答道。

“怎么了，伙计。这就是生活！是生命！”他大声喊道。

“是廉价的东西，一文不值！”我拿他的原话顶了回去。

他纵声大笑。那是我第一次在他的笑声里感受到他内心的快乐。

“哎，看来我是无法让你理解生命的真实含义了，我又不能将它硬塞进你的脑袋里。生命当然一文不值，但它的主体除外。我能告诉你的是我刚才的生命体验非常有价值——对我自己而言。它是无价之宝，你可能认为这是可笑的言过其实，可我却只能做如此衡量，因为衡量它的是我内在的生命。”

他停顿了一会儿，似乎在内心搜寻着能表述他思想的合适话语，接着又说了起来：

“你知道吗？我最近心中有一种茅塞顿开的感觉，博古通今，集各种力量于一身。我知晓真理，能够区分善恶，明辨是非，我的眼光清晰而深远。我几乎都可以相信上帝的存在了。但是，”他的声音变了调，脸上也失去了光彩。“这种我发现身在其中的此种环境是如何形成的？包括快乐的生活方式，提升生命的体验，激发出的精神状态——如果我能如此描述的话——它们源自何处？这些只是人们在消化机能良好时出现的错觉而已。这时人的肠胃功能正常，口味

大开，诸事顺遂。那是诱使你讨生活的一种贿赂，是渗入血液中的香槟，是酵母酝酿出的泡沫——这些东西使某些人臆想出神圣的思想，另一些人去膜拜上帝，或在看不见上帝时创造一个上帝，真相不过如此而已。它是生命的醉态，是酵母的蠕行，是意识到自己的动物性而胡乱发出的生命呓语。然后——呸，明天我就会为此付出代价的，就像醉汉付出的代价一样。我知道我一定会死去，很可能会葬身于大海，停止自身的爬动，在海水的浸泡中变成一堆腐肉，成为别的动物的口中餐，交出我全身肌肉运动的能量，使其转换成鱼鳍、鱼鳞和鱼内脏器官的机能和动能。呸！我再呸一次！香槟已经走了气，早已不能砰然作响冒气泡了，已经索然无味了。”

他走掉了，像来时一样忽然，如老虎般敏捷轻快地跳到了甲板上。“幽灵”号依旧破浪前行着，我注意到船头破水的汩汩声很像人的鼾声。我聚神凝听，淡忘了海狼拉森从高昂的生活激情遽然坠入绝望深渊所带给我的听觉冲击。这时帆船中部一个远洋水手用浑厚的男高音唱起了《贸易风之歌》：

啊，我是水手们喜爱的海风——
我稳定，强劲，而且真心
他们凭借流云寻找我的踪迹，
在热带这片莫测的蓝天之中。

白天黑夜我都追随着轻舟，
如猎犬般紧跟在她身后。
正午时我风头正劲，即使月光朦胧，
亦可为船帆兜住气流。

第八章

在亲身领教了海狼拉森怪异的情绪和行事方式后，我有时觉得他疯了，或是处在半疯的状态；但有时我又觉得他是一个伟大的人，一个郁郁不得志的天才。最后我得出了结论：他是一个彻头彻尾的野蛮人，晚出生了一千年或一千代，他现身在这个高度文明的世界是一个时代错误。他是一个如假包换的个人主义者，不但如此，而且非常孤独。他和船上的其他人毫无共通之处，他那极其充沛的精力和极强的心智将他和其他人间隔开来，在海狼拉森面前，他们都是些乳臭未干的小孩。他对猎手都是如此，把他们都当小孩看待，自贬身段地与他们玩在一起，就像主人逗弄小狗一样，或是用类似活体解剖家的冷酷手法，探究他们的心路历程，检视他们的灵魂，以确定他们的构成和质地。

我曾经不下二十次看见他在餐桌上取笑这个或那个猎手，目光冷冷地平视着，带着某种玩弄的表情，观察着他们的动作、回答或恼怒反应，那种貌似较真的模样几乎逗得我忍不住笑出声来——我站在一旁冷静地做一个旁观者，心中有数。至于他的动怒，我倒并不相信那是发自内心的，他有时是为了试探一下对方的反应，但更多的是一种惯性使然，源自对手下人颐指气使的心态。我觉得我并没有真正见过他动怒——对那个死去的大副可能是个例外，也不真的希望看见他勃然大怒，他真的动起怒来会使出吃奶的力气的。

至于说到他的怪诞行为，我想在这里谈一下托马斯·马格里奇在舱房里遭遇到的一件奇事，故事的伏笔我在前面提及过一两次。那一天十二点钟的午餐已用完，我刚收拾完毕舱房，海狼拉森和托马斯·马格里奇一起从升降口走下来。厨工虽然有一个洞穴般的小间通向舱房，却从来不敢在舱房里逗留或被人瞧见，可他每天都会在这里来去匆匆一两次，像个胆怯的幽魂。

“那么说，你是会玩‘纳普’① 了?”海狼拉森用令人愉悦的声调问道，“我早就该料到英国人是会玩这玩意儿的，我自己就是在一条英国船上学会的。”

闻听此言，托马斯·马格里奇脸上流露出喜不自胜的表情。他就是一个油腔滑调的大白痴，自认为巴结上了船长而洋洋自得，摆起了小小的派头，那种仿佛是出生自名门望族而做作出的“优雅”神气，如果不是叫人觉得滑稽可笑的话，也真令人作呕。他根本就不把我放在眼里，而我也可以将其归因为他只是忽略了我的存在而已。他的灰白色双眼泛出迷离的神情，犹如夏日的海面，看着叫人头晕，而其中折射出的是怎样的幸福幻觉，那就超出我的想象力了。

“拿纸牌来，驼背。”两人刚在桌边坐下，海狼拉森就命令道，“另外，到我的舱室去把雪茄和威士忌带过来。”

我取了物品回来，正好听见那个伦敦佬近乎直白地暗示他的身世里隐藏着一段秘密：他可能是某个绅士家的少爷，误入了歧途之类的，而他还是一个接受过汇款、回不了英格兰的避难者。“汇给的钱很多，先生。”他如此这般地说，“给了很多钱，要我躲得远

① 纳普：用五十二张一副的纸牌由2—7人玩的一种牌戏，每人发五张牌，自报可赢的墩数，按数完成者胜出。

远的。”

我拿来了常用的酒杯，但是海狼拉森皱起了眉头，摇了摇头，手比划了一下，示意我换大杯，他将没有掺水的威士忌倒进两只大酒杯里，距杯口约三分之一的距离——“绅士的饮料？”托马斯·马格里奇故意轻描淡写地问道——然后两人为公平竞赛的“纳普”牌碰杯，点燃雪茄，开始洗牌、发牌。

两人玩起了赌钱的游戏，赌注愈下愈大，不停地喝着不掺水的威士忌。我不得不又去取了些威士忌来。我不知道海狼拉森是否作弊——他是精于此道的——总之不断地赢钱，厨工多次回到他的舱位去取钱，动作一次比一次夸张，但是每次只拿出几美元。他逐渐呈酒后失态状，说话开始随意放肆，双眼模糊看不清牌，连坐都坐不稳了。在他又一次回到舱位去取钱时，还用一根油腻腻的手指勾住海狼拉森上衣的纽扣眼，口中喃喃自语道：“我有钱，我真的有钱。我跟你说，我是个绅士家的少爷。”

海狼拉森并不喜欢喝酒，但他一杯接一杯地喝，要说有什么不同的话，那就是他每一杯都倒得更满，且面不改色甚至连对方的怪异举动都觉得不值一哂。

最后的结局是：厨工一边大声申明自己如绅士般输得起钱，一面把他仅剩的美元押了上去，又输掉了。于是他双手抱头痛哭了起来。海狼拉森好奇地看着他，那眼光仿佛是要剖析他的心灵，却瞬间改变了主意，似乎觉得以前就有过结论，没有再剖析的必要了。

“驼背，”他故作文雅地说道，“请你搀着马格里奇先生的手臂，将他扶上甲板去，看来他是贵体欠安了。”

“叫约翰逊给他身上泼几桶盐水。”他附在我耳边加上了一句悄悄话。

在甲板上，我向两个嬉笑着的水手说明了海狼拉森的意图，便将马格里奇先生交到了他们手里，这时他口中还叽里咕噜说他是绅士家的少爷。待我下到船舱去收拾桌子时已听见了他的尖声号叫，此时第一桶海水已泼在了他的身上。

海狼拉森在数着他赢来的钱。

“整整一百八十五美元。”他大声说，“跟我以前想的一模一样，这个叫花子上船时分文未带。”

“那你赢的就是我的钱。”我壮着胆子说道。

他回了我一个挖苦的微笑。“我空闲时也学过一点语法，我觉得你把时态搞混了。你应该说‘过去是我的钱’，而不应该说‘就是我的钱’。”

“这是个道德问题，不是个语法问题。”我回敬道。

他过了大约一分钟才开口。

“你知道吗，驼背？”他缓慢而郑重地说道，语气里带有一丝说不明的悲哀，“这是我平生第一次听别人提起‘道德’这个词，这条船上只有你和我懂得它的意思。”

“在我的生活里有一段时间，”他停顿了一会儿才说下去，“我曾经梦想有一天能和使用此类词语的人交谈，把自己从出生的环境中解放出去，想跟谈着道德之类问题的人交流，而这还是第一次听见有人说出这个词。但这已是题外话。但是你错了，这不是语法问题，也不是道德问题，这是事实。”

“我理解，”我说，“事实就是：钱现在就在你手上。”

他的脸色明朗起来，似乎为我思维的颖悟而高兴。

“不过，你还是规避了真正的问题，”我继续说下去，“这是一个是非问题。”

“啊，”他轻蔑地撇了撇嘴，说道，“我看你还在迷信于是非问题。”

“难道你不信？——一丁点儿也不信？”我问道。

“一点也不信。强权即是公理，软弱就是错误，说到底就是这么回事。不过，这是一种表意十分模糊不清的说法，表明强是好事，弱是不好的事——或者不如干脆说：强因为获利而快乐；弱因为受损而痛苦。刚才我得到了钱，这是快乐的事。得到钱总是件好事。我得到了钱，如果我又将它交还给你，放弃占有它的乐趣，那就是对不起自己和生命。”

“可是你占有了我的钱，那就是对不起我。”我反驳道。

“不是那么回事。人是不可能对不起人的，人只会对不起自己。在我看来，我一考虑他人的利益就会犯错。你难道不明白吗？两块酵母都拼命要吞食对方，谁又对不起谁？拼命吞食和拼命不被吞食取决于天生的遗传因素，不遵循这条规律就会犯下致命的错误。”

“那么你是不相信利他主义了？”我问道。

他听见“利他主义”这个词时，表现出似曾耳闻的模样，思索了一会儿。“让我想想。这个词含有‘合作’的意思，对吧？”

“是的，在某种含义上与‘合作’有关。”我答道。对此我并不感到意外，我已看出他的词汇库里没有这个单词。他的词汇犹如他的知识一样，是靠自我阅读、自我教育获得的，没有得到过行家的点拨。他思索得很多，交流得很少，甚至就没有和人交流过。“利他主义的行为是为了别人的福祉而采取的行为，不是自私的；与为了自己的利益而采取的行为相反，那是自私的。”

他点了一下头。“哦，我想起来了。我在斯宾塞①的著作里见过这个词。”

“斯宾塞！”我惊奇地叫了起来，“你读过斯宾塞的书？”

“我对《首要原理》读来倒颇有心得，但是他的《生物学原理》却叫我张不开帆，而且他的《心理学》把我如赤道无风带的帆船般困住了好多天。说实话，我真没弄明白他写作的意图何在。我原来把这归咎于自己的智力水平不够，之后我才明白是我的准备工作做

① 斯宾塞：Herbert Spencer（1820—1903），英国哲学家、社会学家，认为哲学是各学科原理的综合，将进化论引入社会学，提出“适者生存”说。

得不够好，没有打下适当的基础。我啃书啃得有多苦只有斯宾塞和我自己心里明白，可是我毕竟从他的《伦理学资料》中悟出了一些道理。我就是在那里撞上‘利他主义’的，现在我想起了那个单词的用法了。”

我并不明白眼前这个人能从那部著作中获得怎样的启迪。我熟记了斯宾塞的不少观点，知道利他主义是他最高行为理想中必不可少的组成部分。海狼拉森显然对这位伟大哲学家的教诲进行过筛选，而筛选的依据是自身的需求和欲望。

“你还在斯宾塞的著作中读到过哪些观点?”我问道。

他微微蹙额，思索着怎样用恰当的词语来表述他之前从来没有表述过的意思。见此我感到精神一振。他以前总爱去窥探他人灵魂深处隐藏的神秘之物，而我现在却正在试探他的灵魂深处，只是我探索的是一片处女地，在我面前展开的是一片陌生、可怕的领域。

“用最简明扼要的语言来表述，”他开始说道，“斯宾塞的意思大概是这样的：首先，人必须为自己的利益行动——这么做是道德的，善的；其次，他必须为他孩子的利益行动；再次，他必须为他的民族的利益行动。”

“而最高的、最善的、最正确的行动，”我插话道，“则是对自己、对孩子和对民族同时都有利的行动。”

“我不同意这种观点。”他反对道，“我看不出这么做的必要性，也不符合常理。我要去掉民族和孩子，我不会为他们做出任何牺牲。这不过是文人的胡言和矫情。你要弄明白，至少不相信生命永恒性的人是绝不会信服这种理论的。我要是追求永恒，利他主义就是一笔有利可图的生意，我就得全方位地提升我灵魂的高度。在我眼中，世上万物皆逃脱不掉死亡的宿命，那么作为如酵母般只能在有限的时间里蠕动和爬行的生命体，叫我做出牺牲就是不道德的。任何使我少爬行一次、少蠕动一次的牺牲都是愚蠢的——不仅愚蠢，而且委屈了自己，是邪恶的行为。如果我要从酶那里获取更多的养分，我就不能丧失一次爬行和蠕动的机会。大限临头，我在发酵的过程中蠕动爬行得自私自利，还是做出牺牲，都不会使我感到难受一点或好过一点。”

“这么说你就是一个个人主义者，实利主义者，那么顺理成章地就是一个享乐主义者。”

“这都是一些大而无当的词汇。”他微笑着说，“但是，什么是享乐主义者？”

我给他解释了词的定义，他点头表示同意。我继续问道：“当牵涉到个人的切身利益时，你会是一个一点儿都不值得信任的人吗？”

“你现在有点儿了解我了。”他说道，脸上泛出些许光彩。

“世人称为道德的品质，在你身上是完全没有了。”

“说得对极了。”

“你是一个永远令人害怕的……”

“正是这个意思。”

“就像令人害怕的毒蛇、老虎或鲨鱼一样？”

“现在你理解我了，”他说，“以别人通常理解我的方式理解我了。他们都叫我‘海狼’。”

“你是一种怪物，”我大着胆子往下说，“是一个幻想过塞提柏斯的卡利班①。他跟你一样在闲暇的时候按照一时的兴致和幻想行事。”

一听这典故，他的眉头便打了结——他没听懂。我立刻醒悟过来：他没读过那首诗②。

“我刚开始读勃朗宁的书，”他坦陈道，“非常有难度。没取得多大进展，就像现在这样还没找准航向呢。”

---

① 塞提柏斯、卡利班：都是莎士比亚剧本《暴风雨》中的人物，卡利班是一个丑陋凶残的奴仆；塞提柏斯是巴塔果尼亚的神。

② 那首诗：即指罗伯特·勃朗宁创作的《卡利班心中的塞提柏斯》。

长话短说，我从船长房舱取来了那本书，大声诵读了《卡利班》①。他高兴了。诗中表现的是一种原始的推理模式，也是一种他能透彻理解的认识事物的方式。在诵读的过程中他一而再、再而三地打岔，发表意见和评论。我读完一遍后他又央求我读了第二遍乃至第三遍。我们开始了讨论——哲学、自然科学、进化论、宗教。在讨论中他暴露出自学成材者知识结构的粗疏缺陷，可我不得不承认，他亦充分表现出了其不受学术思想羁绊的观念自信和直截了当。他的简朴推理正是其力量之所在，而他的实利主义比查理·弗斯特那种微妙繁复的实利主义要有说服力得多——不是说海狼拉森能够说服我这个"气质上的理想主义者"（这是查理·弗斯特的原话），而是说他冲击我信念最后屏障的力量值得尊重，虽然还没有说服我。

时间在不觉间流逝了，晚餐时分已到，可我还没有摆过餐桌，我有些着急不安。托马斯·马格里奇在楼梯口满脸不高兴地朝下瞅了几眼，我起身准备去摆餐桌，但海狼拉森却对他大声喊道：

"伙夫，今晚你要辛苦点了。我和驼背正忙着，底下的事你只好一个人努力去做了。"

于是又一次破了例。那天晚上我和船长及猎手们一起坐在餐桌旁享用晚餐，而托马斯·马格里奇却在一旁伺候着，之后又洗了盘子——那是海狼拉森的一时兴起，是他那卡利班式心情的结果，这事估计会给我惹上麻烦。可那时我俩谈兴大发，谈得猎手们全都心烦，他们连一句话都没有听懂。

① 卡利班：即《卡利班心中的塞提柏斯》。

第九章

得益于海狼拉森，我得到了三天的休息时间。在这三天时间里我在舱房的餐桌上用餐，什么事都不用做，只和海狼拉森讨论生命、文学和宇宙问题。而托马斯·马格里奇却干着他和我的两份工作，不免显得气急败坏，暴跳如雷。

“小心船上刮暴风，我只能告诉你这些了。”那天海狼拉森为处理猎手之间的纠纷，一去半小时未归，抽空路易斯警告我道。

在我恳求得到更准确信息的情况下，路易斯继续说：“我也说不准会出什么事。那家伙就像气流或海流一样变化无常，你就猜不准它的意思。你以为摸到了它的脾气，顺着它来，它却会掉转头给你个劈头盖脸，将你船上的帆全都扯成碎片。”

因此，在路易斯警告的暴风向我袭来时，我并不怎么感到意外。我和海狼拉森曾经进行过激烈的争论，主题当然是生命问题。我逐渐变得胆大起来，对海狼拉森和他的生活进行了强烈的抨击。我实际上是在剖析他，使用他惯用在他人身上的那种锋利、彻底的解剖手法剖析着他的灵魂。我在与人争论时往往锋芒毕露，这可能是我性格中的一个弱点，但此时我将一切顾虑都抛至九霄云外，刀刀见骨，直解剖得他大发雷霆，晒黑的脸庞气得发紫，目露凶光，失去了往日锐利或睿智的神采，残存着的是疯子般的愤怒神情。透过他的双目我看见了他心中蜷伏着的那匹狼——疯狂的海狼。

他发出半兽般的吼声向我扑来，一把抓住了我的胳膊。尽管心里吓得发抖，我身体还想挺住，但是这家伙力气之大却不是我单凭毅力所能承受的。他一只手已抓住我胳膊的二头肌部位，这时一使劲，我就缩紧了身子，大声尖叫出来。我双腿发软，那痛苦直令我无法站直，肌肉已失去控制。我的二头肌都快给捏成肉酱了。

就在此时，他双眼闪出一道明光，仿佛恢复了理智。他短笑一声，笑声更像动物的嗥叫，松开了手。我近乎晕厥地倒在了地板上。他坐下身子，点燃一支雪茄，望着我，像猫望着一只老鼠。我在地板上扭动身子时，看到了在他眼睛里经常出现的那种好奇的目光——其中含有疑惑不解和对答案的不懈渴求：这一切到底是怎么回事？

我终于勉强站起身子，爬上了扶梯。美好的日子结束了，我无可奈何，只好又回到厨房去干活。我的整条左臂都麻木了，像瘫掉了一样，几天后才能动弹，几星期后那种僵硬和疼痛感才消失。而他只不过抓捏了一下我的手臂，并没有施加扭动或拽扯的动作。他的行为可能会造成什么严重后果，第二天我才真正弄明白。那时他将脑袋探进厨房，问了下我胳膊的状况，那意思是我俩重归于好了。

“情况可能会严重得多的。”他笑着说。

我正在削土豆。他从盘子中拿起一个土豆，又大又硬，没有削皮。他将五指合拢，使劲一捏，那土豆就变成了土豆泥，从指缝里迸了出来。他将手心残留的土豆泥甩进盘子，转身走掉了。这时我才清晰地意识到，当时这怪物要是真用了力，我的胳膊会是个怎样的可怜模样。

尽管如此，休息了三天毕竟是件好事，给了我膝盖急需的休养机会，红肿明显消退，膝盖骨似乎也落回了原位，好受了许多。三天的休息也给我带来了预料中的麻烦。托马斯·马格里奇显然是要我为那三天付出代价，他对我使坏，不断地咒骂我，叫我干本来应该他干的活儿，甚至大胆地向我挥起了拳头。但这也激发出我身上的动物性本能，我对着他的脸凶狠地咆哮起来，他吓得缩了回去。但这种场景我回想起来并不觉得有多痛快：汉弗莱·范·魏登，在一条船上喧闹的厨房里，蹲在一个角落干活，对想要揍我的那个人抬起头，两人脸对着脸，我呲着牙像狗一样呼叫出来，双眼因恐惧和孤身无援闪出绝望的光，亦因为如此而激发出拼死一搏的光。我不喜欢这个画面，它太容易让我联想到被捕鼠器夹住的耗子。回忆虽然不痛快，可是我这一招还挺灵，因为那吓唬人的拳头并没有落在我身上。

托马斯·马格里奇同我一样，眼里喷射出仇恨和凶狠的目光，身子却退缩了。我俩就像关在一个笼子里的野兽，对着彼此龇牙咧嘴。他是一个胆小鬼，因为我表现得并不太畏缩，没有敢揍我，于是他又琢磨出一个新方法来威胁我。厨房里只有一把菜刀，菜刀本身没有什么大不了的，但这把菜刀经过多年的使用和打磨，刀口变得狭长，看上去有点瘆人，开始时我一使用它就有点战战兢兢的。厨工从约翰森那儿借了块磨刀石，开始磨起那把刀来。他磨刀的动作很夸张，一边磨一边心怀叵测地盯着我。他一有空就拿出磨刀石来磨那把刀，整天磨来磨去的，将那刀磨得犹如刮胡刀一般的锋利。他用指腹试着刀锋，在指甲上试着，在手背上刮毛；他用显微镜似的目光打量着刀刃，找出或装着找出了钝口之处，然后又将刀放在磨刀石上去磨、磨、磨，那模样十分滑稽，我几乎要大声笑了出来。

可是情形也很严重，因为我发现他有可能使用那把刀。虽然他本质上是一个懦夫，但懦夫的表象之下潜藏着一股蛮勇之气，这一点与我有相似之处。这股蛮勇之气可能会驱使他干出有违其胆怯和怕惹麻烦天性的事来。水手之间悄悄传着“伙夫在磨刀，要对付驼背”之类的话，还有的水手拿这事打趣他，他照单全收，趾高气扬地带着心照不宣的神情点着头，直到前舱房小厮乔治·利奇跟他开了一个结局略显悲惨的玩笑，这把刀也牵涉其中。

那天马格里奇和船长打完牌后被泼了一身的海水，利奇碰巧是那两个水手中的一位。利奇干这活显然很卖劲，看来马格里奇没有原谅他，因为两人拌上了嘴，还“问候”了彼此的祖宗。马格里奇拿起为我磨的那把刀威胁利奇，利奇哈哈大笑，回敬他电报山的那一套脏话。但眼前寒光一闪，利奇和我还没明白情况的就里，他的右胳膊就被划了一刀，从手肘直划到手腕，而厨工已经退却，刀还举在面前，摆出防守的姿态，脸上露出恶魔般的表情。可是利奇对此却面不改色，尽管鲜血像泉水般喷溅到甲板上。

“我会收拾你的，伙夫。”他说，“我将会狠狠地收拾你的。我不着急，等你没有那把刀时再收拾你。”

说完这些话，他转过身子镇定自若地走掉了。马格里奇因为自己闯的祸，也因为被捅的人迟早要找自己算账而吓得脸色乌青，可他对待我的态度却比以往任何时候都更加凶狠了。尽管害怕因为伤人事件受到报复，但他也看出这事客观上对我是一种警示，于是在我面前表现得更蛮横、更加趾高气扬了。他的心中还升腾起了一种近乎疯狂的欲望，那是他看见划出的血勾引起的，无论他往向何方，他都能看见红色。潜藏在这种生理现象中的心理现象错综复杂，但是我能够读懂他的心理活动，犹如读一本摊开的书。

几天的时间过去了，在强劲的贸易风的吹送下，“幽灵”号以较快的速度向前航行。我可以向上天发誓，托马斯·马格里奇的眼神越来越疯狂，我得承认自己害怕了，非常害怕。磨啊磨啊磨，他整天地磨那把刀，用手指试着锋利的刀刃向我圆瞪双眼，像一个吃人的恶魔。我甚至害怕在他面前转过身去，离开厨房时只好倒着脚步朝外挪行。水手和猎手们觉得这场景十分有趣，总是聚在一起看我如何撤退。这种思想压力实在太大，我有时觉得精神快要崩溃了——在一船的疯子和野蛮人中，疯了也就合群了。每一小时、每一分钟我的生存都受到威胁，灵魂都受到煎熬，但前舱后舱竟然没有一个人表现出足够的同情心，向我伸出救援之手。我有好几次想向海狼拉森寻求帮助，但记忆里他眼睛中流露出的对生命价值怀疑和蔑视的嘲弄眼神，使我停下了脚步。有时我也认真地考虑过以自杀了事，多亏了我信奉的希望哲学赋予我足够的精神力量，才阻止了我在漆黑的夜里翻过船舷。

海狼拉森多次试图引导我同他继续讨论，我皆以简短的回应对付他，最后他命令我暂时坐回舱房的餐桌旁，让厨工替我干活。这时，我坦率地告诉他，因为那三天他表示出对我的“偏爱”，直接导致了托马斯·马格里奇对我的“追杀”。海狼拉森笑眯眯地望着我。

“这么说你害怕了，嗯?”他嘲笑道。

“是的，”我赌气地，亦是坦率地回答道，“我是害怕了。”

“你们这类人都是这样，”他喊道，生着半真半假的气。“整天为你们那不朽的灵魂伤感，贪生怕死。一个胆怯的伦敦佬拿着一把刀子，佯装着以命相搏就吓住了你这类天真的傻瓜蛋。得了，亲爱的朋友，你会永远活下去的。你是一个神，而神是杀不死的。伙夫伤害不了你，你一定会重获新生。那你还害怕什么?

“你面前有永存的生命，在这方面，你是个百万富翁。你拥有的财产不会丢失，比星星还难湮灭，像空间和时间一样恒久，你不会减少你的本金。永存是没有开始和终结的。永存就是永恒，即使你在此时此地死去，你还会在别的地方活着，一个活的循环。灵魂挣脱肉体的束缚自由飞翔，想想都是一件美好的事情。伙夫伤害不了你，他最多只能助你一臂之力，让你在永存的必由之路上走得快一些而已。

“或者，如果你不想别人推你走得快一点，那你为什么不去推厨子一把?按照你的观点，他也同样是一个永存的百万富翁。他的债券会按面值流通，因而你无法让他破产。你即使杀了他也不能缩短他的寿命，因为他的生命没有起始点也没有终点，他一定会在某个地方继续活下去。你就推他一把吧，扎他一刀子，让他的灵魂重获自由吧。像现在这种情况，他那灵魂拘禁在一个可恶的牢房里，你砸开牢门就是为他做了一件好事。谁知道呢，他那从肮脏的尸体向蔚蓝的天空飞去的灵魂也许异常美丽动人呢。你只需推他一把，我就把你提升填补他的位置。他现在一个月挣四十五美元。”

事实摆在这儿，我是无法向海狼拉森寻求帮助或怜悯了。无论接下来如何对付厨工，我都得靠自己了。恐惧倒逼出了我的勇气，我想出了一个计策：借用托马斯·马格里奇之道，反治其身。我从约翰逊那里借来了一块磨刀石。桨手路易斯早就向我讨要炼乳和糖，而存放这类奢侈食品的小储藏室就在舱房地板下方。我找准机会偷拿出了五听炼乳，趁那天夜晚路易斯在甲板值班时与他换来了一把匕首。匕首跟托马斯·马格里奇的菜刀一般窄长，有瘆人的模样，但是又锈又钝。我转动着磨刀石，让路易斯在上面磨出了刀刃。那个晚上我睡得比平时安稳多了。

第二天早上，吃完早饭后，托马斯·马格里奇又开始了磨、磨、磨。我不时警觉地瞟了他一眼，因为我当时正跪着身子掏炉灰。我从甲板上倒了炉灰回来，见他正在和哈里森谈些什么，哈里森那老实的乡巴佬脸上布满了入迷和惊诧。

“是的，”马格里奇正说得带劲，“他除了让我在瑞丁监狱蹲了两年，那位尊贵老爷还能将我怎么的？那家伙也没有什么好下场，你要是在现场就好了。就像这种刀子，我一刀就捅了进去，就像切软黄油一样。他叫喊得比廉价剧院里的表演还卖力呢。”他朝我所在的方向瞥了一眼，看我是否注意在听，又说下去，“‘我不是故意的，汤米，’他吸溜着鼻子说，‘上帝保佑，我不是那意思！’‘我要他妈的狠狠收拾你。’我说，紧追他不放。我戳得他满身窟窿眼儿，就这么个情况。他一直就那么尖叫着，有一次他捉住了刀子，用手指头抓紧，可是我用力这么一抽，刀割得他骨头都露了出来。那场面才过瘾呢，我跟你说。”

大副的那一声叫喊打断了他那骇人听闻的描述，哈里森到后舱去了，马格里奇就在厨房门槛上坐了下来，继续磨刀。我放下铲子，在煤箱上镇定自若地坐下了，面对着他。他恶狠狠地瞪了我一眼。我虽然表面平静如水，心却扑通扑通跳个不停。我也抽出了路易斯的那把匕首，在磨刀石上磨了起来。我预想了伦敦佬各种爆炸式的反应，但出乎我意料的是，他似乎并没有看见我在做什么。他继续磨刀，我也磨刀。我俩就坐在那儿，脸对着脸地磨、磨、磨，磨了足有两个钟头。这个新闻一经传出，船上一半的人都挤到厨房门口来瞧热闹。

不嫌事大的人开始胡乱给出各种鼓励和建议。猎手乔克·霍纳平常就是个安静、说话轻柔的人，甚至轻易不肯伤害一只耗子，却建议我顶着腹部向上戳，避开肋骨，同时教我如何操作刀身以达到他所谓的“西班牙式绞杀”效果。利奇挤在众人前列，缠着绷带的胳膊十分打眼，求我在那伙夫身上留块完整的地方，好让他补上几刀。海狼拉森也在舵楼甲板隔断处逗留过一两次，好奇地打量着眼皮下发生的场景，在他看来这不过是酵母的又一次发酵过程——生命的蠕动或爬行而已。

坦率地说，那时生命对于我也仅存那一点相同卑贱的价值，毫无美感、神圣的意味——只有两个活动物在那儿霍霍地磨着刀；还有一群活动物，其中有怯懦的，也有不怯懦的，在起着哄地看热闹。我敢肯定，其中有一半急于看到我们彼此砍得头破血流，认为这是件很酷的事情。我也相信如果我们真的以命相搏，也不会有人挺身而出予以阻止的。

从另一方面看，这件事又显得很可笑，挺幼稚的。磨、磨、磨，汉弗莱·范·魏登在一条船上磨刀霍霍，还用大拇指试刀刃！这是世界上最难想象的事情。我觉得我的同道绝对不会相信发生这种事的可能性。别人一直叫我娇气的范·魏登不是没有来由的，而娇气的范·魏登竟然干起了这种勾当。这对汉弗莱·范·魏登也是一种启示，他不知道是应该感到兴高采烈或是羞愧难当。

可是什么事情也没有发生。两个小时以后托马斯·马格里奇将刀和磨刀石放到一旁，向我伸出了手。

“咱俩干吗要演这场好戏给这帮浑球看？”他问道，“他们并不喜欢我们。咱俩要是彼此割断了对方的喉咙，他们也只会高高兴兴地在一旁看热闹。你不孬，驼背！像你们美国佬说的，你有种！我都有点喜欢上你了呢。来吧，咱俩握个手。”

我可能是个胆小鬼，但没有他那么胆小。我显然占得了上风，我不想失去这股势头，因此拒绝握那只令人恶心的手。

“好吧，”他不顾脸面地说，“握不握都没有关系，我照样喜欢你。”为了捡回失去的面子，他转身对看热闹的那群人厉声喝道：“别挤在厨房门口挡道儿了，你们这群混蛋！”

他叱责的同时还拎起了一壶冒着热气的开水。水手们一见到开水，就一哄而散了。这对托马斯·马格里奇也算是一种心理胜利，使他更心安理得地接受了对付我的失败。虽然，从骨子里讲，他是没有胆量去驱赶猎手的。

“我看伙夫这回是没戏了。”我听见“黑人”对霍纳说。

“没错，”回答是这样的。“从此以后厨房就是驼背的地盘了，伙夫那头缩回去了。”

马格里奇听见那话急匆匆地瞟了我一眼，我装作没听清那二人的谈话内容。我并不认为我这次赢得干净彻底，但是我决定不放弃已到手的胜利果实，随着日子一天天过去，“黑人”的预言应验了。那个伦敦佬对我的态度比对海狼拉森还低声下气的。我不再称他先生了，再不用洗油腻的盘子了，也不用削土豆了。我只干自己分内的活，而且愿意什么时间干就在什么时间干，想怎么干就怎么干。我还像其他水手那样，将那把匕首插进刀鞘，别在腰间。我对托马斯·马格里奇还保持着一以贯之的态度，那就是：压制、侮辱和轻视，三者排名不分先后。

第十章

我跟海狼拉森的关系越来越亲密了——如果主人和仆人之间的关系，或更贴切地说，国王和弄臣之间的关系，也能称得上亲密的话。我在他眼中不过是件玩具，他对我的评价也不比小孩对玩具的评价更高，我的存在就是为了让他开心，只要能让他开心我就诸事顺遂；如果惹他心烦了，或是纯属心情不好，我就立即会从舱房餐桌被逐回厨房，这时如果我能保住性命，没有缺胳膊少腿的，就算不幸中的万幸了。

我是逐渐认识到这个人的孤独无助的。船上没有一个人不恨他或惧怕他，他也瞧不起他们中间的任何一个人。他身体内部的巨大潜能似乎用在了内耗，从来没有在工作中适当地施展开来。如果那骄傲的精灵路西法①被放逐到一个没有灵魂的汤姆林森②式的幽幻社会里，他恐怕也会和海狼拉森享有同样的命运。

---

① 路西法：即所谓明亮之星，早晨之子，系早期基督教教父著作中对堕落以前的撒旦的称呼，后泛指撒旦。

② 汤姆林森：英国作家吉卜林（Joseph Rudyard Kipling，1865—1936）一首短诗里的人物。他死后没有灵魂，天堂和地狱都不接收。

这种孤寂状况本身已令人忧虑了，更令人糟心的是，他还受到种族遗传性忧郁的折磨。在我逐渐了解他之后，再回头看斯堪的纳维亚的古代神话，便有了更清晰的理解。那建树了惊世万神殿的白肤金发的野蛮族人与他的素质同本同源，而嬉笑人生的拉丁族人的浮夸与他绝缘。他要是笑了，不为别的，只是那幽默中含有斗勇的成分，何况他还很少笑。他大部分时间浸淫在忧郁的状态中，这种忧郁其源有自，可以追溯到他种族的根。那是他种族的遗产，使得这个种族的人们思维清晰，生活严谨，狂热地追求道德的至高境界，正是这最后一点在英国人那里最终产生了新教教会归正会和格伦迪太太①。

事实上，这种原始忧郁的主要宣泄出口应是磨砺心态的宗教，可是海狼拉森从宗教中得不到心灵补偿，他信奉的实利主义不允许他这么做，因此当他无心忧郁时，除了像魔鬼般发泄一通外，别无他法。如果他不是一个那么可怕的家伙，我有时还可能为他感到难过。例如大前天早晨我到船长房舱去给他灌满水壶时，便意外地发现他待在舱内。他没有看见我，因为他将头埋在双手间，双肩耸动着，好像正在哭泣。他似乎被某种巨大的忧伤折磨着，我轻步退出时还听见他在哭喊着“上帝！上帝！上帝！”他并不是真正呼唤上帝，上帝只不过是一个替代词，但那是他灵魂的呼声。

吃晚餐时，他问猎手们有没有止头痛的药。像他这样体质健壮的人，到傍晚时已经痛得眼睛模糊不清，在舱房里几乎站都站不稳了。

“驼背，我这一辈子都没有生过病。”在导引他回舱房时，他说道，“脑袋除了有一次被绞盘棒砸开一个六英寸的口子，伤口在愈合期有些痛外，从来就没有痛过。”

---

① 格伦迪太太：常指拘泥于世俗常规的人，爱管头管脚的人，以风化监督者自居的人。源自英国剧作家T. 摩尔顿的戏剧《快犁》中一人物名。

这场使他几乎致盲的疼痛整整持续了三天，他像野兽一般忍受着，从不抱怨，也得不到同情。船上的人在遭遇疼痛时好像都是这样，选择独自默默地忍受。

不过，今天早晨我进他的舱房去收拾床铺、打扫房间时，却发现他已经痊愈了，正在辛苦地干着活儿。桌上和床上凌乱地扔放着一些设计图纸和计算数据，他正手拿罗盘和丁字尺在一张透明纸上描绘某种物体的刻度。

“你好，驼背。”他亲切地与我打着招呼，“我刚刚完成最后的设计修改，想看一下它是如何使用的吗？”

“这是个什么玩意儿？”我不解地问道。

“能为海员驾船省力的仪器，以后在海上航行就会像小朋友在幼儿园玩游戏一样简单。”他快活地说，“从今以后再也用不着繁复冗长地计算数据了，就连小孩都能驾船出海。在天气不好的夜晚你要想知道处在什么位置，只需要天上有一颗星星就没有问题。你看，将这透明的标尺放在星图上，使它绕着北极星旋转。我已经在标尺上画出了高度圈和方位线，只需把它放在一颗星上，转动标尺，让它跟下面星图上的数字相对应就行了。看，船的准确位置标出来了！”

他的嗓音里透出一种胜利的喜悦之情，那双清澈的蓝色眼睛犹如今晨的海面泛射出柔和的光芒。

“你的数学一定很棒。”我说，“你是在哪儿上的学？”

“我运气不好，从来没有进过学校的大门。”他这样回答，“靠自己瞎琢磨出来的。”

“你认为我鼓捣这玩艺儿是为了什么？”他突然问道，“梦想着在时光的沙滩上留下自己的足迹吗？”他又发出了那可恶的嘲笑声。“完全不是那么回事。我想去申请专利，靠它赚钱。能在猪一般的贪婪中整夜寻欢作乐，让别人去干活。这就是我的目的。何况我在设计的时候心情还很快乐。”

“创造的快乐。”我低语道。

“我认为这是一个适当的说法，是另外一种表示生命存在的感受方式。它体现出运动对物质的胜利，生者对死者的胜利；亦可归结为酵母的骄傲，因为它还在发酵，还在蠕动爬行。”

我举起双手，表示对他那根深蒂固的实利主义观点无可奈何之意，然后开始铺床。他继续在透明的标尺上刻写着线条和数字。这是一项对精细度要求极高的工作，而他能抑制住体内的蛮力而聚精会神于此项工作中，对这一点我不能不佩服。

我铺好床后，发现自己以近乎着迷的方式打量着他。他无疑是一个美男子——男性意义上的美。而且，我再一次无不惊讶地注意到，他的脸上完全没有凶狠、奸邪或罪恶的神情，我相信那是一个从来没有做过坏事的人的面孔。我不希望我的这种描述被人误解。我的意思是：有那张面孔的人从没做过违背他良心的事，或者说，那人根本就没有良心，我倾向于后一种说法。它是返祖现象的一个活生生的实例，一个纯粹意义上的原始人，是那种在人类演化出道德感之前便降生到尘世间的人。他的为人处世不是不道德，而是与道德无关。

我前面说过，他那张脸具有男性意义的美。他刮光了胡须，脸部的每根线条都很清晰，犹如玉石雕刻般轮廓分明。阳光和大海把他天生的白皙皮肤染成了厚重的青铜色，彰显出与海相搏、与人缠斗的生活艰辛，亦给他平添了一种粗犷的美。他的双唇饱满，却给人坚毅的，几乎是冷峻的印象，而那通常是薄嘴唇的特点。他的嘴、下巴和颌骨的有机组合亦带有坚毅或冷峻的特色，表征着男性的粗粝和宁折不屈的性格。鼻子亦如此，略带鹰钩形，是天生发号施令者的鼻子。它有点像古希腊人的鼻子，又有点像古罗马人的鼻子；说它像前者又稍显粗大，说它像后者又稍显精致。尽管整张脸体现出蛮性和力度，那困扰着他的原生态忧郁表情又平添了他嘴角、眼眶和眉骨的线条感，给人以大而匀称的观感。

我就这样呆站在那儿观察着他。眼前这个男人激起了我莫名的兴趣：他是谁？他是干什么的？他都有哪些过往的经历？他力大无比，潜力无穷，却沦为一个捕海豹三桅船的船长，并且在捕海豹猎手中有着暴戾的恶名。这到底是为什么呢？

我的好奇心变为激烈的词语迸发出来：

“你为什么没有在这个世界上干出一番伟大的事业？有你这样力量的人是可以攀爬上任意高度的。你不受良心或道德的束缚，是可以随心所欲地支配整个世界的。可是你却待在一条船上，而且似乎已达到人生顶点，面对逐渐走向死亡的下坡道，浑浑噩噩地讨着生活，为了满足女人的虚荣心和爱打扮的要求捕猎海洋生物，用你自己的话说，是在猪性的贪欲中过着得过且过的生活。你可以用任何词去形容它，就是不能用‘光彩’这个词。你既然那么膂力过人，为什么就不能做一番事业出来呢？没人会阻挡你，任何人也阻挡不住你。是出了什么问题了？是你缺乏雄心壮志吗？是受了什么诱惑吗？这是怎么回事？到底是怎么回事？”

我一开始爆发，他就抬头看着我，带着一种自得的表情，直到我将话说完，一脸困惑地站在他面前，喘不过气来。他沉吟了一会儿，好像在考虑从何处说起，然后开口说道：

“驼背，你听到过那个播种人的预言吗？如果你还记得的话，有的种子落到了石头地里，没有多少土壤。种子发芽了，因为缺乏土壤，太阳一照就发蔫了；因为扎根不深，很快就枯萎了。还有的种子落到荆棘丛中，荆棘生长起来，将它们困死了。”

“那又怎么样？”我说。

“怎么样？”他略带怒气地反诘道，“不怎么样！我就是那样的一粒种子。”

他又低下头继续描绘标尺。我干完活，打开门正准备离开，他对我说道：

“驼背，你看看挪威的西海岸的地图，你会在那儿看到一处湾人，叫罗姆斯代尔峡湾。我就出生在距那片水域不足一百英里的地方。但是我不是挪威人，而是丹麦人。我的父母亲都是丹麦人，我不知道他们为何要去到西海岸那个荒凉的小海湾，也从来没有听人提及过。除了这些，我的出身就没有什么神秘之处了。他们很穷，而且没有文化。他们这类人祖祖辈辈都没有文化——是海上的农民，有史以来的习惯就是将儿子撒播在海浪中，其他就没有什么可说的了。”

“还有可说的，”我反驳道，“我还是没弄明白。”

“我还有什么能告诉你的？”他质问道，冲动的毛病又发作了。“是儿时生活的贫困？是拿鱼充饥，过粗劣的生活？是能够爬行就上船出海？是我的哥哥们一个接一个出海，向深海讨生活，然后就再也没有回来？是我本人不识字，十岁就像个小大人，在沿近海活动的丹麦船上当船舱小厮？是吃粗劣的伙食，受更恶劣的待遇，被人拳打脚踢成为家常便饭，被视为语言交流的替代品，从此恐惧、仇恨和痛苦成为心灵中抹不去的阴影？我不想记住这些，就是现在我一提起这些事，脑子就会发狂。我曾经想在长成壮汉后回去杀掉几个船在沿海活动的商船老板，但身在外地没有机会。不久以前我确实回去过，可是不幸的是那些船老板都死掉了，只剩下一个，是当年船上的大副，我再见到他时已是个船老板。我离开时他已经变成了残废，永远都走不了路了。”

“你说你从来没有进过学校，可是你怎么学会的读书写字，能读斯宾塞和达尔文的著作呢？”我不解地问道。

“在英国商船上干活时自学的。我十二岁做舱房小厮，十四岁做船上侍仆，十六岁做二等水手，十七岁做一等水手，然后又当水手舱领班。无尽的野心，无穷的寂寞，没人帮助你，没人同情你。我全是为了自己而苦学的——航海术、数学、自然科学、文学，诸如此类的。但又有什么用？正如你说的，这辈子撑死也不过是一条船上的老板，我已经踏上死亡之途了。不足挂齿，对吧？太阳一出来我就蔫掉了，因为没有根基，枯死了。”

“但是历史也告诉过我们奴隶变身为将领的故事。”我反对道。

“历史确实告诉过我们奴隶摇身变将领的故事，”他冷冷地应道，“可是没有人能够创造机会。历史上所有伟大的人物所能做的事，只是在机会来临时能够瞧见而已。那个科西嘉人①就瞧见了。我曾经做过跟那个科西嘉人同样伟大的梦。我应该能瞧出机会，可机会并没有如约而至。荆棘长了出来，把我闷死了。驼背，我现在可以告诉你，关于我的情况，你比任何人知道的都多，我哥哥除外。”

“你哥哥是干什么的？现在在什么地方？”

“他是‘马其顿’号蒸汽船的老板，猎海豹的。”他如此答道。“我们很可能在日本海岸附近碰到他。人们叫他‘死亡拉森’。”

“死亡拉森！”我脱口喊出来。“你俩相像吗？”

“不太像。他是个浑圆的野兽，没有脑袋。但他有我所有的……所有的……”

“彪悍。”我试探道。

“好吧，谢谢你用这个词——我所有的彪悍，可是他几乎不会读书写字。”

“而且从来不对生命做哲学推理。”我添上一句。

“他从不那么做，”海狼拉森带着一种难以描述的忧伤回答道，“因为他不去思考生命的意义，所以他就过得更加快活。他太忙于生活，也就没有时间去思考生活。我的错误在于总去翻开那些书本。”

---

① 科西嘉人：此处指法国资产阶级政治家和军事家，法兰西第一帝国和百日王朝皇帝拿破仑·波拿巴。他生于科西嘉岛。

第十一章

“幽灵号”已行驶到预设的跨越太平洋弧线最南端，开始向西转向，再往北向某个孤岛驶去。听说它要在那里把水箱灌满，然后驶向日本海沿岸这一季的海豹狩猎场。猎手们已经检查好步枪和猎枪，经过试射达到了满意程度。桨手和舵手已经装好猎海豹小艇的斜桅，用皮带和扁索捆紧桨和桨架，以免在悄悄靠近海豹时发出声响。用利奇惯用的语言说，小艇已经“摆弄得像苹果馅饼一样齐整了”。

顺便提一句，利奇手臂的伤势恢复得很好，虽然疤痕这一辈子都无法抹去了。托马斯·马格里奇怕他怕得要命，天黑以后都不敢冒险上甲板。水手舱里发生过两三次争斗。路易斯告诉我说，水手之间扯的闲话不知怎地传到了后舱，两个告黑状的小子挨了同伙的一顿痛殴。约翰逊是那条小艇上的桨手，谈及他的将来时路易斯颇有意味地摇了摇头。约翰逊这人有个毛病：说话太直，因为名字的发音问题与海狼拉森公开争执过两三回。出于相同的原因，有天晚上他在中舱甲板上将约翰森痛揍一顿，从那以后大副再叫他名字时发音便准确了。但是，约翰逊把海狼拉森也揍一顿是根本不可能发生的事。

路易斯还告诉了我一些关于死亡拉森的信息，其所言和船长的简短介绍一致，我们可能在日本沿海撞上死亡拉森。“小心刮暴风。”路易斯预警道，“他们彼此仇恨，就像狼窝里的狼崽一样。”死亡拉森手里掌握着猎海豹船中唯一的蒸汽船——“马其顿”号。船上载有十四条小艇，而其他的三桅船只载有六条。有关这艘船的流言传得很邪乎，说是船上装着大炮，还从事各种骇人听闻的袭击和冒险勾当，包括偷运军火到美国，向中国武装走私鸦片，拐卖黑奴和赤裸裸的海盗活动。我不能不相信路易斯的话，因为我从没有听他扯过一次谎，而且他对狩猎海豹和相关船员知识的丰富程度堪比一部专科性的百科全书。

在这条不折不扣的地狱船上，前舱和厨房如此，统舱和后舱也毫无二致。人们为谋取对方的性命凶狠地斗殴。猎手们随时等着看“黑人”和亨德森之间发生枪战的“好戏”，他们相互还记着吵架的旧仇。而海狼拉森则放言两人如果以命相搏，谁幸存下来也会死在他的手上。他坦白地承认他这么做与道德无关，要不是他需要他们活着去捕猎海豹，哪怕所有的猎手都互相残杀，同类相食，他也会毫不介意。他承诺，如果他们在狩猎季节结束前约束自己的行为，到时他就让他们搞一个狂欢派对，那时候任何旧恨新仇都可以当场了结，活着的可以把死去的抛进大海，再胡乱编撰一个他们在海上失踪的理由。我觉得就是猎手们也都被他的冷血凝固住了，尽管他们都是些恶人，但肯定都非常畏惧他。

托马斯·马格里奇像条狗一般对我摇尾乞怜，而我则对他暗设心防。他那人是可以吓出胆量来的——怪异的是，对此我也深有体会。不知会在什么时候，害怕激发出足够的胆量，他就会直取我的性命。我膝盖的状况好多了，虽然经常会持续痛上一段时间。被海狼拉森紧捏过的胳膊僵硬感也逐渐消失了。除此之外，我的身体棒极了，感觉也棒极了。身上的肌块变大了，结实了。可是我的双手却变得惨不忍睹，像煮得半生不熟的胡萝卜，长着逆刺皮，指甲盖破损且变了色，伤口处嫩皮边缘还有一圈真菌状的覆盖物。我脸上还长了疖子，很可能是饮食原因造成的，因为我以前身上从未长过那玩意儿。

几天前的一个傍晚，我看见海狼拉森在读一本《圣经》，觉得挺有趣的。那本书在此次航程开始时没有找到，后来却在死去的大副的水手柜里发现了。我怀疑海狼拉森能够从中得到什么启迪。他对我诵读了《传道书》中的几段，我可以想象他是以言为心声的态度来诵读的，他的声音在狭窄的舱房内深沉地、忧伤地回荡着，我听呆了，着了迷。他可能没有受过正规教育，但是他确实知道如何表述书面文字的内在含义。我现在都仿佛能听见他那诵读的声音，将来也永远不会忘怀。语音里带着那一丝原生态的忧郁，他诵读道：

我又为自己积蓄金银和君王的财宝，并各省的财宝，又得唱歌的男女和世人所喜爱的物。如乐器之类。

这样，我就日见昌盛，胜过以前在耶路撒冷的众人，我的智慧仍然存留。

后来，我察看我手所经营的一切事和我劳碌所成的功。谁知都是虚空，都是捕风；在日光之下毫无益处。

凡临到众人的事都是一样：义人和恶人都遭遇一样的事；好人，洁净人和不洁净人，献祭的与不献祭的，也是一样。好人如何，罪人也如何；起誓的如何，怕起誓的也如何。

在日光之下所行的一切事上有一件祸患，就是众人所遭遇的都是一样，并且世人的心充满了恶；活着的时候心里狂妄，后来就归死人那里去了。

与一切活人相连的，那人还有指望，因为活着的狗比死了的狮子更强。

活着的人知道必死，死了的人毫无所知，也不再得赏赐，他们的名无人纪念。

他们的爱，他们的恨，他们的嫉妒，早都消灭了。在日光之下所行的一切事上，他们永不再有分了。①

“你都听见了，驼背。”他伸进一根手指合上书，抬头看着我说，“这个传道的人是耶路撒冷的以色列国王，可他的想法和我的完全一样。你称我为悲观主义者，可他的这种说法难道不是最悲观的悲观主义？——‘都是虚空，都是捕风’‘在日光之下毫无益处’‘众人所遭遇的都是一样’，对愚者和智者，对洁净人和不洁净人，对罪人和圣人都一样，而他听说的‘遭遇’就是死亡，是一件坏事。传道的人因为爱生命，不愿意死，所以他说：‘因为活着的狗比死了的狮子更强。’他宁可要‘虚空’和‘捕风’，也不要孤坟的冷寂和滞塞。我也一样。蠕动是猪性的贪婪；静止不动，形同土块和石头，也令人生恶。对我这样具有生命活力的人来说，静止不动是一件讨厌的事情。生命的本质在于运动，它展示了生命的动能，是对生命存在形式的自我感知。活着这件事本身可能会令人失望，但预知死亡将临会让人绝望。”

“那么你比欧玛尔②还要不幸，”我说，“他在经历过年轻人常遇到的艰苦磨难后，找到了心灵的安宁，从实利主义中获得了乐趣。”

“欧玛尔是谁？”海狼拉森问道。就这么一问，我那天就再也没有干活了，第二天、第三天亦如此。

---

① 以上各段分别见《圣经·传道书》第二章第八、九、十一节；第九章第二、三、四、五、六节。因为《圣经》存世有多种版本，本小说中文部分抄录自中国基督教协会编印的《圣经》（中英文对照本）一九九五年版，其英文部分与杰克·伦敦所引本大同小异。为保持译文的权威性和统一性，本书译者除个别语句外，全文照录。

② 欧玛尔：Khayyám Omar（1048？—1122？），波斯诗人、数学家、天文学家，以四行诗闻名。郭沫若曾从英文转译其四行诗集，题名《鲁拜集》。“鲁拜”是波斯语，意为“四行诗”。

他读书随意性强，没有读过《鲁拜集》，现在就像发现了一座金矿。我能够背诵出很多“鲁拜”，说不定占三分之二，剩余的我没费多大工夫就“拼凑”出来了。我们往往能为一首诗的意境讨论几个小时。我发现他能在诗中读出一种悔恨和叛逆的意蕴，那是以我的个人经历无论如何都读不出来的，我诵读时只能按照我的感觉读出抑扬顿挫的欢快情调。他的即时记忆力惊人，只要我诵读过第二次(往往只需要一次,）那首诗他就熟记于心了。他在背诵相同的诗行时往往带有一股躁动不安和剧烈反叛情绪，而且你还不能说这种情绪有违该首诗的意境。

我问他最喜欢其中的哪首诗，不出意外地他选中了那首诗人因一时“勃然不悦”而急就的诗，那首诗与这位波斯诗人自满自足的哲学理念和宁静致远的生活观念大异其趣：

不要问从哪里匆匆而来
也不要问往哪里匆匆而去！
且痛饮一杯杯禁饮的美酒
需醉倒对那专横者的记忆！

“精彩！”海狼拉森大声叫绝道，“真是太精彩了！它就是诗的基调。好一个‘专横者’！真是用得再好也没有了。”

对此观点我怎么样加以反对都是做无用功，他用不绝于耳的雄辩将我淹没了，压垮了。

“生命的天性就是如此。生命，在它知道必须终结时总归是要反叛的。那是命中注定的。传道者发现了生命和它‘劳碌所成的功’‘都是虚空，都是捕风’，就认定那是邪恶；却又发现死亡，也就是停止‘虚空’和‘捕风’，更为邪恶。他一章又一章地为普遍降临于一切人的死亡表示忧虑。欧玛尔也一样，我亦如此，甚至你也一样，因为在伙夫磨刀要取你性命时你也反抗死亡。你怕死；生命存活于你体内，但你的身体只是生命的组成部分，它比你大，你不想死。你谈起过永存的本能，我谈的是生命的本能，也就是活下去的本能。当面对一个发疯的伙夫磨刀霍霍时，你求生的本能一定占了上风，你不得不承认这一点。

“你有点怕他，你也怕我，你无法否认这个事实。我要是这样一把卡住你的喉咙，”——他的手果然卡住了我的喉咙，我顿时出不来气了——“开始把你的生命挤出去，像这样，就是这样，你那永存的本能就灰飞烟灭了，而你的生命本能，求生的本能就扑腾起来，会为自己作殊死一搏了，对吧？我在你的眼睛里看到了对死亡的畏惧，你的双臂在空中划拉着，你为了能活下去正在用尽你吃奶的力气，你的一只手抓住了我的臂膀，那么软弱无力，就像黏上了一只蝴蝶。你的胸脯鼓起来了，舌头伸出来了，脸色变紫了，眼神变散乱了。‘要活！要活！我要活！’你心中在呼喊，乞求就活在当下，而不是未来。你怀疑你的永存性了，是吧？哈哈！你对它心存疑虑了，不愿为它冒险了。你确认你现实的生命才是唯一的存在。啊，你感觉四周越来越黑暗了。那是死亡的黑暗，是存在的终止，是活动的终止。它裹挟着你，压迫着你，环绕着你。你的眼睛不动了，眼神呆滞了。我的声音模糊了，越来越远了。你看不见我的脸了。可是你还在我手中挣扎，你双腿乱蹬。你的身子像蛇一样蜷成了一团，你的胸脯还在不停地起伏。要活！要活！我要活……”

后来我什么都听不见了，他那么形象描述出的黑暗抹去了我的意识。我苏醒过来时发现自己躺在地板上，他在抽雪茄，若有所思地凝望着我，眼里闪动着我所熟悉的那种好奇的光芒。

“我说服你了吗，嗯？”他问道。“来喝一杯。我想问你几个问题。”

我躺在地板上摇了一下头。“你的论证太——呃——太有力了。”我努力挤出一句话来，付出的代价是喉咙的一阵剧痛。

“过半小时你就会没事的，”他向我保证道。“我答应你在讨论过程中只动口、不用手了。起来吧，你可以坐在椅子上。”

我既然是这个怪物的掌中之物，我俩又恢复了有关欧玛尔和传道者的讨论，这场讨论持续到了半夜。

第十二章

过去的二十四小时上演了一场暴力的狂欢节，它就像传染病一样从舱房向水手舱蔓延过来，我几乎都不知道应从何处说起。祸端肇始于海狼拉森。船员们因为相互仇恨、争吵和妒忌，人际关系正处于不甚稳定的平衡状态，此时邪恶的情绪一旦被挑逗起来，就会如草原大火般难以控制。

托马斯·马格里奇行事鬼祟，是个探子，是个告密者。他拿别人的事去通风报信，想借此讨好船长，重获欢心，恢复在他心目中的印象。我知道他曾经将约翰逊不经意间说出的话传给了海狼拉森。约翰逊大概就是在船上的小卖部买了一套油布衣裤，发现质量特别差，逢人就抱怨不已。小卖部是一个小型的成品衣店，猎海豹船上都有，店里储有满足于水手特殊需求的货品。水手们买的物品价款从他在狩猎场获得的收入中直接扣除，因为他们到手的不是工资，而是一种“捕获物分红”，是从他们各自的小艇猎获的每一张海豹皮价款里按比例提成的。猎手们如此，桨手和舵手们亦如此。

我对约翰逊抱怨船上小卖部商品质量的具体事宜却毫不知情，所以接下来发生的火爆场面让我感到十分震惊。当时我刚打扫完舱房，海狼拉森与我聊起了哈姆雷特，那是他钟爱的莎士比亚戏剧中的一个角色。就在这时约翰森走下了楼梯，身后跟着约翰逊。约翰逊按船上的惯例摘下了帽子，中规中矩地站在舱房正中间，面对着船长，身子随着船体的颠簸而沉重地、不自然地晃动着。

“关上门，窗洞盖也拉下来。”海狼拉森对我吩咐道。

我照办了，发现约翰逊的眼光中露出一种担心，我压根儿就猜不出这种担心出自何种原因，事实上，在场景在我面前逐步展开后，我才如梦方醒。可是约翰逊从一开始就知道事情不妙，但选择了勇敢面对它。我从他的行为中看到了对海狼拉森实利主义的反击。水手约翰逊遵循的是思想、原则、真理和真诚，他是对的，也知道是对的，所以他无所畏惧。若有必要，他可以为正义做出牺牲。他会展示自己的真实本性，做到言行合一。这种行为代表了精神战胜了肉体，表征出灵魂的坚韧性和道德美感；它不受任何世俗观念的羁绊，超越了时空的距离，彰显了自信和必胜的理念。而这一切只能源自于永存和不朽，与世上的任何其他事物无关。

还是回到场景中来吧。我注意到了约翰逊眼光中的担忧，却把它误认为是他本性的羞涩和不安体现。大副约翰森站在离约翰逊有几英尺的地方，海狼拉森坐在舱房的一张旋转椅上，离约翰逊有三码的距离。我关上舱门和窗洞盖后，大伙沉默了足有一分钟时间，海狼拉森打破了沉默。

“约恩森，”他开口叫道。

“我的名字叫约翰逊，先生。”水手大着胆子纠正道。

“好吧，那么，约翰逊，你这个混蛋！你知道我为什么派人去叫你来吗？”

“知道，也不知道，先生。”他回答的语气很和缓。“我活干得不错，这一点大副知道，您心里也明白，先生。所以，对我应该也没有什么可指责的。”

“就这些？”海狼拉森问道，声音柔和轻软，却暗藏杀机。

“我知道您不待见我，”约翰逊用他那永不改变的沉重语调说，“您不喜欢我。您……您……”

“说下去，”海狼拉森怂恿着他。“别顾忌我的感受。”

“我没有顾忌。”水手反驳道，被太阳晒黑的脸庞因愤怒而透出淡淡的红色。“我说话不利索，是因为我离开老家的时间没有你们久。您不喜欢我，是因为我太像个男人了，理由就是这样，先生。”

“对船上的规矩而言，你太像个男人了，如果那是你的意思，可是如果你听得懂我的意思……”海狼拉森反驳道。

“我懂英语，我听得懂你的意思，先生。”约翰逊回答道。他听出来海狼拉森在讥讽他的英语水平不行，脸变得更红了。

“约翰逊，”海狼拉森抛开刚才那些开场白似的问答，直奔主题。“我听人说你对那套油布衣裤不满意？”

“是的，我不满意。它们质量不好，先生。”

“而且你还见人就信口乱说？”

“我只是说出了我的看法而已，先生。”水手鼓起勇气说道，同时没有忽视船上的规矩，在每一句答语后面都加上了“先生”。

我就是在这个时候无意间瞥了约翰森一眼的，他那两个硕大的拳头不停地攥紧起来，又放松开来，两眼恶狠狠地盯着约翰逊，那张脸狰狞得像魔鬼。我注意到了约翰森眼皮下有一处瘀青，那是几天前的晚上被这个水手揍的，此刻依然隐约可见。我这才第一次感觉到会出可怕的事，但究竟会多可怕，我仍然无法想象。

“你知道这船上如果有人像你那样，拿小卖部和我说事，会出什么事吗？”海狼拉森挑衅地问道。

“我知道，先生。”他如实答道。

“什么事？”海狼拉森语气蛮横地问道。

“就是现在您和大副想对我干的事，先生。”

“瞧瞧他，驼背。”海狼拉森对我说道，“瞧瞧这粒被激活了的尘埃。这个物质元素的构成物，它在运动着，呼吸着；它认为自身是由优良物质元素组成的，在它身上烙上了人类的某些虚构印记，例如正义和诚实之类的，而且不论本身受到了怎样的痛苦和威胁，都要坚持按这些虚构的幻象行事。你觉得他这人怎么样，驼背？对此你又有何感想？”

“我觉得他这个人比你强。”我回答道。不知怎的，我内心有一种冲动，想将他呼之欲出的暴怒部分地吸引到自己身上。“他的‘虚构幻象’，如你所称呼的，追求的是高贵的人性。你没有虚构幻象，没有梦，没有理想，你是个穷光蛋。”

他带着蛮横的快意点点头。“说得好，驼背，说得很对。我没有追求高贵人性的虚构幻象。我赞同传道人的看法：活着的狗也比死去的狮子强。我做人的唯一教条就是方便教条，这是使人能够活下去的教条。看看这块我们称之为‘约翰逊’的酵母，当他不再是一小块酵母时，就会变成一粒尘土，不会比其他尘土高贵。而我却仍然活在世上，而且快意地咆哮。”

“你知道我下一步要干什么吗？”他诘问道。

我摇了摇头。

“好吧，我准备行使咆哮的特权，让你看看所谓高贵的下场。你瞧好了。”

他此时正坐着，离约翰逊有三码的距离，九英尺！海狼拉森并没有站起身来，而是以坐姿纵身一跃，就像一只野兽，像老虎扑食。他如老虎般跃过了那段距离，而约翰逊即使有心，也根本无法抵挡他那雪崩般的震怒。约翰逊伸出一只手护住腹部，另一只手保护脑袋，可是海狼拉森的拳头却直取中部，“砰”的一声狠狠击在胸部上。约翰逊被击打得嘴里刚要吐出一口气，却又犹如人挥斧时调整气息般忽然憋住，身体几乎要向后方倒下去。他左右摇晃了几下竭力保住身体的平衡。

我无法详细描述随后发生的恐怖场面的细节，太令人反感，我现在回想起来还有想呕吐的感觉。约翰逊奋力反击，但他不是海狼拉森旗鼓相当的对手，何况还加上了大副。现场状况十分惨烈。我无法想象一个人受了这么严重的伤害还能够活下来，还能够继续反抗。约翰逊确实还在继续反抗，但我心明如镜，他也明白，他是没有希望获胜的，一丁点儿希望也没有。但是，他内心存有做人的尊严，正是这种尊严使他不愿意放弃抵抗。

我无法目睹这种血腥场面，感觉自己快要疯掉了。我爬上了舱口的楼梯，想打开门逃到甲板上去。但是海狼拉森放开受害者，一个虎步跃到我身边，一把将我摔到了舱房远端的角落里。

“这可是生命的展示啊，驼背。”他语带嘲弄地对我说道，“留下来观察一下吧，你正好可以收集灵魂不朽的资料呢。况且，你也知道，我们是伤害不了约翰逊的灵魂的，我们充其量只能修理他那转瞬即逝的形体。”

这场殴打似乎持续了数个世纪——但也可能只有十分钟。海狼拉森和约翰森轮流出手痛殴着这个可怜的人儿，他们用拳头揍，用穿着厚底鞋的脚踹，将他打倒在地，拽起来再打得趴在地上。约翰逊已被打得晕头转向，两眼发黑，看不见任何东西，耳朵、鼻子、嘴巴不停地向外淌血，舱房几乎变成屠宰场。约翰逊已被打得站不起身子，躺在地上，他们仍旧继续打着，踢着。

“行了，约翰森，看他那熊样已经差不多了。”海狼拉森终于说道。

但是，大副身上的兽性却一发不可收拾。海狼拉森只好反手一推，将他往一边推去。那一推看似轻松，却将约翰森径直摔了出去，像软木塞一样撞到舱壁上，脑袋“砰”的一响，身子又摔在了地上，几乎半昏过去。他躺在那儿喘了一会儿粗气，傻乎乎地眨巴着眼睛。

“把门全都打开。”我接到了海狼拉森的命令。

我打开门。那两个野蛮人将不省人事的约翰逊抬起来，像抬着一袋垃圾一样拖上楼梯，通过窄门，将他扔在了甲板上。约翰逊鼻子里的血像殷红的喷泉般溅到了舵手的脚面上，而这个舵手不是别人，正是与他同艇的路易斯。但是路易斯的反应只是打了一把舵，一动不动地注视着罗经柜。

原舱房小厮乔治·利奇却持截然相反的态度。他随后采取的行动比前后舱发生的任何事情都令人惊讶不已。他不等任何人的吩咐就登上了舵楼甲板，将约翰逊拖了过来，尽力使他躺得舒服些，并开始给他包扎伤口，人们已经认不出那个熟悉的约翰逊了。不仅如此，从开始殴打到将他拽上甲板这几分钟的时间里，他的脸已变得青肿不堪，已经辨不出是一张人脸了。

还是谈谈利奇的所作所为吧。待我收拾好舱房，他已经将约翰逊的伤口包扎完毕，我登上甲板，想呼吸一点新鲜空气，顺便松弛一下我那受到过度刺激的神经。海狼拉森正抽着雪茄，检查着“幽灵”号上一个拥有特许权的计程仪。该仪器一向拖拽在船的尾部，此时出于某种目的而收回到船上。突然，我听到了利奇的吼叫声。那吼声激动，嘶哑，带着一股无法抑制的愤怒。我回头一看，利奇就站在舵楼隔断处下方的厨房左边。他脸色苍白，面部痉挛，双目喷火，两个拳头紧攥着高举过头顶。

“上帝会把你的灵魂打入地狱的，海狼拉森！下地狱也算便宜你了，你这个懦夫，杀人犯，猪猡！”这就是他开场对海狼拉森打的“招呼”。

我大吃一惊，想着这一回他小命难保。但是海狼拉森却没有表现出立马除掉他的意思。他慢吞吞地走到舵楼甲板隔断处，将手肘靠在船舱角落边的栏杆上，低头若有所思、好奇地打量着情绪激动的小伙子。

以前从来都没有人敢像这个小伙子那样指责海狼拉森。水手们在水手舱盖前不远处低头缩脑挤成一团，一语不发地看着、听着。猎手们也在统舱外乱挤在一起，但随着利奇责骂声的不断持续，我看到他们脸上失去了往日那种玩世不恭的神情，就连他们也感到了害怕。他们并不惮于他的那些尖刻咒语，而是惊骇于他的胆大包天。

竟然有人敢去海狼拉森口中拔牙，这看上去好像是不可能发生的事情。而我的心情则从惊骇转化为对小伙子的钦佩。在他身上，我看到了永恒生命的辉煌和不可战胜性，一如古代的先知圣贤谴责着不仁不义，超然于肉体和精神的恐惧。他的谴责是如此的痛快淋漓！他生拉硬拽出海狼赤裸裸的灵魂，让它受到众人的蔑视。他借助上帝和苍天对那灵魂降下暴风骤雨般的诅咒，其辛辣程度足以令他灰头土脸，犹如中世纪被天主教会逐出教门的教徒。他的斥责行为逐渐爬坡登岭，最后达到的高度使人仿佛觉得他就是上帝的化身。只是在词穷时，他才会骂出最恶毒和下流的话来。

他的愤怒迹近于疯狂。他的嘴角充斥着肥皂泡似的口沫，骂着骂着不时噎住了，喉咙里咯咯有声，口齿却不甚清楚。而在这整个过程中，海狼拉森淡定自若，不为所动，他只是将手肘支在支点上，颇感兴趣地俯视着他。面对这个如酵母般生命的疯狂蠕动，这个活物的可恶反叛和蔑视强力，他既感到困惑不解，又激发起了他的好奇心。

现场的每一个人，包括我在内，都认为他随时都会扑向那个小伙子，要了他的命。可是海狼拉森却无动于衷。雪茄熄灭了，他仍然不发一语，只是好奇地盯着他。

利奇虽然骂得十分尽兴，但他的怒吼显然失去了威力。

“猪猡！猪猡！猪猡！”他用尽肺活量不断重复嚎叫着。“你怎么不下来杀了我，你这个杀人犯？你是办得到的！我不怕你！没人会阻拦你！死了就不受你的气了，比他妈的活着被你攥在手心里强多了！来呀，你这个胆小鬼！来杀死我呀！来杀死我呀！”

就在这个节骨眼上，托马斯·马格里奇如怪异的幽灵般出现在甲板上。他原先一直是在厨房门口听着外面的动静的，现在他佯装倾倒厨余垃圾来到了现场，却显然是来看一场他认为必然会上演的残杀好戏的。他抬头望着海狼拉森的脸谄媚地一笑，海狼拉森视他为无物，可是那伦敦佬显然是疯了，彻底疯了，他竟然转身对利奇恬不知耻地说道：

“话怎么能这么说呢！这也太难听了！”

利奇的暴怒又重新获得了威力：身边终于出现一个倾泻的对象了，更重要的是，自从那次伤人事件后，伙夫第一次离开厨房时没有随身带着刀。伙夫的话刚一出口便被利奇打翻在地，他三次爬起身来，试图逃回厨房，却一次又一次被重新击倒。

“啊，主呀！”他嚎叫道，“救命！救命呀！把他弄走，行不行？弄走他！”

猎手们如释重负般哄笑起来：悲剧落幕，闹剧开始了。这时水手们放心大胆地聚集在船尾甲板上，你推我搡地咧着大嘴笑，看那可恨的伦敦佬挨揍。就连我心里也涌起了一阵快意，我承认利奇痛揍托马斯·马格里奇一事令我十分惬意，尽管这事与经马格里奇告密导致的对约翰逊的痛殴几乎一样可怕。但是海狼拉森的面部表情始终如一，甚至连站势都没有变化，只是持续地带着好奇心注视着下甲板上发生的一切状况。尽管他对实用主义深信不疑，却也似乎在仔细观察生命的活动和表现形式，进而从中寻找出某种秘而不宣的东西：在生命最疯狂的蠕动过程里他有所忽略的东西——那东西是生命奥秘的解秘之匙，掌握了它一切就真相大白了。

好一顿暴揍！它与我在舱房里目睹的痛殴十分相像。伦敦佬极力护住自己的身子，躲避着那个暴怒小伙子的攻击，做的全是无用功。他想躲进舱房，没有达到目的。他挨打时借势朝舱房方向连滚带爬，身子朝舱房方向倒，却还是在承受着一拳紧挨一拳的痛击。他像毽子一样被踢来打去，终于像约翰逊一样无助地被推倒在甲板上，利奇还不解恨地继续踢打着他。没有人出来管这闲事，利奇本可以取他性命的，但是显然他觉得已经够本了，便转身离开躺在甲板上的仇人，独自离开了。马格里奇躺在甲板上，像个受人欺负的哈巴狗一样呜呜着。

但是，这两场殴打只不过是那天的开场戏而已。下午“黑人”

和亨德森又干了起来。统舱里响起了一排枪声，稍后只见四个猎手手忙脚乱地蹿上了甲板，刺鼻的浓烟——黑色火药的伴生物——从敞开的升降口冒了出来，海狼拉森也从浓烟里跳了下来。紧接着传来击打拽步的声音，两人都受了伤，海狼拉森正在痛殴两人，为的是两人公然违抗他的命令，狩猎季节尚未开始就弄伤了自己。实际上两个人都受了重伤，揍了他俩一顿后，他又给他们治伤动手术，装模作样地像个外科大夫，只是技术拙劣很多。我在一旁给他充当助手，他探测子弹形成的伤口，清理着创面。那两人忍受着海狼拉森笨拙的手术操作，无麻药可用，仅靠一大杯烈性威士忌来麻痹自己。

然后，到第一个二时班时水手舱里又起了骚乱，起因为追究导致约翰逊挨揍的闲言碎语和通风报信的源头。从我们听见喧闹声的程度以及第二天受伤的人数推测，显然是舱内的一半人将另一半人打了个满地找牙。

第二个二时班以及整个一天以约翰森与拉蒂默干了最后一仗而结束。拉蒂默是一个长着一副美国佬模样的精瘦猎手。事情的起因是拉蒂默抱怨大副的鼾声扰人睡眠。约翰森虽然挨了揍，全舱的人下半夜仍然没有睡着，因为大副进入酣睡模式后，仍在睡梦中与人一而再、再而三地打架斗狠。

至于我本人呢，我当晚受到梦魇的骚扰。那一天像是一场可怕的噩梦，暴力接踵着暴力，狂热的激情和冷血的残酷驱使着人们相互索命，不遗余力地去伤害、致残对方，或欲置对方于死地而后快。我的神经受到了刺激，心灵受到了震动。我这一辈子都是在对人的兽性相对懵懂无知中度过的，实际上，我只是对生命中的智力层面有所了解。我曾经遭受过暴行，但那也只是智力层面的暴行——查利·弗斯特尖刻的嘲讽，比比洛学会的同仁们暗含机锋的警辟语和偶尔冒出的别有用意的戏谑话语，还有我读大学本科期间某些教授过于偏激的言辞。

就到此为止吧，但在我的心目中，人们以伤其筋骨和放其鲜血的方式来发泄对他人的愤怒，是一件怪异和可怕的事情。我在铺位上辗转反侧，做着一个又一个噩梦。人们叫我娇气的范·魏登先生不是没有道理的，我默想道。我发现自己对生活的现实一面好像真的是一无所知。我无奈地苦笑了一下，似乎发现用海狼拉森令人生畏的处世哲学来解释生活比用我的哲学更与实际生活合拍。

我觉察到自己的思想倾向时，不禁吓了一跳。在我身边不断发生的暴力事件有着邪恶的示范效应，它极有可能摧毁我生命构成中最美好、最光明的部分。我的理智告诉我，将托马斯·马格里奇痛殴一顿的行为是邪恶的，但在现实生活中却不妨碍我的心灵感到一阵快意。即使我身负沉重的罪恶感——因为那的确是罪恶——也不妨碍我发出疯子般的咯咯笑声。我已经不是原来的那个汉弗莱·范·魏登了，我是驼背，三桅船“幽灵”号上的舱房小厮。海狼拉森是我的船长，托马斯·马格里奇和其他人是我的工作同伴，生活在他们身上烙下什么痕迹，也正在我身上留下同样的痕迹。

第十三章

有三天时间，我干着自己的活，同时也干着托马斯·马格里奇手里的那份活。我自认为他那份活我干得不错，我知道得到了海狼拉森的赞许。在我短暂的“治理”之下，水手们都露出了满意的笑容。

“这是我上船以来吃的第一顿干净饭菜。”哈里森餐后收拾锅盘送回厨房时，站在门口对我说，“汤米①做的食物总带有一股油腻味，腐臭的油腻味。我估计他离开旧金山后就没换过身上的衣服。”

“他确实没有换过。”我答道。

“我敢打赌他还穿着那身衣服睡觉。”哈里森补充道。

“你不会输的。”我表示同意。“就是那件衬衫，这段时间他就没有脱过。”

但是海狼拉森就给了他这三天时间，让他养身上被打的伤，第四天就抓住他的脖梗子硬将他从铺位上拽了起来，让他去干活。他腿又瘸，身上又痛，眼睛肿成了一条缝，几乎看不见东西。他抽吸

① 汤米：托马斯的昵称，即指托马斯·马格里奇。

着鼻子，哭泣着，但是海狼拉森全无一点怜悯之意。

“你要用点心，别再做出些泔脚水似的饭菜来，”船长离开时对他发出了警告。“也别再让饭菜有油乎乎的肮脏味道。记住，勤换点衬衫，否则我就把你扔到海里去。听明白了吗？”

托马斯·马格里奇强撑着身子挪步进了厨房，这时“幽灵”号晃动了一下，他就站不稳了。他想稳住身体，就伸手去抓围在炉子四周以防锅子滑落的铁栏杆，却没有抓住，手直接按到了灼热的炉面上，再加上身体的重量一压，随着“嗞”的一声，一股烧焦的人肉味和一声痛苦的尖叫声迸发了出来。

“啊，上帝啊，上帝！我这是作了什么孽啦？”他一屁股坐在煤箱上哀嚎道，前后摆动着那只烫伤的手。“倒霉事怎么都摊在我身上了呀？真叫我恶心，真恶心。我这一辈子都与人为善，没害过人呀。”

泪水从他那肿胀、苍白的脸上流了下来，他痛得拉长了的脸迅速掠过一丝凶狠的表情。

“哎哟，我恨死他了！恨死他了！”他咬牙切齿地说。

“你恨死谁？”我问道。但是这可怜的家伙又抱怨起命运的不公来。要猜出他恨谁比猜出他不恨谁容易得多，因为我已经看见了他内心隐藏着一个恶魔，即恶魔驱使他仇恨整个世界。命运以如此怪异的方式捉弄他，虐待他，我有时想到他都会恨自己。这时我心里就会涌动一股同情感，而且感到惭愧，因为我曾因为他受到的折磨和痛苦而心生窃喜。生活对他是不公正的，跟他开了一个不雅的玩笑，将他塑造成如此模样，而他后来亦没有逃脱它的玩弄股掌，他又有何种机会变成另外一种人呢？他好像要给出我心中疑问的答案，哭诉道：

“我没有任何机会，连半个机会都没有！谁送我上过学呀？我肚子饿时谁给过我面包呀？当我还是一个小孩时，鼻子摔破了，谁给我擦过血呀？谁帮助过我呀？有过谁，我请问？”

“没关系的，汤米。”我伸出一只手抚慰性地放在他肩上说，“提起精神来，事情总归会好起来的。你的日子还长着呢，你想成为什么样的人都是可以做到的。”

“谎言，该死的谎言！”他冲着我吼叫起来，甩开了我的手。“这是假话，你知道这是假话。我的命从出生时就定下了，我是用边角废料制造出来的。可你就完全不同了，驼背，你生来就是一个绅士。你从来都不知道挨饿的滋味，小肚子饿瘪着，里面就像有个耗子，咬呀，咬呀，好难捱呀。只好哭、哭，哭到睡着了为止。事情好不起来，就是我明天当上了美国总统，它能够填饱我小时候饿着的肚皮吗？

“何况有这种可能性吗，我问你？我是天生的苦命，受罪命。我受的苦罪比十个人加起来的还要多，这是真的。我这辈子有一半的时间都是在医院里度过的。我在阿斯宾瓦尔①、哈瓦那和新奥尔良都发过高烧；在巴巴多斯得过坏血病，受了六个月的活罪，差一点挂掉；在檀香山出过天花；在上海断过双腿；在乌纳拉斯卡②害过肺炎；在旧金山伤了三根肋骨，肠子扭成了一根麻花。现在我又成了这种模样。看看我吧！瞪大眼睛看看我吧！我的肋骨又被从后背踹裂开了，不到八击钟③我就会咳血了。我受的这许多罪该如何得到补偿，我请问？谁给我补偿，上帝吗？上帝让我到他这倒霉的世界上来签约下海，就是因为他抛弃我了呀！”

这场对命运滔滔不绝的抱怨持续了一个小时，也许时间更长，然后他强打精神干起活来，瘸着腿，呻吟着，眼光里闪射着对世上

---

① 阿斯宾瓦尔：美国宾夕法尼亚州的一个城市。

② 乌纳拉斯卡：美国阿拉斯加州的一个小岛，位于白令海，属阿琉申群岛。

③ 八击钟：即表示四点、八点或十二点钟。这是轮船上值班的报时方法，每隔半小时鸣钟一次，十二点半、四点半及八点半为一击，依此类推，直至八击表示四点、八点及十二点钟。

一切生灵的深恶痛绝。他对自己身体状况的诊断倒是挺靠谱的，因为他的伤痛不定时地会发作，发作时就呕血，表情非常痛苦。正如他所说的，上帝似乎蓄意跟他过不去，不让他死，因为他最终身体状况渐趋好转，而心中的怨恨却越趋加深了。

几天后约翰逊连走带爬地上了甲板，有一搭没一搭地干着手中的活。他的身体依然没有恢复过来，因为我不止一次地看见他痛苦地爬到中桅上去，或是蔫头耷脑地掌着船舵。更糟糕的是他的精神似乎已被摧垮，他臣服于海狼拉森，更在约翰森面前露出一副卑躬屈膝相。利奇的行为与他有天壤之别，他像一只小老虎般在甲板上跳来蹦去，公然地对海狼拉森和约翰森怒目而视，以发泄自己心中的仇恨。

“我会收拾你的，你这个扁平脚的瑞典佬。”有天晚上我听见利奇在甲板上骂约翰森。

大副在黑暗中回骂他一句，紧接着就有个不明飞行物“当”的一声扎在厨房的外隔板上，然后是更多的咒骂声和一声冷笑。待恢复平静后，我偷偷走出厨房，看见一把沉重的小刀扎进厚实的木板里，足有一英寸深。几分钟后大副来了，在隔板上四处摸索，想找到那把刀。第二天我悄悄把刀还给了利奇，他接过刀时咧嘴一笑，那笑容比在我这个阶层司空见惯的正式冗长谢语包含了更多发自内心的谢意。

迥异于船上任何其他的人，我与任何人都没有产生过争执，与全船人的关系总体而言还不错。猎手们大概只是能容忍我，不过也没有人不喜欢我。“黑人”和亨德森在船上的雨篷下休憩，不分白天黑夜地晃荡在吊床上。他们说我比他们见到的任何医院的护士都要强，信誓旦旦地向我保证，此次航程结束拿到“分红”后是不会忘记我的（好像我缺他们那几个钱似的！我可以将他们连人带财物，以及二十条这样的船和全部装备，一口气全买下来！）。但治疗他们的伤病，让他们痊愈，不知怎地成了我的责任，我只能尽力而为。

海狼拉森的头痛病又发作了一次，十分厉害，持续了两天。他一定很痛苦，因为他把我找了去，像生病的小孩般服从我的命令，但是我似乎无法减轻他的疼痛。不过，他接受了我的建议，不再抽烟和喝酒了。像他这样强壮得像野生动物的人也会头痛，我百思不得其解。

对这个问题，路易斯的看法是这样的："那是上帝的手在起作用，我告诉你说。那是对他黑心肠行为的报应。后面还会有报应的，会有的，要不然……"

"要不然怎样？"我催促他往下说。

"上帝在打盹儿，没有尽到他的责任。虽然我不该说这个话。"

我刚才说与全船的人关系处得不错，这话有毛病。托马斯·马格里奇不但还恨着我，还找到了一条新的恨我的理由。我许久都未能解开这个谜团，最终才弄明白：那是我的出身比他幸运，用他的话来说，我"天生是个绅士"。

"怎么还没有死更多的人呢？"我揶揄路易斯。这时"黑人"和亨德森正并肩在甲板上做着当天的第一次锻炼，彼此间友好地交谈着。

路易斯用他那精明的灰眼睛打量了我一下，颇为自负地摇着头。"它就要来了，我告诉你，一来可就是暴风骤雨。它的怒号声一起，你就准备收尸吧。我早就有预感了，现在就能感觉到，就像在伸手不见五指的黑夜能够感触到索具一样。已经近在眼前了，快了。"

"谁先死呢？"我问道。

"不会是胖子路易斯，我保证。"他笑了起来。"我从骨头缝里都能感觉到，到明年的这个时候我就能看见老母亲的双眼了。她老望着大海，等着她送出海的五个儿子回来，望得好辛苦啊。"

"他刚才跟你说什么了？"过了一会儿，托马斯·马格里奇问我道。

“他说他有一天要回去看母亲。”我含混地回答他。

“我从来没有过母亲。”伦敦佬用他那没有光泽的、绝望的眼睛盯着我说。

第十四章

到如今我才恍然大悟，我对女人从来没有给予过适当的评价。关于这个问题，虽然基本上与情色无关，我发现到目前为止，我身边是不乏女人的。我母亲和姐妹们总是围绕着我打转，而我一向对她们敬而远之，因为她们总是无事自扰地关心我的身体健康，还定期“入侵”我舒适的私人空间，使我不胜其烦。只要她们一来，我引以为傲的有秩序的混乱就会变成更少的秩序、失控的混乱。她们一走我就什么物品都找不着了，虽然看上去摆得十分整齐美观。可看看现在，唉，我多么想她们就在我身旁，而以前我只要听见她们衣裙摆动的窸窣声，心里就会泛起一股并无恶意的嫌恶感。我确信，我要是有机会回到家中的话，肯定不会对她们发脾气了。无论是早上、中午，或是晚上，她们都可以对我下诊断，给我吃药；每一分钟都可以打扫我的房间，整理我的物品，我只需靠在背椅上观望着，感谢上帝赐给了我一个母亲和好几个姐妹。

上述一切使我陷入了沉思：“幽灵”号船上这二十多个人的母亲都在什么地方？我忽然感到男人彻底离开女人独自去闯天下是不自然的、不健康的，粗鲁和野蛮是其无法避免的后果。我身边的这些男人本应该有妻子、姐妹和女儿的，那么，他们应该具有敏感、温柔、富有同情心的一面。就目前的情况来看，他们似乎都没有结婚，年复一年他们谁也没有接触过好女人，或是受到好女人潜移默化的影响，弃恶从善。他们的生活中没有平衡物。他们的男子气概，本身就带有野性成分，得到过度的拓展；而他们本性的另一面，即精神层面，却没有得到充分发育——实际上是萎缩了。

他们是一群“光棍”，彼此间硬性地摩擦着，日复一日地磨得迟钝麻木了。我有时觉得他们好像就从来没有过母亲，是些半人半兽的“怪物”，一个单独的品种，与性没有关联，就像海龟蛋一样，是由阳光孵化出来的，或者是以某种类似的可叹方式获得生命的。他们一辈子都挣扎在暴力和凶残的泥淖里，至死都没有品尝过爱的滋味。

受新思路所激发的好奇心驱使，那天晚上我与约翰森有了一番交流——那是自航程开始以来，他第一次肯赏面与我闲聊。他十八岁时离开瑞典，今年三十八岁，其间从来没有回过家。两三年前他在智利的一个水手公寓偶遇过一个同乡，听说他的母亲还健在。

“她如今一定是一个很老的老太婆了。”他对我说，若有所思地看着罗经柜，再狠狠地瞪了哈里森一眼。哈里森已经让船偏离航线一个方位①了。

“你上一次给她写信是在什么时候？”

他心中估算着，口中念了出来。“八一年，不，八二年，嗯？不是，八三年？对，就是八三年，那就是十年前了。在马达加斯加的一个小海港寄的。我正在那儿干活。”

“你看啊，”他继续说道，好像是对地球另一边被他忽视了的母亲作解释似的，“我每年都打算回家，因此，有写信的必要吗？只不

① 方位：航海用语。圆周共分为三十二个方位，因此一个方位等于十一点二五度。

过是一年的时间罢了。可是每年都会出点事，导致我不能回去。现在我当大副了，回旧金山领到工资，说不定能拿到五百美金，就另找一条绕过合恩角、去往利物浦的大型帆船打工，多赚点钱，再从那儿买票回家。到那时候她就不用再干活了。”

“那么她还在干活吗，就现在？她多大岁数了？”

“大约七十岁了吧。”他答道。然后，他又夸耀般地强辩道：“在我们国家，人一生下来就干活，一直干到死，这就是我们长寿的原因。我会活到一百岁的。”

我永远都不会忘记这次谈话。这是我听到的他的遗言，说不准也是他留存在世间的最后话语。谈过话我下到舱房去睡觉时，觉得下舱太闷热，因为那是一个风平浪静的夜晚，我们已经驶离了贸易风，“幽灵”号前进的速度勉强在每小时一海里，所以便用胳膊挟了毯子和枕头准备上甲板睡觉。

在我从哈里森和固定在驾驶舱上部的罗经柜之间经过时，发现他已足足偏离了三个方位。我以为他在打瞌睡，怕他挨骂或触更大的霉头，便好心地提醒他。可是他并没有打瞌睡，相反眼睛瞪得溜圆，好像心里极为烦乱，无法回答我的询问。

“到底怎么回事？”我问道，“你生病了吗？”

他摇了摇头，深深地叹了口气，又仿佛猛然惊觉似地闭住了嘴。

“那么你最好将航线拨正。”我责备他道。

他将舵轮往回倒打了几把，我看到罗经卡慢慢转到了北北西的位置，在那儿微微地晃动了两下，稳定下来。

我重新挟好毯子和枕头，刚准备往甲板上去，却发现了某种动静。我往船后瞅了一眼，只见一只有力的大手水淋淋地攀住了尾部的栏杆，另一只手在黑暗中也隐约而见。我惊呆了，是什么怪物从漆黑一片的大海中爬上船了？无论那怪物是什么，我看见他抓住计程仪的绳子往上爬。我看见一个脑袋冒了上来，头发经海水的梳理自然地贴在头皮上，然后我看见了海狼拉森的眼睛和整张脸，我不会认错的。他的右脸颊染着鲜血，那是从头上的某处伤口流下来的。

他向上一用劲，翻身上了船。脚步刚刚站稳，他就望向掌舵的水手，好像要弄清那人的身份，不会对他造成伤害。海水从他的身上直往下流，滴在甲板上的声音分散了我的注意力。他靠近我时我本能地往后退缩，因为我从他的眼神中窥见了死神。

“没有事的，驼背。”他压低声音说道，“大副在哪儿？”

我摇了摇头。

“约翰森！”他轻声叫喊着，“约翰森！”

“大副到哪儿去了？”他问哈里森。

那个年轻人似乎恢复了镇静，因为他回答的语气挺平静的。“我不知道，先生。刚才还看见他走过去的。”

“我也是刚才走过去的。可是你看到了，我不是原路返回的。你能够理解这一点吗？”

“您一定是落到海里去了，先生。”

“要我到统舱里去找找他吗，先生？”我问道。

海狼拉森摇摇头。“你是找不到他的，驼背，但是你会明白的。走吧，别管你那些铺的枕的了，都丢在这儿吧。”

我跟在了身后。中舱里没有丝毫动静。

“这些遭天谴的猎手，”他愤愤不平地说道，“一个个太肥太懒，连四个小时的班都值不下来。”

我们在前甲板顶端的水手舱里发现三个水手正在呼呼大睡，他将他们一一扳过身来看了看脸。他们原本该在甲板上值班的，但是船上有个不成文的习惯，在风平浪静的夜晚值班的人可以睡觉，只有管事人、舵手和守望人除外。

“谁是守望人？”海狼拉森厉声问道。

“是我，先生。”霍利约克回答，声音略微颤抖着。他也是一名远洋水手。“我只是刚才忍不住眯瞪了一小会儿，先生。对不起，先生，以后再也不会了。”

"你在甲板上听见过什么动静吗？看见什么没有？"

"没有，先生。我……"

可是海狼拉森只是厌恶地哼了一声，转身走掉了，留下那水手在原地揉着双眼纳闷：就这么容易放了我一次？

"嘘，脚步放轻一点。"海狼拉森悄悄对我发出警告。他猫下身子进了水手舱的舱口，准备下到舱内。

我紧跟在他身后，心里怦怦直跳。我不知道会出什么事，一如不知道已经出了什么事。但是血已经流了，海狼拉森曾掉进过海里，脑袋也打破了，这可不是一时心血来潮产生的幻觉，况且约翰森也失踪了。

这是我第一次下到水手舱，我站在舱底楼梯旁所看到的景象使我印象深刻，短时间内难以忘怀。水手舱嵌在船头部位的两个舷窗之间，呈三角形，三面都是铺位，分上下铺，共有十二个。舱房并不比格拉布街①的通铺间大，然后十二个人就强挤在一处，在里面吃喝拉撒睡。我家里的卧房并不算宽敞，但是这水手舱面积的十二倍，至于天花板的高度，那就二十倍都打不住了。

船舱内充斥着酸臭和霉烂味。在摇晃不定的昏暗防风灯灯光的映照下，我看见所有能利用的舱壁空间都挂满了式样各异的高统防水靴、油布衣裤和日常服装，有干净的，也有脏兮兮的。帆船每跃进一步，这些物品就摆动一下，发出咔嚓声，像树枝撞擦着屋顶或墙壁。舱壁某处没挂好的一只靴子不时大力地回撞在舱壁上，砰砰作响。此时虽然海上风平浪静，但帆船航行引起的船体木料和隔板的嘎吱声，以及船底与深海海水摩擦产生的噪音回荡在船舱中，形成一种绵延不绝的"大合唱"。

可这些噪音对睡过去的人并不形成干扰。舱内总共睡着八个

① 格拉布街：旧时伦敦的一条街，为靠笔墨为生的穷酸文人聚居之地。

人——两个值过班的水手睡在下铺。舱内的空气因他们的体温和呼吸显得闷塞不堪，而耳朵里则充塞着鼾声、叹息声和低沉的呻吟声——那是半兽人睡觉时的显著特征。可是他们真在睡觉吗？都在睡觉吗？或者说，先前睡过觉吗？这显然是海狼拉森现在想要查明的事情。他要找出装睡的人，没有睡的人，以及先前没有睡的人。而他采取的作法使我想起薄伽丘讲的一个故事。①

他从灯架上取下晃动的防风灯递到我手中，从右舷的第一排铺位开始检查。上铺睡的是乌富蒂·乌富蒂，是个夏威夷土著人，出色的水手，同伴们都称他为“夏威夷人”。他平躺在铺位上，呼吸平静得像个女人，一只胳膊枕在脑后，另一只胳膊搭在毯子上。海狼拉森用拇指和食指按在他的手腕处，数脉搏的跳动次数。在这过程中那夏威夷人醒了过来，醒得跟睡时一样平静，身子纹丝不动，只是睁大了双眼，眼睛大且黑，还闪着光，不眨眼地盯着我俩的脸。海狼拉森将指头放到了自己的唇上，示意他不要出声，那双眼睛又闭上了。

下铺睡的是身体滚圆的路易斯，热呼呼地冒着汗，一副入睡了的模样，但睡相不甚安稳。海狼拉森把他的脉搏时他不适地动弹着身子，向上一挺，靠双肩和双脚暂时支撑住身体。他双唇翕动，吐出谜一样的话语：

“一先令等于四分之一英镑。对三便士的钱要小心，否则栈店老板会当成六便士塞给你。”

然后他口中发出一声沉重的、哽噎般的叹息声，翻了个身子，又说道：

---

① 薄伽丘讲的一个故事：意大利作家在其名著《十日谈》第三日的第一个故事中讲道，一个马夫冒充国王同王后睡了觉，又回到仆役房里假装睡着。国王摸了摸他的胸脯，摸出心跳得厉害，认定了他，作为标志剪去了他的头发。马夫在国王走后剪掉了同屋所有仆役的头发，终于蒙混过关。

“六便士的钱又叫鞣皮匠，一先令的钱又叫鲍勃，可是马驹值多少钱我不知道。①”

海狼拉森对观察结果感到满意，看来两人确实是睡着了。他往前走，来到右舷第二排的两个铺位，在防风灯灯光的映照下，我们看到上下铺分别躺着利奇和约翰逊。

海狼拉森弯下身子去把下铺约翰逊的脉时，我正站直着身子举着灯，正好看见利奇头悄悄抬了起来，从床侧窥视着下铺的状况。他一定猜到了海狼拉森使用的伎俩，也看出了那侦察手段的有效性，因为我手上的防风灯被突然打翻在地，水手舱里突然漆黑一片，而此时利奇一定是从上铺纵身一跃，将海狼拉森扑倒在地。

最初传出的似乎是公牛和野狼搏命的声音。我听见海狼大声发出激怒的、撕心裂肺的吼叫，利奇则发出绝命的、令人血液凝固的咆哮。约翰逊肯定立即对利奇施以援手了，那么，这几天他在甲板上表现出的臣服和卑躬屈膝相只不过是蓄意的伪装罢了。

黑暗里突发的这场搏斗吓得我心惊胆战，我靠在楼梯上浑身发抖，竟上不去楼梯了。我胃里又冒出了那种要作呕的感觉，那感觉是我看见身体暴力时总会引起的。这一回我虽然看不见暴力场面，却能够听见拳打脚踢的声音——都是肉体猛烈击打肉体的“柔和”撞击声；是纠缠在一处的身体相互间撕扯声；是已竭尽全力者的沉重喘息声；是被突然击中痛处的短促抽气声。

船舱里肯定还有水手参与了谋杀船长和大副的计划，因为我从声音中听出利奇和约翰逊得到了同伙的支援。

“谁去找把刀来！”利奇大声叫道。

“敲他的脑袋！砸出他的脑浆！”这是约翰逊的吼叫声。

但是海狼拉森在发出最初的吼叫声后，就一声不吭了。为了保

① 鞣皮匠、鲍勃、马驹：旧时英国对几种钱币的俚语叫法，“马驹”指二十五英镑。

命他闷声不响地做着殊死的搏斗。他被困住了，从一开始就被人扑倒了，一直没能站起身来。尽管他力大无穷，我仍然觉得他没有希望了。

他们搏斗中使出的蛮力给我留下了生动的印象，因为他们在黑暗中横冲直撞，直接撞倒了我，使我身体受到了严重的擦伤。我在一片混乱中终于设法爬上了一个相对安全的空铺位。

“伙伴们！我们抓住他了！可抓住他了！”利奇大声叫道。

“抓住谁了？”真在睡觉的人被惊醒，莫名其妙地问道。

“是他妈的大副！”利奇狡黠地答道，累得几乎已喘不过气来。

这话激起了哇哇大叫的欢呼声，然后七条大汉便叠压在海狼拉森身上，我相信只有路易斯没有参与其中。水手舱顿时变得像一个被侵入者扰动了的混乱蜂窝。

“喂！下面是怎么回事？”我听见拉蒂默在舱口对着下面大声叫喊。他已感觉到黑暗的船舱里危机四伏，不敢轻易下到这“骚动”的地狱里来。

“谁拿把刀来？喂，谁去找把刀来？”在舱内难得的片刻寂静中，利奇大声要求道。

攻击者人数太多，反而乱成了一团，抵消了袭击的威力。而海狼拉森只有一个目的，反而容易达成，那目的就是杀出一条血路，冲到楼梯口。虽然舱内黑得伸手不见五指，但我仅凭声音就随时知道他在何处。他一来到楼梯口就做出了常人难以企及的事。身后一大堆人都在使劲按住他，可是他却仅凭着两条胳膊的用力，一把一把地从地板上撑起身体，站直了，然后又手脚并用，一步一步缓慢地挣扎着爬上了楼梯。

我目睹了最后的一幕，因为这时拉蒂默找来了一盏应急灯，举在手里，灯光映照在楼梯口上。海狼拉森快到舱口顶了。我虽然看不见他的身子，却能够看见一堆人环抱住他，纠缠扭动着，像个多脚的巨形蜘蛛，随着船体的颠簸规律性地晃动着。人堆一步一步、异常缓慢地向上攀升，有一次晃动了一下，似乎要落下来，却又稳住了，继续往上爬。

“这是谁呀？”拉蒂默问道。

我在灯光里看见他一脸困惑地朝下面观望。

“拉森。”人堆里一个被闷住的声音回答道。

拉蒂默将他空着的那只手朝下伸过去，我看见一只手伸上去抓住他的手。拉蒂默用力一拽，那人堆跃升了一两步阶梯，然后拉森的另一只手也伸上去抓住了舱口边沿。那堆人被惯性带离了楼梯，可仍抱住快要跑掉的对手不放。结果水手们开始往下坠落：有的是被舱口粗粝的边缘刮落；有的是被拼命乱蹬的腿踢落。最后落下来的是利奇，他从舱口活生生地直落下来，脑袋和肩膀砸在倒伏在地的同伴身上。海狼和灯光一并消失了，我们被留在了黑暗里。

第十五章

楼梯底部的水手们艰难地爬起身子，咒骂声和呻吟声此起彼伏。

“谁快擦根火柴，我的大拇指脱臼了。”帕森斯说。他是个黝黑、表情忧郁的人，斯坦迪什小艇上的舵手，而哈里森是桨手。

“你那指头会连在手上摇来晃去的。”利奇说着话一屁股坐在我藏身铺位的边沿上。

有人在摸索着擦亮火柴，防风灯被点亮了，冒着烟发出惨白的光。人们赤裸着双腿在灯影中晃动着，揉摸着身上的青肿之处，处理着伤口。乌富蒂·乌富蒂握住帕森斯脱臼的大拇指使劲朝外一扯又往回一顶，让它复了位。这时我注意到夏威夷人的指关节已裂开，露出了里面的骨头。他展示给大伙儿看，露出一排漂亮的白牙傻笑着，并解释说那是揍到海狼拉森嘴唇时受到的伤。

“啊，原来是你干的，是吧，黑叫花子？”凯利怒气冲冲地逼问起来。凯利是个爱尔兰籍的美国人，曾是一名码头工人。这是他第一次出海，充当克伏特的桨手。

他逼问时吐出了一口血沫，其中混有几颗牙齿，同时将自己那张好勇斗狠的脸凑到了乌富蒂·乌富蒂面前。夏威夷人跳回自己的铺位，又蹦了回来，手中挥舞着一把长刀。

“喂，把刀放下，真烦人。”利奇出手干预了。他尽管年纪轻，没有经验，但显然是水手舱的头儿。“行了，凯利，别去找乌富蒂的茬儿了。舱里黑咕隆咚的，他当时怎么知道是你？”

凯利嘴里咕哝了几句，逐渐消了火。夏威夷人露出白牙感激地笑了笑。他是个英俊的小伙子，有着招人喜爱的、近乎女性的身材曲线，一双大眼睛时常流露出朦胧的温情色彩，很难想象他是如何赢得争强好斗的名声的。

“他是如何跑掉的？”约翰逊问道。

他正坐在自己的铺位边缘上，整个坐姿说明他已陷入沮丧、绝望的状态。他因为累得够呛，还在大口大口地喘着粗气。他的衬衫在搏斗中全被扯掉了，面颊上的伤口正在流血，那血流经他赤裸的胸膛，沿着他白色的大腿形成一道红线，滴落在地板上。

“因为他就是一个魔鬼，我早告诉过你了。”利奇说着暴怒地站起身来，眼里噙满失望的泪水。

“你们怎么就没有人去拿把刀来！”他还在不断地表达着遗憾的心情。

但是其他的人都在担心此事的后果，没人理他。

“他怎么会知道谁是谁呀？”凯利问道，说时用凶狠的目光环视着众人。“除非这儿的人会去告密。”

“他只需要瞅我们一眼就知道了，”帕森斯答道，“只要看你一眼就足够了。”

“你告诉他，就说是地板翘起来把牙从牙床上磕掉的。”路易斯傻笑着说。他是唯一一个没有下铺位的人，身上没有能证明他参与了晚上偷袭活动的伤，对此他感到很得意。“等着他明天来给你们验伤吧，诸位。”他咯咯地笑着说。

“我们都说以为是大副。”一个水手说。另一个水手接口说道：“我知道该怎么说——我听见打架声，从铺位上跳下来，下巴上狠狠挨了一拳，痛得和人对打起来。黑灯瞎火的，不知道对手是谁，也不知道是为了何事，就那么乱打一气。”

“当然，因为你打的是我。”凯利附和道，脸色一时间显得光亮起来。

利奇和约翰逊没有参与讨论。显然，伙伴们一致认为他俩笃定难逃噩运，已然没有希望，死定了。利奇强捺住性子听了一会他们的担忧和抱怨，忽然爆发了：

“你们真让我厌恶！一帮混蛋！如果你们嘴里少说点，手里多干点，这时候他早就完蛋了。我呼叫的时候，你们中间怎么没人，只需任何一个人，给我拿把刀来？你们真叫我感到恶心！像马蜂似的晕头转向胡乱嚷嚷，好像他只要抓住你们就会杀掉似的！你们他妈的知道他不会这么干的，他做不到。这儿又没有海员契约监护官员和海边流浪汉，他找不到替手，需要你们帮他干活，非常需要。没有了你们谁去给他划桨、把舵、开船？他有歌曲要唱，自有我和约翰逊去听①。现在你们都回到铺位上去，把脸藏起来睡觉吧。反正我是要睡了。”

“好了，好了，”帕森斯插话道，“也许他不会为难咱们。但是记住我的话，从此时起，地狱将会是这条船的冷藏库。”

而在这整段时间我都在为自己身处困境而担忧。要是这些人发现了我就在现场，我该怎么办？我不可能像海狼拉森那样单枪匹马地冲出去。这时拉蒂默在舱口扯起嗓子朝下喊道：

“驼背，老头子要你去他那儿！”

“他不在下面！”帕森斯高声回应。

“我在这儿！”我应道，从铺位上滑溜了下来，尽全力使自己的声音显得冷静和稳定。

---

① ……歌曲要唱……去听：此处是双关语。英语 face the music 有“承担自己行为的后果”之意。

水手们大惊失色地望着我，脸上写满了恐惧和由之转化而来的凶狠表情。

“我来了！”我对着拉蒂默的方向叫道。

“不行，你不能走！”凯利叫了起来，将身子挡住了我和楼梯之间，右手做出一个逼真的掐脖子手势。“你他妈的小耳报神！我得封住你的嘴！”

“放他走！”利奇命令道。

“不行，拿你的命担保也不行！”他愤怒地反驳道。

利奇依然坐在铺位边沿上，没变姿势。“放他走，我说。”他重复命令道，这一次语气果断且强硬。

爱尔兰人的态度变得有些犹豫不决。我刚想绕过他的身子，他闪开了。我踏上楼梯，转过身子，面对在半明半暗的灯光中那一圈紧盯着我的蛮横、邪恶的面孔，心里不由得涌起一股深切的同情感。我想起了伦敦佬的说法：上帝既然给予他们如此大的折磨，一定是很不待见他们。

“我什么都没有看见，什么都没有听见，请相信我。”我平静地说。

“我告诉你，他没有问题。”我上楼梯时听见利奇在说，“他也不比你或我更喜欢老头子。”

我发现海狼拉森在舱房里，脱光了身上的衣服，身上满是血迹，正等着我。他用他那种怪异的微笑同我打招呼。

“来吧，医生，开始工作吧。从种种迹象来看，此次航行给了你充分的实习机会。我真不知道‘幽灵’号上要是没有你会是个什么样子。如果我是那种优雅的谦谦君子的话，我会说船长对你深表谢意。”

我知道“幽灵”号药柜中都储存有几种单一的药物。我在舱房的火炉上烧水，做着包扎前的准备工作时，海狼拉森在舱房里走来走去，有说有笑的，仔细打量着自己身上的伤势。我以前从没见过他脱光衣服的样子，看见他赤裸的身体使我有点喘不上气来。我没有一般人迷恋于肉体之欲的弱点，完全没有，但是我有充足的艺术家气质去欣赏人体的美妙之处。

我必须承认，海狼拉森身体的完美线条迷住了我，我甚至可以将它誉为惊人之美。我曾经关注过水手舱里那些男人们的身材，其中有些人也拥有发达的肌肉，但都有些不尽如人意之处：有的这儿发育欠缺，有的那儿发育过分；有的这儿有点扭曲，那儿有点弯曲，破坏了匀称；有的双腿稍短，有的双腿过长；有的肌骨凸起太多，有的稍显不足。唯一身材线条使人赏心悦目的只有乌富蒂·乌富蒂。但赏心悦目归赏心悦目，我总觉得他有点女性化倾向。

但是海狼拉森的身材却是男子汉型的，雄性的，完美如神祇。他一举手一投足，强壮的肌肉就在如缎子般光滑的皮肤下跳跃运动。还有一点我忘了说明，他的皮肤只是脸呈青铜色，而得益于他的斯堪的纳维亚血统，他的身体皮肤白皙，不亚于肤色雪白的女人。我记得他举起手来抚摸头上的伤口时，我观察过他臂部的肌肉①，在他紧绷的白色皮肤下犹如自带生命的活物。有一回就是它几乎要了我的命，而海狼拉森多次击出致命的拳头中也可以见到它的身影。我无法将眼光从他身上挪开，站在那儿呆如木鸡，手上拿着的一卷消毒棉也松散开来，落到了地上。

他注意到了我的反常神态，我也才意识到自己一直在紧盯着他的身体。

“上帝把你造得多完美啊！”我赞叹道。

“是吗？”他答道，“我也常这么想，而且想过它的意图何在。”

“这么做的目的是……”我开口说道。

“是实用。”他打断我道，“创造这个身体就是为了实用。这些肌肉是用来抓获、撕扯和消灭妨碍我生活的生物的。可是你想过别的

① 臂部的肌肉：解剖学上称为二头肌。

生物吗？他们同样具有这种或那种类型的肌肉，用来抓获、撕扯和消灭与其作对的生物。在他们妨碍我的生活时，我比他们抓获得更迅速，撕扯得更凶狠，消灭得更干净。目的解释不了这一点，只有实用才能解释。”

“这种解释没有美感。”我反驳道。

“你的意思是说，生命本身就没有美感。”他笑了，继续说道，“可是你说上帝把我造得很完美。你看见这些肌肉了吗？”

他绷紧双腿，脚趾如动物吸盘般紧贴在舱房地板上，稍一使劲呈疙瘩状的肌肉就在皮肤里颤动起来。

“摸一下。”他命令般地说道。

那肌肉硬如铁块。我还注意到他下意识地收紧了整个身体，整体呈紧绷和警觉的状态：结实的肌肉群绕着髋部、沿着背部、横穿肩部稍微收缩，集聚成形；双臂略微上举，肌肉收紧，十指弯曲，形似鹰爪。就连他的眼神也有了变化，充满警觉和打量对手的意味，是一种渴望搏斗的目光。

“稳定，平衡。”他自我评价道，同时将身体松弛下来，恢复到平时的状态。“脚是用来抓住地面的，腿是用来站立和承受攻击的，而我用胳膊、双手、牙齿和指甲置对方于死地，避免被对手杀死。这是目的吗？更合适的词是实用。”

我无力争辩。我领教过人们那种犹如原始丛林兽类争斗的骚动力，给我印象之深刻犹如目睹庞大军舰或横跨大西洋客轮引擎的强大机械驱动力。

鉴于水手舱里那场搏斗之剧烈，他受伤的程度之轻令我吃惊。我驾轻就熟地处理好他的伤口，心中不免有点小得意。除了一两处伤口较深外，其余的不过是一些擦伤和挫伤。落水前他头上挨了一刀，砍伤了几英寸的头皮。按照他的指示我剔去了伤口边缘的头发，清理了创口，再缝合了伤口。他的小腿肚上有较严重的撕裂伤，看上去像是被斗牛狗咬了一口。他告诉我，搏斗开始时就有个水手一口咬住了他的小腿，紧咬不放，他拖着腿一直将这个水手带到楼梯顶端，才将其踢落。

“顺带说一句，驼背，我曾经说过，你是个好使唤的人。”待我将工作做完，海狼拉森说，“你已经知道了，船上缺个大副。从今天开始，你就要值大副的班了，月薪七十五美金，前后舱的人都得管你叫范·魏登先生。”

“我……我……我不懂航行，这你是知道的。”我倒抽了一口凉气。

“这根本就不重要。”

“我真不乐意爬上高位，”我反对道，“我发现即使是目前的低位我都坐得摇摇晃晃。我毫无这方面的经验。平凡自有平凡的好处，你觉得呢?”

他笑了，好像问题已经全部解决。

“我不会在这条地狱般的船上做大副的!”我挑战般地大声叫道。

我看见他的脸色变得严肃起来，两眼闪出冷酷无情的光。他走到卧舱门口，说道：

“到此为止吧，范·魏登先生，晚安。”

“晚安，拉森先生。”我有气无力地应道。

第十六章

除了不用洗盘子，我再列举不出其他当大副的快乐之处。我对大副的基本职责一无所知，若不是水手们出于同情鼎力相助，事情准会弄得一团糟。我完全不懂绳索和索具、收帆和张帆的操作细节，但是水手们都尽力手把手地教我——在这方面路易斯是一个特别称职的老师，而且我和水手们的关系处得十分融洽。

可是与猎手们的关系就是另外一回事了。他们掌握的海上航行知识水平各不相同，可都把我当做一个笑话。实际上，我也把自己当做一个笑话。我，一个地地道道的陆上人，竟然填补上大副的职位。但是，被别人当做笑话是一件性质完全不同的事情，对此我虽然没有抱怨，但是海狼拉森却特别在意别人对我执行船上的行业规矩——比在可怜的约翰森身上在意得多。他与人吵了几架，做出了几次威胁举动，惹出了许多抱怨，终于统一好猎手们的口径，我在前后舱都是“范·魏登先生”了，海狼拉森只在私下场合才称呼我为“驼背”。

这事说起来也真是有趣。我们吃饭时风向说不定改变了几个方位，我离开餐桌时他就会对我说：“范·魏登先生，您是否去调节一下，让船左舷抢风‘之’字形前进。”我就会登上甲板，用手势将路易斯叫到身边，向他请教该如何处置。几分钟后，我消化了他的提示，完全明白了操作步骤，就开始下达命令。我还记得早期的一个实例。我刚开始下达命令，海狼拉森就到了现场，抽着雪茄在一旁静静地观察，一直看到我处置完毕，然后沿着舵楼露天甲板与我并排朝船的后部走去。

“驼背，”他说，“对不起，范·魏登先生，我祝贺你。我觉得你现在可以让你老爸的腿退休，让它们回到坟墓里去了。你已经找到了自己的腿，并学会靠自己的腿站住了。再学点绳索使用、风帆操作技术，积累点对付暴风的经验，诸如此类的，这次航程结束后，你就可以驾驭任何近海航行的三桅帆船了。”

这段时间是我在“幽灵”号上度过的最愉快的日子，即始于约翰森死亡后，终于到达海豹猎场的时间。海狼拉森对我关怀备至，水手们都很帮忙，与托马斯·马格里奇亦没有什么恼人的相互交往。坦率地说，随着日子一天天过去，我心中还暗暗得意起来：情形虽然荒诞——一个“旱鸭子”当了船上的二把手，我毕竟干得还挺不错；在那短暂的日子里我为自己感到骄傲，而且开始喜欢所乘“幽灵”号的颠簸起伏。它正向北方航行，准备折回西方，穿过热带海洋，目的地是补充淡水的小岛。

但是，说日子过得愉快也只是相对而言，是一个处于十分痛苦的过去和一个十分痛苦的未来之间较少痛苦的阶段而已。因为对水手们而言，“幽灵”号犹如一条苦不堪言的“地狱”船，他们得不到片刻的休息时间和心灵的安宁。海狼拉森对他们谋取他的性命和在水手舱对他的群殴怀恨在心，不分昼夜地一门心思想收拾他们，让他们感到生不如死。

他知道心理学中的累积效应，用一件件小事将全体船员折磨到濒入崩溃的边缘。我亲眼看到他将哈里森从铺位上叫起来，只不过是去把一把放的不是地方的油漆刷子重新放好，还叫醒两个值过班、疲倦不堪的水手监督他是否放对了位置。这当然是件小事，但这种小伎俩千百次地累加起来，水手舱人们的沮丧心情就可想而知了。

事件发展的后果必然是怨声鼎沸，不断出现小规模的打斗，于是总有两三个人在疗着伤，而施暴者总是那位人面兽心的船长。统舱和房舱内存有大量的武器弹药，集体行动无异于自取灭亡。利奇和约翰逊是海狼拉森暴脾气的特殊“关照”对象，当我看到约翰逊脸上和眼睛里流露出的深度忧郁表情时，我的心都在流血。

但利奇却完全是另一副模样。他身上有一种野兽般的好斗性格，情绪好像被一种永远无法化解的愤怒所左右，没有时间感到悲伤。他的嘴唇被愤怒扭曲成随时准备咆哮的状态，一见到海狼拉森就狺然有声，恐怖且具威胁性，我确信这不过是下意识的行为。我曾经见过他用眼神尾随着海狼拉森，就像一只野兽盯住管兽人，此时他的喉咙深处就会酝酿动物般的嗥叫，从牙缝间迸发而出。

我记得在一个晴朗的日子，我在甲板上准备给他下命令，预先拍了一下他的肩膀。当时他背对着我，我的手刚一触及他的肩膀，他便一蹦老高，跳出老远，同时吼叫着转过头来，他恍惚间把我当成他的仇敌了。

利奇和约翰逊只要逮到些许机会就会直取海狼拉森的性命，就是苦于没有机会。海狼拉森贼精，不会给他们任何可乘之机，何况他们手中也没有一击致命的武器，仅用拳头是不可能达到目的的。海狼拉森揍过利奇好几次，利奇每次都奉陪到底，就像一只野猫，拳头、牙齿、指甲全部上阵，直打到筋疲力竭或人事不省地躺倒在地板上，仍然不惧怕再干一仗。利奇身上的魔性与海狼拉森身上的魔性旗鼓相当，两人只要同时出现在甲板上就相互咒骂、咆哮、大打出手。我还见过利奇一不警告，二不挑战，冷不丁猛然扑到海狼拉森身上。有一次他抽出刀鞘里那把沉重的刀投向海狼拉森，只差一英寸就扎进了他的咽喉。还有一次他从尾帆桅顶的横桁上抛下一根捻接绳索时分股用的钢质索针，在颠簸前行的船上远距离命中目

标是一件十分困难的事情，但那锐利的尖状物从七十五英尺的高空“嗖”的一声飞将下来，差不多就击中了海狼拉森的脑袋，那时他刚从舱房楼梯上露出头来。索针扎进木甲板里足有两英寸。还有一次他悄悄溜进统舱，拿了一支上了火药的猎枪就往甲板上跑，却被克伏特逮了个正着，被缴了械。

我常常想海狼拉森为何不干脆杀了他，一了百了，对此他只哈哈一笑，仿佛乐此不疲。这事颇有刺激性，对他而言仿佛将凶猛动物作为宠物来养。

“提着脑袋过日子，”他对我解释道，“是对生命的一种刺激。人天生就是赌徒，而生命就是他能下的最大赌注，赌注越大越带劲。我为什么不把利奇的灵魂刺激得高烧不退，让我自己高兴快活呢？就此而言，我这是对他的恩赐。最强烈的刺激是双向的，他比前舱的任何人都过得奢华呢，虽然他自己都不明白这一点。因为他有别人没有的东西——有目的，有事做，而且有可能做到。他有全心全意追求的目标，想置我于死地，或者说他希望能杀死我。驼背，说真的，他这日子过得既有深度，又有高度，我怀疑他以前是否享受过这种紧张刺激的日子。我看见他那样激动敏感地大发其火，有时还真嫉妒他。”

“啊，可这是懦怯，是胆小的行为！”我大声喊道，“你占尽了所有的优势。”

“我们俩谁更胆小？是你还是我？”他严厉地问道，“当形势不妙时，你就跟你的良心妥协，上别人的船。如果你真的了不起，真忠实于自己的想法，你就会跟利奇和约翰逊联手了。可是你害怕，害怕了，想活命。你骨子里的生命呐喊着说必须活下去，哪怕付出任何代价。因此你过着苟且的生活，违背你美妙的梦想，触犯你那可怜的、根本不值一提的做人信条，世上如果真有地狱，你的灵魂也会一个猛子扎进去。呸！我扮演的角色可要勇敢些，我没有犯罪，只是听凭于生命的内在冲动行事，至少我的行为和灵魂是融为一体的，而你却不是。”

他的话具有一针见血的效果，也许我真的扮演着一个懦夫的角色。我思考得越久，就越是觉得我有责任按照他说的话去做，与利奇和约翰逊联手杀死他。我认为，就是在此刻，已融入我身心的清教徒祖辈的严苛道德心提示我：面对大恶，为达到制裁的目的，即使杀人也是正当的行为。我琢磨着其中的道理：为世界除去这样一个恶魔是一种非常道德的行为，人类会因此而更幸福，生活会因此而更美好甜蜜。

我在舱铺上辗转反侧，难以成眠，久久思考这个问题，脑海里不断掠过以往事件的画面。值夜班时趁海狼拉森待在下舱，我与约翰逊和利奇谈过话，两人对此事已不抱希望。约翰逊是因为意志消沉，利奇则是因为与海狼拉森无休止的缠斗弄得身心俱疲，可是他有一天晚上抓住我的手激动地说：

“我认为您是一个正直的人，范·魏登先生。可是您别行动，闭紧嘴，除了打鼾别出任何声儿。我们是死定了的人，这不消说了。可是说不定在哪一天，在我们最需要的时候，您能帮我们一把。”

就在第二天，温莱特岛已经隐约出现在顶风的方向，海狼拉森发出了警示。他刚袭击过约翰逊，也受过利奇的攻击，把两人都打败了。

“利奇，”他威胁道，“你知道我总有一天会干掉你的，对吧？”

回答他的是一声咆哮。

“至于你嘛，约翰逊，在我尽兴收拾你之前，你就会恨不得死掉，自己跳到海里去的。你就等着瞧吧。”

“我这个建议，”他对我旁白道，“他是会照办的，我和你赌一个月的薪水。”

我曾经暗藏一个愿望，在我们给水箱补给水时那两人能瞅机会溜之大吉，但是海狼拉森泊船的地点是经过精心选择的。“幽灵”号停靠在一个偏僻海滩的激浪线外半英里，面临一条逐渐伸展的幽深峡谷，两边是无人能够攀缘的火山石峭壁。就在这个地方，在他亲自监督之下——他已经上岸了——利奇和约翰逊将灌满了水的木桶滚下海滩。他们没有机会划着小艇逃走。

不过哈里森和凯利倒是尝试了一次。他俩组成了一只小艇的成员，划着艇在三桅帆船和海岸之间来回穿梭，每一趟运一桶水。午饭之前，他们的小艇载了一个空桶朝岸边划去，却改变了路线偏向了左边，试图绕过伸向大海、横亘在他们和自由之间的岬角。浪花飞溅的岬角另一端坐落着日本殖民者的漂亮村庄和生机勃勃的山谷，山谷直通内陆。只要能逃到那里，海狼拉森就拿他们没有办法了。

我早就注意到亨德森和“黑人”整个上午都在甲板上闲逛，现在终于明白了其中的原因。他们拿出枪对准逃亡者从容不迫地开火。那是一种冷酷无情的枪法展示，起初他们射出的子弹只在小艇两边的水面上吱吱地飞过，并无伤害之意；可当那两个人仍然不要命地使劲划时，子弹越射离他们的距离就越近了。

“现在，我要打掉凯利的右桨。”“黑人”说，瞄准得仔细了一些。

我是在用望远镜观察的，我看见桨片被子弹击得粉碎。亨德森有样学样，打碎了哈里森的右桨。小艇转了个身，剩下的两支桨也给打碎了。两人设法用残存的桨柄划着，也给打飞了。凯利从艇底掰下一块木板，用它划着，可是手被木刺扎伤了，痛得叫了起来，将它扔掉了。他们只好放弃，让小艇顺水漂流，直到海狼拉森从岸上另派一只小艇，将他们拖回了船上。

那天下午我们拔锚起航。往后再没有什么活可干，只剩下海豹猎场那三四个月的狩猎活动了。前景确实一片漆黑，我心情沉重地做着手头上的工作。一片几乎是像丧礼般的沉闷感觉笼罩在“幽灵”号上。海狼拉森因他那奇异的、爆裂般的头痛而躺在舱房中。哈里森没精打采地站在舵轮旁，一半身子倚在上面，似乎疲软得撑不起身体的重量。船上的其他人也都愁眉不展，一语不发。我遇见凯利蹲在水手舱盖的避风处，脑袋埋在膝盖上，双手抱住头，呈现出一种难以言喻的绝望状态。

我发现约翰逊身体直挺地趴在水手舱前沿处，呆呆地凝望着船头四溅的水花。我惊恐地想起海狼拉森先前的警示，那警示有可能一语成谶。我设法将他引开，以防止他有那种可怕的想法，他只对我伤感地一笑，却没有听进我的话。

我回到船尾时利奇靠近了我身边。

“我想请您帮个忙，范·魏登先生。”他说，“您要是有机会重返旧金山，能否去找一下马特·麦卡锡？他是我爸，住在山上，就在五月集市的面包作坊后面，开着一间修理皮鞋的小店，那一带的人都认识他，费不了多大事的。请告诉他，我很抱歉给他添了那么多的麻烦，也为自己所做的事感到歉意。请代我转告‘愿上帝保佑他’。”

我点了一下头，但鼓励他道，“我们都会尽力回到旧金山的，我去见马特·麦卡锡时，你会跟我在一起。”

“我希望能信你的话，”他回答道，同时握住我的手，“但是我回不去了，海狼拉森会要我的命。我只是希望他能干得利索点。”

他抽身离开时，我也意识到自己内心也有同样的愿望。既然是命中注定，倒不如来得越早越好。我也似乎被卷入了船上那种沉闷的氛围之中。噩运看来不可避免。我一连几个小时在甲板上来回踱步，发现海狼那令人憎恶的想法竟然感染了我：这一切到底是为了什么？如果能够如此肆无忌惮地随意摧毁人的灵魂，生命的庄严感又体现在哪里？这种生命说到底是廉价和肮脏的，越早结束越好，一死百了！我也将身子倚在栏杆上，怀着近乎渴望的心情凝望着海面，感到自己早晚也会沉溺于它那冰冷墨绿的深渊。

第十七章

说来奇怪，虽然船上的人都有不祥的预感，“幽灵”号上并没有发生什么重大事件。帆船一路向北航行，然后折向朝西，最后来到日本沿海，正赶上了庞大的海豹群。它们来自浩瀚太平洋的不明地，正进行着一年一度的大迁徙。一路往北朝白令海的栖息地游去。我们追着海豹向北走，捕获着，屠杀着，把剥了皮的海豹尸体扔给鲨鱼，将毛皮用盐渍好，准备以后用来点缀城市女人白皙的肩头。

这是一场肆意的屠宰，而且完全是为了满足女人的需求，因为没有人会吃海豹肉或其油脂。经过一整天的杀戮，我看见甲板上铺满了海豹皮和海豹尸体，被动物脂肪和血浸得滑溜溜的，船身两侧的排水孔处血水如小溪般流淌，船桅、绳索和栏杆上都溅满了鲜血。人们仿佛干着屠夫的营生，赤裸的手掌和胳膊上血迹斑斑，勉力地挥动着剖腹刀和剥皮刀，从他们杀死的可爱海上生物身上剥下皮来。

他们从小艇返回船上以后，我的任务就是登记皮的张数，监督剥皮过程和清洗甲板，恢复甲板原貌。这不是一件令人愉悦的工作，我的身心都感到不适，但是，对众人发号施令在某种意义上对我也有好处，它充分发挥了我身上仅有的一点点管理才能。我意识到自己正经历着某种强化训练和锻炼，那对于“娇气”的范·魏登只会有好处。

此时此刻我开始感受到的一点是：我不会是过去那个完整意义上的范·魏登了。尽管我对人类生命的希望和信念没有被海狼拉森摧毁性的批判所消灭，他却使我改变了对具体事物的看法。他为我打开了现实的世界，实际上以前我对它一无所知并极力规避。我学会了更加密切地观察生活的实际模样，承认世界上有某些事实存在，冲破心灵和观念的樊篱，给予事实存在某种具体和客观的价值。

在我们抵达海豹狩猎场后，我和海狼见面的机会比过去增加了不少。因为若是天气好，而我们又处在海豹群里，所有的人手便都下艇去捕海豹，帆船上就只留下他、我和不值一提的托马斯·马格里奇了。留在帆船上干的活也不轻松。六只小艇从帆船上放出，呈扇形展开，直到第一只向风艇和最后一只背风艇之间拉开十到二十英里的距离。它们在海上呈直线巡弋，直至黄昏或遭遇到恶劣海况才会返回到帆船上。我们的任务是驾驶“幽灵”号，跟在压阵的背风艇后的背风面。这样，所有的小艇在遇见小暴风或天气可能转坏时都可以顺风航行，回到我们身边。

仅靠两人驾驶一条像“幽灵”号这样的帆船是颇为不易的，尤其是强风来袭时，我们得把好舵，不断为寻找小艇升帆，收帆。因此我的任务就是学习，尽可能快地学习。我很快就学会了掌舵，但是要我飞快地攀爬到桅顶横杆上，离开绳梯，把全身重量都挂到双臂上，再往上爬，就困难多了，可是我也很快就学会了。因为我有一个强烈的愿望，要在海狼拉森的面前证明自己：我也有在精神生活领域之外的生活能力。不但如此，我后来还发展到在桅杆顶上自由行走，在那摇摇欲坠的高度仅靠双腿站立，手执望远镜在海面上搜寻小艇的阶段，并乐在其中。

我记得在一个云淡风轻的早晨，几只小艇很早就驶离了帆船，在海面上散开，越走越远了。猎手们的枪声也越来越模糊，听不见了。只有最轻微的风从两边拂来，而且在我们努力靠近最后一只背风艇时索性消失得无影无踪。六只小艇追逐着海豹往西方行驶，一只只消失在地球曲线上——这是我在桅杆顶上看见的。帆船滞留在平静的海面上几乎无法动弹，无法跟上去。海狼拉森显得很焦急。气压计的指针下降了，东边天空的状况令他难以安心，他不断警觉地观察着它的变化情况。

“要是风从那个方向刮过来，”他说，“猛然剧烈地刮过来，将我们推到小艇的上风口，水手舱和统舱恐怕就会多出铺位来了。”

到十一时，海面已平静如镜。正午时，尽管我们身处北纬的高纬度地区，天气却热得令人发昏，空气中没有一丝清凉的味道，那溽热和沉闷叫我想起一个加利福尼亚形容这种天气的老词：“地震天气”。这种怪异天象预示着一种不祥，使人不知不觉就感到会出最倒霉的事。东边的天空缓慢地布满了乌云，悬浮在我们的前方，像是地狱里黑色的锯齿山脊，有清晰可见的深涧巨壑、悬崖峭壁，还有潜伏其中的层层阴影，让人想当然地去搜寻受海水冲击的白色海浪线和轰然作响的岸边洞穴，可是帆船只是轻微地晃动着，空气中完全没有风。

“这不是好兆头，”海狼拉森说，“大自然这个老婆子要后退直立，倾全力咆哮了，驼背。哪怕我们只想收回一半数量的小艇，也会让我们忙得四脚朝天的。你最好赶紧爬上桅杆，放松那几片中帆。”

“可是，老婆子既然要发威，而我们又只有两个人……”我问道。语气里有一丝抗命的意味。

“只能这么干。我们必须利用风暴初起，还没有将帆刮掉的这段时间追上小艇。只要追上了，无论再出什么事我都不在乎了。桅杆经得起风吹，你我不想挨吹也没门，再说我们还有许多的活要干。”

天气依然保持着风暴到来前的平静。我们吃了午餐，我忧心忡忡，匆匆扒了几口了事。十八个人散落在海上，在目力所及的地球曲线之外，而东边天空那如山般的乌云正向我们头顶缓缓地压将过来。然而，海狼拉森似乎不为所动，神态自若，虽然在我俩回到甲板时我观察到他的鼻翼翕动了一下，动作极快，但可察觉。他面部表情坚定，线条粗犷有力，特别是在他的眼睛里——今天眼睛呈明亮的蓝色——有一种奇异的、闪烁的光芒，使我觉得他似乎浸淫在一种冷酷意义的快感之中，因为他明白与大自然的搏斗已迫在眉睫，他即将迎来生命中的一个重要时刻，生命的浪花将如洪水般向他兜头扑面而来，因而感到激动和兴奋。

有一次他或是无意识地，或是以为我没有看见，竟独自笑出声来，那笑声蕴含着对即将到来的暴风骤雨的嘲弄和挑战。我现在还能想见他的模样，像《天方夜谭》中的小矮人，勇敢地直面体形庞大的凶恶魔仆。他在向命运挑战，无所畏惧。

他进了厨房，“伙夫，你洗完了锅盘碗盏就到甲板上来，准备干活。”

“驼背，”他意识到我正一脸困惑地望着他，“这可比威士忌带劲，是你那位欧玛尔从未见识过的，我想他终究只算活了半条命。”

此刻西方的天空阴暗了下来，太阳失去了光芒，遁形不见踪影。此时才不过午后两点钟，但我们已处在幽灵般的一片昏暗之中，那昏暗只偶尔被紫红色的亮光所穿透，海狼拉森的脸在那亮光中焕发出异样的光彩，在我混乱的迷思中他头上似乎罩上了一个神秘的光环。我们的船处在异样寂静的中心地带，四周孕育着即将来临的惊风骇浪的种种凶兆。闷热已经令人无法忍受，我的额头上已挂满汗珠，我能感受到它顺着鼻子流了下来。我觉得自己快要热昏过去了，伸手打算去扶住栏杆。

这时，就在此时，空气起了最微幅的波动。它来自东方，犹如喃喃的耳语，又瞬间不见踪影，连下垂的帆都没有拂动，只在我脸上留下了些许的凉意。

“伙夫，”海狼拉森低声叫道。托马斯·马格里奇转过他那张畏怯的脸。“去把前帆下桁的索具解开，拉过来；风一刮起来就松开帆脚索，再拴索具。你要是弄坏了，那就是你犯的最后一个错误了，听明白了吗？”

“范·魏登先生，你时刻准备放松顶帆索具，然后跳上去展开中帆，展开的速度尽量地快——愿上帝助你一臂之力——越快越容易。至于伙夫，他动作一慢就揍他脑门子。”

他给我的口头指示没有语带威胁，甚至带有某种鼓励赞许的成分，我内心不免感到一阵愉悦。那时我们的船头对着西北方向，他的意图是风一刮起我们就趁势转换方向。

“我们要让风吹向船侧的后部。”他向我解释道，“从最后传来的枪声判断，小艇是朝略偏南的方向去的。”

他转身去了后面的舵轮，我往船的前部走，在船首三角帆下站定。又起了一阵微风，然后是第三次，船帆懒洋洋地摆动着。

“感谢上帝，风没有猛然刮起来，范·魏登先生。”伦敦佬激动地嚷道。

我确实心怀感激之情，因为此时我已学到许多航行知识，明白若是船上所有的帆都张开，骤风猛然一刮，等待我们的将是何等的灾难。风的偶尔耳语变成了阵风，船帆鼓了起来，“幽灵”号亦跟着动了起来。海狼拉森用劲往左舷打舵，我们开始放绳。现在，风已正对着船尾呼呼地吹，风力越来越强劲，我负责的前帆使劲地拍打起来。我虽然不知道别处的状况，却见到前帆和主帆随着风向的变化而鼓了起来。三桅船突然间倾斜着冲了出去。我手忙脚乱地操作着船首的斜桅帆、三角帆和桅杆支索三角帆，等到我完成这部分工作，“幽灵”号已在朝西南方向疾驶。风在它的侧后部刮着，全部风帆都向右侧转了过来。虽然我累得心跳像杵锤敲打般怦怦作响，却没敢停下来喘口气，径直攀上了中帆，趁风力还不算太大将它们收起卷好，然后来到后甲板待命。

海狼拉森点头表示赞许，将舵轮交到我手里。风力在逐步增强，海浪愈发高了。我掌了一个小时的舵，感到一刻比一刻难以驾驭，我没有掌握在此种速度下斜向行进的经验。

“现在你可以带上望远镜，爬上桅杆去搜寻小艇了。刚才我们的时速至少是十节，马上就会到十二三节了。这老婆子挺能跑的。”

我只爬到前桅顶的横桁上，离甲板约七十英尺。当我在苍茫的海面上仔细搜寻时，心中明白，要想救起我们的船员，行动一定要迅速。实际上，在我注视着我们正航行其间的波涛汹涌的海面时，我怀疑是否还有小艇漂浮在水面，那种脆弱的小船根本承受不了这种大风大浪。

因为船顺风而行的原因，我并没有感受到风的全部威力。但是，从身在的高处往下看，却有一种置身于船外的错觉。我看见翻腾的浪花衬托出它清晰的轮廓，看见它凭着生存的本能奋勇前行。“幽灵”号有时会腾空而起，落水时激起浪花一片；有时会潜沉下行，右舷的栏杆没入水中，甲板和舱口与翻腾的海水融为一体。此时，随着船体的颠簸前行，我的身体就会在空中来回晃荡，觉得自己仿佛挂在一个倒立的钟摆上面，其摆动幅度最大时竟然可以达到七十英尺以上。有一次这种大幅度摇摆彻底吓坏了我，我手脚并用地搂住了桅杆，浑身无力，全身颤抖，再也无法搜索海面上的小艇或其他任何物体，眼皮子底下只有翻腾咆哮意欲要吞没“幽灵”号的惊涛骇浪。

但是一想到还在海浪中挣扎求生的船员，我便镇定下来，尽快找着他们使我忘掉了恐惧。一个小时过去了，除了海水和翻滚的白浪，我什么都没有发现。就在此时，一缕阳光刺穿乌云投射在海面上，将海面涂染成愠怒般的银白色。我发现在这片银白色中有一个小黑点向上跳跃了一下，又被吞没了。我耐心地等待着，在帆船的左舷外两三个方位那个小黑点又在刺眼的阳光下跳跃了一下。我没有大声喊叫，只是挥动手臂，向海狼拉森发出信号。他改变了航向，在那个黑点再次出现在船的正前方时，我发出了肯定的信号。

黑点越变越大，我第一次充分体会到了帆船现在航行的速度。海狼拉森朝我打着手势，要我下来。我下到舵轮旁，站在他面前，他向我发出了顶风停船的种种指示。

“要做好地狱恶魔全蹦出来的打算，”他警告我，“可是没什么可害怕的。你只需干好你的活。让伙夫站到前桅帆角索旁边去。”

我努力朝船首走去，但是不知道选择哪一边更容易些，因为上风舷栏杆和下风舷栏杆一样，都不断被海水淹没。在向托马斯·马格里奇交待完他的任务后，我在前索具上攀爬了几英尺。那小艇现在离帆船的距离很近了，我可以清楚地看见艇首正对着风向和海流，被抛到海里充作浮锚使用的桅杆和帆拖住。三个人正朝艇外舀水，山峰般的浪头一涌起来就将他们淹没了，我只好心急如焚地等待着，只怕他们再也冒不出来了。有时猛然间，小艇又跃出白沫四溅的浪来，艇头朝上，露出整个黑黢黢水淋淋的艇底，仿佛在海面上竖立起来；在我瞥见三人发疯似的朝外舀水的瞬间，小艇又倒栽下来，落入张着大口的海浪谷底，艇首朝下没入海水中，艇身和艇尾全部冒出海面——艇尾几乎笔直地翘立在艇首上方。小艇的每一次重新现身都堪称是一个奇迹。

“幽灵”号突然改变了航向，驶离了小艇。我以为海狼拉森认为没有希望，打算放弃救援，不禁大吃了一惊。然后我明白过来，他是在做顶风停船的操作，便下到甲板上待命。现在帆船正顶风停住，小艇在远处与我们处于平行位置。接着船体忽然侧身溜动了一下，失去了风的阻力和压迫，同时猛然加速，调转船身斜插进疾风中。

当帆船行进到与海流成直角时，风以全力——先前我们摆脱了它的纠缠——朝我们压将过来，我不幸且无知地与它迎头相撞，它就像一堵墙挡在我的面前，瞬间灌满了我的肺，让我喘不出气来。我正被风呛噎着，“幽灵”号已在海水中颠簸着，倾斜着船身一头扎进了风眼中。我看见一个巨浪朝我头顶压了过来，急忙侧过身子，屏住呼吸，绝望地盯住它。浪头高过了“幽灵”号，正处于我抬起头的上方，一道阳光穿透了卷起的浪头，映入我眼中的是一片急骤坠落的绿色天幕，其后是一层乳白色的泡沫。

然后它便砸下来。地狱里的恶魔蹦出来了，不幸接踵而至。我被海浪砸得晕头转向，只觉得浑身哪里都痛，哪里又都不特别痛。抓紧物体的手被海浪打脱了，我全身淹没在海水里。我心里闪过一个念头，我碰上了听说过的可怕事情：被卷进了波浪的谷底。我的身子随波逐流，东磕西碰，在水中翻来覆去，憋不住气时，便将那呛人的盐水吸入肺里。但在这整个过程中我心中坚守着一个信念：我一定要将斜桅帆转回来对着风。我不怕死，但我坚信一定能挺过去。在我渐趋模糊的意识中浮现出完成海狼拉森指令的强烈愿望时，我仿佛看见了他在一片混乱中站在舵轮旁，用他的意志抗衡着暴风的肆虐，向它挑战。

我身体被海水卷起碰到一件物体上，我想应该是栏杆，我吸了一口气，又能吸到清新的空气了。我想站起身，却撞到了头，四肢落地，原来我已经被海浪恶作剧般冲进了水手舱前的圆孔里。我手脚并用地爬了出来，从托马斯·马格里奇的身上跨了过去。他正将身体蜷成一团地哼哼着，我却没有时间去管他，我必须去把斜桅帆调整过来。

我重新回到甲板上时，呈现在眼前的仿佛是世界末日的景象：四周散布着乱七八糟的钢铁件、木料、帆布碎片，暴风正恣意地撕扯着“幽灵”号，前帆和前中帆因为在船的转向中泄了风，没有及时收下，正在被“刺啦刺啦”地撕扯成碎布条。沉重的帆底横桁被折断了，横冲直撞地敲击着从左舷到右舷的护栏。空中到处是乱飞的碎片，绷断了的帆索和支索像蛇一样“嘶嘶”有声地在空中飞舞翻转，而断裂的前帆斜桁从其间“哗啦啦”地砸了下来。

斜桁只差几英寸就砸在我的头上，却激发我更快地采取行动。或许，灾难还未到不可挽救的程度。我想起了海狼拉森的警告，他曾经预料地狱的恶魔会全部跑出来，看来一语成谶了，但他现在人在哪儿呢？我看见他在主帆帆脚索那儿忙碌着，用他强有力的臂力把主帆拽了起来，扯平了。三桅船的尾部翘起在空中，激起的一片白色浪花作了他身子的背景。这场景，包括其他的内容——大自然造成的混乱和破坏——都可能是我在短短十五秒钟内看见、听见和领悟到的事情。

我没有停下来观察小艇现在的处境，一门心思地奔向斜桅帆帆脚索。斜桅帆也开始“噼啦”有声地拍打着，处于时而半张满，时而松弛的状态，我用帆脚索调整了它的方向，加上它每次拍打时我都尽全力拽住，总算慢慢将它扳了回来。我坚信一点：我已竭尽全力，我一直拽到全部手指尖都渗出了血。而在我紧拽着的时候，飞三角帆和支索帆却被撕裂，在一阵乱响中消失了。

可是我仍拽住帆脚索不放，每拽回一把就收住一把，直到下一次的拍打让我拽回得更多，慢慢拽住就变得省劲了。此时海狼拉森已来到我的身边，我让他一个人往回拽，我去缠绕收回的索绳。

“缠紧些！”他大声喊道，“过这边来！”

我紧跟在他身后，注意到船上装备虽然受到风浪的损坏，但有的设备还堪使用。“幽灵”号停住了，它仍然可以操纵，且处于受控状态。虽然其他的帆被风破坏了，掉过头对着风的斜桅帆和拉下的主帆还可以使用，它们在汹涌的海浪中稳住了船头。

海狼拉森收拾着船上的索具，我搜寻着小艇。我发现它处在下风处的海面上，在浪尖沉浮着，距离我们不到二十英尺。海狼拉森经过精确的估算，认为只要我们以一定的速度漂移过去，不用费其他的心，到时用索具钩住艇的两端，就可以将它拉上船来。可这事做起来并不像说得那么轻而易举。

克伏特坐在小艇首部，尾部坐着乌富蒂·乌富蒂，正中间坐着凯利。帆船漂移靠近时，小艇正升至浪尖，而我们则沉在了谷底，直到我瞧见三个人几乎就在我的头顶上伸直脖子往下瞅。随后帆船向上升起，直升到浪尖；他们却沉下去，直沉到我们脚下的谷底。

下一波海浪不会把“幽灵”号砸向那薄薄的“蛋壳”吗？想想都会令人不寒而栗！

但是我们准确把握住了时机。我瞅准机会将索具钩递给了夏威夷人，同时海狼拉森也将他的索具钩递给了克伏特，两套索具转瞬之间便同时钩住了小艇，三个人巧妙地利用了艇的颠簸起伏，同时跃身落在了三桅船上。当“幽灵”号从海水中摇晃着侧出身子时，小艇已伏贴地靠在了它身旁；未等海浪回涌，我们已经将它吊起，拉上了船，将它底朝上扣在了甲板上。我注意到克伏特左手不断有血冒出，他的第三个手指不知怎地被砸得血肉模糊。可是他一点也没有表露出痛苦的模样，只是用右手帮助我们将小艇固定在位置上。

“做好准备，将那斜桅帆转个向。说你呢，乌富蒂！”我们刚安置好小艇，海狼拉森就开始下达命令，“凯利，到后面去将主帆的帆脚索松开！你，克伏特，到前面去看看伙夫是怎么回事。范·魏登先生，你再到桅杆上去一趟，将桅杆上碍事的物件都清除掉！”

下达完命令，他便迈着独特的虎式步伐往后面的船舵走去。当我吃力地攀着前侧支索向桅杆上爬时，“幽灵”号的船头慢慢转向了下风面。这回我们跌进波谷，受到海浪冲击的时候，再也没有可被撕扯掉的帆了。在我爬到离桅顶横杆尚有一半距离时，强风将我的身子牢牢地摁在了索具上，竟不可能跌落下去了。“幽灵”号几乎笔直地竖了起来，桅杆差不多与水面平行。我不是朝下看，而是几乎直视于身体的垂直线，才望向“幽灵”号的甲板。但我看不见甲板，在应该是甲板的地方，是一片波动的浪涛，以及两根立起的桅杆，仅此而已。“幽灵”号一时间被淹没在海水里了。然后它逐渐恢复了船体的平衡，摆脱了侧面的压力，甲板像鲸的背脊一样露出了海面。

然后帆船飞速向前行驶，穿越狂风巨浪。我如一只苍蝇般趴在桅顶横杆上，搜寻着其他的小艇。过了半小时我看见了另外一只小艇，底朝天扣在海面上，乔克·霍纳、胖子路易斯和约翰逊拼命抓住它不敢松手。这一次我没有从桅杆上下来，海狼拉森成功地顶风停住船，使其没有被海浪卷走。与上次一样，帆船漂移靠近小艇，将索具固定，系着钩子的缆绳抛给那几个人，他们像猴子般敏捷地跳上了帆船。在将小艇吊上帆船时，小艇与帆船边沿相撞受了损伤，但损伤面不大，稍加修理就可以恢复原样。

“幽灵”号再次顶风改变航向，这次它被海水吞没了好几秒钟，我简直怀疑它再也冒不出海面了。就连高过船腰很多的舵楼都多次受到海浪的淹没和冲刷。在这样的时刻，我有一种奇异的感觉：我与上帝同在，一同观看着神谴所致的混沌后果。然后。舵楼就又会浮出海面，凸显出海狼拉森宽厚的双肩，只见他双手紧握住舵轮，令帆船按照他意志所定的航线前行。他就是海上之神，挑战着疯狂肆虐的风暴，抵挡着扑面而来的巨浪，勇往直前，不达目的决不罢休。人类以如此渺小脆弱的肉体，操弄着用木料和帆布组装起来的这么个玩意儿，在如此冷酷无情的自然环境中呼吸、劳作、搏斗，这是怎样的一种奇迹啊！确实是奇迹！

就像先前的情况一样，“幽灵”号又一次从浪谷中钻了出来，在海水中露出甲板，经受住了暴风的袭击。这时已经是下午五点半钟。半个小时后，当白日的余晖即将在晦暗的暮色中消失殆尽时，我又发现了第三只小艇。小艇底朝天在海面上沉浮，艇上的人踪影全无。海狼拉森重复着在此种境况下的操作：与小艇保持一定距离，绕到它的上风面，然后朝它漂移过去。但是这一次他偏离了四十英尺，小艇被抛在了帆船后面。

“是四号艇！”乌富蒂·乌富蒂叫道。在小艇浮出海水泡沫的那一刹那间，他敏锐的目光捕捉住了颠倒的艇号。

那是亨德森的船，跟他一起失踪的还有霍利约克和一个远洋水手威廉斯。他们是确定无疑地失踪了，但是小艇却留了下来。这时我已经回到甲板上，看到海狼拉森想再赌一把去收回小艇，霍纳和克伏特极力反对这么做，却毫无效果。

“我对上帝发誓，我是不会让暴风把我的小艇抢走的，哪怕它是直接从地狱里刮出来的！”他大声叫道。尽管我们四个人脑袋凑在了一起，他的声音听上去仍然模糊不清，仿佛是从远方飘过来的。

“范·魏登先生！”他大声叫道，但在呼啸的风声中听上去像是耳语，“你和约翰逊和乌富蒂站在那张艏三角帆旁边，其他的人都到后面主帆帆脚索那儿去！都动起来！否则，我就张帆将你们直接送到下面世界里去！明白吗？”

他狠狠地打起舵轮，“幽灵”号调转过船头，猎手们都无可奈何，只好硬着头皮去碰运气。我又再一次地被海浪吞没，为了活命紧紧抓住前桅脚下的挽绳栓不放，这时我才体会到这是冒了多大的风险。我的手被海浪冲开了，我被海浪卷到了栏杆边上，掉进了海里。我不会游泳，但身子尚未沉下去又被海浪带上了船，一只强有力的手一把抓住了我。“幽灵”号再一次浮出海面时，我才发现是约翰逊救了我一命。我看他在朝四周焦急地张望，才注意到刚才去到前面的凯利不见了踪影。

这一次，海狼拉森又错过了小艇，且不如上两次到达了预定位置。不得已，海狼拉森换了一种泊近的方法。他先让帆船右舷顺风航行，然后转过船身，返程让左舷逼风调向，靠近目标。

“漂亮！”当我和约翰逊经受住船的这番折腾所引发的海浪冲击后，他在我耳边大声赞叹道。我心里当然明白他称赞的不是海狼拉森的驾船技巧，而是“幽灵”号的卓越性能。

这时海面上已是漆黑一片，难觅小艇的踪迹。然而海狼拉森凭着他那似乎永不会出错的本能，掌控着“幽灵”号在混沌不明、令人生畏的海况中摸索前行。同时，我们的身子虽然还半泡在海水中，却已没有了坠入波谷被海浪卷走的危险。帆船准确地漂移到小艇旁，而不幸的是，小艇在被吊起到帆船上时受到了严重的损坏。

接下来便是两个小时的艰苦劳作，所有的人都参与进来，两个猎手、三个水手、海狼拉森和我本人——将艏三角帆和主帆一张张缩起来。短帆的驱动力较弱，船的航速减慢，甲板上相对就少了一些海浪的冲击，而“幽灵”号就像一个软木塞在卷浪中漂沉起伏着。

在与风暴搏斗开始时我的指尖弄破了，缩帆时痛得我泪流满面，活儿一干完我就像女人一样，累得在甲板上将身体蜷缩成一团。

与此同时，托马斯·马格里奇像一只溺水的老鼠，被人从水手舱顶部的下端给生拽了出来，他是被吓得躲在里面的。我看到他被拖到帆船后部的舱房处时，大吃了一惊。厨房不见了踪影，只剩下一片空甲板。

我在舱房见到了在船上的所有人，包括水手。在小炉子上烧咖啡的当口我们喝着威士忌，啃着压缩饼干。我一辈子从来没有吃过如此可口的食物，也从来没有喝过如此美味的热咖啡。“幽灵”号猛烈地摇摆着，颠簸着，就连水手们在舱房里走动手都得时不时地扶住某个固定物品。有几次我们都在“嗨，它又发癫了！”的叫喊声中跌成一团，摔倒在右舷的舱壁上，仿佛摔在地板上一样。

“都别他妈的值班了。”我们吃饱喝足以后，我听见海狼拉森说，“甲板上也无事可干。是福不是祸，是祸躲不过。大伙儿早点休息，都去睡觉。”

水手们都往前走，边走边固定好舷灯。两个猎手留在舱房里睡觉，因为此时去打开通往统舱的升降口滑动门并不安全。海狼拉森与我联手切除了克伏特被砸烂的手指，将伤口做了缝合处理。马格里奇先前一直在被逼着煮咖啡，上咖啡，照料着炉火，一直抱怨着说他受了内伤，现在又赌咒发誓说他折断了一根或两根肋骨。检查的结果是断了三根，但我们只能等到第二天才能处理他受的伤，主要原因是，我对治疗肋骨受伤的医学知识毫无所知，得先去查阅医学资料。

“我觉得这么做不值得，”我对海狼拉森说，“为收回一只破艇，搭上凯利一条性命。”

“可是凯利的命并不值钱。”他这样回答我，“晚安。”

经历了一天的磨难，手指尖的疼痛难耐，三只小艇的失踪，再加上“幽灵”号近乎发狂的颠簸，我想今夜我是无法成眠了。但是我的头刚一触到枕头，就合上了双眼，极度的疲倦使我沉睡了一个通宵；而与此同时，“幽灵”号无人掌控，孤独地在风暴中前行着。

第十八章

第二天暴风逐渐减弱，海狼拉森与我一道翻阅了一下人体解剖学和医学的专业书籍，给马格里奇的肋骨复了位。等到暴风消停，海狼拉森驾船在昨天遇到风暴的海面上来回巡视，只是航向略向西扩展。同时，我们修理小艇，用帆布制作新的风帆并将其系在桁上。一路上我们遇到不少猎海豹船，也曾逐一上船察看。其中大部分的船都在寻找自己丢失的小艇，大部分的船也都载有一路收留、不是他们船上的小艇和人员。遭遇暴风时大部分捕海豹船位于我们的西边，远处散布的小艇只能惊慌地逃向最近的捕海豹船避难。

我们从“西斯科”号捕海豹船上收回了两只小艇，人员平安无事。最令海狼拉森得意、而我暗自叫苦的是在“圣迭戈”号上找到了“黑人”，尼尔森和利奇。就这样，五天之后我们发现船上少了四个人：亨德森、霍利约克、威廉斯和凯利。我们又继续在海豹群两翼展开捕获作业。

我们追着海豹群往北走时，遭遇了可怕的海雾。日复一日，小艇从船上放下去，几乎还没触及海面就被浓雾给吞没了。留在船上的人在固定的时间里鸣笛，每隔十五分钟放一响空弹炮，仍有小艇不断上演失踪、被找回的游戏。海上有个不成文的规则：失踪的小艇被哪条三桅船发现，就跟随那条船打猎分红，直到被母船找到为止。可以预料的事情是：海狼拉森因为走失了一只小艇，第一次碰到它船走失的小艇就扣住不放，强迫它为“幽灵”号作业，即使碰到寻找小艇的母船也装出一副若无其事的模样。我清楚地记得海狼拉森在下舱用枪抵住那个猎手和两个下属的胸口，而他们的母船正与我们的船擦身而过，船长还和我们打着招呼，向我们打听艇的消息。

令人啧啧称奇的是，托马斯·马格里奇竟然顽强地活了下来，很快地就瘸着腿吃力地干着厨工和舱房小厮的双重活了。约翰逊和利奇依然在虐待和殴打中受着煎熬，他们自己也认为随着狩猎季节的结束，他们的生命恐怕也要走到尽头了。其他的船员在冷酷老板的压榨下，吃得像猪一般，累得像狗一样。至于海狼拉森与我之间，我们倒相安无事，尽管我总不太能摆脱这么一个想法：于情于理我应该杀死他。他对我有无穷的魅力，我对他亦有无尽的恐惧。但是我不能想象他僵尸般仆卧在地上的模样。他身上有一股青春般的永恒活力，如此生动的形象与那画面格格不入。在我眼中他永远活力四射，永远处于强势地位，永远在与人搏斗和毁灭对手，自己却总是能够存活下来。

他喜爱的一种消遣方式是：当帆船出入海豹群里，而海况不好无法狩猎时，他偏要放下一只小艇，独自带上两个桨手和一个舵手下海去。他枪法极好，总是能够在猎手们声称无法狩猎的情况下带回好多张海豹皮。这种在危急情况下将脑袋提在手上的冒险行为，对他而言就像呼吸一样自然。

我学到了越来越多的航海技术。在一个云淡风轻的日子——那是我们当时极难遇到的晴朗天气——海狼拉森又犯了头痛病，我乘机满足了一下自己的好奇心，亲自驾着“幽灵”号去回收小艇。我从早晨到黄昏都站在舵轮旁，一路尾随着最后那只下风处的小艇。

最后，用不着他出主意下命令，我独自停船，回收了那只小艇；后来又将另外五只小艇一一回收到帆船上。

因为所处的位置属于风暴多发区域，我们接二连三地受到大风的袭扰。到了六月中旬，我们又遭遇了一场台风。那是我最难忘记、也是最重要的一场变故，因为它从此改变了我的命运。帆船一定是差不多落在那旋转风暴的风眼了，海狼驾着它向南逃离，先是收两根缩帆索缩住艏三角帆，最后干脆只剩下光秃秃的桅杆了。我以前从来没有想象过会有如此高的海浪，与它相比，我以前见过的海浪只能称为微澜了，浪尖之间的距离足有半英里宽，而浪头的高度我确信高过了桅杆顶。浪头之大就连海狼拉森亦不敢顶风停船，虽然帆船已被风刮到更偏南的海面，远离了海豹群。

当台风趋缓时帆船已处于横跨太平洋邮轮航线的通道上。而就在此处，令海豹猎手们诧异的是，帆船又处在了海豹群中间——第二拨，“后卫部队”什么的，他们如此称呼它，这是一种非常罕见的现象。顿时，狩猎的枪声此起彼伏，可怜的大屠杀持续了整整一天，那场景真是“满载而归”。

利奇就在此时靠近了我。我刚登记完最后一只小艇收获的毛皮，他就趁着夜色来到我的身边，悄悄地问道：

“您能告诉我吗，范·魏登先生，我们离海岸有多远？横滨在什么方位？”

我的心兴奋地跳了出来，我明白他的心思。我把方位告诉了他——横滨在西北西方向，距离五百英里。

第二天早上约翰逊、利奇不见了踪影，与之一同消失的还有其他艇上的淡水桶和干粮盒，以及两人的铺盖卷和水手袋。海狼拉森怒火中烧，他升起帆往西北方向追去。两个猎手站在桅杆顶上，用望远镜不停地搜索着海面；他本人则像一只被困住的愤怒狮子，不停地在甲板上转着圈。他心中明白我对两个逃亡者抱有沉切的同情心，不想让我攀上桅顶去瞭望。

海风和熙但时断时续，要在一望无垠的碧海蓝天中找到一只小艇，无异于在大海中捞针。但是他让“幽灵”号全速前进，赶到了逃亡者和陆地之间的海面上，然后便在他认定的小艇必经航线上来回巡弋。

第三天早晨八击钟后不久，“黑人”从桅杆顶上大声发出信息：小艇现身了。所有的人都涌到栏杆边上。一阵凉爽的风从西边吹来，预示着会刮起更大的风。而就在那儿，在背风面，在朝阳照耀下波动的银光里，隐隐显出了一个黑点，又消失不见了。

帆船调正航向，笔直开了过去，我的心如系上铅块般沉重，事件的预后使我万分难受。我看见海狼的眼中闪耀出胜利的光芒，他的身影不停地在我眼前晃动。我内心有一种无法抑制的冲动，恨不得直接将他扑倒在地。一想到利奇和约翰逊即将受到的暴力摧残，我就心慌意乱，失去了理智。我在恍惚之中溜下了统舱，拿了一只装好弹药的猎枪，正要回到甲板上时，忽然听见了一声惊呼：

“小艇里有五个人！”

我在升降口处靠住了身体，全身颤抖着。我从大伙儿的议论声中确认了这个信息。我的腿已没有了力气，不由自主地瘫坐在地上。我恢复了理智，也被我差一点就要干出的事吓坏了。我将枪放回原地，又溜回甲板，同时对事态的意外发展感到十分庆幸。

甲板上没有人注意到我曾经短暂离开过。那只小艇已经离我们很近，可以看出它比猎海豹艇略大一些，形状也不相同。我们靠近时他们已收了帆，放下了桅杆，桨也收回到艇内，等我们的船靠拢停稳将他们救上来。这时“黑人”已从桅杆上下来，他站在我身边，发出意味深长的“咯咯”笑声。我探询似地望着他。

“真他娘的扯淡！”他咯咯地笑着说。

“怎么了？”我问道。

他又咯咯地笑。“你没有看见呀，在那艇尾的坐板上，正坐着呢！那要不是一个女人，我这一辈子就再也打不着海豹！”

我仔细察看，却没有十足的把握，直到身边的人们都发出惊叹声才得以确认。艇里载着四个男人，第五个显然是个女人。众人情绪亢奋，只有海狼拉森除外。显然他大失所望，因为它不是他想寻获的小艇。船上也没有那两个他准备施虐的对象。

我们收起了飞三角帆，拉起艄三角帆帆脚索和主帆帆脚索，驶进风里，并划桨以增快船速。划了几下以后，小艇已与帆船平行，这时我才有机会打量一下这个女人。因为早上天气很冷，她裹在一件系腰带的宽松外套里，除了海员帽下露出的一绺浅棕色头发和一张脸，瞧不出其他的特征。她有一双大大的眼睛，眼珠呈褐色，富有光泽，嘴唇可爱而性感，脸呈精致的鹅蛋形，虽然脸上的皮肤因为阳光的照晒和带咸味海风的侵蚀而变成了紫红色。

在我眼中她仿佛是来自天外的精灵，我意识到内心有一种对她渴望的感觉，犹如饥肠辘辘的人见到了一块香甜的面包。但是，到目前为止，我已经有很长时间没见过女人了，我的心智已陷入了一种混乱状态，甚至有些迟钝麻木了——那么，这是个女人？——于是，我陷入迷思，也忘记了自己大副的职责，没有迎接新到者上船。一个水手双手将她托举起来，交给海狼朝下伸出的手臂，她抬头望着那些好奇的脸笑了。她笑得很甜、很开心，只有女人才会有这样的微笑。我已经很久没有看见人微笑了，竟忘记了世界上还有这样的微笑。

“范·魏登先生！”

海狼拉森的喊声使我猛然清醒过来。

“你能把这位女士带下舱去，将她安置舒服吗？把左舷那间空舱房收拾干净，叫伙夫去办。想办法治治她的脸，被晒坏了。”

他迅速调转身子，离开了我们，去找新来者打探情况去了。那只艇被扔掉，让它随波逐流去了，虽然有人认为抛弃它“太可惜”，毕竟离横滨已经如此之近了。

我护送着这个女人往船后部走去，心里却对她有一种莫名的恐惧感，而且觉得尴尬。我好像第一次感觉到女人竟是如此精致、柔美的生灵。在我扶住她的胳膊陪她走下升降口的楼梯时，她胳膊的纤细柔软使我暗自吃惊。说实话，作为女人她确实精致柔美，可对我而言她精致柔美得犹如天仙，我生怕那一扶能折断她的胳膊。坦率地说，这种错觉是我在长期未接触女性后对女人产生的一般感受，以及对莫德·布鲁丝特的特殊感受。

“别太费心了。”我从海狼拉森的舱房里匆匆搬来一把扶手椅，招呼她坐下时，她对我客气道，“艇上的几位先生都认为今天早上就可以看见陆地。船应该晚上就能到达目的地，对吧？”

她对未来的简单想法吓了我一跳。我怎样才能对她讲清目前的处境？如何向她介绍那个在海上横行霸道、随意操控别人命运的怪物？我自己都花费了数月的时间才摸清了船上的状况，短时间内岂能对她解释清楚？但是我诚实地回答道：

“如果您撞上的是其他船长，而不是我们这位，可以说你们明天就能在横滨上岸。但是，我们的船长是个怪人，我请您做好思想准备，因为可能发生任何事情。明白吗？任何事情。”

“我……我承认我有点没听明白。”她有点犹豫，眼里流露出一丝不安的神情，但谈不上害怕。“或者是我的想法有问题？遭遇海难者不是应该得到优先照顾吗？您知道，这只不过是举手之劳，船离陆地这么近。”

“坦率地说，我也不知道接下来会发生什么事情。”我尽力使她安下心来。“我只不过是提醒您，如果出现最坏的结果，你要提前做好思想准备。这个男人，这个船长，是个人面兽心的人，是魔鬼，他下一步会做出什么疯狂的行为，谁也无法预料。”

我的情绪逐渐变得激动起来，可她中间只插了一句“哦，我明白了”，声音里透着疲态，说话显然没有经过大脑，她已处于身体崩溃的边缘。

她没有再提出问题，我也不再多言，一心去执行海狼拉森的命令，将她安置得舒适一些。我像个家庭主妇般忙里忙外，给她的太阳灼伤处找来镇痛洗剂，在海狼拉森的私人贮藏柜里找出一瓶葡萄酒——我知道在那里准能找到酒；同时吩咐托马斯·马格里奇去收拾那间空着的舱房。

海风变得逐渐强劲起来，“幽灵”号的倾侧度愈来愈大，待空舱房收拾妥当时，“幽灵”号已以轻快的步调破水前行。我已经完全忘记了利奇和约翰逊在这世上的存在，这时，突然一声炸雷般的大吼从敞开的舱口传了进来：“哈哈，小艇！”吼叫声无疑是“黑人”在桅顶上发出的。我瞥了那女人一眼，只见她仍靠在扶手椅上，双眼合拢，呈现出一副极度困乏的模样。我怀疑她是否听见了那声吼叫，下定决心不让她看见抓住逃亡者后一定会出现的暴力场面。她累坏了，很好，那就睡觉吧。

甲板上传来急促的命令声、纷沓的脚步声，以及使帆船顺风和抢风调向而扯动缩帆索的“噼啪”声。在“幽灵”号转帆向风侧起船身时，扶手椅在地板上向舱房的另一端滑去，我急忙抢步上前，阻止了这个刚蒙受过海难的女人从椅子上跌到地板上。

她勉强撑开睡意困顿的沉重眼皮，略带惊恐地抬头瞥了我一眼。在我领她去清出的舱房时，她一路走得趺趺撞撞的，几乎要摔倒在地。我把托马斯·马格里奇强行赶出房门，命令他回厨房干活，他冲着我的脸别有用意地怪笑了一下。后来他添油加醋地在猎手中间散布谣言，说我的举动证明了本人是贵妇人的“忠实仆人”，以此报复了我。

她身子沉重地倚靠在我身上，我怀疑她在从扶手椅上起来到进舱房这短短的时间里又睡着了，这一点我是在她因为船突然一晃而扑倒在床上发现的。她被惊醒了，困意蒙眬地笑了笑，又睡了过去。我给她身体盖上两床水手毛毯，由她睡去。她的头枕在我从海狼拉森舱房取来的枕头上。

第十九章

我回到甲板上，发现“幽灵”号已抢风调向，往左舷方向急插进去，打算顺风抢到一张熟悉的撑杆帆的上风头，那张帆就在前面同一方向抢风前行。全部人手都聚集到甲板上，因为他们心里明白，一旦利奇和约翰逊被捉回船上，就会出大事。

那时是四击钟，路易斯来到舵楼接班掌舵。空气里弥漫着浓厚的湿气，我注意到路易斯已换了一身油布衣裤。

“会出现什么样的天气?”我问他。

“从这风的兆头来看，会是逐渐形成的一场飓风，先生。”他答道，“还会下点雨，润下腮，是这么回事。”

“我们竟然找到他们了，真不幸。”我说。这时一道涌浪让“幽灵”号的船头偏离了一个方位，小艇从艏三角帆前闪过，进入了我们的视线。

路易斯打了一把舵，迟疑了一会儿，说道：“我想他们是到不了陆地了，先生。”

“你这么想吗?”我追问道。

“是的。你觉得呢?”（一阵风刮向三桅船，路易斯迅速将舵轮向上打了一把，摆脱了风力。）“再过一个小时，这海面上就连蛋壳都漂不起来了。他们在这儿被我们捞了上来，还算是有运气的。”

海狼拉森从中甲板大步朝后边走来，他才在那儿与被救起的几个人交谈了一番。他那如猫一般的敏捷步伐比平时更明显了，眼神明亮又活泼。

“三个加油工，一个四级机械师。”他将这话当作了与我们打招呼，“可是我们要把他们变成水手，至少是桨手。那位女士的情况如何？”

不知道出于什么原因，海狼拉森提及她时我感到一阵刀子剜心似的痛苦和难受。我想那可能出自于我爱挑剔的天性，但我却控制不了这种情绪，只是耸了耸双肩，作为回应。

海狼拉森噘起双唇吹了一声长长的口哨表达疑问。

“那她叫什么名字？”他单刀直入地问道。

“我真不知道。”我回答他。“她睡着了，身体十分疲倦。实际上，我是在等你的信息。失事的是艘什么船？”

“邮轮。”他的回答异常简短。“‘东京’号，从旧金山开出的，开往横滨。被台风吹坏了，一条老掉牙的船，上上下下都开了口子，像筛子一样。他们在海上漂了四天。你真不知道那女的是谁，是干什么的吗？嗯？是少女，是夫人，还是一个寡妇？行了，行了。”

“你打算……”我开口问道。我问他是否打算将遭遇海难的人送到横滨去，话已到了嘴边。

“我打算怎么样？”他反问道。

“你打算如何处置利奇和约翰逊？”

他摇了一下头。“说真的，驼背，我不知道。你瞧，又增加了这么多人，我需要的人手已大体上够了。”

“他们逃跑的目的几乎达到了。”我说，“你为什么不能换一种对待他们的方式呢？将他们接上船，和和气气地对待他们。再说，他们干出这种事也都是被逼无奈的。”

“被我逼的？”

“就是被你逼的。”我毫不示弱。“我警告你，海狼拉森，如果你再对这两个可怜的人儿做出什么过分的事，我不惜搭上自己这条命也会杀了你。”

“你胆够大！”他大声叫道，“你真让我感到骄傲，驼背。你这回算是彻底地靠自己的双腿站住了，是个人物了。你很不幸地生长在养尊处优的环境里，可是你有进步，这只会使我更加喜欢你。”

他的语气和表情起了变化，脸色严肃起来。“你相信诺言吗？”他问道，“相信诺言的神圣性吗？”

“当然相信。”我答道。

“那我们就订一个契约，”他继续说下去，表现出一副十足的演员派头，“如果我承诺不再碰利奇和约翰逊一下，你为回报，你能答应不再想杀我吗？”

“啊，这并不是表示我怕你，我不怕你。”他急忙补充道。

我几乎不敢相信自己的耳朵。这人到底怎么了？

“成交吗？”他不耐烦地问道。

“当然成交。”我回答。

他向我伸出了手。在我满心欢喜地与他握手时，我发誓可以看出在他的眼神中有一种恶魔般的嘲弄意味。

我俩漫步走过舵楼甲板，来到了船的背风面，此时小艇与帆船之间只剩下一段极短的距离。小艇上的人已陷入困境当中，约翰逊掌着舵，利奇正朝艇外舀水。帆船以大约比小艇快一倍的速度追上了他们。海狼拉森打了个手势，命令路易斯将船偏离小艇一些，然后全速前进，在距离不到二十英尺的上风头与小艇并成一条直线，阻挡住了吹向小艇的风。小艇的撑杆帆空瘪乏力地拍打着，而小艇则处于平衡的静止不前状况，艇内两人匆忙去调整位置。小艇失去了推力，当一股涌浪将帆船推高时，小艇却落在了浪谷的底部。

就在此时利奇和约翰逊抬头看见了伙伴们的脸。伙伴们正成排站在中部甲板栏杆旁，没人跟他们打招呼，在伙伴们眼中这两个人已与死人无异，横亘在他们之间的高低界线犹如隔绝生死的一道鸿沟。

下一刻工夫他们已面对着舵楼甲板，海狼和我就站在甲板上。此时帆船正降入浪谷，而小艇正升上浪峰。约翰逊凝望着我，我看到他的脸色非常憔悴，呈疲劳之态。我朝他挥挥手，他也挥手作答，但那手挥得十分无助、绝望，仿佛与我诀别一般。我并没有与利奇四目相对，他正死盯着海狼拉森，脸上带着一如既往被仇恨扭曲的狰狞表情。

然后，小艇落在了帆船后面，撑杆帆又重新鼓满了风，突然而至的强大推力使这只无顶脆弱小艇大幅度倾侧，几乎就要倒扣在海水里。一个大浪浪尖泛着白色的泡沫劈头盖脸地砸向小艇，小艇淹没处激起一片雪白的浪花。小艇从浪花处又冒了出来，舱内已有一半被海水淹没。利奇在不停地朝艇外舀水，而约翰逊紧紧把住方向桨，脸色煞白，神情焦灼。

海狼拉森在我身旁短促地笑了一声，大步流星地朝舵楼甲板的向风面走去。我以为他要下命令让“幽灵”号顶风停船，但船仍在前行，而他也没有任何表示。路易斯镇定自若地站在舵轮旁，但我注意到前方的那群水手对着我们面露焦急的神色。“幽灵”号继续破浪前行，直至小艇缩成了一个小黑点，这时传来了海狼拉森的命令，他要帆船右舷抢风转向。

帆船迟滞不前，在小艇的上风处的两英里外收起飞三角帆，顶风停船。猎海豹的小艇原不是为向风作业设计的，它们生存的希望寄托在永远出于母船的向风一侧，风暴乍起之时就迅速向三桅帆船靠拢。但此刻在这茫茫大海中，目力所及之处，除了“幽灵”号，利奇和约翰逊没有其他帆船可以上去避难，他们别无他法，只能在上风里作抢风之字形航行。大海波涛汹涌，小艇行进速度很慢，随时都有可能被轰然有声的卷浪掀翻。我们一次再次、无数次地看见小艇一头扎进白浪里，失去速度，又像个软木塞般漂浮起来。

约翰逊是个出色的水手，操纵小艇犹如驾驶大船一般在行。一个半小时后小艇已靠拢帆船，只需再扎一个猛子就可以企及帆船尾部，等待我们伸出援手了。

“那么，你们是改变主意了？”我听见海狼拉森咕哝道。这话一半是对自己、一半是对他们说的，仿佛他们能够听见似的。“想上船了，是吗？好啊，那就跟上来吧。”

“掌好舵！”他对夏威夷人乌富蒂·乌富蒂下达命令，他这时接了路易斯的班。

命令接二连三地下达，三桅船偏离风向，松开了前桅和主帆的帆脚索，准备满风航行。帆船在顺风中猛然向前冲去，约翰逊面对险境不得已地放松了帆脚索，在帆船尾浪后的一百英尺开外横切过去。海狼拉森又一次笑了起来，挥手让他们追上来。显然，海狼拉森是在捉弄他们——我想是用殴打之外的一种方式给他们一个教训。不过这玩笑开得有点大，因为那只脆弱的小艇随时都有被海浪颠覆的危险。

约翰逊立即将小艇转了个一个九十度的弯，跟了上来。他已被死神困住，别无他法。海中的巨浪随时都会砸向小艇，将其吞没，涌向远方，这只不过是一个时间问题。

“这两个人是两个怕死鬼。”路易斯在我身边嘀咕道。当时我正朝船的前部走去，想安排人手收回飞三角帆和支索帆。

“啊，要不了一会儿他就会停船让他们上来的。”我轻松地回答他，“他只是想给他们一个教训罢了，就这么点事。”

路易斯狡黠地望着我。“你是这么想的吗？”他问道。

“是啊。”我回答，“你没这么想吗？”

“除了自己这身皮囊，我现在什么事情都不想。”他答道，“事情能闹成现在这个样子，我真是弄不明白。旧金山的威士忌将我灌糊涂了，后舱的那个女人把你弄得比我更迷糊。啊，就我明白你是个满口胡言乱语的大傻瓜。”

“你这话是什么意思?”我责问他道。他讥讽了我一番后，正准备溜之大吉。

“我这是什么意思?”他大叫道，“这可是你问我的！不是我是什么意思，而是海狼这么干是什么意思。海狼，我说，是海狼!”

“要是有麻烦，你会帮忙吗?”我冲动地问道，因为他的话点中了我心中的恐惧。

“帮忙?我只会帮老胖子路易斯的忙。会有更大的麻烦的。我们的麻烦才开始，我实话告诉你，麻烦才刚刚开始。”

“我没想到你是这么个胆小鬼。”我不屑地说。

他对我翻起了白眼。“我既然没有为那两个可怜的笨蛋出过手，”——他指着帆船后面那张小小的帆——“你以为我会为一个以前从没见过的娘们去争斗得头破血流吗?”

我面露轻蔑的表情，转身朝后面走去。

“最好将那些中桅帆放下来，范·魏登先生。”我登上舵楼甲板时，海狼拉森对我说。

我内心一阵轻松，至少那两个人感到放心了。他显然不想帆船离他俩的距离过远。我从他的这个想法中看到了希望，立即去执行他的命令。我的必要指令刚一发出，大伙儿都迫不及待地奔向收帆索和升降索，更有人往桅杆上爬。船员们的焦急状态都被海狼拉森瞧在眼里，他冷笑了一声。

但是，帆船仍然拉大了领先的距离。当小艇拖后有几英里的距离时，我们停船等待。所有人的眼睛都望着追赶中的小艇，海狼拉森也一样，但是他是全船唯一无动于衷的人。路易斯紧盯住小艇，脸上露出一丝掩饰不住的焦急。

小艇离我们的距离愈来愈远了。它在墨绿色的波涛中破浪前行，犹如一个有生命的活体，有时随排浪跃上浪尖激起一片白色的浪花，有时沉入浪底隐身难寻，旋即又反弹跃然于波涛之上。在这种恶劣的海况下小艇不可能有继续生存下去的空间，但它一次次令人目眩的跳跃将这种不可能变成了可能。空中袭来一阵雨飑，在如烟的雨雾中小艇仿佛就在我们眼前。

“动作快一点，那边！”海狼几步抢到舵轮旁，用力打了几把。

“幽灵”号再次调转船身，乘风疾行着。约翰逊和利奇在我们身后紧追不舍，达两小时之久。帆船停下又跑掉，停下又跑掉，那片孤帆一直在帆船后苦苦挣扎，一会儿被抛起在浪尖，一会儿沉没入浪底，最后在离我们四分之一英里处被一阵浓密的雨雾淹没了，再也没有现身。风将雨雾驱散开，汹涌的海面上已再没有那片帆的踪影。恍惚间，我似乎在一朵绽开的白色浪花中瞥见了黑糊的艇底。就这样结束也算是一件幸事，约翰逊和利奇终于摆脱受苦受难的日子了。

人们仍然聚集在船的中部，没有人下舱去。大伙儿都一言不发，连眼色都没有交流一下。每个人都似乎被惊呆了，陷入了沉思，仿佛没弄明白眼前到底发生了什么事情。海狼拉森没给他们思考的时间，他立即将“幽灵”号导入航线——驰向海豹猎场，而不是横滨。但是水手们扯帆换向的热情并不高，边干边咒骂着。但那压抑的咒骂声沉闷且缺乏活力，就如他们的生命一样。猎手们倒是另一副模样，“黑人”抑制不住地讲了一个笑话，伴随着一阵嬉笑声，他们下到了统舱里。

在我往后部走到厨房的背风面时，被我们救起的机械师走到我身边。他脸色发白，双唇在颤抖。

“天啊！老天爷啊！先生，这到底是条什么船呀？”他大叫道。

“你有眼睛，你也都瞧见了。”因为心中充满痛苦和恐惧，我的答语近乎粗野。

“你的承诺呢？”我质问海狼拉森。

“我当初承诺你时，就没打算让那两人上船。”他答道，“不过，你得承认我没碰他们一下。”

“我没碰，一根手指都没碰。”过了一会儿，他又大笑着说。

我没有理他。我心里太乱，有话也无法说出来。我知道我需要时间去思考一些问题。对那个在空余舱房熟睡的女人，我负有责任，这事必须考虑周全，而此时闪过我脑海唯一的理性念头是：如果我想对她有所帮助，就绝不能匆忙行事。

第二十章

那天剩余的时间船上相安无事。不大的暴风雨“润了一下腮”就减弱了下来。四级机械师和那三个加油工在跟海狼进行了一番激烈的“交谈”后，都穿上了“小卖部”的成衣，被分配到各小艇猎手的手下干活，或是在船上值班，住宿则被强行塞进了水手舱。他们也抗议过，但声音不够大，想必是被亲眼所见的海狼拉森的性格给唬住了，而紧随其后在水手舱听到的悲惨故事熄灭了他们心中仅存的一点反抗欲望。

布鲁丝特小姐——我们已经从机械师那里知道了她的名字——一直在酣睡。晚饭时我要求猎手们压低嗓门，因此她没有受到干扰。但是，她还是等到第二天早晨才现身。我原打算安排她单独进餐，但是海狼拉森横插了一脚。她是怎样的一个人物？就不能在舱房里围着餐桌和大伙儿一起吃饭？他质问道。

但是瞧她上桌吃饭也是一件挺有趣的事。猎手们像哑巴一样缄默无语，只有奇克·霍纳和“黑人”脸皮比较厚，时不时地偷瞄她两眼，甚至还参与到闲聊中来。剩下的四个男人眼睛紧盯住面前的盘子，作态地细嚼慢咽着，下巴牵扯着耳朵作有节奏的律动，看上去活像一群动物的耳朵。

海狼拉森也不怎么主动谈话，只是有问必答。他倒不是害臊，他才不会害臊呢。只是这个女人属于不同的类型，与他见识过的女人都不相同，因而感到好奇罢了。他在揣摩她，除了偶尔看看因动作而引起他注意的手和臂膀外，他的眼睛很少离开她的脸。我也在研究她，虽然由我主导着餐桌上的话题，我知道自己也有点羞怯，态度不够镇静自若。海狼拉森却心定神闲，具有绝对的、无可动摇的自信，他在女人面前的勇气不亚于他面对大风大浪和强硬对手的勇气。

“我们什么时候可以到达横滨？”她转身面对他，直视着他的眼睛问道。

关键问题就这么直截了当地提了出来。下巴停止了嚼动，耳朵停止了扯动，虽然眼睛仍然盯着餐盘，但每个人都迫不及待地想听到答案。

“四个月以后，也可能是三个月，如果狩猎季节结束得早的话。”海狼回答道。

她倒吸了一口气，结结巴巴地说道：“我……我认为……可别人告诉我到横滨只不过是一天的航程呀。这……”说到这儿她打住了，环顾了一下那一张张眼睛死盯住盘子、毫无表情的脸。“情况不对。”她下了结论。

“这个问题你必须找那位范·魏登先生解决。”他朝我点点头，说道，眼光里有一丝恶作剧的意味。“范·魏登先生在权利这类问题上可称得上是权威人士。而我作为一个水手，对这种状况也有不同的看法。你得留下来和我们待在一起，这对你或许是不幸，可对于我们，肯定是一种幸运。”

他笑嘻嘻地瞅着她。她在他的注视下垂下了眼睑，但又抬了起来，挑战似地与我四目相对。我读出了她目光中蕴含的疑问：他这话当真？认识到自己的处境尴尬，我没有吱声。

“您对此有何想法？”她直接发问。

“我认为这事很不幸，特别是如果接下来这几个月您与别人有约的话。可是您说您是出于健康原因去日本的，那我可以向您保证，要加强体质没有比‘幽灵’号更合适的地方了。”

我看见她眼中射出愤怒的光芒，这回垂下眼睑的人换作了我。我觉得自己的脸在她的怒视下红了起来，这是怯懦的表现，但是我又能怎么办？

“范·魏登先生的话具有权威性。”海狼拉森笑着说道。

我点点头。她恢复了常态，神情有所期待。

“这并不是说他现在的身体有多棒，”海狼拉森继续说下去，“而是说有了了不起的进步。你真应该看看他刚上船时的模样。你很难想象出一个比他还要消瘦、可怜巴巴的人，是吧，克伏特？”

克伏特被直接点名，吃惊地将手中的餐刀掉落到地上，口中含糊地表达出肯定的意思。

“在削土豆和洗盘子的过程中得到了锻炼的机会，对吧，克伏特？”

克伏特如法炮制地应付着他。

“现在你瞧瞧他的身子。当然，称不上肌肉发达，但总算有了肌肉，比他上船时强多了。而且他的腿能站稳了。你现在看他站得挺稳的，可是当初他完全站不住。”

猎手们都窃笑着，可是她却眼含同情地凝望着我，足以补偿海狼拉森话中隐含的歹意。实际上，我已经好长时间没有得到同情心的眷顾了，心立马柔软下来，心甘情愿地成为她的“奴隶”。但对海狼拉森我却感到十分气恼，他用语带机锋的话挑战我的男子气概，乃至他自诩帮我站立的双腿。

“我可能是学会了靠自己的双腿站住，”我反击道，“可我还没学会用腿去踩踏别人。”

他傲慢地盯着我，“那么，你的教育只算完成了一半。”他冷冷地说道，然后将头转向她。

“‘幽灵’号上的人是很好客的，范·魏登先生对此深有体会。我们尽力照顾客人，让他们感觉就像在家里一样。是吧，范·魏登先生？”

“对，甚至就像在家里一样削土豆、洗盘子。”我答道，“至于为了友谊去拧别人脖子的事，就不要提了。”

“我请求你不要从范·魏登先生的话中得到对我们的错误印象。”他插话道，故意装出一副焦急的模样。“你仔细瞅瞅，布鲁丝特小姐，他的腰带上别着匕首，这对于——呃哼———个船上的管理人员来说，可是极为反常的事情。范·魏登先生的确值得人们尊重，可是有时——我怎么形容呢？嗯……——好斗，这时就得用点强制手段。情绪平稳时他很理性，办事也公正。现在他的情绪就很平稳，因此不会否认他昨天还威胁过我的生命。”

我气得差点憋过气去，肯定是眼露凶光，他不失时机地将众人的注意力集中到我身上。

“看他现在这副模样，他在你面前也忍不住要发火了。看来，他还不习惯与女性共处一室。我在冒险跟他一起上甲板之前，必须得武装一下自己。”

他颇为伤感地摇着头，口中嘟囔道：“真遗憾，太遗憾了。”而水手们则哄堂大笑。

这些习惯了远洋捕获生活的人们的粗犷笑声，在这狭窄局促的有限空间里低迴盘旋，产生了一种蛮性的效果，整个场景都是粗俗不堪的。眼前这个陌生女人显然与这种场景扞格不入，而我则已经与这种场景融为了一体。我是他们中间的一员，了解他们的为人和思维方式，与他们一起猎海豹，一起吃猎海豹的工作餐，所思所想亦大都与猎海豹相关。对我而言，劣质的衣服、粗糙的面庞、肆意的调笑，以及颤抖的舱壁和晃荡的风灯都已经习以为常。

我在往面包上涂抹黄油时，眼光碰巧落在了自己的手上。手指关节全都秃噜了皮，整个发着炎，手指头也肿了，指甲缝里满是黑垢。我能感觉到脖颈上长了一圈毛毡一样的胡须，我知道我外衣的袖口被扯破了，贴身的蓝衬衫脖领处掉了一粒扣子。还有海狼拉森提及的那把匕首，它安全地插在刀鞘里，别在我腰间。它就应该待在那儿，这是再自然不过的一件事情。但到底有多自然，到目前为止我并没有多加考虑。但现在换作她的眼光来看，我就明白这种腰别匕首、不修边幅的邋遢模样十分怪异了。

但是她听出了海狼拉森话语中的嘲弄意味，再次向我投来同情的目光，但其中掺杂着迷惑不解的意蕴。这种开玩笑似的交谈使她更难厘清她目前的处境。

“说不定可以要求路过的船将我带走。”她试探道。

“除了猎海豹船，这儿是不会有其他的船路过的。”这就是海狼拉森的回答。

“我没带衣服，什么都没带。”她提出抗议，“先生，您似乎没有注意到，我不是一个男人，而且我不习惯过漂泊不定、无拘无束的生活，您和您的人过的好像就是这种生活。”

“你越早适应这种生活，对你越有好处。”他答道。

“我给你提供布和针线，”他又补充道，“我希望你给自己做一两件衣服不是一件特别困难的事情。”

她嘟起嘴苦笑了一下，仿佛默认自己对针线活一窍不通。我在一旁看得明白，她内心既感到恐惧又困惑不安，却在极力掩饰着。

“我估计你跟这位范·魏登先生一样，习惯于让别人给你干活。唉，可我认为人为自己做点事不至于会累得关节错位的。顺便问一句，你靠做什么维持生计呢？”

她带着未加掩饰的惊讶神情望着他。

“我没有冒犯你的意思，请你相信我。人人都要吃饭，那就得有经济来源。这些猎手为了生活猎杀海豹；出于同样的原因我驾驶三桅帆船；而范·魏登先生，至少目前为了混口饭吃，在帮我的忙。

那么，你干什么呢？”

她耸了耸肩。

“你靠自己过日子吗？或者，由别人养你？”

“我想我这辈子大部分时间是靠别人养活的。”她笑着说道。她在勇敢面对、努力探究着他这番盘问后面所隐藏的真实意图，虽然在她盯住海狼拉森时，眼光中有不断增长的恐惧表情。

“我想有人给你铺床？”

“我自己铺过床。”她回答。

“经常铺吗？”

她故作沮丧地摇摇头。

“你知道在美国，对像你这样不干活赚钱养活自己的穷光蛋，是怎样处理的吗？”

“我知识不够，”她向他讨教，“对像我这样的穷人，他们怎样处理？”

“政府将他们关进监狱。他们犯了不劳而食的罪，罪名就叫流浪罪。如果我是范·魏登先生，因为他总是纠缠于‘对与错’的问题，那么我就要请问你：你既然不做维持你生活的事，你有什么权利活着？”

“可是，既然您不是范·魏登先生，那我就不用回答这个问题，对吧？”

她紧盯着他的惊恐眼神中掠过一丝不易察觉的笑意，而那哀惋的神情触动了我的心扉。我必须想法打个岔，将话题引向别处。

“你靠自己的双手挣过一美元吗？”他质问道。他对她的否认回答十分有把握，嗓音中带有必胜的味道。

“是的，我挣到过。”她缓慢地笑道。而我看到海狼拉森得到答案的沮丧模样，差一点就笑出声来。“我记得有一次父亲给了我一美元，那时我还是个小姑娘，因为我坚持五分钟没有说话。”

他宽容地笑了起来。

"但那是很久以前的事了。"她继续说道,"你总不能指望一个九岁的小姑娘去挣钱养活自己吧?"

"不过现在,"她略微停顿了一下,继续说下去,"我一年大约能挣一千八百美元。"

人们的眼睛不约而同地从盘子上移到了她的身上,一个一年能赚一千八百美元的女人是值得一看的。海狼拉森亦没有掩饰他的钦佩之情。

"是年薪还是计件?"他问道。

"计件。"她不假思索地回答。

"一千八百美元,"他计算着,"那就是说,每个月能挣一百五十美元。好吧,布鲁丝特小姐,'幽灵'号上的事都值得一干。在你和我们待在一起的这段时间里,你就把它当作在干领月薪的工作吧。"

对此她不置可否。她非常不习惯于这个人的突发奇想,因而无法认真地予以考虑。

"我忘了问了,"海狼拉森的语气明显地和缓起来,"你的职业属于哪种性质?你生产什么商品?需要些什么工具和原材料?"

"纸和墨水,"她笑着说,"还有,啊,一部打字机。"

"您一定是莫德·布鲁丝特,"我缓慢且有把握地推断道,几乎就像是在给她定下一个罪名。

她惊奇地抬眼望着我,"您怎么会知道?"

"您说是不是吧。"我坚持道。

她点头承认了自己的身份。这次轮到海狼拉森感到莫名其妙了,这名字和依附其上的魅力对他来说毫无意义。而我却对知道她是一个人物这一点感到骄傲,在这段与他明争暗斗的时间里我第一次觉得自己占据了优势。

"我记得我写过一篇文章,评论一本小书……"我不经意地说道,她打断了我。

"是您!"她叫道,"您就是……"

她睁大双眼，惊讶地望着我。

我亦点头承认了我的身份。

“汉弗莱·范·魏登。”她确认道，随即如释重负地松了一口气，却在情绪错乱中对着海狼拉森说道：“我太高兴了。”

“我还记得那篇评论，”她匆忙地说下去，意识到刚才混淆了说话对象而有些尴尬，“其中有些提法太过誉了。”

“绝没有溢美之词，”我激动地反驳道，“您这是在怀疑我的洞察力，贬低我的文学评论原则。何况评论界的同仁都与我有同感。兰不是将你的《任他吻去》并列为四首最佳英语十四行诗之一了吗？”

“可是您却称呼我为‘美国的梅内尔夫人①’！”

“有什么不对吗？”我问道。

“不，不是那个意思，”她回答，“只是有点被误伤的感觉。”

“我们只能用知名的学者来衡量尚未知名的学者。”我用我最佳的学术态度答道，“作为文学评论家，我不得不给您排定名次。现在您自己也成为了一把标尺，您的七本薄诗集就摆放在我的书架上，还有两本厚一些的专著，是论文集。它们，请原谅我这么说，两者之间我不知道更偏爱哪一个，它们与您诗歌的水平完全旗鼓相当。在不久的将来，如果英国文坛上冒出个无名的后起之秀，评论家就可以称她为‘英国的莫德·布鲁丝特’了。”

“我想，您这么说真是太客气了。”她喃喃道。这种经典的表述方式、语调和用词，勾起了我对地球另一端过往生活的丰富联想，忽然间我有一种毛骨悚然的感觉——毫无疑问是受到了回忆和思乡的刺激。

“原来您就是莫德·布鲁丝特。”我隔着餐桌凝望着她，语气庄

---

① 梅内尔夫人：Alice Meynell（1847—1922），英国女诗人、散文作家、天主教徒，曾在其夫梅内尔创办的《快乐的英国》月刊上发表散文，作品有诗集《序曲》等。

重地说道。

“原来您就是汉弗莱·范·魏登。”她以同样庄重和敬畏的语气望着我说，“这事太不寻常了！我还没明白过来。我们不会看到您用脱俗的笔调写出一本浪漫离奇的海上冒险小说吧?”

“不，我不是在搜集素材，我可以向您保证。”我这样回答她。“对于写小说，我既没有这种才能，也没有这方面的爱好。”

“告诉我，您为什么老是把自己封闭在加利福尼亚?”然后她又问我，“这就是您的不对了。我们东海岸的人极少有机会能见到您——美国文学评论界的泰斗，二号人物。真是太少见到您了。”

我对这种褒奖只能敬谢不敏。“有一回我在费城几乎见到您，那是一个有关勃朗宁或什么人的学术研讨会吧——您去做主题发言，想起来了吧。可我乘坐的火车晚点了四个小时。”

然后，我俩竟然忘记了身处何处，尽兴地交谈起来，将海狼拉森晾在了一旁。猎手们都已经离开餐桌上甲板去了，我俩还在继续谈着。海狼拉森留了下来，我竟然意识到了他的存在，他正在餐桌旁身子向后仰坐着，好奇地听着我们用陌生的语言谈论着一个他一无所知的世界。

我瞬间被一句话噎住了，海狼的存在意味着危险和焦虑，这种念头如闪电般击中了我。看来被闪电击中的不止我一人，莫德·布鲁丝特在看到海狼拉森时，眼光中流露出一种模糊的莫名恐惧。

海狼拉森站起身来，尴尬地笑了，那笑声听上去硬邦邦的。

“啊，不用管我。”他自嘲般地挥了挥手说，“就当我不在场，继续谈，继续谈，我求你俩了。”

但是，谈兴已经消失得无影无踪了。我俩也尴尬地笑着，从餐桌旁站了起来。

第二十一章

海狼拉森在餐桌谈话中受到了莫德·布鲁丝特和我的漠视，心中憋了一口恶气。这口恶气总要以某种方式发泄出来，托马斯·马格里奇就成为了那个牺牲品。马格里奇并没有改变行事风格，也没有换洗身上的衣服。虽然他硬拗说换过衣服，但衣领和袖口并不支持他的说法，而炉灶上、锅罐里积累的油垢也证明了厨房卫生的不达标。

“我警告过你，伙夫。”海狼拉森对他说，“现在该让你长点记性了。”

马格里奇那张被烟熏火燎的脸瞬间变得惨白。海狼拉森大声呼喊两个水手拿绳子来，那可怜的伦敦佬便发疯般从厨房往外逃。他在甲板上东躲西藏，两个咧着大嘴嬉笑着的水手在后面不舍地追。他送到水手舱的食物和汤料都是最令人难以下咽的，能够将他抛进海里洗个澡，是水手们最愿意干的一件事情。海况也有利于他们执行这项“任务”，“幽灵”号航行的速度不超过每小时三英里，海面上风平浪静。但是马格里奇却没有下海去被拖一下的雅兴，或许他以前见过别人挨拖，再说海水也冰冷刺骨，他那羸弱的身子骨难以承受。

与往常如出一辙，船上一有刺激好玩的事，休班的水手和猎手都涌了出来。马格里奇似乎异乎寻常地怕水，身体展露出我们做梦都想象不出的灵敏和迅捷。他明明已被堵在了舵楼甲板和厨房的死角里，却能像猫一般跳到舱房顶上，往船后部逃去。追逐的人抢先在前面截住，他又返身跑过舱房顶，通过厨房顶，踏着水手舱舱口盖跳到甲板上。他在甲板上笔直往前跑，桨手哈里森在后面紧追不舍，眼看就要抓住他，可是马格里奇突然纵身一跃，抓住了艄斜帆桁升降机。他双臂挂住身体，腰在空中收紧，转瞬之间双腿蹬出，正踢在追他的哈里森肚子上，哈里森不由自主地大叫了一声，身子后仰倒在了甲板上。

他这一招得到了猎手们的鼓掌欢呼，狂笑不止。此时马格里奇在前桅杆处躲开了后面的追赶者，又像橄榄球球场上急于达阵的球员冲开了前面的拦截者，往后面逃去。他径直跑着，到了舵楼甲板，又顺着它往船尾跑去。他由于跑得太快，跑到舱房转角处时双脚一滑，身子摔了出去。尼尔森正掌着舵，伦敦佬的身子往前一出溜，正撞在他的双腿上。两人跌倒在一处，但只有马格里奇从甲板上爬了起来。由于某种怪异的前冲力，他那柔弱的身体竟然撞断了那强壮汉子的一条腿，就像不经意间折断了一根烟杆管。

帕森斯接手了舵轮，众人又开始追逐。他们绕着甲板追了一圈又一圈，马格里奇惊恐万分；水手们兴奋地呐喊着，彼此指示着方向；猎手们胡乱吼叫，给他们加油鼓励，同时开心地哈哈大笑。马格里奇在前舱口处被三个水手压在了身下，但他却像美洲鳗一样从人堆里钻了出来，嘴里流着血，那件惹祸的衬衫也被扯成了碎片。他跳上主索具，往上攀爬，越过了索梯，一直爬到了桅杆顶上。

五六个水手一拥而上，跟在他身后爬上了桅顶横杆，在那儿挤作一团等待着；乌富蒂·乌富蒂和“黑人”（拉蒂默的舵手）两人继续攀住细钢支索，靠着双臂的力气往更高处攀爬。

这是十分危险的举动，因为在距甲板一百多英尺的上空，仅靠双手吊住身子，要躲开马格里奇踢出的脚，显然处境不妙。马格里奇的脚在空中玩命地乱踢着，直到那个夏威夷人用一只手吊住身体，另外一只手抓住了伦敦佬的一只脚。紧接着“黑人”有样学样，抓住了另外一只脚。三个人在上面扭来打去，摇来晃去，挣扎成一团，最后失了手，跌落在桅顶横杆的同伴们手中。

空中搏斗结束。马格里奇一会儿哀嚎着，一会儿口齿不清地呜咽着，口中冒着血沫，被带到了甲板上。然后海狼将张帆索穿成一个绳圈套在马格里奇的腋下，随即大伙将他抬往船后投下了海。绳索向海里不断延伸，四十英尺、五十英尺、六十英尺，这时海狼拉森大喝一声：“系上！”乌富蒂·乌富蒂将张帆索往系缆桩上一绕，绳索便绷直了。“幽灵”号径直前行，拖拽着厨工在海面上翻滚跳跃。

这场面十分凄凉。虽然马格里奇十之八九不会丢掉性命，身体却要承受几乎溺毙的痛苦。“幽灵”号行驶的速度很慢，当船尾被海浪抬起、船身向前行时，那个可怜的人会被拖拽出水面，有了呼吸的时间；但船尾再次被缓慢抬起前有一个下落时间，这时绳索松弛下来，他就淹没在了海水里。

我已忘记了莫德·布鲁丝特的存在，在她轻步走到我身边时被吓了一跳，这才想起她还在船上。那是她被救上船后第一次上甲板，而迎接她的是死一般的沉寂。

“为什么开这种玩笑？”她问道。

“去问拉森船长。”我沉着冷静地回答，但一想到她无意间竟目睹了如此残忍的场面，我体内的血液就不由得沸腾起来。

她听从了我的话，转身去找海狼拉森，目光却落在了乌富蒂·乌富蒂身上。他就在她身前，双手紧拉在绳索的缠绕处，身段灵活而优美。

“你在钓鱼吗？”她问他。

他没有理她，但专注盯着船后海面状况的双眼突然闪出光亮来。

“嗨，鲨鱼，先生！”他大声叫了起来。

“往上拉！赶快！排队拉！”海狼拉森大声喊道，第一个跳到了绳索旁。

马格里奇已经听见了夏威夷人发出的警告，惊骇地尖叫起来。我看见一片黑色的鲨鳍对着他破浪而来，速度比他被拖上船的速度更快。这是一场势均力敌的较量，谁能抢先上手，胜负就在一瞬间。当马格里奇被拖到船尾的正下方时，船尾正随海浪下沉，让鲨鱼占了便宜。鱼鳍消失了，鲨鱼肚皮朝上猛然一翻，海面闪出一道白光，海狼拉森使出浑身的力气猛然一拽，动作几乎同样迅速，可仍然慢了半拍。伦敦佬的身子被拽离水面时，鲨鱼的身子也部分脱离了水。马格里奇双腿一缩，那条食人鱼似乎只触碰到了他的一只脚，就掉落在海中，溅起一片浪花。但是在碰触的一刹那，马格里奇尖叫起来，然后身子就像一条刚被钓起来的鱼，被绳索带着高高越过栏杆，手脚着地砸在甲板上，又翻过身来。

鲜血像喷泉般冒了出来，马格里奇的右脚已经没有了，从齐踝骨处被鲨鱼齐整地咬掉了。我立即看向莫德·布鲁丝特，她脸色惨白，两眼因恐惧而瞳孔放大。她没有看托马斯·马格里奇，而是两眼紧盯海狼拉森。海狼拉森显然察觉到了她的怒视，于是像如常般“嘿嘿”短笑了两声，说道：

“男人之间的游戏，布鲁丝特小姐。比你平时所见所闻粗野了一些，可仍然是男人们之间开的玩笑，只是没想到鲨鱼会来凑热闹。这……”

但是，就在这个节骨眼上，马格里奇抬头瞅了自己身体一眼，发现了自己的伤残程度，在甲板上翻身一滚，一口咬住了海狼拉森的小腿。海狼拉森冷静地弯下腰，用双手的拇指和食指掐住马格里奇的下巴底部和耳朵根部，下巴不情愿地张开了，海狼拉森抽出了腿。

“就像我说的，”他好像刚才什么事都没有发生一样，继续说道，“没想到鲨鱼会来凑热闹。这事……啊哼……我们能说它是天意如此吗？”

她脸上毫无表情，似乎没听清他说了什么，但眼神已转换，透露出一种无法描述的憎恶感觉。她转身想离开，却已脚步踉跄，虚弱无力地向我伸出了手，我及时一把扶住了她，她才没有摔倒。我将她扶到舱房的一个椅子上坐下，以为她会当场晕厥过去，但是她稳住了自己。

“你去取一根止血带来好吗，范·魏登先生？”海狼拉森对我叫道。

我站在原地犹豫不决。她的嘴唇嚅动着，却发不出声来，只好改用眼睛来指挥我，那眼神如语言一般明白无误，让我去帮助那个不幸的人。“请快去吧。”她最终耳语般地勉力说了出来，我别无他法，只能服从。

当时我已锻炼出了较好的外科手术能力，海狼只给我提示了几个手术要点，拉来两个水手给我当助手，就将动手术的任务全盘交给了我。他选择去报复那条鲨鱼。他找来一个粗大的转钩，安上一块肥咸猪肉作为诱饵，扔到了海里。等我包扎好马格里奇被鲨鱼咬断的动、静脉血管时，水手们已经在哼着小曲拖拽那条惹事的海中霸王了。我没有去到现场，但我的助手们换着班抛开做着的手术，短暂地跑到船的中甲板去瞧了一会儿热闹。那条鲨鱼足有十六英尺长，是用主帆具吊上船的。他们将它的嘴撬到最大限度，塞进一条两头削尖的结实木棍，等到将撬杆拔出来，撑开的上下颌就被木棍固定住了。这事办完后他们挖出转钩，将鲨鱼抛回海里。它已没有活下去的任何希望，但还充满活力，命中注定要忍受饥饿的长期煎熬。这是一种生不如死的残酷惩罚，用这种方式来对付不谙世事的鲨鱼，倒不如用来对付这种方式的发明者海狼拉森更为合适。

第二十二章

莫德·布鲁丝特向我走过来时，我就知道她来找我的原因。我曾经看见她急切地和机械师谈着话，谈了足有十分钟。我做了一个“别出声”的手势，将她带到一个舵手听不见的地方。她脸色苍白，表情僵硬；那双大眼睛——因谈话目的的刺激性，显得比平常更大了——侵入性地盯着我的双眼。我心生怯意，感到惶恐不安，她是来探究汉弗莱·范·魏登的灵魂的，而汉弗莱·范·魏登自从登上了“幽灵”号之后，所作所为就没有什么值得夸耀的地方了。

我俩来到了舵楼甲板隔断处，在那儿她转身面对着我。我环顾了一下四周，确定没有人能听见我们的谈话。

“什么事?”我温和地问道，她仍然是那副严肃的神情。

“今天早晨那件事，”她开始说，“我仍然不相信纯粹是件意外事故。我刚才和哈斯金斯先生谈过话了。他告诉我，就在我们被救上船的当天，我在舱房里正睡觉时，有两个人淹死了，是有意淹死的，是被谋害的。”

她的话音里有一种盘问的味道，脸上带有指责的表情，仿佛我是那罪行的主谋，至少是一名帮凶。

“你的信息很准确，”我答道，“那两个人是被谋杀的。”

“而你竟然允许这种事情发生！”她大声叫道。

“更合适的说法是：我无法制止。”我回答道，态度依然温和。

“但你尝试制止过吗？”她特意强调了“尝试”这个词，语气带有几分抗辩的味道。

“啊，可是你并没有。”她猜到了我的答语，匆匆说下去，“你为什么不出手制止？”

我耸了耸肩。“你得牢记这一点，布鲁丝特小姐，你在这个海上小世界里是个新居民，还不懂得这儿的法律规则。你带来了某些美好的观念，有关人性的，有关人类的，有关行为方式的，诸如此类，但你会发现在这儿都不管用。起码我是这么认为的。”我最后加了这么一句，无奈地叹了口气。

她难以置信地摇了摇头。

“那么你想让我怎么干？”我问道，“要我拿把刀、枪，或是找把斧子，把这个人杀掉？”

她惊骇地往后退了一步。

“不，我不是那个意思！”

“那么我到底该怎么办？去自杀吗？”

“你纯粹以实利主义的观点看待问题。”她反驳道，“这世上有一种精神叫道德勇气，而道德勇气是攻无不克的。”

“哈，”我笑了起来，“你劝告我既不杀死他也不自杀，而是让他来把我杀死。”她刚想争辩，我举手制止。“因为在这个海上漂的小世界里，道德勇气是一项毫无价值的资产。利奇是被谋杀的两个水手中的一个，他的道德水平之高不同凡响，另外一名水手约翰逊同样如此。而这不但没有给他们带来好处，反而要了他们的命。如果我也把仅存的道德勇气表现出来，下场就会同他俩一样。

“你必须弄明白，布鲁丝特小姐，彻底弄明白，这个人是恶魔。他没有良心。在他眼中没有神圣之物，没有可怕到他不敢做的事。首先，因为他的一时兴起，我被扣押在了这条船上；也是由于他的兴趣所致，我才能活到今天。我无所作为，也不能够有所作为，因为我是这个恶魔的奴隶，正如你现在也是他的奴隶；因为我有求生的欲望，正如你也有求生的欲望；我不能对他战而胜之，你也同样如此。”

她等着我继续说下去。

“还能有什么其他的办法？我处于弱势的位置。我保持沉默，忍受耻辱，而你也将保持沉默，忍受耻辱。而这也没有什么不好之处，如果我们要保住性命，只能这么去做。在战场上获胜的一方并不总是强者，我们既然没有足够的力量去与这个人明斗，就只能深藏不露，靠计谋去取胜——如果能够取胜的话。如果你听得进我的劝告，就应该这么去做。我知道我的处境危险；我可以坦率地说，你的处境更加危险。我俩必须结盟，但不能让人看出来，秘密结盟。我不能公开站在你那一边，我无论受到怎样的侮辱，你也必须同样保持沉默。我们不能惹恼那个人，不能跟他翻脸，也不能违背他的意愿。不管多么恶心反感，我们都得对他笑脸相迎，显得态度友好。”

她没听懂我说这番话的意思，用手茫然地拂了一下自己的前额，说道：“我还是没听明白。”

“你必须照我说的去做。”我用不容置疑的口吻说道，因为我看到海狼拉森已经开始注意我俩了，他正与拉蒂默两人在中甲板来回走动着。“照我的话去做，不久以后你就会明白我的话没错。”

“那我现在该怎么办？”她问道。她察觉到我正在用忧虑的目光关注着此次谈话对象的一举一动，因而感染上了我的紧张情绪，我自得地想道。

“尽可能地摆脱你那所谓的道德勇气，”我一针见血地说，“别让他对你有敌意。尽量对他表示友好。跟他交谈，跟他谈论文学艺术，他对此类话题很有兴趣，你会发现他能听得津津有味，而且不是一个门外汉。为你自己着想，尽量避免在船上的暴力现场露面，这样你就能更安心地扮演你的角色。”

“那我就得骗人了，”她带着沉稳的叛逆口气说，“得用言语和行动去骗人了。”

海狼拉森此时已离开了拉蒂默，朝我们的方向走来。我几乎要陷入绝望了。

“请你，请你务必要理解我，”我压低声音，急促地说道，“你以前为人处世时的经验在这儿一文不值，你必须从头开始学。我知道——我看得出来——你除了其他方式，是惯于用眼神去控制别人的，例如，用眼神来表达你的道德勇气。你已经用眼神控制了我，用它来下命令。但别用它在海狼拉森身上做试验。你可能可以用眼神去控制一头雄狮，但用在他的身上只会成为他嘲弄的对象。他会的——我一向以发现了他的这个特点而自傲。”这时我已看见海狼拉森踏上舵楼甲板向我们走来，立即转换了话题。“编辑们都怕他，出版商对他避之唯恐不及，但是我理解他。当他的《熔炉》一炮打响时，他的天才和我的判断都得到了证明。”

“那是一首发表在报纸上的诗。”她从容地接口道。

“的确是最先见诸报纸的，”我答道，“但这并不代表该诗没经过杂志编辑们的手。”

“我们在讨论哈里斯。”我对海狼解释道。

“啊，是的。”他表示听明白了。“我记得《熔炉》这首诗，充溢着美好的情感和一种对人类幻想无所不能的坚定信念。顺便说一句，范·魏登先生，你最好去看一下伙夫，他一直在不停地抱怨，情绪也焦躁不安。”

我就这样被赶离了舵楼甲板，却发现马格里奇在我给他的吗啡作用下，睡得十分安稳。我并没有急着赶回舵楼甲板，而当我回到那儿时，我满意地看到布鲁丝特小姐正与海狼拉森热烈地交谈着。正如我所说，她听从了我的劝告，结果令人满意。但是她居然在我的请求下去做她明显不喜欢的事情，想到这一点又不禁使我有点震惊，或是有一丝受伤的感觉。

第二十三章

一路顺风顺浪，“幽灵”号很快被吹送进了北部海域的海豹群里。那里紧挨北纬四十四度，是一片多风景的寒湿海域，海风追逐着延绵不断的“雾障”，我们有时接连数天都见不到太阳，也无法观察海面上的情况；有时海风又能将低空的浓雾扫除干净，微澜的海面上波光潋滟，我们就能发现帆船所处的方位。接下来的一天可能是个大晴天，后两三天亦可能如此，然后就又是大雾弥漫的天气，只是雾气比此前更加浓厚。

猎海豹是一件危险的工作。小艇一天天地放下海，被灰褐色的浓雾吞没，了无踪影。直到夜幕降临——常常时间还要靠后——才又像海上幽灵一般，一只只地在浓雾里漂荡归来。温赖特——那个海狼拉森连人带艇偷抢来的猎手——利用浓雾的掩护逃掉了。一天早上他和他的手下在雾障中消失了，从此再也没有见到他们，虽然几天后我们听说他们追逐着每条三桅船打听消息，最终找到了自己的母船。

我本想有样学样，但是苦于找不到机会。驾艇外出不在大副的职责范围之内，虽然我转弯抹角想达到这个目的，但海狼拉森压根儿就不想给我这个特权。只要他松了口，我就能想出办法来带着布鲁丝特小姐溜之大吉。情况变得越来越糟，很快就会发展到我不敢想象的阶段。我本能地回避思考事态发展的最终结果，但它却像幽灵般萦绕在我心中，挥之不去。

我曾读过一些海上历险的浪漫小说，作为老套的故事情节，总有一个孤单的女人周旋在一大群男人之间。以前我没能充分理解作者精心设计此种环节的良苦用心，以及在此种情景中刻画人物的深层含义，现在我已置身这种场景，有了直观的体验，使事态更具戏剧性的是，女主角竟然是莫德·布鲁丝特。现在她本人已经迷住了我，犹如先前她的诗作迷倒了我一样。

就她的气质而言，你就想象不出另一个与周边环境更不协调的人。她是一个犹如天仙般的人物，体态婀娜，如风摆杨柳。她的走动在我看来不算走步，至少不能算一般意义上的走步，步态里有一种极致的轻盈，行动里有一种妙不可言的飘逸，像绒毛的翻飞，如鸟儿的滑翔。

她就像德累斯顿①出产的一件精美细瓷器，其脆弱性——如果我能如此描述的话——是我对她日益加深的印象，那天我扶着她的胳膊下楼梯时就有这种感觉。因此，我在任何时候思想中都保持着一种警觉：一旦受到重压或野蛮摆弄，她就会被粉身碎骨。我从没有见过身体和灵魂如此完美地结合在一起的人，文学评论家用“高尚的”、“神圣的”等词汇描述她的诗作，而其实讲的是“文如其人”。她的肉体和灵魂是合二为一的，具有相似的属性，严丝合缝地组合成一个完整的生命。她是人世中的精灵，而绝少带有尘土的成分。②

① 德累斯顿：德国一城市名，以生产细瓷器闻名。

② ……尘土的成分：此处暗喻上帝用地上的尘土造人的传说，参见《圣经·创世纪》第二章。

她与海狼拉森形成了鲜明的对比：此者所具有的正是他者所缺乏的；他者所具有的正是此者所缺乏的。我有一天清晨注意到他俩在甲板上散步，仿佛看见了人类进化过程中的两个极端样本：一个是粗暴野蛮的登峰；一个是优雅文明的造极。的确，海狼拉森具有超乎于常人的智商，但受其残暴的本能冲动刺激，只会使他变成一个更加可怕的野蛮人。他肌肉强壮发达，身体健壮结实，行走时虽如常人般随心自如，但却毫无步伐沉重之感，显示出似乎常穿行于丛林和荒野之中的习性。他的步姿犹如猫科动物，灵活，坚实，永远踏实有力。我把他比作某种大型猛虎，一种善于扑食的食肉猛兽，这就是对他的真实写照。他眼中时不时显露出的那种尖厉目光，我曾经在困在兽笼中的美洲豹或其他大型食肉动物眼中看到过。

可是今天，当我观察到他们并排在甲板上来回踱步时，却是她主动喊停了这一活动。他俩来到我站立的升降梯端口，虽然她没有任何动作表示，我却意识到她内心异常烦乱。她眼望着我，随意与我闲聊了几句，表情轻松地微笑着；但是我注意到她的目光不由自主地转向了他，仿佛着了魔一般，然后迅速垂了下去，但却不足以掩饰蕴含其中的恐慌表情。

我从海狼拉森的眼中窥见了引起她内心烦乱的原因。那对眼睛平常是灰色的、冷漠的、严厉的，现在呈温暖柔和的金黄色，其中闪动着微小的光点，时而晦暗消失，时而明眸亮眼，整个眼球散发出灼人的光芒，那眼睛的金黄色可能就是由此而来。这对金黄色的眼睛极具诱惑力和控制力，同时给人以引诱感和压迫感，表达着主人渗入血液里的诉求和欲望，那是任何一个女人都不会误解的，更不用说莫德·布鲁丝特了。

她的恐慌表情给予我极大的冲击，在这恐慌的当口——那是一个男人可能经历的最大恐惧——我明白她对我而言是无价之宝。我爱她的意识与此种恐惧感一并向我袭来，猛烈冲击着我的心扉，使我体内冰凉的血液快速流过全身；我觉得自己被一种超乎于身体的外力拽拉着，促使我违背本能的意愿紧盯住海狼拉森的眼睛。但是他已恢复了常态，眼中的金黄色和跳动的光芒已不见踪影，只剩下冷漠的灰色。他匆匆地鞠了一躬，转身离去了。

“我害怕，”她全身哆嗦了一下，轻声说道，“我害怕极了。”

我同样感到害怕，因为觉察到她对我有多么珍贵，我脑子里一片混乱。但我尽量稳住自己的情绪，回答道：

“一切都会好起来的，布鲁丝特小姐。相信我，会好起来的。”

她以一个感激的微笑作为回应，然后走下升降口楼梯。我的心脏又猛烈地跳动起来。

我长久地待在她离开我的地方，不愿离去。考虑到事态变化所带来的意义，我必须及时调整自己的行事方式了。它来了，在我对它最没有期待的时间里，在最残酷的环境中，爱情眷顾了我。当然，在我的人生信条中，爱情的呼唤无可避免，它或迟或早都会现身于生活中，只是多年沉闷的书斋生活使我对它既未留意，也没有做好准备罢了。

可是现在爱神降临了！莫德·布鲁丝特！我的记忆瞬间闪回书桌上那第一本薄薄的小册子，眼前仿佛浮现了我的图书室书架上那一排薄薄的专著。我是怀着多么愉悦的心情迎接着它们的到来啊！出版商每年出版一本，而它每年给我带来新春般的快乐。它们是丰富的智慧和精神结晶，能够在文学艺术领域激发我思想的共鸣，而现在它们已经占据了我的心。

我的心？一种异样的感觉涌上我的心头，我站在他人的角度难以置信地打量着自己。莫德·布鲁丝特！汉弗莱·范·魏登，那个被查利·弗斯特称为“冷血动物”、“无情魔鬼”、“分析狂人”的家伙，竟然坠入情网了！然后没来由的疑虑心理使我回想起一本红色精装本《名人录》中的一条传记性注释，我在心里默念道：“她出生于剑桥，现年二十七岁。”然后心里又想道：“都二十七岁了，还是单身，还没有谈恋爱？”我怎么知道她还没有谈恋爱？至此，对产生恋情的疑虑被嫉妒心的痛苦驱散了。这事已确定无疑了，我嫉妒了，因此我恋爱了。我爱上的女人是莫德·布鲁丝特。

我，汉弗莱·范·魏登，恋爱了！疑虑心理再一次袭扰了我。不过，并不是我惧怕爱情，或是不欢迎它的到来。正相反，作为一个态度最鲜明的理想主义者，在我的人生哲学里，爱情的互赠互惠具有至高无上的位置，它是生命的归宿和最高表现形式，是激情生活中表征幸福和快乐的最曼妙音符，是世界万事万物中最受欢迎、滋润心田的绝佳尤物。如今它降临到我的身上，我却不敢相信。我不可能如此幸运，它太美好，美好得不太真实。此时，我的脑海里浮现出西蒙斯①的诗句：

这么多年来，我都漂泊
在女人的世界里，寻找着你。

而我却停止了寻找。我曾经认为，这世界上最伟大的情感，它不属于我。我以前认为弗斯特对我的评价是对的。我行为乖张，是个“无情魔鬼”，是个怪异的“书虫”，只沉溺于理念上的乐趣。虽然经年累月生活在女人圈里，对女人的欣赏却仅限在美学层面，其他层次皆为空白。实际上我有时也觉得自己是男女情感的域外之人，一个苦行僧般的人物，无缘消受那或长久或短暂的生命激情，而这种激情我是常能在他人身上看到和得到深刻领悟的。可是现在，激情不期而至了！梦想不到，毫无预兆，却来到我的身边。在狂喜的亢奋状态中，我离开在扶梯口的岗位，沿着甲板前行，口中念念有

---

① 西蒙斯：Arthur Symons（1865—1945），英国诗人、文学评论家，支持法国象征派诗人，并将象征主义引入英国，作品有诗集《剪影》《伦敦之夜》和论著《象征主义文学运动》等。

词地背诵着勃朗宁夫人①的美妙诗句：

多年前我曾把幻影当朋友
因为它是风雅温情的伴侣，
曾用它代替过红男绿女
没想到还会有更甜蜜的乐手。

但是更甜蜜的乐手已经在我耳畔奏响乐曲。我已达到对周围环境视而不见的忘我境界，直到海狼拉森刺耳的喊叫声惊醒了我。

“你究竟想干什么呀？”他大声责问我。

我已经误入了水手们正在刷甲板油漆的领域，醒悟过来时前脚差一点就踢翻了一只油漆桶。

“你是在梦游，还是中暑了……你到底是怎么了？”他吼叫道。

“都不是，是消化不良。”我反唇相讥道，然后又继续散步，就像什么事情都没有发生过一样。

---

① 勃朗宁夫人：Elizabeth B. Browning（1806—1861），英国女诗人，诗人罗伯特·勃朗宁的夫人，婚后移居意大利，支持佛罗伦萨独立运动，代表作有《孩子们的哭声》、爱情诗《葡萄牙十四行诗集》等。

第二十四章

我整个人生中以及最生动的系列事件，都发生于我在“幽灵”号上意识到自己爱上了莫德·布鲁丝特之后的四十小时里。在此之前，我的生活环境平静安稳，到三十五岁的年龄却卷入到一场我难以想象的荒唐冒险中。这四十小时内发生的意外事件和刺激是以前我从未经历过的。此刻仿佛有人在我身边窃窃私语道：考虑到发生的种种不利因素，你干得不错。这话我爱听。

先从那一天的午餐说起。吃饭时，海狼拉森向猎手们宣布：从此以后他们必须到水手舱去进餐。这种事在猎海豹的三桅船上是没有先例可循的，根据惯例，猎手享有非在职管理人员的待遇。海狼拉森没有说明这么说的理由，但动机却十分明显。霍纳和“黑人”都对莫德·布鲁丝特献过殷勤，这种事情本身十分滑稽，但对她而言无伤大雅，可是显然海狼拉森觉得倒了胃口。

决定一经宣布，餐桌上鸦雀无声，只有其他的四个猎手意味深长地瞥了那两个导致他们被驱逐的“祸首”几眼。一向沉默寡言的乔克·霍纳毫无反应，“黑人”的脸色却阴沉了下来，热血涌上了额头。他刚要开口说话，海狼还瞪着眼在那儿等着，目光犀利。“黑人”一句话没说，闭上了嘴。

“你有话要说吗？”海狼拉森咄咄逼人地问道。

这显然是在挑战，但是“黑人”却拒绝应战。

“关于哪一方面的？”他明知故问，噎得海狼拉森说不出话来，其他的人都笑了。

“啊，说什么。”海狼拉森敷衍道，“我以为你要反对呢。”

“黑人”的几个哥们都咧开嘴笑了。他的船长气得恨不得杀了他。要不是莫德·布鲁丝特在座，我担心现场又要“见红”了。实际上，正是因为她的在座壮了“黑人”的胆。他平时十分谨小慎微，是不敢在海狼情愿动手不动口的时刻惹他上火的。我正担心场面会失控，这时上面掌舵的水手忽然大声呼喊起来，从而消除了一场风波。

“嗨，有冒烟！”呼喊声从打开的升降口传下来。

“在哪个方位？”海狼对着上面大声呼应道。

“在船的正后方，先生。”

“说不定是俄国人。”拉蒂默猜测道。

听他这么一说，猎手们都显露出焦虑的神色。如果是俄国人，那就意味着只有一种可能——是巡逻艇。猎手们虽然只是大体上知道帆船的具体位置，心里却都明白已经接近禁捕区了。而海狼拉森又以惯于偷捕而恶名昭著，所有的目光都聚焦在他的身上。

“我们是非常安全的，”他笑着向他们保证，“这次不会被送到盐矿上去做苦力的，‘黑人’。可是我想告诉你们的是：我愿意以五比一的赌注与你们打赌，那条船是‘马其顿’号。”

没有人接受他下的赌注，他继续说：“要真是那条船的话，我还要以十比一的赌注赌会出现麻烦。”

“我不赌，谢谢。”拉蒂默说道，“输点钱我倒是不在乎，但是我想自己下注。你跟你那老兄只要一碰面就没有不出事的，对于这一点我愿意以二十比一的赌注下注。”

大家都笑了，海狼拉森也笑了出来。午餐顺当地吃了下去，但主要是出于我的自我克制，因为在接下来的时间里他刻意与我过不去，嘲弄我，摆他的臭架子，直到我为了抑制心中的恼怒而浑身发抖。但是我思路清楚，为了莫德·布鲁丝特，我必须控制住自己的脾气。我的努力得到了补偿，当她的目光与我的目光短暂相遇时，那目光仿佛是她本人在告诉我："要有勇气，请鼓起勇气。"

我们离开餐桌，都上了甲板。在海上漂浮的单调沉闷生活中，能碰上一条蒸汽船，可算作是一种受人欢迎的调剂，尤其令人兴奋不已的是，大伙都相信来者是死亡拉森和他的"马其顿"号。头天下午掀起的大风大浪经过今天整个上午也渐趋平静，因此现在可以从船上放下小艇，用整个下午的时间去猎取海豹了。这次出猎是有收获保证的，我们从天亮起就航行在没有海豹的海面上，现在已追上了海豹群。

当我们放下小艇时，那冒着的烟柱落在我们的船后有好几英里，但正在追赶上来。小艇散开，往北方的洋面上行驶。我们不时地看见有帆落下，响起一排枪声，随后风帆又扯了上去。海豹大量聚积在一起，风又逐渐平息，一切都预示着今天有个好收成。当帆船顶风行驶，到达最后一只背风艇后的背风位置时，我们发现海面上密密麻麻的到处都是躺着的海豹，比我所见过的任何一次都多。它们或是三三两两，或是抱团聚集在一起，舒展着身子不管不顾地酣睡在海面上，怎么看都像是懒洋洋的狗崽。

随着那股浓烟的逐渐逼近，蒸汽船的船身和上甲板轮廓愈来愈明晰了，它在帆船右舷后不到一英里处前行着。是"马其顿"号，我用望远镜瞧见了船名。海狼拉森用凶狠的目光注视着那条船，而莫德·布鲁丝特却感到好奇。

"你那么肯定的麻烦会出在哪儿呀，拉森船长？"她轻松地问道。

他瞟了她一眼，觉得她提的问题很有趣，脸色不由得柔和下来。

"你期待什么麻烦？是他们跳上船来割断我们的喉咙吗？"

“诸如之类的事吧。”她坦白道，“你也知道。海豹猎手对我来说是一群毫不了解的陌生人，他们做出什么样的事来我都不会感到奇怪。”

他点了一下头。“说得对，对极了。但你的错误是没有想到最糟的结果。”

“什么呀，还有比割断我们喉咙更糟的结果?”她带着颇为天真的讶异问道。

“割断我们的钱包呀。”他答道，“如今这世道，人的生存能力取决于他充实自己钱包的能力。”

“偷我钱者，偷到垃圾。”她引用这句俗语反驳他。

“偷我钱者，偷到我的生存权。”他这样回答，“你那句老话把意思说反了。因为他偷去了我的面包、肉食和床，也就危及了我的生命。你应该明白，这世上没有那么多地方可供你去排队免费领取稀粥和粗面包的。人的钱包一旦空了，通常就得去死，而且死得很惨——除非他们能很快将钱包重新塞满。”

“但是我看不出这条轮船在打你钱包的主意呀。”

“等着吧，你会看见的。”他阴沉着脸说道。

用不着等多长时间我们就看见了。“马其顿”号在超过了我们小艇的分布线数英里后，便开始向海里放自己的小艇。我们只有五只小艇（温赖特逃走之后少了一只)，而那条船上却带了十四只小艇。他们在我们最后一只小艇的背风面较远处开始放下小艇，又一路斜插到我们航道的前方陆续放下小艇，放完时他们的艇已经处于我们第一只向风艇的前方远端。我们的狩猎场被分割了，艇的后方已没有海豹，而前方却有那十四只小艇呈一字线排开，像一把大扫帚般将海豹群赶尽杀绝。

我们的小艇现在只能在“马其顿”号放下小艇分割剩下的那两三公里长的有限范围内，继续捕获海豹，不久就收工回母船了。风势已减弱为微风，海面愈加平静，再加上碰到如此密集的海豹群，真是一个十分难得的狩猎日子。就是放在十分幸运的狩猎季节，这样的日子顶多就会碰上两三天。一群人从我们身边一拥而过，其中有猎手、桨手、舵手，每个人都觉得自己被劫了财。小艇在咒骂声中陆续被吊上船，如果诅咒真有作用的话，死亡拉森就该万劫不复了。“不得好死，该下地狱，永世不得翻身。”路易斯恨恨地骂道，望着我的双眼冒着愤怒的火花。他刚拽完吊起小艇的绳索，正在休息。

“你们仔细听一下他们的话，看能否找到他们灵魂里最看重的东西。”海狼拉森说，“那东西是信仰还是爱情？是崇高的理想？是善？是美？还是真？”

“他们内在的权利感受到了冒犯。”莫德·布鲁丝特加入了讨论。

她站在十一二英尺开外，一只手扶住主侧支索，身子随着船身的摆动而轻微摇晃着。她没有提高嗓门，可那银铃般的音调却打动了我。啊，这声音听上去多么悦耳！这时我几乎不敢看她，怕暴露了自己的感情。她头上戴着一顶通常小男孩戴的小帽，浅褐色的秀发梳得蓬松松、毛茸茸的，衬着她椭圆形的精致脸蛋，在阳光的映照下，仿佛笼罩着一圈光环。她着实迷人，即使不能称为圣洁，也是一个甜美优雅的可人儿。看到眼前生命如此精致的化身，我昔日对生命的赞叹又重归心中，感到海狼对生命和存在意义的冰冷诠释确实荒谬可笑。

“那你就是一个感伤主义者，”他嘲笑道，“与汉弗莱·范·魏登先生属同一品种。这些人破口大骂只是因为他们的欲望被别人窒息了，仅此而已。什么欲望呢？拿上大笔的工资，到岸上去吃香的，喝辣的，睡软的，说穿了就是女人和烈酒。为了满足自己的口欲和性欲，这是真实的说法；如果你愿意，你当然可以换一种冠冕堂皇的说法：为了实现自己的抱负，追求自己的理想。他们展示出来的感情并不触动人，却表现出他们的内心受到了多么大的触动，他们的钱包受到了多么大的触动，因为触动他们的钱包就等于触动他们的灵魂。”

“你现在的行动倒不像是有人触动了你的钱包的样子。”她笑着说。

“我的行动之所以与他们不同，是因为我的钱包和灵魂同时被触动了。根据伦敦皮毛市场的现价行情，按照对今天下午可能满载而归的海豹毛皮的公平估价，‘马其顿’号的打劫使‘幽灵号’损失了大约价值一千五百美元的毛皮。”

“你说起来倒是显得挺平静……”她又开始说。

“可是我心里并不平静，我恨不得杀死那个抢劫我的人。”他打断她的话，“的确，不错，我知道，那个人是我哥哥——更令人伤感吧！呸!”

他的脸色忽然有所改变，语音不再那么尖刻，态度也显得真诚起来，他说道：

“你们这些感伤主义者，你们一定是幸福的，在幻想和发现事物的美好时有现实和真实的幸福感。你们在某些事物中发现了善，就认为自己也是善良的。现在请你们两人告诉我，你们认为我是善良的吗?”

“你貌似善良——从某种角度看。”我形容他道。

“你具有向善的内在潜力。”莫德·布鲁丝特如此回答。

“又来这一套!”他有些生气了，对她喊叫道，“在我看来你说的都是些空话，意思表达得不清晰、不确切、不鲜明，让人摸不着头脑。实际上，它表达的不是一种思想，而是一种感觉，一种情绪，是一种虚幻的东西，完全不是理性的产物。”

他说下去时音调变得柔和了，有一丝诉说心里话的感觉。“你们可知道，我有时也希望自己看不见现实生活，只沉溺于幻想和错觉。当然，这种想法是错误的，这些幻想和错觉是错误的，是与理智背道而驰的。可是从表相上，我的理智告诉我，错误归错误，沉溺在幻想中，生活在错觉里，会感觉快乐一些。毕竟，快乐是对生活的补偿，没有快乐，生活就是毫无价值的行为。为了生活而劳作，却得不到补偿，那比死掉还难受。最快乐的人生意味着最完整的人生。就我对生活现实的感受而言，你们的梦想和幻觉肯定会使你们少一些烦恼，多一些满足感。”

他缓慢地摇着头，陷入了沉思。

“我常常怀疑，经常怀疑理性的价值。梦想一定更具价值，更能满足人们的欲望。感性的快乐一定会比理性的快乐使人满足，更持久。而且，你们还得为这种理性快乐付出代价，那就是容易忧郁。感性的欢乐容易导致人体感官的迟钝麻木，但能迅速恢复过来。我羡慕你们，真的羡慕你们。”

他的话突然打住了，双唇微动浮现出颇具其特征的神秘微笑，然后继续说下去：

“但是，请注意，我是在脑子里羡慕你们，而不是发自内心，是理智的支配。羡慕是理智的产物。我像是个清醒人望着醉汉，因为太厌倦，所以希望自己也变得醉醺醺的。”

“或者说是一个聪明人瞧着傻瓜，希望自己也变成傻瓜。”我哈哈大笑着说道。

“说得对极了。”他说，“你俩是一对无可救药、一文不名的傻瓜蛋，钱包里没什么贵重的玩意儿。”

“但我们和你一样可以大手笔地花费。”莫德·布鲁丝特阐明了她的看法。

“手笔更大，因为你们花费的东西不值钱。”

“我们的信用是永恒。”她反驳道。

“你们的信用是永恒，或自认为是永恒，结果都一样。你们花费的都不是自己赚来的，而且反过来，在花费的过程中你们赚取了更大的价值，比我付出代价所获得的东西要多，而我付出的代价是用血汗赚来的。”

“那你为什么不从根本上改变你的货币体系呢？”她揶揄他道。

他快速盯了她一眼，似乎觉察到一丝希望，然后十分懊恼地说："已经太晚了。我可能希望如此，可是做不到。我的钱包里塞的都是一些旧货币，不是轻易能够扔掉的。再说，我也很难使自己相信别的货币也能流通。"

他停止了发感慨，目光漫不经心地越过她，望着平静的海面出神。那种古老的原始忧伤又一次击中了他，他的身体微微颤动着。他将自己推理进忧郁状态，可以预料在数小时之内潜藏在他身上的恶魔便会现身、活跃起来。我想起了查利·弗斯特，明白这个人所感受的忧伤，其实是实利主义者替自己所信奉的实利主义而受到的惩罚。

第二十五章

“你刚去过甲板，范·魏登先生，”海狼拉森对我说，这是在第二天早上，我们正坐在早餐桌旁，“天气怎么样?”

“十分晴朗。”我答道，瞅了一眼从敞开的升降梯端口射入的一缕阳光。“有微弱的西风，要是路易斯估计得不错的话，风力可能会加强。”

他满意地点了点头，“有起雾的迹象吗?”

“北方和西北方都有浓厚的雾障。”

他又点了点头，神色比刚才更为满意。

“‘马其顿’号处于什么位置?”

“没瞧见。”我回答。

我可以发誓，他一听到这个消息脸色立刻阴沉下来。可是他为何如此失望，我不清楚。

刚过一会儿，我就知道答案了。“嗨，有冒烟!”甲板上传来一阵呼喊声，海狼拉森的脸色立刻开朗起来。

“好极了!”他高声叫道，随即离开餐桌，通过甲板进了水手舱，猎手们正挤在那儿吃被“驱逐”出来之后的第一顿早餐。

莫德·布鲁丝特和我几乎没怎么动面前的食物，只是焦急地默默对视着，同时仔细聆听海狼拉森的声音。那声音可以轻易地透过舱壁传过来。他讲了很长一段话，讲完后得到了狂热的呼应。舱壁有点厚实，听不清他讲话的具体内容，可是不论他说了些什么，那话在猎手们中间产生了强烈的共鸣，因为除了欢呼声，接下来还有呐喊声和吼叫声。

我从甲板上传来的声响可以判断出来，水手们已被指使去放小艇了。莫德·布鲁丝特陪我一起登上甲板，但是我把她单独留在了舵楼的甲板隔断处，她在那里可以观察事态的进展，又不至于会被卷入其中。无论制定出了什么计划，水手们一定是掌握了其要领，他们干起活来的冲动和利落程度就证明了他们情绪的高涨。猎手们拿着猎枪和弹药箱，鱼贯地来到甲板上，可异乎寻常的是，还携带着步枪。步枪是很少被带上小艇的，因为海豹被步枪远距离射死之后，在小艇赶到之前会无一例外地沉下海去。但是今天每个猎手都带上了步枪和大量的子弹。我注意到他们一瞧见“马其顿”号冒出的烟柱就得意地咧嘴笑着，那烟柱随着船从西边靠近而逐渐升高了。

五只小艇被匆忙放进海中，呈扇形散开，往北方驶去。像头天下午一样，帆船在后面尾随着。我好奇地观察了一段时间，但发现他们的行为并没有什么异乎寻常之处。他们降帆，开枪射杀海豹，又升起帆继续前行，与我以前见到的情形毫无二致。“马其顿”号重复着昨天霸占海面的做法：在我们的前方横穿航线，沿途呈线形放下小艇，而十四只小艇若想展开来尽兴捕获，需要很大的一片海面。等它将我们的捕猎线完全截断后，“马其顿”号又冒着烟往东北方向驶去，一路上还在往海里放更多的小艇。

“接下来会出什么事？”我再也抑制不住自己的好奇心，问海狼拉森。

“先别管会出什么事，”他声音沙哑地说道，“你不会等太长时间就能明白的。现在你就为风能再刮大一点祈祷吧。”

过了一会儿他对我说："不过，我也不在乎现在就告诉你实情。我要请我那位亲哥哥尝一下自己酿的苦酒。简单来说，我也要当霸主，但不是霸占一天，而是要霸占整个季节——如果我们运气好的话。"

"要是运气不好呢？"我问道。

"没考虑过这个问题。"他笑了，"我们的运气必须好，否则就完蛋了。"

他那时正掌着舵，我便去到水手舱的"病房"里。那儿躺着两个伤员：尼尔森和马格里奇。尼尔森呈现出一副可以预料的快活模样，因为他那被撞断的腿愈合得很好；但是伦敦佬的情绪却极度沮丧，令我对这个可怜的家伙产生了深切的同情心。令人啧啧称奇的是他竟然活了下来，并且表现出强烈的求生欲望，经年的残酷生活将他瘦弱的身体折磨得失去了人形，但是他体内的生命之火还不时迸发出明亮的火星。

"只要装上假肢——现在的假肢做得好极了——你还是可以在厨房里咚咚地走到生命的最后一刻的。"我强作快活地向他保证道。

可是他回答时态度很认真，不，甚至称得上庄重。"我不知道你说的是什么，范·魏登先生，但是有一点我是知道的，那就是我没有见到那个该进地狱的狗杂种死掉是不会快活的。他不会比我活得长久，他没有权利活着。有条神谕说得好：'他必须死。'我会说：'阿门，让他马上死掉吧，他妈的。'"

我回到甲板上时发现海狼拉森只用一只手掌舵，另一只手拿着望远镜正观察着海上小艇的分布状况，而且特别关注"马其顿"号所处的位置。我们小艇布阵的唯一变化是紧贴着风向北偏西几个方位行驶。我仍然难以理解这种布阵的奇妙之处，因为缓冲海面仍然被"马其顿"号上的五只小艇截断，而且它们也在贴风行驶。然后，那五只小艇向西转了过去，这样，离它们其他连成一线的小艇的距离愈加远了。而我方的小艇除了用帆，还用桨来加快行驶的速度，就连猎手也操起了桨，每只艇有三对桨在海水里划着，他们很快就追上了我所适切称谓的敌手。

“马其顿”号的烟柱缩成了东北方向海际线上的一个模糊小点，船身已经看不见了。到目前为止，我们的船一直处于漂泊状态，有近一半时间我们摆动风帆以减小风的压力，还有两次短时间里顶风停过船。但此时已没有必要漂泊了，我们将风帆扯得满满的，海狼拉森让“幽灵”号全速前进。我们驶过了自己的一排小艇，然后向对方那排小艇的首只向风艇赶了上去。

“收起飞三角帆，范·魏登先生，”海狼拉森命令道，“准备好调艄三角帆。”

我急忙跑上前去，将飞三角帆降下系牢。帆船从那只小艇背风面一百英尺划过，小艇内的三个人用狐疑的目光盯着我们。他们在海上横行霸道，也认识海狼拉森，至少听说过他的大名。我注意到那个猎手，一个大块头的斯堪的纳维亚人，坐在船头，为了随时使用将步枪横搁在膝盖上，那枪出于安全的考虑是应该架在枪架上的。当帆船的船尾对准小艇的艇首时，海狼拉森挥舞着一只手对他们招呼道：

“上船来‘会谈’一下吧。”

“会谈”是猎海豹船之间的行话，有“到访”、“闲聊”的意思，说明水手喜欢凑在一起海阔天空地吹一通牛皮，那是对海上单调沉闷生活的一种调剂。

“幽灵”号转过船身抵着风，我在船前部完成了指定操作，又跑到船后部主帆帆脚索去搭把手。

“布鲁丝特小姐，请你留在甲板上。”海狼拉森正准备去会见客人，他说道：“你也一样，范·魏登先生。”

小艇已经落下帆，与帆船并排而行了。那个猎手蓄着金黄色的络腮胡子，一副海盗王的模样，翻过栏杆落到帆船甲板上。他虽然身材魁梧，却无助于克服内心的恐惧，脸上明显露出疑虑和不信任的表情。虽然他脸部胡须浓密，面部表情却清晰可见，他瞟了我和海狼拉森一眼，注意到我方只有两个男人，又转头瞥了一眼跟在他身后的两个同伴，脸上立刻显露出放心的表情。显然，他没有任何感到害怕的理由。他一准有六英尺八英寸或九英寸高，与海狼拉森的身材相比，他就是巨人歌利亚①。后来我知道他的体重有二百四十磅，全身几乎没有脂肪，净是骨骼和肌肉。

他来到升降口扶梯旁，海狼拉森请他下舱时，他的态度又迟疑不定了。他又瞥了一眼主人，重拾信心。海狼拉森虽也称得上身材高大，但与他相比显然是小巫见大巫，所以一切疑虑都烟消云散。两人结伴下到了舱房。这时他的两个同伴也按照水手做客的习惯，去水手舱找人聊天去了。

突然间，从舱房里传出一声被压抑的沉闷吼叫声，接着是殊死搏斗的各种声响。这是一场美洲豹与狮子的以命相搏，狮子在大吼大叫，而海狼拉森是那只美洲豹。

“你看出这种好客之道的奉献涵义了吧？”我不无讽刺地对莫德·布鲁丝特说道。

她点头表示听见了我的话。我看到她脸上呈现出看到或听到暴力场面的厌恶表情，而我在“幽灵”号上的前几周也受过同样的折磨。

“你是否到船的前部去会好受一些，比如到水手舱升降口旁待一会儿，等他们打完后再过来？”我建议道。

她摇摇头，可怜巴巴地望着我。她不是单纯的害怕，而是被人的兽性惊骇住了。

“你应该理解，”我不失时机地说下去，“从此以后，无论发生什么情况，产生什么后果，我参与其中都是被逼无奈的——如果你和

① 歌利亚：基督教《圣经·旧约》的《撒母耳记上》中记载的非利士族巨人，为大卫所杀。

我还想活着逃离这条船的话。”

“有些事很难堪的，对于我来说。”我补充道。

“我能够理解。”她弱声说道，声音轻得仿佛是从远处飘忽而来的，而她的眼神也告诉我，她确实理解了。

下舱房的搏斗声迅速结束了，海狼拉森独自一人登上了甲板。除了古铜色的脸庞上泛着些许红晕，身上再无与人搏斗的痕迹。

“将那两个人叫到后面来，范·魏登先生。”他命令道。

我照办了。一两分钟后那两人站在了他的面前。

“把你们的小艇拉上来。”见那两人犹豫着不肯照办，海狼拉森又重复说了一遍，语气也严厉起来。

当两人磨蹭着去干那活时，海狼却又语气柔和地对他们说起话来，但不乏柔中带刚的味道。“说不定你们会跟我待上很长一段时间的，谁说得准呢？所以说开始时相互谅解很重要。好了，手脚麻利些！在死亡拉森手下，你们蹦跳得可比这快多了，这你们自己心里明白！”

经过他的这一番“开导”，两人的动作明显加快了许多。小艇拉上来后，我又被指使去升起了艏三角帆，海狼拉森亲自掌舵将“幽灵”号径直向“马其顿”号的下一只向风小艇开去。

在追赶的路上，我无事可做，就观察起小艇在海面上的状况。“马其顿”号的第三只向风艇正受到我方两只小艇的攻击，第四只小艇也受到我方剩余三只小艇的攻击。第五只小艇调过头来，想护卫离它最近的同伴艇，战斗便在远距离间打响了，密集的枪声不断传来。此时海风正掀起汹涌的波涛，难以瞄准射击，我们越行离战场越近，不时可见子弹吱、吱地射进一个个浪头。

我们追逐的那只小艇顺风扬帆，想借风势溜走，并在此过程中参与了对围攻艇的抗击。

这时我正忙着操纵索具和系帆索，没有功夫观察海面上的胶着状态，但是我碰巧在船尾看见海狼拉森命令那两个新水手往前走，下到水手舱去。两个人一脸的不情愿，但还是服从了命令。然后他又命令布鲁丝特小姐到下边去，她眼中立刻闪出惊恐的神色，海狼拉森抚慰性地微笑了一下。

“下面没有什么骇人的怪物，”他说，“只有一个没有受到伤害的人，被牢实地系在带环螺栓上。流弹随时都有可能打到船上来，你明白，我可不愿意你被人打死。”

他正说着，一颗流弹已经打在他两手指间的舵轮铜质辐条上，“嗖”地一声迎风弹到了半空中。

“看到了吧。”他对她说道，然后又转身面对着我说：“范·魏登先生，你来掌一会舵好吗？”

莫德·布鲁丝特已经踏入升降口扶梯，只将头露出在甲板上。海狼拉森拿起一支步枪，往枪膛里压进一颗子弹。我递眼色求她下舱，但是她微笑着说道：

“我们可能是陆地上的软体动物，没有腿，但是我们可以做给拉森船长看：我们至少和他一样勇敢。”

他投给了她赞许的一瞥。

“我百分之百地喜欢上了你，甚至还不止。”他说，“书本，头脑和勇气，你倒是一样都没落下，一个女才子正配做海盗首领的夫人。呃，这个我们以后再谈吧。”他笑了，这时一颗飞弹不偏不倚地射进了舱壁里。

这时我看见他眼中泛出了金色的流光，而她的眼中却逐渐显露出恐惧的神色。

“我们更勇敢，”我急忙插话道，“至少，就我而言，我知道我自己比拉森船长更加勇敢。”

现在是我有幸被他瞥了一眼，他在想我说这话是不是在嘲弄他。这时，一阵风将“幽灵”号吹离了航线，我倒打三四把舵轮，将其扳正并稳定下来。海狼拉森还在等着我对刚才那句话的解释，于是我用手指了一下我的双膝。

"你看见了吧，"我说，"它们在微微发抖。这是因为我害怕，我的肉体在害怕。我的心也害怕，因为我不愿意死，但是我的精神控制了发抖的肉体和恐惧的心理。我比勇敢还高一个等级，我有种！你的肉体并不感到害怕，你不恐惧。从一方面讲，危险对你来说根本就不算什么事；从另外一个方面讲，危险甚至给你带来了乐趣，你乐在其中。你可能只是不感到害怕，拉森先生，可是你必须承认，勇敢的那个人是我。"

"你说得对。"他立即赞同了我的说法。"我以前从来没有这么想过。但是，反推是否也成立呢？既然你比我勇敢，我是不是就比你更胆小呢？"

这个荒谬的推论使我俩哈哈大笑起来。他下到甲板，将步枪架在栏杆上。刚才射到船上的子弹大约飞行了一英里，可现在我们与小艇之间的距离已缩短了一半。他仔细瞄准射了三枪，第一颗子弹打到小艇上风五十英尺处，第二颗子弹打到了小艇旁边，第三颗子弹飞出去，只见舵手撒开了舵，身子倒在了小艇底部。

"我想这一枪解决了问题。"海狼站起身来说道，"我不能打猎手，而桨手很可能不会操舵。这样一来，猎手就无法同时掌舵和开枪了。"

他的推理没错，因为小艇立即迎风冲了上去，猎手急忙蹦到后部去掌舵。射击停下来了，虽然还有清脆的步枪射击声从别的小艇处传来。

那个猎手努力让小艇再次顺风行驶，但是帆船已对准它冲了过来，速度至少比它快一倍。在一百码处，我看见桨手将步枪递给了猎手。海狼拉森赶到船的中部，从系索栓上取下喉头升降索绳盘圈，然后在栏杆上搁好枪，瞄住他们。我看见猎手两次丢下舵，想去取枪，但却犹豫不决。帆船已经与小艇并排了，并浪花飞溅地正赶超过去。

"喂，喊你呢！"海狼拉森对着桨手突然大声叫道，"将绳索系上！”

喊着他已将索绳盘圈扔出，扔了个正着，几乎将桨手打翻到海里。可是桨手并没有顺从的意思，而是望着猎手，等待他的命令。猎手却陷入了窘境。他的枪夹在膝盖中间，要是放掉舵去取枪射击，小艇就会掉头撞在三桅船上。再说，他也看见海狼拉森手中的枪正瞄准着他，知道不等他举起枪，海狼拉森就会一枪结果了他。

“系上它吧。”猎手对桨手平静地说。

桨手服从命令，将绳索缠绕在小艇的前横坐板上，待其拉紧后放开了绳索。小艇猛然间蹿了出去，猎手掌舵稳住小艇，让它间隔二十英尺与“幽灵”号并行着。

“现在收起帆，将小艇靠过来！”海狼拉森继续下着命令。

他枪不离手，即使抛索绳盘圈时也只用了一只手。当小艇头、尾部都系紧之后，两个没有受伤的人准备登船，猎手拿起步枪，好像想将它放置在一个固定的位置。

“把枪放下！”海狼拉森大声吼道。那猎手慌忙将枪撂下，仿佛那是一件发烫的物品，烫伤了他的手。

两个战俘上了船，把小艇吊了上来，然后按照海狼拉森的指示，抬着受伤的舵手下到水手舱里去了。

“如果我们的五只小艇干得都像你和我这么顺手，我们就有足够多的船员了。”海狼拉森对我说。

“被你打中的那个人……他不会……我希望？”莫德·布鲁丝特全身发抖地问道。

“打中了肩膀。”他答道。“不是什么严重的伤，范·魏登先生会照看他的，要不了三四个星期就会复原了。”

“但是，看样子那几个人他恐怕是治不好了。”他补充说，用手指着“马其顿”号上的第三只小艇。我正驾着帆船朝它驶去，现在已经差不多和它平齐了。“这是霍纳和‘黑人’干的活。我告诉过他们要大活人，不要尸体。但是开枪时总想命中目标，而一击毙命的快乐又很诱惑人，等你学会了射击就知道了。你经历过这样的场面吗，范·魏登先生？”

我看着他俩干的活摇了摇头，现场确实血腥。他俩已转移战场，参加我方另外三只小艇去围攻敌方剩下的两只小艇。扔下的这只小艇没人管，如醉汉般在波涛里东摇西晃着，松弛掉的撑杆帆与艇身拉成了直角，在风里摆动着，叭叭地响。猎手和舵手身体僵硬地趴在舱底，而舵手却趴在艇舷上沿，身体半截在艇里，半截在艇外，两条胳膊泡在海水里，脑袋摇来晃去。

“不要看，布鲁丝特小姐，请不要看。”我预先恳求过她。使我高兴的是，她听从了我的劝告，没去看这触目惊心的场面。

“直接开到小艇群中去，范·魏登先生。”海狼拉森又下了命令。

帆船靠近他们时，枪声已经停止，看来战斗已经结束了。那剩下的两只小艇也被我们的五只小艇捕获，等着我们将它们吊上船来。

“看那边！”我不自觉地大声惊叫起来，同时用手指着东北方向。

那黑烟又冒了出来，指明了“马其顿”号现在所处的方位。

“没错，我一直留意着它。”海狼拉森镇定自若地答道。他估计了一下与雾障之间的距离，接着体验了一下风吹到脸上的力度。“我想我们能赶到。不过你可以相信，我的那位仁兄已经识破了我们的小计谋，正在向我们反扑过来。啊，快看！”

烟柱忽然变粗了，颜色也非常黑。

“但是我会打败你的，我的哥。”他咯咯地笑着说，“我会打败你的，我只希望不要把你那老旧引擎拖垮成一堆破铜烂铁。”

帆船顶风停住，海面上陷入一片有秩序的忙乱之中。小艇从各个方向往船体靠拢，俘虏一越过栏杆，就被我们的猎手押去了水手舱。接着我们的水手又往船上起吊小艇，将它们横七竖八地随意搁在甲板上，也不固定妥当。当最后一只小艇吊离海面，还在索具上晃荡时，船体已经开始移动了。我们升起了所有的帆，松开了帆脚索，准备兜住正横向的风。

我们必须加快速度，“马其顿”号的烟囱正喷着漆黑的浓烟从东北方向向我们扑来，它不顾剩下的小艇，改变了航向，朝我们的前方插行。它并没有直接追赶我们，而是向前斜行，双方的航线就像一个角的两条边，逐渐聚合，而角的顶点就在雾障的边缘处。“马其顿”号只有先到达此处，才能截获帆船；而“幽灵”号的生存之道则在先于“马其顿”号通过那一顶点。

海狼拉森亲自掌舵。他两眼炯炯有神，密切关注着追逐过程中的每一个细小环节，一个都不肯放过。他时而观察着海面上的风，看是否有减弱或加强的迹象；时而关注着“马其顿”号的具体动向。他的目光扫过每一张帆，发出具体命令，将这根帆脚索放松一点，将那根帆脚索收紧一点，直到他把“幽灵”号潜在的航速都释放出来。我眼望着长期受到他欺凌的人们身手敏捷地执行着他的命令，将新仇旧恨抛到九霄云外，不禁感到惊奇万分。说来奇怪，在帆船上下颠簸前行时，我忽然想起了遭遇不幸的约翰逊，很遗憾他没活在当下。他是如此地热爱“幽灵”号，为它的航行能力感到无比自豪。

“小伙子们，端起你们的步枪。”海狼拉森冲猎手们叫道。五位猎手端起步枪，在背风面的栏杆旁一字排开待命。

“马其顿”号现在距离我们只有一英里了。它的烟囱冒着直柱般的黑烟，近乎疯狂地疾驶着，时速达到十七海里。“朝天呼叫，犁过海涛。”海狼拉森眼望着“马其顿”号，口中吟出了这句诗。帆船的时速超不过九海里，好在离雾障已经很近。

“马其顿”号的甲板上喷出了一道烟雾，我们听见了一声沉闷的巨响，紧接着帆船上绷紧的主帆上出现了一个圆洞。以前有过传闻，说是“马其顿”号上装了一门加农炮，现在他们正用那门炮在攻击我们。我们的人都聚集在帆船的中部，向他们挥舞着手中的帽子，嘲笑他们放了冲天炮。紧接着“马其顿”号上又腾起一道烟雾，又是一声巨响，这一次炮弹打到了距离船尾二十英尺处，弹头还在浪尖上迎风蹿了两下才落进海水里。

但“马其顿”号上并没有传来步枪射击的声音，因为船上的所有猎手不是落在了小艇上，就是做了我们的俘虏。两条船之间的距离只剩半英里时，第三发炮弹又在我们的主帆上打出了一个洞，然后我们的帆船就钻进了雾障里，浓密潮湿的雾气遮天蔽日地将我们包裹、隐蔽起来。

这忽然间的变化令人感到有些措手不及。前一刻帆船还在起伏前行，我们的头顶上是明朗清澈的天空，脚下是波浪起伏、一望无垠的大海，还有一条蒸汽船喷射着火光、烟雾和铁蛋向我们呼啸而来；可是转瞬之间，仿佛是纵身一跃，太阳被屏蔽了，天空悄然逝去，就连帆船的桅杆顶也难觅踪影，人们的视觉感受犹如透过泪眼看景物一样模糊不清。灰色的雾气犹如毛毛细雨般弥漫在四周，我们衣服上的每一根纤维，头上、脸上的每一根毛发，都沾上了如珍珠般晶莹的微粒水珠。左右支索被雾水浸湿透了，从我们头顶的船帆索具上垂了下来；帆底横桁的底部聚集的水珠连成了一长条一长条抖动着的横线，随着帆船的晃动，如人造阵雨般地洒落在甲板上。此刻的我产生了一种受压抑、快窒息的感觉。三桅船破浪前行的声响被雾障挡回我们的耳边，其情形犹如我们面临的思维困境。我们的思索被束缚于这个浓雾缭绕的方寸之地，自绝于外部世界，而这个外部世界，亦即整个宇宙本身，其边缘离我们如此之近，以至于我们情不自禁地想伸出双手将它们推回身边。但这是不可能的，灰色雾障之外空无一物，它只存在于梦境中，是对梦境的一种追忆。

离奇，这真是一种离奇的景象。我看了莫德·布鲁丝特一眼，明白她也有如此的感受。我又望了海狼拉森一眼，他脸上没有任何反映内心意识的痕迹，他目前唯一关心的是事态的发展进程。我觉得他是在脑子里计算着时间，精确到以分钟为单位得出“幽灵”号在风浪中前行与阻滞间的相对航行速度。

“紧贴下风行进，别发出任何声音。”他悄声对我说道，“先把中桅帆托上去，再把人手都派到帆脚索处去。别把滑车弄得嘎吱响，都别说话。不要出声，明白吗？不要出声。"

待一切安排到位，口口相传的命令到达我这里："紧贴下风"，"幽灵"号左舷抢风倾侧前行，几乎没有发出什么声响，偶尔发出的一点声音——缩帆索的"啪啦"声、滑车中滑轮的"嘎吱"声——亦显得有点诡异，因为包裹着我们的浓雾具有回音的效果。

帆船满帆航行了似乎不一会儿，雾气突然变得稀薄，我们又重新回到阳光里。呈现在我们眼前的大海一望无垠，但海面上空无一物，既看不到怒气冲天、紧追不舍的"马其顿"号的身影，又见不到染黑天空的那股浓烟。

海狼拉森立即将帆船调转九十度，让它沿着雾障的边缘行驶。他的计谋至此真相大白：他先抢在"马其顿"号的上风头将帆船躲进雾障里，等到"马其顿"号盲目地一头扎进浓雾里搜寻它时，"幽灵"号又掉头从雾障中钻了出来，并准备在下风面瞅准时机再隐身于雾障。如果这一计谋能够顺利实施下去，他哥哥找到他的机会比俗话中说的"干草垛里寻针"还要小。帆船沿雾障边缘航行一小会后，我们将前帆和主帆调向，又扯起中桅帆，重新驶进浓雾中。刚一进去，我可以对天发誓看见了一个庞然大物隐约出现在上风口。我急忙瞅了一眼海狼拉森，这时我们周边又弥漫起浓雾，但是他点了点头，他也看见了这个怪物——"马其顿"号。死亡拉森无疑猜出了海狼拉森的计谋，可惜晚了一步，错过了。事实是我们没被发现，躲过了一劫。

"他不会紧追不舍的，"海狼拉森说，"他还得回去收回落下的小艇。范·魏登先生，去找一个人来掌舵，就照目前的航线航行。你还要安排人值班，我们今晚是不能在这片海域逗留的。"

"不过，我愿意出五百美金，"他又补充道，"到'马其顿'号上去待五分钟，听听我哥是如何咒骂我的。"

"现在，范·魏登先生，"有人接过了他手中的舵轮，他说道，

“我们必须对这些新上船的人表示一点欢迎的意思。给猎手们多上一些威士忌，给水手舱也送去几瓶。我敢打赌，明天他们中的任何一个人都愿意下海去为海狼拉森打猎的，就像他们心甘情愿地为死亡拉森打猎一样。”

“但他们不会像温赖特一样逃跑吗?”我问道。

他狡黠地笑了一下。“只要我们的老猎手有利可图，他们就逃不掉。我答应给老猎手让利，新猎手每猎得一张海豹皮，我就分给老猎手一美元。老猎手今天作战如此踊跃，其热情至少一半来自于此。呵，逃不掉的，只要老猎手有利可图他们就逃不掉。不过，你现在最好去前舱履行你医生的职责，等着你的伤号怕是挤爆了病房吧。”

第二十六章

海狼拉森接手了我派送酒水的任务，酒水到位时我已到水手舱给新到的伤员治伤去了。人们聚在一起喝威士忌的场面我是见过的，比如在俱乐部人们喝掺了苏打水的威士忌，但我从未见识过这些人的这种喝法。无论是小杯、带柄大杯，还是酒瓶，端起来就喝，酒水斟得几乎要溢出容器，每一次都称得上是狂饮，但他们决不会饮上一两杯就善罢甘休，而是酒瓶不断地朝前递，不住口地往下喝。

每个人都在喝，伤员们在喝，我的助手乌富蒂·乌富蒂也在喝。只有路易斯能控制住自己，即使喝也只让威士忌润一下嘴唇，虽然他也参与到这场玩闹当中，其放开的程度不亚于他们中的大部分人。这是一场狂欢派对。他们大喊大叫地讲述着白天的战斗经历，在细枝末节上争论不休；或是动了感情，与曾经以命相搏的人成了知心朋友。俘虏者和被俘者搂住彼此的肩膀，打着酒嗝，赌咒发誓地表达着对对方的敬意和钦佩之情。他们为以前受过的苦难哭泣，更为今后在海狼拉森的铁腕统治下将要忍受的痛苦泪流不止。最后，他们异口同声地咒骂起海狼拉森，控诉着他以往的种种暴行。

这是一种怪异、瘆人的场景——一个被两排上下铺位逼仄的狭小空间，上下颠簸、起伏不定的地板和舱壁，魔幻般忽而拉长忽而缩短的飘忽身影，弥漫着烟草味、体臭味和碘味的浑浊空气，还有那些受酒精刺激而充血的人脸，我应该称他们为半兽人。我注意到了乌富蒂·乌富蒂。他手拿着绷带的一端，目不转睛地盯着这一场景，他那天鹅绒般明亮的双眼在灯光里闪烁着，犹如小鹿的双目。但我心中明白，在他那如女性般柔美娇气的脸蛋和身体内潜藏着一个野性的恶魔。我也注意到哈里森那张如孩童般稚气的脸——以前挺清秀的，现在已狰狞如魔鬼——因为激动而抽搐着。他在向新来者介绍他们来到的是一条魔鬼船，并劈头盖脸地痛骂了一通海狼拉森。

他们在议论海狼拉森，句句话离不开海狼拉森：他是奴隶主，虐人狂，男性喀耳刻①；而其手下人都是他的猪猡，任他宰割的畜生，只能匍匐在他的脚下，只敢在背地里，或是醉得不省人事时反抗他。那么，我也是他的猪猡吗？我自问道，莫德·布鲁丝特也算一个吗？决不是！我气得咬牙切齿，心中暗下决心，结果正经我手包扎的伤员痛得缩起了身子，乌富蒂·乌富蒂也莫名其妙地傻望着我。我觉得我的身体被赋予了一种额外的能量，新发现的爱情使我变成了一个巨人，我无所畏惧。我要凭我的意志坚持到底，海狼拉森也好，三十五年的书斋生活也罢，都无所谓了。一切都会好起来的，我要让它好起来。就这样，我提升了自己的精神，增强了自己的力量感，转身离开那鬼哭狼嚎般的“地狱”，登上了甲板。甲板上的迷雾在夜色里似幽灵般四处游荡，空气倒还显得清新怡人。

我又来到统舱，那里有两个受伤的猎手。舱内的情形与水手舱差不多，只是没有人咒骂海狼拉森。我再次上到甲板往后部的舱房走去时，心里才如释重负。晚餐已经备好，海狼拉森和莫德正等候着我。

---

① 喀耳刻：希腊神话中的人物，能将人变成牲畜的女巫。

尽管全船的人都想尽快地将自己灌醉，海狼拉森却滴酒未沾，保持着清醒的头脑。在目前的情形下他不敢放纵自己，因为他只有路易斯和我可以依靠，何况此时路易斯还在掌舵。我们是在浓雾中穿行，没有放瞭望哨，也没有灯光照明，海狼拉森竟然放心让他的手下人喝得酩酊大醉，我不禁感到十分吃惊。但是显然他懂得他们的心理，知道使用将流出来的鲜血凝结成友谊的最佳方法。

战胜死亡拉森似乎对他的情绪产生了显著的影响。前一天晚上他将自己推理得自怨自艾，忧伤满腹，我一直担心他会爆发他的臭脾气，但却平安无事，而现在他的精神愈见好了。也许他弄到手的这许多猎手和小艇抑制住了他的惯常反应。总之，他不再消沉了，脸上全无忧郁的表情。我当时就是这么认为的。唉，我太不了解他了，我浑然不知的是，他当时可能正酝酿着一场情绪的大爆发，其可怕的程度比我所见过的要严重得多。

正如我所说，当我走进舱房时，他的情绪处于良好状态。他头痛的毛病有几个星期没有发作了，眼色清澈如碧蓝的天空，健康的古铜色面部皮肤泛着动人的光泽，生命因满血的快速流动而充满活力。在等待我的时间里他和莫德谈兴正浓，探讨的主题是“诱惑”。从我听到的只言片语，我知晓他的观点是：诱惑只是在人被引诱而堕落时才能称为诱惑。

“因为你看啊，”他解释道，“在我看来，人们做任何事情都是受欲望驱使。人的欲望多种多样，可能是想摆脱痛苦，也可能是想享受快乐。但是不管做什么，他都是因为有想做的欲望而去做的。”

“可是，假如他想做的两件事是对立的，做了这件事就不允许他做另一件事，又该怎么办呢？”莫德插嘴问道。

“这就是我下面要说的。”他说。

“两种欲望之间的择抉正体现出了灵魂的善和恶。”她继续说道，“善的灵魂向往善，而且行善；恶的灵魂则相反。善恶是由灵魂决定的。”

“胡说八道!”他不耐烦地大叫起来,“决定善恶的是欲望。比如,有个人想喝酒,但又不愿意喝醉,他该怎么办?他会怎样喝?他就是个木偶,受他欲望的支配。两个欲望中他服从较强的那一个,事实就是如此,没灵魂什么事。他怎么做才能在受到喝酒诱惑的同时又拒绝喝醉呢?要是想保持清醒的欲望占了上风,那是因为保持清醒是较强的欲望。诱惑与此无关,除非……”他沉吟了一会,努力想抓住头脑里浮现出的一个新想法,“除非诱惑他的是保持清醒的欲望。”

“哈哈!”他笑了,“对此你有什么看法,范·魏登先生?”

“我想你俩的观点都有些极端。”我说,“人的灵魂由各种欲望组成,或者换一种说法:欲望的总和构成人的灵魂。就这一点来说,你俩都错了。你强调脱离灵魂的欲望;而布鲁丝特小姐强调脱离欲望的灵魂,而事实上,欲望和灵魂是合二为一的。”

“不过,”我继续说下去,“布鲁丝特小姐在这一点上是对的:欲望无论是受到人们的抑制或是服从,它都是一种客观存在。因为风的存在,火才能成燎原之势,因此,欲望就像是火,而所欲之物的感官刺激,无论是渴望对旧有事物的重新体验,或是对新鲜事物的憧憬向往,就像是风,这就是诱惑的本质所在。是风煽动了欲望,让它成为燎原之势的,诱惑就是风。风力有时可能不够强,欲望没被煽动起来,但是只要它煽动了,诱惑也就形成了。而且正如你们所认为的,诱惑可能使人向善,也可能使人作恶。”

我们坐下来用餐时,我心里有点小得意:看来我的一番话具有决定性作用,至少他俩不再为此问题争论了。

但是海狼拉森的话匣子似乎有一打开就停不下来的意思,就我所知,他以前可不是这个样子。他身上似乎积聚了太多的能量,急于寻找一个发泄口。他几乎立即发起了对爱情的探讨。跟以前的讨论一样,他的观点是纯实利主义的,而莫德执理想主义观点。而我呢,除了提一些简短的建议或纠正一两个措词外,执中立的立场。

他讲得头头是道，莫德也毫不逊色，我有时在莫德侃侃而谈时仔细观察她的脸，竟然不知他俩都说了些什么。她的脸平时少有血色，但今晚红润且富有生气。她机锋毕露，看得出来她正和海狼拉森一样，沉溺于你来我往的唇枪舌剑之中，而海狼拉森对此尤为欢喜。出于某种我也说不清楚的原因，在他们争辩得正激烈时，莫德飘逸出的一绺褐色秀发吸引了我全部的注意力。海狼拉森引用了伊索尔特①在丁塔格尔②堡所说的话：

我的福超过了此地的妇女，
我的罪超过了一切妇女，
我的孽障却是完美无比。

正如他把悲观主义腔调读进了欧玛尔的诗中一样，现在他又把胜利——刺人的胜利和狂喜——糅进了斯温伯恩③的诗行里。他引用得对，他解读得好。他刚背诵完，路易斯从升降口处探下头来，低声说道：

“你们挺悠闲自在，是吧？雾已经散开了，马上会有一条轮船亮着左舷灯从我们的船头横穿过去。”

海狼拉森蹿上了甲板，速度极快，等我们跟上去时，他已经拉上了里面正酗酒作乐的统舱的滑门，正去盖上水手舱的舱口盖。雾虽然还在，却已升在了半空，遮住了星月，夜色十分漆黑。在帆船

---

① 伊索尔特：英国古代的亚瑟王传说中的人物名。

② 丁塔格尔：城堡名，在英格兰的康华县西北海岸边，传说是亚瑟王的出生地。

③ 斯温伯恩：Algernon Charles Swinburne（1837—1909），英国诗人、文学评论家，主张无神论，同情意大利独立运动和法国革命，作品有诗剧《阿塔兰忒在长吕冬》，长诗《日出前的歌》，评论《莎士比亚》和《论雨果》等。

的正前方清晰可见一道红光和一道白光，我听见了蒸汽船引擎的轰鸣声，毫无疑问这一定是“马其顿”号。

海狼拉森已经回到舵楼甲板。我们默然地站在一边，望着灯光从船的前方迅速通过。

“我算是幸运的，他没有打开探照灯。”海狼拉森说。

“如果我大声叫出来会怎么样？”我悄声问他。

“那我们就全完蛋了。”他答道，“可是你想过紧接着会发生什么事吗？”

我还没来得及问他这句话是什么意思，他已用他那大猩猩般的手爪锁住了我的喉咙，肌肉只稍微使了点劲——仿佛是个暗示——警告我只要他用力就会扭断我的脖子。他随即放了我。我们全都望着“马其顿”号上的灯光出神。

“如果我大叫起来又会怎样呢？”莫德发问道。

“我太喜欢你了，不想伤害你。”他软声说道。不，不对，他的声音里分明有一种温柔和爱抚的味道，令我接受不了。

“可是你也别这么干，因为我照样会扭断范·魏登先生的脖子。”

“那么，我允许她这么干。”我挑战般地说道。

“我想你是不会拿美国文学评论界的二号人物作祭品的。”他嘲弄道。

没有人再说话。不过我们彼此已相当熟悉，沉默不会使我们感到尴尬。待红光和白光消失后，我们又返回舱房吃中断了的晚餐。

两人又开始了引经据典式的讨论。莫德引用了道森①《终于无悔》中的诗句，做了完美的诠释。可是我的注意力没有放在她身上，而是不带眨眼地盯着海狼拉森。我全神关注着他对莫德痴迷不已的眼神。他已不知身在何处，随着莫德快速背诵出诗句，他的双唇不

① 道森：Ernest Dowson（1867—1900），英国颓废派诗人，一生穷愁潦倒，作品抒情优美。

自觉地逐词逐句默声配合着：

> 太阳在我身后消失时，她的眼应是我的光明，
> 她六弦提琴般的话语便是我耳中最后的声音。

这时他插嘴道："你的嗓音如六弦提琴般的美妙。"神情毫无顾忌，双眼闪现出金黄色的光亮。

我几乎要为莫德的自制力击节叫好。她语气平稳地背诵完收尾小节，然后不着痕迹地逐渐将话题导入不那么危险的领域。在这整个过程中我半痴呆地坐在一旁，统舱里的醉汉们的胡闹声透过舱壁传了过来，我所惧怕的男人和我挚爱的女人在不停地交谈着。没有人来撤餐桌，显然接替马格里奇的人手已到水手舱和同伴们寻欢作乐去了。

如果说海狼拉森也有生命的高光时刻，那无疑就是指现在了。我不时放弃自己的固有想法去追随他的论点，在此过程中折服于他的惊人智慧，迷恋于他的激情魅力，感叹于他的叛逆勇气，而这一切令我感到惊讶不已。弥尔顿的路西法①是无可避免地被举例说明了，而海狼拉森对路西法人物描述的细致，性格分析的深刻，生动展示出了他那被压抑住的天才。这让我联想到泰纳②，虽然我明白他并不知晓这位杰出但危险的思想家的大名。

"他引领着一场注定会失败的抗争，但他并不惧怕上帝的雷霆手

---

① 弥尔顿的路西法：弥尔顿，John Milton（1608—1674），英国诗人，对十八世纪诗歌产生过深刻影响，因劳累过度致双目失明（1652）。作品除短诗和大量散文外，主要是晚年写的长诗《失乐园》《复乐园》等。路西法，即撒旦，是长诗《失乐园》中的主角，因向上帝的权威挑战而被打入地狱。

② 泰纳：Hippolyte Taine（1828—1893），法国文学评论家、历史学家、实证主义哲学家，著有《英国文学史》《艺术哲学》《当代法国的由来》等。

段。”海狼拉森继续说，“他被打入了地狱，但并没有被打倒。他带走了上帝三分之一的天使，号召人类直接与上帝作对，并为自己和地狱博得世代大部分人的支持和同情。他为什么会被逐出天堂？是他不如上帝勇敢吗？不如上帝骄傲吗？不如上帝志向远大吗？不，绝对不是！是因为上帝比他更为强大。正如他所说，谁拥有雷霆手段，谁就更为强大。但是路西法是个自由的精灵，在他看来，屈从就是屈辱。他情愿为自由而受苦，不情愿为舒适和幸福而为奴。他不愿意侍奉上帝，不屈从于任何人。他不是船头饰像，他自立自强，是一个独立的个体。”

“是第一个无政府主义者。”莫德笑着说，起身准备回到她舱房中去。

“那么，做一个无政府主义者挺好的！”他大声叫道，同时站起身来面对着她。这时她已在自己舱房的门口停了脚步，他背诵道：

至少在这儿，
我们有自由；全能者设置地狱不是
为使人羡慕；这里再不会把我们赶走；
我倒可以安全统治；我的选择便是
统治总值得追求，哪怕是在地狱里，
宁可在地狱里统治，也不受天堂驱使。①

这是一个强壮精灵的战前喊阵。船舱里回荡着他声音的余波，他站立在原地，身体随着船体的颠簸摇晃着，威严地仰着头，古铜色的脸庞容光焕发，金黄色的双眼充满男子的阳刚之气却又不乏温柔之情，凝望着站在房舱门口的莫德。

她的眼中又显露出那种难以描述而又确定无疑的恐惧神情，口

① 语出约翰·弥尔顿《失乐园》。

中近乎喃喃自语地说道："你就是路西法。"

舱房门关上了，莫德消失在视野中。他站在那儿盯住房门足有一分钟之久，这才回过神来，转身面对着我。

"我去掌舵，将路易斯换下来。"他简短地说，"我半夜叫醒你来换班。你现在最好先去睡一会儿。"

他戴上一双连指手套，扣上帽子，登上了升降梯。我顺从他的意思上了床。出于某种未知的神秘原因，我是和衣躺下的。有一会儿，伴随着隔壁统舱传来的喧嚷声，我咂味着爱情临身的甜蜜感受，但我在"幽灵"号上的睡眠习惯已趋于健康自然。我的双眼自动合上了，狂歌乱吼声逐渐在身边消失，随着意识的模糊我已陷入了昏沉的睡眠中。

我不知道是哪种神秘的力量唤醒了我，但我发现自己下了床，头脑清醒地站在了地上，大难临头的预兆使我的灵魂悸动不已，仿佛听见了战斗的号角。我猛然拉开舱门，舱内灯光昏暗，我看见莫德，我心爱的莫德，正在海狼拉森的怀里挣扎着、反抗着。她徒劳地用手捶打他，扭动着自己的身子，用脑袋顶住他的胸口，拼命想挣脱他的搂抱。这就是我在跳出舱门的一瞬间看到的所有情景。

海狼拉森听到响声抬起了头，我不失时机地一拳击向他的面部，但却全无力道。他如野兽般嗷嗷吼叫着，推了我一掌，虽然只是手腕的不经意一推，但是内劲之大使我的身体像被弹弓射出一般撞在马格里奇以前住的舱房门上，将镶板门撞碎。我艰难地从碎木板中站起身子，没去注意自己是否受伤，意识里只有按捺不住的怒火。我只觉得自己也吼叫着，拔出了别在腰间的匕首，再次扑了上去。

但是，场景出现了戏剧性变化，他俩摇摇晃晃地自行分开了。我扑向海狼拉森，举起匕首，却扎不下去。眼前的情景显得异常诡异：莫德靠在舱壁上，用一只手稳住自己的身子；海狼拉森在舱内趔趄着，左手捂住了前额和双眼，右手盲目地在身体周边摸索着。他触碰到舱壁，刚一接触他的身体就放松下来，力道也泄了，好像船舶找到了方位，获得了空间的确定位置，有了稳定的系泊地。

这时我又暴怒起来，我过去受过的一切委屈和羞辱，我和其他人在他手下遭遇到的种种折磨，他那逆天的罪人般存在，全像闪电般掠过我的脑海。我不顾一切疯狂地朝他扑去，一匕首扎到他肩膀上。我当时就意识到这一刀只让他受了点皮外伤——我感觉到刀尖被他的肩胛骨顶了一下。我又举起匕首，想扎向更致命的部位。

但是莫德已瞧见了我的第一击，她大声叫道："别杀他，求你了！"

我的手臂垂下来，只不过是一会儿工夫，我又举起了匕首，如果不是她用身子隔住了我俩，海狼拉森必死无疑。她伸开双臂搂住我，秀发轻拂我的脸面，我的脉搏异常地加快了跳动，但愤怒也随之高涨。她勇敢地直视我的双眼。

"为了我。"她恳求道。

"正是为了你，我才要杀他。"我大声叫道，同时试图在不伤害她的前提下挣脱她的手臂。

"嘘！嘘！"她说，同时将手指轻轻地抚在我的双唇上。即便当时我处在勃然大怒的情绪当中，这种触摸亦是如此美妙，美妙之极，如果我有足够的勇气，就会当场吻住不放。"求你了，求你了。"她请求道。她的话总能使我放弃抵抗，这是一条我后来屡试不爽的规则。

我退后几步离开她，将匕首插回刀鞘。我看了一眼海狼拉森，他的左手仍然捂在前额和眼睛上，头垂了下来。他好像瘫痪了，腰身塌了下来，厚实的肩部松垮前倾着。

"范·魏登！"他嘶哑地叫道，语音里带有一丝恐惧。"啊，范·魏登！你在哪里？"

我看了一眼莫德。她没吱声，但点了点头。

"我在这儿。"我答道，走到他的身边。"你怎么了？"

"扶我坐下。"他仍然用他那沙哑、带着恐惧的嗓音说。

“我是个病人，病得很厉害，驼背。”他说，同时放开我扶住他的手，瘫坐进椅子里。

他的头垂向桌面，用双手护住，不时痛苦地前后晃动几下。有一次他半抬起头，我瞥见他前额的发际处已沁出了豆粒般大小的汗珠。

“我是个病人，病得很厉害。”他重复说道，又再加上一遍。

“到底怎么回事？”我将手放在他的肩膀上问道，“我能为你做些什么吗？”

但是他恼怒地抖动肩膀躲开了我的手。我在他身旁默默地站了好一会儿。莫德在一旁观望着，脸上布满了惊慌和恐惧。我俩都想象不出在海狼拉森身上到底发生了什么事。

“驼背，”他终于说道，“我要上床去躺着，扶我一把。我躺一会就没事了。我想又是那该死的头痛闹的，我可真是怕了它了。我有一种感觉……不会的，我也不知道自己在胡说些什么。扶我上床吧。”

但是当我把他扶上床之后，他又用双手护住了脸，遮住双眼。当我转身离开舱房时，我听见他喃喃自语道：“我是个病人，病得很厉害。”

我返回到莫德身边，她用询问的目光望着我。我摇了摇头，说道：

“他一定是出了问题，到底是什么问题，我也不知道。我想他平生第一次感到很无助，感受到了恐惧。那一定是在我给他一刀之前发生的事，我那一刀并没有给他的身体造成多大的伤害。你一定看见了什么不寻常的事。”

她摇摇头。“我什么也没看见。我也同样感到莫名其妙。他忽然就松开了我，脚步也踉跄起来。但我们该怎么办呢？我该怎么办呢？”

“请等我一下，我马上就回来。”我回答她。

我登上甲板。路易斯正掌着舵。

“你可以收班休息了。”我对他说，同时接手了舵轮。

他立即服从了命令。我发现“幽灵”号甲板上只剩下我单独一人。我尽可能不出声地托起了中桅帆，降下飞三角帆和支索帆，再将艏三角帆调向，将主帆放空。然后我下舱回到莫德身边。我将一根手指放在双唇上，示意她不要出声，进了海狼拉森的舱房。海狼拉森的睡姿还跟我离开他时一样，脑袋左右摇晃着，仿佛痉挛般地晃动着。

“我能为你做些什么吗?”我问他。

他起初没有回答。我又问了一次，他答道：“不要，不需要。我很好，天亮以前别再打扰我。”

但当我转身离开时，我看到他的头又恢复了晃动。莫德耐心地等待着我，当我看到她如女王般昂着的头和闪亮平静的目光时，心里掠过一阵惊喜。她的目光犹如她的心灵一般平静和自信。

“你能将自己托付给我，跟我一起来一次大约六百英里的旅行吗?”我问道。

“你是说……”她问，我知道她猜对了。

“是的，我就是那个意思。”我答道，“除了驾一只无篷小艇逃走，我们找不出其他办法。”

“你是说，为了我你愿意冒险?”她说，“毕竟你在这儿是安全的，和以前一样。”

“不是的，除了无篷小艇我俩谁都没有别的指望。”我坚定地重复道。“请你赶快尽可能地穿得缓和一些，把想带走的物品都打成包。”

“动作尽量快一些。”她回她的舱房时，我特地又嘱咐了一句。

小储藏室位于船舱正下方，我点上一支蜡烛，掀开地板上的活板门，跳了下去，开始翻查船上的存货。我主要挑选了一些罐装食品。挑选完毕之后，头顶迫不及待地伸进了一双手，将我递上的物品接了过去。

我们默默地干着活儿。我还从小卖部的库存中挑了些毛毯、连指手套、油布衣裤、帽子之类的物品。这可不是一次简单的冒险活动，在这样湿冷、多风暴的大海中，把自己交给一只无篷小艇，我们必须为抵御寒冷和暴雨做好充足的准备工作。

我们俩着急上火地将战利品搬到甲板上，堆放在帆船中部。我们干得太匆忙，而体力本就不是莫德的身体强项，她很快就筋疲力竭，干不动了，一屁股坐在了舵楼隔断处的台阶上。坐着似乎也恢复不了她的体力，她干脆仰面躺在冷硬的甲板上，两臂摊开，整个身子松弛下来。她这种模样使我想起了我姐姐，这是她惯用的小窍门，我知道莫德很快就会恢复体力的。我心里同样明白武器是路上不可或缺的，又到海狼拉森的房舱去取他的步枪和猎枪。我试着和他说话，他没有搭腔，虽然他的脑袋还摇来摇去的，并没有睡熟。

“再见吧，路西法。”我轻轻地带上门，悄悄地自言自语道。

下一步是要搞到一些弹药。这是一件轻松活儿，虽然这意味着我必须从升降梯端口下到统舱。猎手们平常带上小艇的弹药箱都堆放在那里，距离他们饮酒作乐的地方只有几英尺的距离。我搬走了两箱弹药。

接着该放一只小艇下海了。这事一个人干可不是那么容易。我先解开固定小艇的绳索，再用前索具吊起艇的前部，用后索具吊起艇的后部，将小艇吊到栏杆外面；然后我操纵滑车往下放小艇，这一端先放下两英尺，另一端放下两英尺，循环往复，直至小艇接近水面，稳妥地贴在帆船的船身上。我确信已带上必需的桨、桨架和风帆后，又考虑了淡水的问题。我把船上每一只小艇中的淡水桶都掠走了，而小艇的数量有九只之多，这就意味着我们有丰富的淡水储备，而且可以用来压舱。虽然考虑到我带上的其他丰富物品，小艇有超载的危险。

正当莫德向我递送这些物品，我往艇内逐一放置时，一个水手从水手舱上了甲板，他在向风的栏杆边上站了一会儿（我们在背风栏杆低处干活），然后又慢步踱到船的中部，在那里他又背对着我们迎风站了一会儿。我将身子蜷缩在小艇中，能听得见自己的心跳声。莫德已将身子仆倒在甲板上，我知道她已纹丝不动地隐藏在舷墙的背影处。但是那个水手并没有转过身来，他双手举过头顶伸了一个懒腰，打了一个响亮的哈欠，返回水手舱舱口处消失了。

几分钟的时间足够装载这些物品了，然后我将小艇放到海面上。我帮助莫德越过了栏杆，当她的身子紧贴住我时，我用上了体内全部意志力才控制住自己没有喊出："我爱你！我真的爱你！"当她与我手指相扣，让我将她放下小艇时，我心里想道，这是真的，汉弗莱·范·魏登终于恋爱了。我一手抓紧栏杆，一手支持住她身体的重量，心中为这般英雄救美的举动而洋洋自得。几个月以前，在我跟查利·弗斯特告别，登上要命的"马丁内斯"号返回旧金山时，我身上是没有这么大的力气的。

趁着小艇被一个浪头抬起的机会，她的脚探到了艇底。我放松双手，卸下索具，随着她跳下小艇。我这辈子都没划过船，但是我划动双桨，费了很大的力气，终于使小艇驶离了"幽灵"号。然后我试着升起船帆。我多次看过舵手和猎手扯起撑杆帆，但这却是我的第一次尝试。他们只用大约两分钟就能弄妥的事我却用去了二十分钟，但我最终将帆扯了起来并调准了风向。我双手把好舵，小艇顺风启航了。

"日本就在那边，"我宣布道，"在我们的正前方。"

"汉弗莱·范·魏登，"她说，"你是个勇敢的男人。"

"你说错了，"我回答，"你才是真正勇敢的女人。"

我们如心有灵犀般都回头看了"幽灵"号一眼，与它作最后的诀别。它不高的船身在风浪中颠簸起伏，风帆在夜色中模糊难辨，方向舵的扭动使被缚住的舵轮发出吱吱的声响。"幽灵"号的船体和发出的声音都逐渐淡去，我们被孤单地留在了漆黑一片的海面上。

第二十七章

天破晓了，空气灰蒙且寒冷。小艇紧贴着清凉的微风航行着，罗盘指示其正行驶在去日本的航线上。我虽然戴着厚实的连指手套，手指仍旧冰凉，紧握艇舵的双手冻得生疼；霜冻使我双脚感到针扎般的难受，我急切地盼望着太阳能够升起来驱散寒意。

莫德躺在我前面的艇底上。至少她会感到温暖，因为她铺的盖的都是厚厚的毛毯。为了抵挡夜间的寒气，我还将最上面的毛毯遮住了她的脸，因此，除了她身体的大致轮廓和露在外面的浅褐色的秀发外，什么都看不见。那头发上凝结着晶莹的露珠。

我长久地凝望着她，特别留意那露出在外的褐色秀发，只有将其视为宝物的人才会这么去看它。我的目光是如此专注，以至于她在毛毯中挪动了一下身子，掀开盖在脸上的毛毯，睡眼惺忪地冲我微笑了一下。

“早上好，范·魏登先生。”她说，“看到陆地了吗?”

“还没呢，”我答道，“但是我们正以每小时六英里的航速接近陆地。”

她失望地噘起嘴。

“可这意味着一天一夜可以航行一百四十四英里呢。”我向她保证道。

她的脸色立刻由阴转晴了。“我们得走多远？”

“那边是西伯利亚，”我指着西边说，“但是往西南方向航行六百英里左右就是日本。如果保持目前的风速，我们五天内就可以到达日本。”

“可是如果遇上了暴风雨呢？小艇怕是撑不住吧？”

她天生就有一种紧盯住人的眼睛、逼人说出真话的本事。她提出这个问题时就用这种目光逼视着我。

“那得是特别大的暴风雨才有这种可能。”我应付她道。

“要是暴风雨特别大呢？”

我点了点头。“但是，我们随时都有可能被一条猎海豹的三桅帆船救起的，这一带海面上分布着许多这种船。”

“哎呀，你恐怕是冻坏了！”她忽然大声叫起来。“看，你正在发抖，别不承认了，你真的在发抖。而我却躺在这儿像一片烤热了的面包。”

“就是你坐在这儿陪我一起挨冻，也帮不上什么忙。”我笑着打趣道。

“我会帮上忙的，只要我学会了掌舵。我肯定会学会掌舵的。”

她坐起身来，简单地整理了一下自己的妆容。她将头发摇散开来，散披的头发犹如褐色的云雾，遮护住她的脸庞和双肩。可爱的、温润的褐色秀发！我真想亲吻它，让它在我的指缝间滑过，将我的脸掩埋在其中。我看得魂不守舍了，直到小艇抵住了风，风帆拍打起来，我才发觉自己疏忽了手里的操作。我虽精于剖析性人格特征，但无论过去或现在我都是一个理想主义者和浪漫主义者，不太理解爱情在肉体层面的意蕴。我一向认为，男女之间的爱情是一种与精神有关的纯粹情感，是将两个人的灵魂联结在一起的精神纽带。在我的恋爱观里，肉体的结合无足轻重。但我正在自学一门甜蜜的功课，那就是：灵魂通过肉体来转化，显示本真；对恋人头发的视觉、嗅觉和触觉这些感官感受，与恋人间的双眸传情和口中的甜言蜜语一样，都具有精神世界的感情表露特征。毕竟，纯粹的精神感受是他人无法知晓的，只能依靠感悟和猜测。精神本身亦不是不证自明的。耶和华①本身就是人格的神祇，因为他只能用犹太人听得懂的语言对他们施以道德教化，所以以色列人就以他们心中的形象来塑造他：他是云彩，是火柱，总之是古代犹太人能够理解的、有形的物理实体。

我就怀着这样的感受凝视着莫德浅褐色的秀发，迷恋于它，从中得到的爱情感悟比所有的诗人和他们的诗歌或十四行诗可能给我的启迪还要多。她忽然动作娴熟地将头发向后一甩，露出了盈盈的笑脸。

“为什么女人做不到总是长发披肩呢？”我问道，“那样可就好看多了。”

“如果它不老是纠缠在一起就好了。”她笑着说，“你看！我就弄丢了一枚宝贵的发夹！”

我忘记了小艇的存在，船帆一次又一次地泄掉了风。我关注着她在毛毯堆里寻找发夹的每一个动作，觉得奇妙无比。我惊奇地——当然不乏快感地——发现，她竟是如此具有女人味的一个女人，她的每一个动作、每一种身姿都具有典型的女性特征，使我感到意外的惊喜。我在以前的认知中将她太抽象化了，脱离了凡人的范畴，她是一个女神般的存在，对我来说显得有点遥不可及。所以，她现在表现出来的具体女性化特征让我欣喜不已，例如将头那么不经意地一甩，一头秀发就披上了后肩；再如一本正经地去认真寻找弄丢了的发夹。这表明她是一个女人，与我同类，且属同一阶层，这就具有了建立男女之间那种令人心荡神迷亲密关系的可能性；当

① 耶和华：《圣经·旧约》中对上帝的称呼。

然，我仍然会一如既往地保持对她的那种尊重和敬畏之情。

她找到了那枚发夹，发出了一声令人神迷的尖叫声。我的心思又放在了掌舵上面。我开始做一个小实验：将艇舵捆绑在一个固定物体上，并将其调整到不用我出手干预也能够顺风航行的角度。实践证明这种办法是可行的，虽然偶尔也会出现顶得太紧或放得太松的状况，但是都能自行调整回来，大体上能令人满意。

“现在我们可以吃早餐了。”我对她说，“但是你首先得穿得更暖和。”

我拿出一件从小卖部取来的厚衬衣，它是用类似毛毯的衣料制作的。我熟悉这类衣物，布料很厚实，纹路很细密，可以挡雨，雨水连续几个小时都浇不透它。她兜头穿上这件上衣后，我又用一顶男式制服帽换下了她那顶男童小帽。这帽子足够大，可以兜住她的头发，帽边拉下来又可以完全护住她的鼻子和耳朵。这帽子平添了她的迷人之处。她的脸蛋属于那种无论怎样捯饬都不失秀美的类型，外物的任何搭配都与那精致的椭圆脸形、近乎完美的古典线条、犹如手工描就的纤美眉毛，以及清澈如水、安定有神的棕色明目相得益彰。

就在此时，一次略强的阵风吹袭了我们，正斜伏在浪头上的小艇经风一吹，突然向一边倾侧，艇边与海面齐平，艇内进了约一桶左右的海水。我正在开一听牛舌罐头，急忙跳过去及时解开了帆脚索，风帆在空中舞动拍打了几下，小艇偏离了航向。但几分钟的操作足够使它回到正道，我又重新开始准备早餐。

“我虽然不懂航海技术，但看起来那玩意似乎挺管用。”她说道，同时用点头的方式煞有介事地表达了对我那自动驾驶装置的赞许。

“可是这种办法只在顺风航行时管用。”我解释道，“当海况复杂时，需要灵活处理，例如遇到船后部正横向风或是船后斜向风时，那我就非得亲自掌舵不可了。”

“我必须承认我听不懂你说的那些专业术语，”她说道，“但我理解你得出的结论，却不喜欢它。你总不能白天接着黑夜地不间断掌舵吧。所以，我希望早饭后你给我上第一堂课，然后你必须躺下来睡觉。我们要像他们在帆船上一样换班值勤。”

“我真不知道该如何教你，”我抗议道，“我自己都还在自学呢。你把自己托付给我的那一刻，恐怕没有料到我没有一丁点驾驶小艇的经验吧？我是头一次待在这种小艇里。”

“那我们就一块儿学，先生。既然你先鼓捣了一个晚上，你必须把你学会的教给我。现在，先吃早饭。天哪！这种空气真令人胃口大开！”

“可惜没有咖啡，”我遗憾地说，同时递给她一片抹了奶油的压缩饼干和一片听装牛舌，“而且没有茶，没有汤，在我们以某种形式或在某个地方踏上陆地之前，吃不到任何热乎的食物。”

在吃过简单的早餐，喝下一杯凉水后，莫德开始学习驾驶小艇。通过教她我也学到了许多新的东西，虽然我在其中掺杂了驾驶“幽灵”号获得的经验，以及观察小艇舵手操作小船的直观感受。她是个悟性极好的学生，很快就学会了保持航向、在阵风中抢风行驶，以及在紧急情况下放松帆脚索了。

她似乎是学累了，把艇舵交回我手中。我先前已将毛毯折叠好，她现在将它们打开铺垫在艇底。将一切打理得舒适妥当后，她说：

“先生，现在请就寝。你一定要睡到吃午餐，不，睡到吃晚餐的时间。”她自纠道，显然回想起了“幽灵”号上的值班时间安排。

我有什么办法？她一直在坚持，口中不停地说着“求你了，求你了”，我只有服从指挥，交出了手中的艇舵。当我钻进她亲手铺就的“床”上时，我有一种愉悦的感官享受。带有她本人显著特征的沉稳和自制仿佛渗透进毛毯里，因此我意识到一种柔和的朦胧感和满足感；意识到渔工帽下的一张椭圆形脸蛋和一双棕色眼睛，飘荡在灰色的云雾中，颠簸在铅色的大海里。然后，我意识到自己已酣然入睡了很长一段时间。

我看了看手表，下午一点钟，我已经睡了七个小时！我接过艇舵之前不得不先掰开她那痉挛的手指，她已用尽身上仅有的力气，起不了身了。我只好松开帆脚索，扶她偎进了毛毯里，擦热她的双手和双臂。

“我累坏了。”她说，迅速吸了一口气，发出一声叹息，疲倦地垂下头。

但她不一会儿就又抬起了头。“你现在不许责骂人，不准你责骂。”她叫道，装出一副抗拒的模样。

“我希望我的脸色没有显露出生气的样子，”我严肃地回答。“因为我向你保证我一点儿都没生气。”

“哦，是没有。”她想了一下，“可是有点责备的模样。”

“那么，这是一张诚实的脸，因为它表达出了我的内心感受。你对自己不公平，对我也不公平。你叫我今后怎么能再相信你？”

她表现出一副懊悔的样子。“我以后会乖的，”她像个顽童般说道，“我保证……”

“保证像水手服从船长的命令一样吗？”

“是的，”她答道。“我干了件傻事，我知道。”

“那你还得保证另外一件事。”我得寸进尺地提出要求。

“请说。”

“你别老是‘求你了，求你了’说个没完，因为你这么一说，肯定会影响我的权威。”

她领会了我话里的含义，被逼得笑出声来。看来，她也注意到了“求你了，求你了”的魅力。

“当然，这种说话方式本身是好的……”我又说。

“但我不能滥用。”她插话道。

但是她笑得很勉强了，头又垂了下去。我丢下舵，将她的脚用毛毯掖严实，又扯起毛毯的一边护住她的脸。唉！她的体质太弱了。我心事重重地眺望着西南方向，想着前方六百英里的艰难航程——

是呀，但愿这只是一段长距离的艰难行程。在这片海域随时可能遭遇飓风，将我们吞噬，但是我并不惧怕，我对前路没有信心，持严重怀疑的态度，但潜意识中并无害怕的成分。情况会好起来的，一定会好起来的，我在内心对自己无数次地重复道。

下午海面上的风力增强了，掀起的高浪对我和小艇构成了严峻的考验，但我们携带的食品和那九桶淡水帮助小艇镇住了风浪。我大着胆子尽力使小艇满帆前行，最终不得不移去了斜撑帆杆，扯下帆的后上角，使用水手们俗称的“羊腿帆”向前航行。

傍晚时分我在背风面的海平线上看见了一艘蒸汽船冒出的黑烟，我知道那要不是俄国人的巡航艇，就一定是“马其顿”号，是后者的可能性更大，因为它还一直在搜寻着“幽灵”号。太阳整天都没有露脸，天气真是冷极了。随着夜色的降临，云层变暗，风力又强劲起来。莫德和我吃晚餐时都戴上了连指手套，而我只能一边掌舵，一边趁风力减弱时塞上几口食物。

当天完全黑下来时，风力和海浪都不允许小艇夜航，我不情愿地收起帆，开始制作一个拖拽物，或称“海锚”。我是从猎手们的交谈中得知这一装置的，做起来倒也简单：将帆卷起来，将其牢实地与桅杆、吊杆、斜撑帆杆和多余的两把桨捆绑在一起，将其抛下海去，用牵引绳系在艇头。因为它在海面以下沉浮，实际上不受风力的影响，漂移的速度比小艇慢，这样就在风浪中稳住了艇头——这是在大海掀起白浪时避免小艇被淹没的最安全手段。

“接下来呢？”海锚制作成功，我正戴上连指手套，这时莫德快活地问道。

“接下来我们的航向就不是日本了。”我答道，“小艇漂流的方向是东南向，或是南南方向，速度至少是每小时两英里。”

“如果一整夜风力都不减的话，”她强调说，“也不过就是二十四英里。”

“对呀，即使整整刮上三天三夜，也不过是一百四十英里。”

“但它不会总是这么刮下去的，”她颇为轻松自信地说道，“它会转向，改为顺流的。”

“海流是不可预测的。”

“但还有风！”她反驳道，“我听过你一提起强大的贸易风就赞不绝口的。”

“我真该把海狼拉森的天文钟和六分仪带在身边。”我情绪依旧十分低落地说道：“航行是一个方向，漂流是另一个方向，再加上紊乱海流的第三个方向，根本就无法用航位推算法得出结果来。要不了多久我们就不知道自己所处的方位了，估算出来的误差可能会达到五百英里。”

我随即请她原谅，并保证不再说丧气话。经她一再恳求，我同意让她值上半夜的班。当时是晚上九点钟。在我躺下之前，我用几块毛毯将她裹住，并给她披上一块防水油布。我的睡觉也只能算是打打瞌睡，小艇在波峰间上下起伏着，我能听见海浪涌过的声音，激起的浪花不断飞溅进艇内。但总体上说，这是个不赖的夜晚，我默默地想道，与我在“幽灵”号上度过的夜晚相比，这不算什么；也许跟我们即将在这薄如蛋壳的小艇上经历的夜晚相比，亦算不了什么。这小艇的艇壳外板只有四分之三英寸厚，躺在艇底，身体和海面之间只隔了厚不到一英寸的木板。

尽管如此，我宣誓，再一次宣誓，我无所畏惧。我曾经惧怕海狼拉森，甚至托马斯·马格里奇会要了我的命，但我不再害怕了。莫德·布鲁丝特进入了我的生活，这件事似乎改变了我的生死观。我想，如果爱情能使人感到所钟爱的人如此重要，以至于心甘情愿地为其献出生命的话，那么终归献出爱比接受爱更美好，更无私。我因为爱上了他人的生命而忽视了自己的生命，这就形成了一种悖论：我将自己的生命价值看得最轻之日，却是我最想活下去之时。而我的最终解释是：我以前从未拥有过如此多的活下去的理由。如此想过之后，在又一次打盹迷糊过去之前，我自我满足地极目朝漆黑一片的艇尾望去，我知道莫德将身子蜷缩在艉座板上，正警惕地注视着翻腾着白浪的海面，时刻准备着一有情况就叫醒我。

第二十八章

接下来的许多天我们的小艇都被海风吹刮着、海流裹挟着，听天由命地在海上漂流，其中的吃苦受罪就不必一一细述了。西北向的劲风整整吹了三十四小时，终于缓慢减弱。晚上又刮起了西南风，这对我们更加不利，但我捞起了海锚，扬起船帆，迎风改变航向，朝南—南—东的方向航行；风向也允许我们朝西—北—西的方向航行，但是南方的温暖气候激起了我靠近暖和海面的欲望，影响了我的决定。

整整三个小时——我清楚地记得，已到了午夜时分，海面上是我以前从未见过的漆黑一团——一直刮着西南风。突然间风力增强了，我别无他法，只能又抛下了海锚。

天破晓时我已眼圈乌青，海上掀起了白浪，小艇被海锚拖拽得几乎倒立起来，随时都有被白浪吞没的危险。浪花和水沫不断溅进艇内，我只好不停地朝外舀水。毛毯逐渐被海水浸透。艇内一切都湿了，莫德是个例外。她穿着油布衣裤，脚登一双橡胶高跟套鞋，头戴防雨帽，身子是干的，只是脸面、双手和露出的一缕头发被海水弄湿了。她不时地与我用手从积水孔朝外舀水，面对风雨无所畏惧地舀着。世界上的事物都是相对而论的，可能对他人而言，我们遭遇的只是一场强风而已，但对在脆弱的小艇里为生存而抗争的我俩来说，就算得上是一场大风暴了。

寒风击面，白浪翻滚，我俩在寒冷和凄惘中挣扎着捱过了白天。夜幕降临，我俩都没有睡觉。天亮了，一切如故，景况没有丝毫改观。第二天晚上，莫德已筋疲力竭，昏昏欲睡。我用防水油布和一块柏油帆布将她盖住。她身上还算是比较干的，但已经冻僵了，我十分担心她挺不过这个夜晚。天又破晓了，一如既往的凄苦寒冷，天空仍旧布满乌云，大风仍在呼啸，海浪依旧翻腾。

我已经有四十八个小时没有合眼了。我全身湿透，寒意直逼骨髓，真有一种生不如死的感觉。我的身体已经累麻木了，冻僵硬了，过度劳累的肌肉只要一动就会带来钻心的疼痛，但我还得不停地行动。整个这段时间小艇不停地朝东北方向漂移，已逐渐远离日本，飘向荒凉的白令海。

但我们挺过来了，小艇也坚持住了，风却没有减弱的意思。相反地，第三天傍晚风力还有所增强。艇头扎进一个浪里，钻出来时艇内已进了四分之一的海水。我像疯了般地拼命往外舀水。小艇进了水后浮力就会减小，再遇到刚才那样的大浪，我们遭到灭顶之灾的危险性就会大大增加，再来一次刚才的大浪，我们就交待了。在再次舀干净艇内的海水后，我被迫取下盖在莫德身上的柏油帆布，把它横系在艇头部位。这个方法很奏效，因为柏油帆布能遮住小艇艇头往后足足三分之一的面积。在随后几个小时的时间里，有三次在艇头钻进浪中时，它遮挡住了大部分冲刷下来的海水。

莫德的状况令人怜惜。她身体蜷缩在艇底，双唇冻得发乌，脸色灰白，明白无误地显示着她所经历的痛苦。但她望着我的眼色充满勇气，说的也都是坚定之语。

那天晚上大风刮得可能是最猛的，尽管我没怎么意识到这一点。因为我已熬不住了，在艉座板坐着睡着了。第四天早上风力已转为微风，大海平静下来，太阳光也照耀在我们的身上。啊，神圣的太阳！我们可怜的躯体沐浴在你奇妙的融融暖意中，犹如昆虫和爬行动物般在经受了暴风的肆虐后重获重生。我们又能说笑打趣了，表现出了对前景的乐观情绪。但真说到前景，却比以前的处境更加糟糕：我们与日本之间的距离比那天晚上逃离“幽灵”号时更远了。我只能大致猜测出我们所处位置的经纬度，以每小时漂移两英里计算，在刮暴风的这七十多个小时里，小艇已经向东北方向漂移了至少一百五十英里。但这是准确答案吗？根据我的感知，漂移的速度很可能是每小时四英里，而不是两英里。要真是这样，情况就更糟了，小艇又多漂移了一百五十英里。

我不知道小艇所处的具体位置，但是很可能就处在“幽灵”号的活动范围内，因为我们的身边出现了成群的海豹，我预计随时都可能看见一条猎海豹三桅船。那天下午，海面上又吹起了轻微的西北风，这时我们真的瞧见了一条三桅船，但那条船奇怪地消失在了海平线上，将我们孤零零地遗留在环形的海面上。

接下来几天海面上弥漫着湿重的雾气，连莫德也感到心情沮丧，口中再也吐不出欢快的词语了。这几天也相对平静，小艇在空寂辽阔的海面上漂浮，我们既折服于大海的无边威力，又惊叹于弱小生命所能创造的奇迹。因为我们仍然活着，并要继续挣扎着活下去。这几天我们遭遇了冻雨、寒风和雪飑，却无任何保暖的手段；这几天我们遇上了霏霏细雨，我们用水桶去接湿透了的风帆滴落下来的雨水。

而且我心中对莫德的爱慕与日俱增。她拥有多样性格，多种情绪，我称她为“多愁善感的女人”。但我只是在内心用这种昵称，或是更为甜蜜的名称，来称呼她。虽然我迫不及待地想公开向她示爱，求爱的话语已千百次地游动在舌尖齿间，但我总感到目前并不是适当的时机。即使不考虑其他因素，当一个男人努力去保护一个女人，救她于危难之中时，却去向她求爱，也是选错了时间点。在如此微妙敏感的时刻，以及其他事态严峻之时，我自认为我都采取了适当的处理方法；自认为我并没有在言谈举止上泄露出内心对她的爱慕之情，对此我颇为得意。我们就像一对好同伴；随着日子一天天过去，我们会成为更好的同伴。

她性格中的一点令我感到惊讶：面对危险不畏缩，不害怕。骇人的浪涛，脆弱的小艇，肆虐的风暴，身心的痛苦，陌生孤寂的环境，在在都会吓倒一个身体健壮的女人，可这一切似乎对她没有产生明显的负面影响。我以前一向认为她生活在设计得最为精巧、庇护得最为全面的人造环境里，是活跃在这种环境中的高贵精灵，无可畏惧，无所不能，本身具有烈焰、雨露、云雾的造化功能，而又不失女性的柔美和温情。看来我的想法是错误的，她也会畏缩，也会害怕，但是她更有勇气。她也是肉体凡胎，有源于本体的固有弱点。但肉体的累赘终归于肉体，她首先且一以贯之凸显的是精神，是超乎于肉体之上的生命精华，镇静得犹如她那沉稳的目光，自信能从容应对宇宙的变化规律。

在接下来的几天时间里海上又刮起了风暴。暴风没日没夜地吹刮着，小艇四周白浪翻滚，它正以提坦①之力欲击溃我们的求生努力。小艇被海风裹挟着向东北方向一路漂去，越漂越远。就在这场我们遭遇到的最险恶风暴里，我无意中百无聊赖地朝艇的背风处瞥了一眼，并不是要寻找什么具体目标，而是迫于大自然的淫威，默求它息怒，放我们一条生路。我真不敢相信我第一眼看到的景象，连日来的无休无眠和焦虑一定使我产生了幻觉。我回头看了一眼莫德，以判定我所处的时间和空间。我看见了她那水淋淋的可爱面颊、随风乱舞的头发和大胆的褐色眼睛，确定我的视觉没有问题。我又一次往背风面看去，再次瞧见了那座黑黢黢的、高耸的、光秃秃的凸出岬角，怒涛撞击着它的绝壁底座，激起瀑布般的浪花；黑色荒

① 提坦：希腊神话人物，天神乌拉诺斯和大地女神盖亚之子，传其身材巨大，力气无穷。又译泰坦。

凉的海岸线向东南向延伸，海浪拍打的白沫仿佛给它戴上了一条巨长的白色围巾。

“莫德，”我喊道，“莫德。”

她转过头来，看见了这一景象。

“那里不会是阿拉斯加吧！”她惊呼道。

“唉，不是的。”我答道，又问她，“你会游泳吗？”

她摇了摇头。

“我也不会。”我说，“那么我们只能从礁石间的豁口处将小艇穿插过去，再攀爬上岸。但是我们动作要快，要尽可能的快，而且要坚决。”

她看出了我说这番话时缺乏自信，因为她用坚定的目光凝视着我说道：

“你为我付出了那么多，我还没有感谢你呢。要是……”

她犹豫着，仿佛斟酌该如何措辞才能表达出她的谢意。

“要是怎样？”我语气生硬地问道，因为我不太满意她略显生分地来感谢我。

“你可以帮我一下啊。”她笑着说。

“帮你在死之前对我表示感谢吗？大可不必。我们不是去送死的，我们将登上这座小岛。在天黑之前，我们就会有一个遮风挡雨的安身之地。”

我话虽然说得斩钉截铁，自己却连一个字都不敢相信。而且我并不是因为害怕而说大话壮胆，我没有害怕，尽管我觉得我们会死在礁石间起落翻滚的浪涛里，而我们正在快速地朝它靠近。要升起船帆由下风岸转向上风岸行驶是不可能的，风立刻就会将小艇吹翻，而一旦它落入波谷底部，海浪就会彻底将它吞没。再说，风帆还被我们用来跟多余的桨捆绑在一起，正在艇首前的海水里拖拽着小艇。

我以前就说过，我自己并不惧怕死亡。死亡就潜伏在那儿，在背风面的数百码开外；但一想到莫德必死我就感到毛骨悚然。在我恐怖的想象中莫德会在那礁石上撞得粉身碎骨，惨不忍睹。我强迫自己去想我们能安全登岛，也就这样说了。我说的不是我能确信的事实，而是我的心愿。

可能如此惨烈死去的下场使我产生了退缩的念头，我一时间竟有了抱住莫德一起跳海的荒唐想法。但是我决定忍耐一下，等到最后的时刻，到生死攸关之际再抱住她，向她示爱。我们将相拥着做最后一搏，以死殉情。

我俩在艇底本能地挤在了一处，我察觉到她戴着连指手套的手伸向了我的手。就这样，我们默默地等待着命运的结局。小艇距离海风在岬角西端击出的浪花线并不很远，我仔细观察着，希望海流或是涌浪在小艇卷入拍岸浪之前将我们漂移过去。

"我们会闯过这一关的。"我说，明知我俩谁也不会相信这句话。

"上帝作证，我们真的能够闯过去呢！"五分钟以后我又大叫道。

那句渎神语①是我在激动的情形下脱口而出的，这是我生平第一次使用此类语言，除非你将我青少年时期常挂在口头的"去它的"也算作诅咒语。

"请原谅。"我抱歉地说。

"你的预言成真了。"她微笑着说道，"我现在确信我们能闯过这一关了。"

原来我在岬角的最边缘处开外发现了一块陆岬。我们纵目望去，在我们眼前分隔的海岸线清楚地显示出那里有一处幽深的小海湾。同时，我们听见了不间断的沉闷吼叫声，其音响效果仿佛是来自天边的雷鸣声。那声音是从背风面传来的，被暴风裹挟着，盖过了惊涛拍崖的声响。小艇绕过了岬角的边缘，这时整个小海湾就呈现在我们面前：一通正被拍岸浪冲击的半月形白色沙滩，上面布满数不

---

① 渎神语：指上文的"上帝作证"。基督徒反对在日常生活中滥用"上帝"的名称，认为是大不敬，在学术圈尤甚。

清的海豹，吼叫声就是它们发出来的。

“海豹栖息地！”我大声叫了出来。“我们这次可真得救了。这儿肯定会有人员和巡逻艇保护海豹，不让猎人伤害它们。岸上说不定就有保护站。”

但我在观察了一会儿激浪拍打沙滩的状况后又说：“还是有问题，但不是太严重。而且，如果众神果真慈悲的话，小艇在漂移过第二块陆岬后，就会去到一个免受风浪吹袭的海滩。要是那样，我们就能干脚上岸了。”

众神果然慈悲。第一块和第二块陆岬都迎住了西南风，我们跋涉漂移过第二块陆岬，选择了第三块陆岬。它虽然也迎住西南风，但小海湾在这里发挥了功能，它在此处伸入了内陆。潮水在这里将小艇带入了掩蔽入口。此处虽然有强大的海涌，但水面是平稳的，我收起海锚，开始划桨。海岸从这里画出一道弧线向南边和西边延伸开去，最终形成了一个湾中之湾，一个被陆地围成的小海湾。水面平稳得犹如池塘，只是偶尔被余风激起阵阵涟漪，这些余风是暴风越过约一百英尺外近岸的嶙峋礁石吹过来的。

这儿完全没有海豹的踪影。艇尾触及了坚硬的砾石。我纵身跳出小艇，朝莫德伸出手去。下一刻她就站在了我身边，当我的手指松开她的手指时，她急忙抓住了我的手臂。这时，我身体摇晃了一下，仿佛就要摔倒在沙滩上。这是身体经过长期运动后突然停下的应激反应。我们在海上经历的起伏颠簸时间太长，稳定的陆地感受反而对我们形成了新的冲击。在潜意识中，我们想象沙滩能像海浪般上下起伏，林立的礁石墙能像船舷般左右摇晃，但发现不是那么一回事时，它们的静止不动就破坏了我们的平衡感。

“我真的需要坐一会儿。”莫德神经质般地笑了一下，做了个头晕的动作，旋即坐在了沙滩上。

我将小艇固定好，然后回到她身边。就这样，我们在勉力岛登陆了。由于习惯了海上的漂泊生活，一上岸我们就“晕陆”了。

第二十九章

“我真是个笨蛋!”我气恼地大声骂道。

我已将小艇内的物品取出，搬到了沙滩的高处，准备在那儿宿营。海滩上散落着一些漂木，尽管数量不多。我看到了从“幽灵”号食品储藏间取来的咖啡和罐头，忽然想起了火柴。

“我真是个十足的傻瓜。”我继续自责道。

但是莫德口中“啧啧”有声地表示有不同的看法，并问我为什么把自己称作“十足的傻瓜”。

“没带火柴，”我表示道，“一根火柴都没带。我们喝不上热咖啡、热茶、热汤，或其他热的食物了。”

“摩擦取火的人……呃……是不是鲁滨孙①呀?”她故意拉长了了声音问道。

“但是我读过二十来个遭遇海难的人写的回忆文章，说他们都试过这种方法，但完全没用。”我回答道，“我还记得温特斯，他是一

① 鲁滨孙：英国作家笛福《鲁滨孙漂流记》中的主人公，因所乘船只失事，在荒岛上单独创造生活条件，过了二十八年。

个以报道阿拉斯加和西伯利亚社会新闻而闻名的记者，我和他在比比洛学会见过一面，他当时给我讲他怎样试图用两根木棍相互摩擦取火。他讲得非常有趣，生动极了，但是一个失败的故事。我还记得他下的结论：他闪动着他的黑色眼睛说道：'先生们，南太平洋诸岛上的土著居民可能会摩擦取火，马来人可能也会，但请相信我的话，白种人学不会。'"

"啊，行了，就现在这个样子我们不也活过来了吗?"她爽快地说，"也没有理由说今后我们就活不下去。"

"但想想这些咖啡!"我叫道，"这些可都是些上好的咖啡，我可是从海狼拉森的私藏中偷取出来的。你再瞧瞧这些好木柴。"

我承认我渴望喝咖啡，不久后我亦发现，莫德对这些干种子也有些偏爱。何况我俩已吃了这么长时间的冷食，从里到外都僵住了，只要是热呼的东西都能令我们心满意足。但我不再自怨自艾，开始用帆布给莫德搭帐篷。

因为有一堆柴、桅杆、吊杆和撑帆杆，以及许多绳索，开始时我并没把搭帐篷太当一回事。但是我没有实际经验，每一个操作细节都是一种尝试，每一个操作细节的成功都是一项"发明"，当我最终摆弄出一个帐篷的模样后，夜幕都已经降临了。结果当天晚上下起雨来，帐篷泡在了雨水中，她只好又返回小艇中过夜。

第2天早上，我在帐篷四周挖了一条浅沟，但一个小时后，一股劲风从我们身后礁壁的上方刮来，将帐篷刮翻，滚落在三十码以外的沙滩上。

莫德看到我的沮丧模样忍不住哈哈大笑。我对她说："只要风一止住，我准备驾着小艇去探察一下小岛的情况。小岛上某个地方说不定有个保护站，或是留有驻守人员什么的。会有船过来接济保护站，总会有某个政府出面保护海豹的。但我想在出发前将你安置妥当。"

"可我想和你一起去。"她就回了我一句话。

"你留下来更好。你已经受够了罪，能活下来就已经是一个奇迹了。再说，天还下着雨，在这种天气里划桨扯帆可不是一件轻松活。你现在最需要的是休息，我希望你留下来休息。”

她那美丽的眼睛似乎被某种物体弄湿润了，不等它落下，她已半扭过头去。

“我还是想跟你一起去。”她低声说道，语音中已有一丝恳求的意味。

“我可能会对你……”她的嗓音已变得时断时续，“有点帮助。再说，如果你万一发生了什么事，想想我一个人被扔在了这里。”

“啊，我一定会非常小心的。”我回答，“再说，我不会走得太远，天黑之前一定会赶回来。对，我一定说到做到。我觉得你留下来要好得多，什么都不要做，睡一觉，好好休息。”

她转过头来直视着我的双眼，眼神坚定但不乏柔情。

“求你了，求你了。”她柔声央求道。啊，至娇至美的天籁之音啊！

我硬起心肠摇了摇头，那意思是表示拒绝，可是她依然凝望着我，满脸都是期待的表情。我想用言语表示拒绝，但又张不开口。我看到她双眼中跳动起快乐的光芒，知道自己又已败下阵来，看来从今往后在她面前都说不出“不”字了。

下午风停了，我们做好了第二天早晨出发的准备。从我们所处的这个小海湾是无法进岛的，因为沙滩的背面及小海湾的两端都是礁石的悬崖绝壁，且两端的礁石都延伸到了海的深处。

第二天破晓时天空灰蒙蒙的，空气沉闷但稳定。我起了一个大早，给小艇做好出海的准备工作。

“我是一个傻瓜！弱智！我是个蠢货！”我觉得该叫醒莫德了，便大喊大叫起来。但是这一次却叫得快活，在沙滩上光着头手舞足蹈的，装出一副绝望的模样。

她从船帆布里伸出头来。

“你这又是怎么了？”她睡眼惺松地问道，语音里亦带有几分好奇。

“咖啡!”我叫道，“要是能来一杯咖啡你觉得怎么样？热咖啡？滚烫的那一种？”

“哎!”她轻声地抱怨道，“你吓了我一跳。你可真够没心没肺的。我这里好不容易说服自己没咖啡也能过日子，你那里又说些没有用的来烦我。”

“瞧我的。”我说。

我从岩石缝隙中找到一些干树枝和木块，将其折断或削成薄片作为引火柴；我从记事簿上撕下一张纸，再从弹药箱中取出一颗猎枪子弹，用匕首除去后部的弹塞，将里面的火药倾倒在一块平整的岩石上；从子弹壳上撬下底火（或称火帽），把它放在岩石上摊开的火药中间。一切准备就绪，莫德还在将头探出帐篷观望着。我左手举着那张纸，右手拿起一块石头往底火上砸去，旋即升起一股白烟，有火苗蹿出，点燃了那张不甚齐整的纸的边缘。

莫德高兴地拍手欢呼：“好一个普罗米修斯①!”

但是我全神贯注在取火上，没顾上回应她那快活劲儿。要让那弱小的火苗燃烧下去，必须小心翼翼地操作。我一细根一细根的树枝、一小块一小块的薄木片往上加引火柴，直到火焰噼噼啪啪地燃了起来。我没估计到我们会漂流到荒岛上，所以没有准备烧水壶之类的日常用容器，但是我用小艇上舀水的马口铁勺子来代替水壶。今后我们会吃掉那些听装食品，所以不会为没有烧煮容器而发愁。

我将水烧开，却是莫德煮的咖啡，味道真是美妙极了！我的“独门绝技”是将罐装牛肉与压缩饼干屑用水混合在一起，在火上熬煮。早餐做得很成功，我们在火堆旁坐了许久，一边啜着热气腾腾的黑咖啡，一边谈论着目前的处境，比有进取心的冒险家应该逗留

---

① 普罗米修斯：希腊神话人物，因盗取天火予人而触怒主神宙斯，被罚锁于高加索山崖上，遭神鹰折磨，后被宙斯之子赫拉克勒斯所救。

的时间可长多了。

我坚信在这两个小海湾的某处一定会找到一个保护站，因为我心里清楚白令海里的海豹栖息地都是这样保护着的。但是莫德却提出了不同的论点——我相信是为了让我提前做好失望的思想准备，如果事态的发展不尽如人意的话——我们发现的是一个以前无人知晓的海豹栖息地，但是她情绪还是蛮高的，坦然面对我们目前所处的困境。

“如果你的观点是对的话，”我说，“那我们就只能准备在这儿过冬了。我们的食物没那么大的量，但是这里有海豹。不过到了秋天它们就要迁徙了，因此我必须尽快贮存一批海豹肉，另外还必须搭建棚屋，拣拾漂木，还要尝试用海豹油来照明。总之，如果我们发现这是一座无人岛，那我们手头的活儿多了去了。但是，我相信这岛上会有人的。”

但是她的话是对的。我们迎着横吹的风驾着小艇沿着海岸航行，用望远镜仔细搜索着这两个小海湾，偶尔还上岸查看一番，都没有发现有人居住的痕迹。但我们已经知道我们不是第一批登上勉力岛的人。在与我们相邻的另一个海湾沙滩高处，我们发现了一只小艇的破烂残骸。我们知道那是一只猎海豹的小艇，因为桨架是用编绳拴住的；小艇的艇首右舷处还有一个枪架，上面的白色油漆字迹还依稀可辨：瞪羚 2 号。那小艇在那儿已经搁了很长时间了，因为艇内的一半空间已灌满了沙子，木头经过长期的风吹雨淋、太阳暴晒，已经腐烂不堪。在艉座板上我发现了一支生锈了的十毫米口径猎枪，以及一把可以插进刀鞘的水手刀。水手刀已被横着折断，锈得几乎辨认不出原来的模样了。

“他们离岛了。”我故作兴奋地说，心却直往下沉，仿佛感知到在沙滩的某处掩埋着猎手的白骨。

我不愿意莫德的心绪受到发现物的负面影响，于是又驾着小艇朝海面驶去，绕过了小岛的东北角。小岛的南岸没有沙滩，正午刚过，小艇绕过了黑色的岬角，完成了环岛航行。我估计小岛的周长有二十五英里，宽度从二英里到五英里不等。按我最保守的估计，岛上的沙滩上生活着二十万只海豹。岛的西南端地势最高，陆岬和主脊从这里均衡下降，至岛的东北角距海面只有几英尺高。除了我们所处的小海湾，别的海滩都呈缓坡状，宽度约为半英里，其上是我称为岩石草地的地带。那儿的岩石间东一块西一簇地长着些苔藓和苔原草，这里就是海豹栖息的地方。年长的雄海豹在这里护卫着自己的“女眷”，而年轻的雄海豹则只能在这里单干苦熬。

以上的简短介绍就足以概括出勉力岛的地理特色了：岛上能落脚之处不是怪石嶙峋，就是阴冷潮湿；所处方位既招风又惹浪，再加上空气中激荡着二十万只两栖动物不住的吼叫声，这可真算得上是一个令人郁闷的凄惨逗留地点了。劝我做好失望心理准备的莫德，整个白天都轻松愉快、活力十足的莫德，在我们回到小海湾上岸后，精神崩溃了。她在我面前貌似勇敢地硬撑着，但当我再一次取火种时，我知道她躲在帆布帐篷里的毛毯下偷偷哭了。

这次轮到我扮演高兴者的角色了。我尽了自己的最大努力，成功地使她可爱的眼睛里重又笑意盈盈，口中又哼起快乐的曲儿，因为她在早早就寝之前对我唱起了歌曲。那是我第一次听她唱歌，我躺在火堆旁听得入了迷。因为她无论做何种事情都有艺术家的风范，她的嗓音虽不高亢，但却甜美异常，具有表现力。

我还睡在艇上。那天晚上我辗转反侧，难以入睡，凝望着天空中多少个夜晚以来我已熟悉的初星，思考着目前的处境。我还是第一次承担如此沉重的责任。海狼拉森说得对，我以前是靠我父亲的双腿站着，我的律师和经纪人管理着我的资产，我完全不用负任何责任。然后，在“幽灵”号上，我学会了对自己负责；而现在，我发现自己平生第一次要对别人承担责任了。而这对于我而言是最为沉重的责任，因为在我的眼中她是世界上独特的女人——独特的娇小女人，我就是这么想象她的。

第三十章

也难怪我们称此岛为“勉力岛”，仅建一间棚屋我们就苦干了两个星期。莫德坚持要搭上一把手，弄得双手青紫流血，令我欲哭无泪，但我仍为她的表现感到骄傲。这位出身上层社会的妇人，以她不值得一提的体力干着农村女人的粗活，不畏艰难困苦，还真是有点英勇气概。她搬来了许多石块，我用来砌起棚屋的墙壁。我央求她别干了，她却充耳不闻，最终也有所妥协，承担了一些体力较轻的活，例如做饭、拣拾一些漂木和苔藓，以备越冬之需。

棚屋的四堵墙都顺利地砌起来了，其他的活也都顺利，但棚顶的问题却让我犯了难。如果没有棚顶，光四面墙有什么用？但用什么物料去做棚顶呢？当然，多余的桨是有的，可以用来做棚梁，但是上面铺什么呢？用苔藓是不可能的，苔原草也不管用。帆布是小艇要用的，而柏油帆布也已经漏水了。

“温特斯是用海象皮做棚顶的。”我说。

“可我们这里有海豹呀。”她建议道。

于是第二天我们开始去打猎。我不会打枪，但在实践中学。在我用差不多三十粒子弹打死了三只海豹后，我的结论是：在我掌握射击的技巧之前，子弹会被打光。在我想出用发潮的青苔保住火种之前，我引火已用去了八粒子弹，弹药箱内的子弹已不足一百粒了。

“我们必须用木棒打海豹。”待我深信我是个蹩脚的枪手后，我宣布道，“我听猎手们谈论过可以用木棒打。”

“它们是如此美丽的动物，”莫德反对道，“我不能想象用这种手段去对付它们。你知道的，比起用枪打，这种方法也太粗暴残忍了。”

“棚顶总得要盖起来，”我语气严厉地说，“冬天眼看着就要到了。这是生死攸关的问题，对它们是这样，对我们来说亦是如此。不幸的是，我们没有足够的弹药。而且我想，无论如何，就它们的感受而言，一击毙命总比浑身被打得都是窟窿眼，经历的痛苦还少一些。再说，挥木棒的活由我来干。”

“那是自然的。”她急迫地说，但思维一阵混乱，住了嘴。

“当然，”我开口说，“如果你宁可……”

“可是我干些什么呢？”她插嘴道，我太熟悉她那温和的语气中蕴藏着固持己见的执拗。

“拾柴做饭。”我轻松地答道。

她摇了摇头。“你一个人去干这事太危险。”

“我知道，我明白，”她挥手制止了我的反对企图，“我只是个弱女子，但是我微不足道的帮助却可能使你避开大灾难。”

“但是抡木棒的事？”我试探道。

“那当然得靠你来干。我可能会大声尖叫；我会将头调过去，当你……”

“那不是更加危险了吗？”我大笑起来。

“什么时候该看，什么时候不该看，我自己会下判断。”她颇为自负地说。

讨论的结果是第二天早上她陪我一起出发了。我将小艇划进相邻的小海湾，靠拢沙滩。水面上到处都是海豹，海滩上几千只海豹的吼叫声逼得我们为了听清对方而彼此对着大喊大叫。

“我听说过人们用木棒打海豹，”我给自己鼓劲道，同时有点担心地望着一只硕壮的大雄海豹。那只海豹距离我俩不到三十英尺，用两只前鳍肢支起身子，专注地望着我。“但问题是，他们是如何下手的？”

“我们还是去弄些苔原草盖棚顶吧。”莫德说。

她一想到即将发生的情景，和我一样被吓坏了。近距离地观察海豹那明晃晃的利齿和大狗一样的嘴巴，也真的有理由感到害怕。

“我一向认为应该是海豹怕人。”我说。

“我怎么知道海豹不怕人呢？”我沿着海滩划了几桨，然后自问自答道，“可能只要我大着胆子上岸，它们就会四散而逃，那样我就一只也抓不着了。”但我仍然犹豫着。

“我听说有个人闯进了大雁的孵卵区，让大雁给啄死了。”莫德说。

“大雁？”

“是的，就是大雁。我还是个小女孩时我哥哥告诉我的。”

“但我确实听说过人们用木棒打海豹。”我坚持地说道。

“我觉得用苔原草盖棚顶也是一样的。”她说。

与她的愿望背道而驰，她的这番话使我抓了狂，我已没有退路了。我可不能在她面前露怯。

“就是这儿了。”我说，用一只桨在海水中倒划了几下，艇头就拢了岸。

我跳上岸，勇敢地朝着一只长着浓密毛发的公海豹走去，它正待在它的“妻妾”群中。我手中持有的武器是一根特制的木棒，是专供桨手用来将猎手拖上艇的受伤海豹击打致死的，只有一点五英尺长。而我无知透顶，做梦也没有想到在岸上要想袭击海豹，需要使用四五英尺长的木棒。母海豹们笨拙地给我让出了道，我和公海豹之间的距离愈来愈近了。它愤怒地移动鳍肢向我走来，距离只剩十来英尺了。我仍然坚定地朝前走，指望它随时掉身逃走。

到距离只剩六英尺时我乱了方寸，如果它不逃走我该怎么办？那么用木棒揍它呀，我有了答案。原来在恐惧中我早已忘记了我是来猎获海豹的，而不是把它赶走了事。就在此时那公海豹龇牙喷鼻地纵身向我扑了过来，双眼贼亮，大张着嘴，白牙森森的甚是瘆人。我毫无羞愧感地承认，转身就逃的是我。公海豹扑的姿势挺难看，但速度惊人，当我翻身跌进小艇时，它离我只不过剩下两步的距离。当我挥动木桨时，它一口咬住了桨叶，将那结实的木片像咬鸡蛋壳一样嚼成了碎片。莫德和我都被吓得目瞪口呆。不一会儿海豹又潜到艇底下面，用嘴咬住龙骨死命地摇晃。

“天啊！”莫德惊呼道，“我们快回去吧。”

我摇了摇头。“别的男人能做的事，我也能做。而我知道有的男人就是用木棒猎获海豹的。但我想下次再也不能招惹公海豹了。”

“你本来就不应该去打公海豹的。”她说。

“接下来就不要再说什么‘求你了’、‘求你了’。”我半生气地喊道。我意识到态度可能有点生硬。

她没有吱声。我知道我的语气伤到了她。

“请你原谅。”我对她说，或者说为了盖过海豹们的吼叫声，对她大声喊道，“如果你坚持自己的意见，我们就回去。但是说心里话，我还是想再试一下。”

“以后可别说你得到的后果是由于带着一个女人导致的。”她笑着对我说，笑得迷人又灿烂，因而根本不存在原谅不原谅的问题。

我将小艇沿着沙滩划了三百英尺的距离，以平定自己的心绪，然后又上了岸。

“要多加小心啊。”她在我身后叮嘱道。

我点点头，开始从侧面攻击一群“妻妾”。开始时一切正常，我挥着木棒朝躺在最外面一只母海豹的头上打去，却扑了个空。它挪动身子喷着鼻息想逃，我趋步上前又是一棒，没击中脑袋，落在了背部。

“小心！”我听见了莫德的惊叫声。

我处于情绪亢奋之中，没有观察周边的情势，此刻抬头一看，“妻妾”们的老爷正纵身朝我扑来。我转身就朝小艇上逃，公海豹在我身后穷追不舍，但这一次莫德没有劝我“收兵回营”了。

“我想，你别去骚扰那些有主的海豹，把注意力放在那些落单的、看上去没有什么攻击性的海豹身上，这样会好一些。”她如此这般地对我说。“我好像读过这方面的书籍，我想是约旦博士①写的。书中说它们是些年轻的公海豹，还未到拥有‘妻妾’的年龄，约旦博士将它们称为‘海豹雏儿’或什么的。在我看来，只要找到它们出没的地方……”

“我看你那好斗的天性好像是被激发出来了。”我笑着说。

她的脸立马羞红了，红得可爱。“我必须承认我和你一样不喜欢认输，但我同样不喜欢伤害这些漂亮而且无害的动物。”

“漂亮？”我对这种说法嗤之以鼻。“我可看不出这些满嘴喷着白沫，在我身后穷追不舍的畜牲有什么特别漂亮的地方。”

“这是你的个人感受。”她笑着说，“你缺乏全景观念。你如果不离观察目标如此之近……”

“这就是关键所在！”我大声说道，“我需要一只更长的木棒。不过我手边还有把被咬破了的桨。”

“我才想起来，”她说，“拉森船长曾告诉我猎手是怎样在栖息地猎获海豹的。他们将海豹分隔成小群，往内陆方向驱赶一会儿，然后将它们打死。”

“我可不想去驱赶这些‘妻妾成群’的海豹。”我反对道。

“但是还有那些‘海豹雏儿’呀。”她说，“‘海豹雏儿’都是单

① 约旦博士：David Starr Jordan（1851—1931），美国教育家、生物学家，斯坦福大学校长（1913—1916），后半生致力于世界和平运动。

过的，约旦博士说，‘妻妾成群’的海豹会在所处位置的四周留下通道，‘海豹雏儿’只要不越过通道，‘妻妾成群’的‘主人’是不会去为难它们的。”

“那儿就有一只。”我指着海水中一只年轻的雄海豹说，“我们盯住它，只要它一上岸我们就跟上去。”

年轻的雄海豹径直游上了岸，摇摆着在沙滩上两群‘妻妾’间留下的狭窄通道上行进。两边“妻妾”们的“主人”发出警告的吼叫声，但没有攻击它。我们眼瞅着它在一群群“妻妾”中曲折穿行，慢慢朝内陆走去。它走的一定是“小道”了。

“它上去了。”我说着跳出了小艇。但是我得承认，一想到要穿过可怕的海豹群，我的心就提到了嗓子眼里。

“最好先拴住小艇。”莫德说。

她已经上岸来到了我身边。我讶异地望着她。

她坚定地点点头。“是的，我要跟你一起去，你最好先拴住小艇，再给我找一根木棒。”

“我们还是回去吧。”我气馁地说，“想来想去，我最终觉得用苔原草也行。”

“你心里明白它不顶用。”她如此回答，“我能走在前面吗？”

我耸了耸肩，但心中充满了对这个女人最热烈的赞美和骄傲之情。我递给她那把被海豹咬破了的桨，自己也操起了一把。最初几步真是迈得胆颤心惊。一只母海豹好奇地探出鼻子嗅了嗅莫德的脚，吓得她失声尖叫；有几次海豹对我做出了同样的动作，我只得加快了脚步的频率。但总的来说，两边的海豹除了发出似咳嗽的警告吼声外，没有表现出敌意。这个栖息地上生活的海豹从未受到过猎手们的攻击，因此性格较为温顺，也不惧怕人。

置身于海豹群的中心，喧嚣声实在太闹心，令人头晕目眩。我停下脚步对莫德发出鼓励性的微笑，我已先于她平定了自己的情绪，看出她还处在惶恐不安的状态。她将身体靠近我，大声叫道：

“快吓死我了!”

可我已感觉不到害怕。虽然刺激感尚未完全消褪，但海豹们的平和性情已舒缓了我的紧张感。莫德全身在发抖。

“我害怕，我也不害怕。”她磕打着下巴语无伦次地说道，“是我这可恶的身体感到害怕，不是我本人。”

“好了，没关系的。”我安慰着她，手臂本能地搂住了她的腰，想要保护她。

我这一辈子都不会忘记：在那一瞬间我感受到了自己身上的男子汉气概，我天性中的原始潜能被激发出来，充盈着男性的荷尔蒙，我是弱者的保护人，战斗的男子汉。而最最重要的是，我自觉到我是心爱人的护卫者。她正倚靠着我的身体，如此娇弱，如百合花般易受摧残。她的身体逐渐停止了颤抖，而我的身体却平添了无穷的勇气，可以与海豹群里最凶猛的雄海豹一较高下。我确信，此时若真有那么一只海豹攻击我，我一定会毫不退缩地沉着应战，而且一定会将它一击毙命。

“我现在已经好了。”她说，抬起头感激地望着我。“我们继续吧。”

我意识到是我身上的力量使她镇静下来，给了她信心，内心感到十分欣喜。虽然我已是一个高度文明的现代人，身心却似乎涌动着远古社会的生命激情，亲身经历着已湮灭于历史记忆的先祖们在丛林中狩猎和栖身的洪荒生活，这一切有很大一部分要归功于海狼拉森。我们在两旁“妻妾”成堆的小道上曲折前行时，我有了如此的想法。

在距离海岸约四分之一英里的陆地上，我们找到了一群“海豹雏儿”——一群毛色有光泽的年轻公海豹。它们过着寂寞的单身生活，积蓄着能量，准备着通过搏杀过上新郎倌的幸福生活。

事态的进展十分顺利，我似乎已经领悟到该做些什么，以及如何去做了。我大声吆喝着，用木棒吓唬它们，甚至去戳戳有些懒得动的家伙。很快我就从海豹群中分离出二十来只年轻的公海豹，凡是有想溜回海水中的海豹，我都将其迎头截住。莫德也积极参与了分离行动，她大声呼叫着，挥舞着手中的那支破桨，帮了我很大的忙。但我也注意到，只要有一只海豹显露出疲倦的神态，落在了后面，她就故意让它溜掉。同时我亦注意到，但凡有一只海豹有反抗的意思，想硬闯出去，她就目光灼灼，利落地用手中的木桨予以教训。

“天啊，这真是太刺激了！”她大声叫道，已累得迈不开步了。“我得歇一下了。”

我赶着这一小群海豹——由于她故意放走了一些，现在只剩十二三只——又往前走了一百码左右，到她赶过来时我已将它们敲死，开始剥皮了。一个小时后我们得意地沿着“妻妾”们组成的小道满载而归。我们在这条小道上又往返了两次，直到我认为已获得足够的铺棚顶材料。然后我张起帆来，抢风调向驶进外海湾，然后再次抢风调向驶入了我们栖身的内海湾。

“真有一种回家的感觉。”莫德感叹道，此时我正将小艇靠拢岸边。

此话在我心中激发共鸣。这话说得如此亲密，如此自然，我不禁说道：

“我好像一直就过着这种生活。对书斋生活和学究式研讨只留下模糊的印象，不像现实而像是梦里的追忆。我这半辈子倒像是在狩猎、劫掠和与人搏斗中度过的。而你似乎在其中也据有一席之地，你是……”我几乎要脱口而出“我的女人，我的伴侣”，但机巧地将其变成了“经受住了苦难的磨炼”。

但她听出了话中的破绽之处，知道我话说了一半变了调。她迅速地瞥了我一眼。

“别说这些，你想表达的是……”

“是说美国的梅内尔夫人当时过着原始人的生活，而且很适应那种生活方式。”我故作轻松地答道。

“哦。”她只简单地应了一声，但我敢发誓她的话音里有一丝失望的意味。

不过这句“我的女人，我的伴侣”在当天，以及在接下来的许多天里，一直在我脑海里轰鸣，但回声最响的是当天晚上。当时我看着她扒开炭火上覆盖的青苔，吹燃了火苗，亲手做着晚餐。这句可追溯到种族起源的古老语句，挑逗起了我内心蛰伏的原始野性，攫住了我的心灵，刺激了我的身体。就在这种状态之下，我一遍又一遍地对自己默念着这句古语，直到自己沉入梦乡。

第三十一章

“会有点臭味，”我说，“但它可以保暖，还可以遮挡风雪。”

我们正在检查已经铺设完毕的海豹皮棚顶。

“有点简陋，但管用，这是最主要的。”我继续说，内心渴望着她的赞美。

她双手鼓掌说她高兴极了。

“但棚子里黑黢黢的。”过了一会儿她又说道，她双肩缩着不自觉地打了一个寒颤。

“当我砌墙时你应该建议留一扇窗户的。”我答道，“棚屋是给你住的，你应该想到要一扇窗。”

“但我从来都不注意表面的东西，这一点你是知道的。”她笑着说，“再说，你随时都可以在墙上敲个洞出来。”

“这倒是真的，我怎么没想到？”我摇晃着脑袋煞有介事地回答，“你想到预定窗玻璃了吗？给这个公司打电话——里德公司，4451，我想就是这个电话号码——告诉他们你需要的玻璃种类以及规格尺寸。”

“你这话的意思是……”她开口问道。

“没有窗户。”

棚屋阴暗简陋，在文明世界里只配做猪舍，但对饱受过无篷小艇苦难折磨的我们来说，却是个舒适的小窝。我们用艇上的捻缝棉作灯芯，点燃海豹油，举行了一个简单的新居落成仪式，然后去狩猎，以储备越冬用的肉食，以及再修一间棚屋。熟能生巧，现在干活已变得越来越简单了。我们早上出发，中午小艇就满载海豹而归了。而且，在我搭第二间棚屋时，莫德就用海豹脂炼油，并用它在微火状态下熏制海豹肉干。我听说过北美大平原上有名的晒制长条牛肉干，我们将海豹肉切成薄长的细条，将它们放在烟火上熏烤，制作得很成功。

修第二间棚屋相对简单，我将它紧挨第一间，省去了一面墙，但这毕竟是活儿，全都是艰苦的体力劳动。莫德和我两人每天从清晨一直干到傍晚，累得筋疲力竭。所以每当夜幕降临，莫德和我各自僵硬地躺在床上，像动物般地死睡过去。尽管如此，莫德宣称她从未感到过身体像如今这般好，这般强壮。我知道自己的身体状况的确是如此，但是她体质娇弱得如同百合花，我担心她随时会累垮。我多次看见她累得平卧在沙滩上，用她那种特有的方法缓一下劲，恢复体力。然后她便站起身来，像从前一样使劲干活。我真不明白她那力气是从哪儿来的。

“想想冬天的长假吧。”我责备她时，她这样回答我，“不是吗？到那时我俩还巴不得手里有点活干呢！”

当我住的棚屋铺顶工作完毕后，我们在里面举行了落成仪式，这时已刮了三天三夜的一场暴风已接近了尾声。风从东南方吹向西北方，宿营地正处在风口上。外海湾的滩头传来雷鸣般的浪击声，就连我们所在的这个被陆地包围的小海湾里，掀起的波涛也颇为可观。此时宿营地失去了海岛高峻的山脊屏障，疾风便一直在棚屋的外面呼啸肆虐，使我颇为担心棚壁会被大风摧垮。我原先认为我已将海豹皮棚顶绷紧得如同鼓面，但每次罡风刮过，它不是这一处凸起来，便是那一处凹进去；莫德用青苔堵塞了墙壁上的无数缝隙，但堵得并不如她想象的那么紧密，被大风一刮便现了原形。但棚内海豹油燃烧得明亮，我们感到温暖且舒适。

那的确是一个令人愉快的夜晚，我和莫德一致推选它为勉力岛上最具社交感的庆祝仪式，至今令人难以忘怀。我们的心情处于放松状态，不但接受了在岛上度过苦寒冬天的现实，而且做好了物资准备。我们已不在乎海豹群何时开始它们神秘的向南迁徙之旅，风暴也不再使我们感到惧怕。我们的居所不但干燥、暖和，不受风雨的侵扰，而且有着用青苔所能铺就的最柔软、最奢华的床垫。这主意来自莫德，而且青苔都是经她的手精心采摘来的。那是我自登岛以来第一次躺在床垫上，因为是她亲自铺就的，我知道我会睡得更加香甜。

她站起来打算离开我的棚屋时，转身以她特有的姿态神秘兮兮地对我说：

“会出事的，实际上已经在出事。我能感觉到，某种东西已奔小岛而来，是冲着咱俩来的。我不知道是怎么回事，但它已经在来的路上。”

“是好事还是坏事？”我问她。

她摇了摇头：“我也说不清，但它就在那里，在某个地方。”

她用手指了指大海和风刮来的方向。

“那儿是下风的海岸。”我笑了起来，“就今晚的气象条件，我情愿待在原地，也不愿涉险上岸。”

“你没有害怕吧？”我前去给她开门时问道。

她双眼勇敢地直视着我的眼睛。

“你感觉还好吧？十分好？”

“从来没有这么好过。”这就是她的回答。

在她离开之前，我们又交谈了一会儿。

“晚安，莫德。”我向她道别。

“晚安，汉弗莱。”她应道。

我们彼此间直呼对方的名字，并不是蓄意为之，而是自然而成的结果。在那一刻我本该张开双臂将她拥入怀中，紧紧抱住的，若是在我俩熟悉的那种社会氛围中，我一定会这么干。但在当时的环境下，也只能止于那一称呼的“心有灵犀”了。但当我一人孤独地待在那间小棚屋中时，我知道我们之间已建立了以前从未有过的纽带，或是达成了某种默契，心中不禁涌起一阵阵温暖、愉悦的满足感。

第三十二章

我被一种神秘的压迫感惊醒过来，觉得周边环境中似乎缺少些什么，但稍为定了一会儿神，那种神秘的压迫感却消失得无影无踪，这时我才意识到是风止住了。入睡时我精神紧张，这是由于狂风呼啸和环境喧闹造成的；醒来时我仍然绷紧了神经，但造成紧张的原因却没有了。

这是我几个月来第一次在屋顶下睡觉，我奢侈地在毛毯——这一次毛毯没有被雾气或浪花弄湿——下多躺了几分钟，体味着眼前的乐趣：首先是暴风雨终于平息下来；其次是躺在莫德亲自铺陈的床垫上的幸福感。我穿上衣服，打开棚屋的门，我仍然听得见海浪拍打着海滩的声音，海风还在不依不饶地发泄着昨夜的余威。今天是个大晴天，太阳光已照耀在海面上。我睡了个懒觉，精神抖擞地走到户外，准备马上干活以弥补浪费掉的时间，勉力岛上的居民就该如此生活。

但我刚一踏出棚屋门就止住了脚步。我确信我的眼睛没有问题，但那一刻所见的景象却令我目瞪口呆。就在那儿，离我不到五十英尺的沙滩上，躺着一条黑壳船，船头冲着陆地，桅杆处空当当的，而船的桅杆、吊杆和左右支索、帆脚索，以及破裂的帆布裹缠在一起，在船身旁的海水里轻微地上下漂浮着。这似曾相识的景象使我恨不得换一下自己的眼睛：那是我们匆忙搭建的厨房，那是熟悉的舵楼甲板隔断处，还有那稍高出栏杆的低处小艇舱。这分明就是“幽灵”号。

是什么奇特的命运将它带到了这里——大海中有那么多落帆之处，为什么偏偏来到勉力岛？我转身看了看后面陡峭的、无法攀缘的绝壁，心中感到坠入深渊般的绝望。逃走是没有指望的，根本就不用考虑。我想起了莫德，她还在我们亲自搭盖的棚屋中睡觉。我回忆起了那句“晚安，汉弗莱”，“我的女人，我的伴侣”还在我脑际间回荡，但现在，我的老天，竟忽然间具有了丧钟般的鸣音，瞬时间我眼前一片漆黑。

不知道过了多长时间，也可能是在毫秒之间吧，我恢复了神智。“幽灵”号就在那里，船头冲着海滩，断裂的船首斜桁伸出在沙滩上，摇臂吊杆之类的散落物在起伏有声的拍岸浪中撞击着船身。我要采取措施，一定要想出对策。

我忽然间觉得非常奇怪：船上怎么会无人走动？难道是遇上了海难，船上的人通宵都在抢险，现在累得都去睡觉了？我猜测道。于是我马上联想到莫德和我还有逃走的机会。只要我们抢在有人醒来之前登上小艇，绕出海湾入口就成功了。我必须去叫醒她马上出发。我刚举起手准备去敲她棚屋的门，却想起来这只不过是一座小岛，我们在岛上找不到一个安全的藏身之处，除此之外面对的就只有暗藏凶险的茫茫大海。我又想到了我们舒适的小棚屋，我俩在大海上是无论如何都熬不过即将到来的冬天和狂风骤雨的。

我就这样犹豫不决地站在她门口，举起来的手敲不下去。这么做是不行的，绝对不行。这时，我脑海里涌出一个疯狂的念头：乘她熟睡之机，冲进屋去将她杀死。而就在此时，我头脑中灵光一现，想出了一个更好的解决方案：既然船上的人都睡死了，我为什么不能乘机溜上“幽灵”号，趁海狼拉森正在熟睡时将他杀死？何况摸到他的床位去，对我而言是轻车熟路。杀死他以后……行了，走一步算一步吧。只要他一命呜呼，我们有的是时间和空间来考虑其他的问题。再说，无论再出现什么新状况，都不会比目前的更糟糕了。

我的匕首已别在腰上，我转身进棚屋取了猎枪，压上子弹，走下坡，来到了“幽灵”号的船身前。我上船时费了些气力，甚至让海水淹没了腰身。水手舱的进出口敞开着，我停下脚步聆听水手们的呼吸声，但却没有听到。突然冒出来的想法几乎使我倒吸了一口凉气：“幽灵”号该不是有人故意遗弃在这里的吧？我更用心地去听，依然没有声音。我小心翼翼地走下楼梯，舱房里充斥着一种被人废弃不用的空旷感和腐霉味，随处堆放着抛弃掉的破衣烂裳，以及旧高筒防水靴，龟裂的油布衣裤，总之都是一些长期出海归来后遗弃在水手舱中的无用垃圾。

我登上甲板，得出了结论：“幽灵”号在慌乱中被遗弃了！我心中又升腾起希望。我更冷静地观察了一下四周，小艇都没了踪影。统舱内的情形与水手舱如同一辙，猎手们也收拾好随身行李同样匆忙地撤离了。“幽灵”号已遭人遗弃，归我和莫德所有了。我想到了船舱下的存储物品和储藏室，心里涌起了一个念头，拿点好食材做顿早餐，给莫德一个意外之喜。

恐惧感的消失，以及知道自己不用再干那件上船来的冒险活儿，竟使我的心情和行动像大男孩般的迫切。我一步两级地登上了统舱的扶梯，心中除了感到快乐，就是希望莫德还在酣睡，直到我把惊喜的早餐端到她的床前。我绕过厨房时想起了里面成套的烹饪用具，心中又涌起了据为已有的满足感。我跳上了舵楼甲板隔断处，便看见了——海狼拉森。出于冲力，亦由于惊人的意外，我在甲板上踉跄了三四步才收住了身子。海狼拉森站在升降口扶梯里，只露出了头和双肩，两条胳膊支在半开的滑门上，两眼直勾勾地望着我。他身体一动不动，就那样站在那儿瞪住我。

我全身发起抖来，又犯了胃痛的老毛病。我伸出一只手扶在舵楼边缘稳住自己的身体，突然觉得口干舌燥，我舔了舔嘴唇以备要开口说话，也目不转睛地盯着他。我俩谁也没开口说话。他的缄默不语、不动如山，都预示着一种凶兆，昔日对他的恐惧，以及百倍于它的新恐惧一齐涌上了我的心头。然而，我俩这天生的一对冤家，仍然站在原处，互相瞪着。

我意识到必须要出手，但往日的无助感仍然困扰着我，我等着他先采取行动。然而，随着僵持时间的延长，我觉得目前的情形和我先前逼近那只长着浓密毛发的公海豹的情形十分相似，我要棒杀它的目的被恐惧心理所扭曲，最后变成了赶走它了事。因此，我最终清醒过来，我上船来并不是为了让海狼拉森掌握主动权的，我应该先发制人。

我扣住两支枪管的扳机，将猎枪端起对准了他，他若是一动，将身体缩进升降口，我就会开枪射杀他。可是他仍像刚才一样，站在原地瞪住我，身子纹丝不动，在我这样双手哆嗦平端着猎枪直面他时，我有时间观察他那憔悴消瘦的面容。看来他经受过严重焦虑的煎熬，双颊凹陷，双眉紧锁，而且他的双眼看上去有点奇怪，不仅是眼神，而且有生理性异常，仿佛视觉神经和支撑肌受到了损伤，眼球有些许的畸形。

我把这一切都看在了眼里，同时脑子在飞速地运转。我有一千种想法，手却扣不动扳机。我将枪口朝下，朝舱前的角落处跨了两步，想舒缓一下紧张的神经，再重新来过，在不知不觉中拉近了与他之间的距离。我再一次端起了猎枪，他与我之间几乎就只有一臂之遥的距离，已没有活下去的希望。我已经下定决心，即使我射术再差，也不可能击不中他，然而我仍然与自己较着劲，扣不下扳机。

“怎么啦？”他不耐烦地问道。

我竭力强迫手指扣动扳机，没有用；我竭力想说点什么，说不出来。

“你为什么不开枪?”他问道。

我觉得嗓子发涩，说不出话来，干咳了一声。

“驼背，”他慢吞吞地说，“你下不了手。你不是真的害怕，而是没有种。你的传统道德观束缚了你的身体。你是某种教条的奴隶，这种教条在你认识的人和读过的书中很流行。这种行为模式在你牙牙学语时就灌输到了你的脑中，无论你有何种哲学理念，也无论我教了你一些什么，它都不允许你杀死一个手无寸铁、无力反抗的人。”

“我知道。”我沙哑着嗓子说。

“而你知道，我却可以干掉一个没有武器的人，就像抽一根雪茄那样简单。按照你生活的那个世界的价值标准，你清楚我是怎样的一个人。你曾经把我叫作毒蛇、猛虎、鲨鱼、恶魔，以及卡利班，可是你这个小破布木偶人，小跟屁虫，你却无法像杀死毒蛇或鲨鱼一样杀死我，因为我有手、有脚，有和你大体相同的躯干。呸！我原指望你能更有出息些的，驼背！”

他登上了升降口，直逼到我面前。

“把枪放下。我想问你几个问题，我还没抽出时间上岸去打探一下呢。这是什么地方?‘幽灵’号搁浅在什么位置?你身子是如何弄湿的?莫德在哪儿?啊，对不起，我应该称她为布鲁丝特小姐，或者我应该称‘范·魏登夫人’?”

我不得不后退了几步以避开他。因为无能力开枪射杀他，我懊恼得几乎要哭出来，但还没愚蠢到放下枪的程度。我迫切地希望他会做出一些带敌意的动作，如猛击我一掌、想扼住我脖子之类的，我知道只有这样才能迫使我开枪射击。

“这里是勉力岛。”我告诉他。

“没听说过。”他打断我道。

“至少我们是这样称呼它的。”我补充道。

“我们?”他狐疑地问道，“‘我们’又是谁呀?”

“布鲁丝特小姐和我。至于‘幽灵’号搁浅的位置，你自己可以观察一下，它的船头是冲着海滩的。”

“这岛上有海豹。”他说，“它们的叫声惊醒了我，要不然我现在还在睡觉呢。昨晚上我驾船进海湾时就听见了，是它们告诉我正驶向背风面的海岸。这是一处海豹栖息地，是我多年来一直在寻找的一块宝地。这还得感谢我的亲哥死亡拉森，他让我撞上大运了。这可是座金矿。它具体处在什么方位？”

“这我可不知道。”我说，“但你应该知道它的大致方位。你上次在观察帆船具体方位时是在什么地方？”

他高深莫测地笑了一下。没有回答。

“那么，其他的人都去什么地方了？”我问道，“怎么只剩下你一个人呢？”

我预感到他亦不会理会我的这个问题，但令我吃惊的是这一次他回答得很痛快。

“我哥在四十八小时就抓到了我，但这不是我的错，他趁深夜只有一个人值班时强行登上了船。猎手们都背叛了我，他答应分给他们更多的红利，这是我亲耳听见的。水手们当然会不管我的死活，这是预料中的事。全体人员都反水了，于是我就被囚在自己的船里流放了。死亡拉森赢了，但总归是一些家庭的内部纠纷。”

“但是船的桅杆怎么会都没有了？”我不解地问道。

“你过去看看那些收紧索吧，”他说道，同时用手指了指后桅索具本该在的位置。

“它们都被人用刀割断了！”我惊呼道。

“不完全是那么回事，”他笑着说，“做这事的人心机更重一些。你再仔细瞧瞧。”

我又仔细察看了一遍。收紧索被刀割断了一大半，却还能拉住左右支索，直至更大的外力将它们扯断。

“厨子玩的把戏。”他又笑了，“我心知肚明，只是没有当场逮住他罢了。我和他之间多少算扯平了。”

“马格里奇干得漂亮!”我大声叫好。

“说得好，众叛亲离后我也只能这么想。我自认倒霉。”

“可是当发生这一切的时候，你在干什么呢?”我问。

“我尽力而为了，你可以相信这一点。虽然在那种形势下，也做不了太多的事情。”

我转过身去再次察看了一下托马斯·马格里奇的“杰作。”

“我想我还是坐下来晒晒太阳吧。”我听见海狼自言自语道。

他的话音里有一点——只有那么一小点——体力不支的意思，我觉得有点怪异，急忙瞥了他一眼。他用手神经质般地在脸上抹了一把，仿佛要抹掉上面沾的蜘蛛网似的。我感到困惑不解：他整个模样已完全不像我们认识的海狼拉森了。

“你的头痛毛病现在怎么样了?”我问。

“它还在找我的麻烦。”他回答。“我想现在它又开始痛了。”

他的身子从坐姿逐渐下滑，最后躺倒在甲板上。然后他侧起身子，将头枕在下面胳膊上，上面的手臂伸出挡住射向双眼的阳光。我惊讶地注视着他。

“现在是你的机会，驼背。”他对我说。

“你不明白你的意思。”我撒了谎，我完全明白他说这话的含义。

“哦，没什么意思。”他轻声说下去，好像要睡过去。“我是想说，你想在这儿抓住我，我就送上门来了。”

“不，我并不想你出现在这里，”我反驳道，“我希望你离这儿有几千英里。”

他咯咯笑了起来，从此不再言语。我走过他的身边，下到舱房去，他也一动不动。我揭开地板上的活动门，盯着黑暗的储藏室，迟疑了好一会儿不敢下去。如果他是佯装躺下，那我该怎么办?好嘛，那我就变成了关进笼子里的一只老鼠。我轻手轻脚地爬到升降口，偷瞄了他一眼。他还像我离开时那样躺在甲板上。我又下到了舱房，但在下到储藏室之前，我采取了防范措施，先将活动门扔了下去，至少捕鼠笼没了盖子。但事后证明这完全没有必要。我以能带走为原则，尽量多取食物，如果酱、压缩饼干、罐装牛肉之类的，然后爬回舱房，将活动门重新盖上。

我又偷看了海狼拉森一眼，他仍然躺在原地未动，我脑子里又冒出一个新主意。我溜进他的舱房，取走了他的两把左轮手枪。我彻底搜查了剩下的三间舱房，没有发现其他的武器。为保险起见，我又去水手舱和统舱检查了一遍，在厨房搜走了剁肉刀和切菜刀。然后我又想起了他总是随身携带的大号快艇用刀。我走近他的身边，试着和他说话，起初轻声细语，后来放大了嗓门，他身子都没有动弹一下。我弯下腰去从他口袋里掏出了那把刀，我的呼吸舒畅起来。他再也没有可以从远端攻击我的武器了，而我拥有武器，即使他再打算用他那大猩猩一样可怕的胳膊来扭打我，我也有先手制服他。

我将一部分战利品分装在一个咖啡壶和一个煎锅里，再从舱房的餐具橱里拿了一些瓷器，将海狼拉森独自留在船上晒太阳，自己上了岸。

莫德还在睡觉。我吹燃了余火（我们还没来得及搭越冬的厨房），兴致勃勃地做起了早餐。早餐快做好时我听见她那棚屋里有了动静。她正在梳洗。一切安排妥当，咖啡已经倒好，棚屋的门开了，她走了出来。

“你这么做可不公平。”她跟我如此打着招呼，“你这可是侵犯了我的特权。你知道我俩是有协议的，做饭是我的职责范围。可你……”

“下不为例。”我申明道。

“仅此一回。”她微笑道，“当然，除非你厌倦了我那可怜的厨艺。”

令我满心欢喜的是，她一次也没有望向海滩。而我的逗笑打趣成功地转移了她的注意力，于是她若无其事地用瓷器杯子啜着咖啡，吃着锅煎土豆片，还往压缩饼干上抹着果酱。但好景不长，我看到她脸上浮现出惊讶的表情，她发现正在吃着的食物是盛在瓷盘里的，又观察了一下早餐的种类，注意到了诸多细节。然后她看了我一眼，脸慢慢地转向了海滩。

“汉弗莱！”她失声喊道。

往日那难以言说的恐惧神色又浮现在她的眼中。

“是……他？”她用发抖的嗓音问道。

我点了点头。

第三十三章

我俩整天都在等着海狼拉森登上岸来，这种等待是一种令人难以忍受的焦虑折磨。每过一小会儿我俩中的一个就会看一眼“幽灵”号，但他并没有上岸，甚至都没有在甲板上露面。

“也许是他头痛的原因。”我说，“我下船时他正躺在舵楼甲板上。他说不定会在那儿躺上一整夜。我觉得我应该上去瞧一眼。”

莫德用乞求的眼神望着我。

“没关系的，”我让她放心，“我把两支左轮手枪都带上。你知道我已经收走了船上所有的武器。”

“但是他还有双臂和双手，他那双可怖的、极其骇人的手！”她极力反对着。然后她又叫道：“啊，汉弗莱！我怕他！别去……请你不要去！”

她将手乞怜般地放在了我的手中，加速了我脉搏的跳动。我的眼睛不觉间流露出心中的怜爱之情。这个至亲至爱的女人啊！她是如此标准的一个小女人，小鸟依人，惹人爱怜；她是滋润我男子汉气概的雨露阳光，是我新生勇气的根源和喷薄出口。我又有了伸出手臂搂她入怀的冲动，一如先前在海豹群中的感受，但在考虑过后，抑制了内心的冲动。

“我不会冒任何风险的，”我说，“只是到船头那里偷瞄一眼。”

她紧握了一下我的手，然后松开放我走了。但是我离开海狼拉森时他躺的甲板上却空无一人，他显然是下到舱底去了。

当天晚上我俩分头值班，轮流睡觉，因为谁也说不准海狼拉森会做出什么疯狂的举动。毫无疑问，他能干出任何事来。

第二天我们继续等着，接下来是第三天，海狼拉森依然没有露面。

“他的那种头痛，那种一阵一阵地发作的头痛可不是什么好征兆。”第四天下午莫德说，“他可能是病了，说不定已经死掉了。”

“或者快要死掉了。”她在等我回应时，又冒出了新的想法。

“求之不得。”我回答道。

“可你想想吧，汉弗莱，和你我一样的一个人正孤独地捱过他生命的最后一刻。”

“也许吧。”我模棱两可地答道。

“是的，也许是这样，”她坦诚地说，“我们不知道具体的情况。要真的是那样就太可怕了。到那时我是绝不会原谅自己的。我们必须得做点什么。”

“也许吧。”我敷衍道。

我仍然等待着，内心却在嗤笑着她滥用女人的天性，竟在芸芸众生中关心起海狼拉森这种人来。那么她对我的关心体现在哪儿？我郁闷地想道——对这个曾经想上船去偷瞄一眼她都加以阻拦的我？

她是个敏感的女人，不可能觉察不到我忽然缄默无语的意蕴，但她表现出的率真亦一如她的敏感。

“汉弗莱，你必须上船去弄清情况。”她说，“你要是想嘲笑我，那也随你的意，我不会怪你的。”

我顺从地站起身子，走下沙滩。

“一定要多加小心。”她在我身后喊道。

我在水手舱顶上挥了挥胳膊，跳上了甲板。我往船的后部走去，来到舱房的升降口。我不愿下去，只朝里面喊了两声，海狼拉森回声作答。当他从楼梯处往上爬时，我扣住了左轮手枪的扳机，两人对话时也有意将枪亮在明处，但他却视而不见。就身体状况而言，与我上一次见到他时没什么区别，但神情更阴郁、更加少言寡语了。实际上，我们之间交流的只言片语都称不上交谈。我没有问他为什么不上岸；他没有问我为什么不上船。他说他的头不再痛了。就这样，再无进一步的交流，我离开了他。

莫德听了我的汇报有一种如释重负的表情，船上的厨房冒出的炊烟使她的心情更加愉悦。第二天、第三天我们都看见厨房有炊烟冒出，偶尔还能在舵楼甲板处看见他的身影。但仅如此而已，他从没有上岸的打算。我们能确定这一点，因为我们坚持着轮班守夜。我们等着他有所行动，或者说出手，但他却按兵不动，这不仅令我们迷惑不解，更让我们寝食不安。

就这样过了一个星期。我俩的全部注意力都放在了海狼拉森的身上，他的存在使我们感受到了沉重的压迫感，我们无暇分心去做计划好的哪怕一件小事。

但是就在那个周末，船上厨房里不再冒出炊烟，他本人也不在舵楼甲板上晃动了。我看出莫德越来越不安心，虽然出于胆怯心理——甚至是自尊心，我认为——她没有重新提出请求。然而，对她有什么可苛责的？她是一个高尚的利他主义者，况且还是一个女人。再说，想到这个我曾想杀死的人正在孤独地死去，而他近在身边的同胞却袖手旁观，我也不免感到内疚。她的说法是对的，我们所属群体的行事规则比我个人的观点更有说服力。他与我有着相似的手、脚和躯干，这一事实本身就对我构成了一种无法忽视的道德义务。

因此，我没有等莫德对我第二次提出上船的央求，就主动提出食物中少了炼乳和果酱，必须再到船上去一趟。我看得出她的态度

有点犹豫不决，甚至嘟囔道那些食物都不是生活的必需品，我为它们专门跑一趟不划算。她以前觉察过我缄默无语的意蕴，现在也捕捉到了我言语中的意图，知道我上船去不是为了取炼乳和果酱，而是为了她和她心中的牵挂。她知道她没有瞒过我。

我攀上水手舱舱顶就脱下了鞋子，两只脚只穿着袜子朝船的后部悄没声息地走去。这一次我没有在升降口朝下叫喊，而是小心翼翼地下到了舱底。舱内空荡荡的，海狼拉森的舱房门关闭着。刚开始我想敲门，但想起来这一趟的借口，决定先完成表面任务。我揭开了地板上的活动门，将它放在一旁，竭力避免弄出任何声响。小卖部的商品及其他供应品都存放在储藏室里，我趁此机会又拿了一些贴身换洗衣物。

我从储藏室上来后，听见海狼拉森的舱房里有了动静。我蹲下身体聆听着，门把手“咔嗒”一响，我本能地将身子向桌子后面挪去，同时掏出左轮手枪扣住了扳机。门猛地一下被拉开，他走了出来。他的脸上显露出我以前从未见识过的沉重绝望表情。海狼拉森，一个好勇斗狠的人，一个强壮如牛的人，一个不屈不挠的人，竟然像一个绞着自己手指头的女人一样，举着两个拳头呻吟着。然后他松开了一个拳头，用手掌抹过双眼，仿佛在抹掉蜘蛛网。

“上帝啊！上帝！”他呻吟般地喊道，再次举起握紧的双拳，无尽的绝望之声在喉头间颤动着。

这景象太恐怖了。我全身发抖，脊背一阵阵发凉，额头上也沁出了汗珠。眼瞅着一个以前身体如此强壮的人忽然间变得如此虚弱不堪，垮得如此彻底，这世界上肯定没有比这更可怕的情景了。

但是海狼拉森凭借自己的坚强意志重新控制住自己的身体。这确实是意志力的展现。他抑制得自己全身发抖，像一个迹近痉挛的病人。他努力想恢复平日的面容，却在控制的过程中抽动着，扭曲着，直到还是那副模样。他又一次高举握紧的双拳呻吟着，还有一两次屏住呼吸抽泣起来，但最后他终于成功了，我几乎相信站在我面前的就是昔日的海狼拉森，但他的动作还是带着一点虚弱和犹豫的痕迹。他往升降梯口处走去，还是我所习惯的那副模样，只是那步态中亦带有某种虚弱和犹豫的痕迹。

我现在得为我自己的危险担心，那已揭开活动门的储藏室就像陷阱般横在他的道上，他只要发现了它就会立即找到我。我心中暗自生自己的气，骂自己是个懦夫，竟然形成了身体蹲在地板上的不利局面，但还有调整的时间。我急忙站起身来，下意识地——这我知道——摆出了一副应战的架势。他没看见我，也没注意到那张开口的陷阱。我还没弄清形势，或者说不知如何接招，他已径直朝陷阱踏去。他的一只脚掉进了陷阱，另一只脚也即将离地，就在此时他忽然意识到迈出去的那只脚踏空了，没有接触到坚实的地板，只见恍如昔日的海狼拉森鼓起身上猛虎般的肌肉，带动上身越过陷阱，伸出双臂将胸脯和腹部平稳着地，扑倒在陷阱另一端的地板上。他即刻抽出双腿顺势一滚，离开了陷阱。但他这一滚滚进了我放在旁边的果酱瓶和内衣堆里，撞到了活动门上。

他的脸上显露出一副恍然大悟的表情，我还来不及猜他领悟到些什么，他已将活动门放回原处，封住了储藏室。这时我才明白过来，他以为将我关在了里面。显而易见的是，他眼睛瞎了，瞎得犹如一只蝙蝠。我仔细地观察他，同时抑制住自己的呼吸声，怕不小心被他听见。他快步走向他的舱房。我看见他的手错过了门把手，差了有一英寸，又快速摸索了一下才找准它。我的机会来了。我踮起脚尖走过船舱，上到楼梯顶上。他又返回来了，拖来一个沉重的水手柜，将它压在活动门上面。他还嫌不够，又搬来一个水手柜，压在最上面。然后他又收拾果酱瓶和内衣，将它们放在桌子上。在他沿升降梯往甲板上爬时，我撤退了，悄没声息地从船舱顶上滚了过去。

他将滑门推缩进去一半，两条胳膊搁在上面，身体留在了升降口里。他像是在观察整个三桅帆船的现况，或者说是呆望着，因为他的眼睛呆滞，没有眨动。我就在他前面五英尺，直接在他的视线范围之内，他却视而不见。这太不可思议了，我竟然隐身了，变成了一个幽灵。我将手上下晃动，如我所料的没有作用，但那挥动的阴影掠过他脸部时，我立刻发现他有所察觉。他努力辨析这阴影的类型和来处，脸色紧张，露出期待的神情。他知道自己对外物的刺激有了反应，这种知觉是由外部环境的改变造成的，但对这种变化却一无所知。我的手停止了挥动，阴影停留在他的脸上。他前后左右地晃动脑袋，一会儿暴露在阳光下，一会儿晃回阴影里，体会着那阴影的效应，仿佛在测试自己的知觉感受。

我的脑子也没闲着，一直在琢磨他是如何感知阴影这种无法触知的东西的。如果只是他的眼球受到感染，或是视觉神经尚未受到毁灭性损害，解释起来倒也简单；否则，我能得出唯一的结论就是：他那敏感的皮肤能够感受到阴影与阳光之间的温差。或者还存在着一种可能性——谁说得准呢——那就是传说中的第六感，使他感知到有某个物体就在他的身旁。

海狼拉森结束了对阴影的测试，他踏上甲板朝前走去，步伐之快速坚定令我惊讶不已，但仍带着盲人特有的探步感。我现在终于弄明白了事情的真相。

令我啼笑皆非的是，他在水手舱舱顶发现了我遗留在那里的那双鞋，将它们带进厨房了。我注意到他开启炉火，给自己做饭，于是我溜进船舱，拿走了果酱瓶和换洗内衣，悄悄走过厨房，跳下海滩，光着脚去汇报情况。

第三十四章

“‘幽灵’号没有了桅杆，真是太糟了。要不然我们就能扯起帆跑掉了。你认为我们做得到吗，汉弗莱？”

我兴奋得跳了起来。

“这很难说，说不准。”我来回踱着步，语无伦次地答道。

莫德的眼光随着我转，眼神中满是期待。她对我是如此地有信心！一想到这一点就使我力量爆棚。我想起了米什莱①的话：“女人之于男人，就像对她传说中的儿子；儿子只需倒下身亲吻一下母亲的乳房，就又重新获得了力量。”② 我第一次体会到了他这一番话的真实性，至于原因嘛，它就是我现实生活的写照。莫德之于我就代表一切，她是我力量和勇气的不竭源泉，我只需望她一眼，或是想她一小会儿，就会重新获得力量。

“这事能办到，一定能行。”我边思索边肯定道，“别人能做到

---

① 米什莱：Jules Michelet（1798—1874），法国历史学家，认为历史就是人类反对宿命、争取自由的斗争史，主要著作有《法国史》《法国革命史》等。

② “女人之于男人……”：此番话中的典故出自希腊神话。

的，我就能做到；如果他们以前从未做过这种事，我也能做到。”

“做什么？天啊，”莫德急切地问道，“发点善心吧。你到底要做什么？”

“我们能办到。”我补充说，“不就是重新装上桅杆，把‘幽灵’号开走吗？”

“汉弗莱！”莫德兴奋地大叫道。

我为我的构想感到骄傲，仿佛它已成为事实似的。

“可是，该如何去做呢？”她问。

“这我还没想好。”我这样回答她，“我只知道这些天来我能做成任何事情。”

我带着骄傲的微笑望着她——有点太自傲了，她垂下了眼睛，有一会儿没再说话。

“可是那儿还有一个拉森船长。”她提醒我道。

“他瞎了双眼，力不从心了。”我即刻答道，将他如敝屣般抛在了一边。

“但是他还有两只可怕的手！你是亲眼看到他如何跃过储藏室的地板洞的。”

“可是你也知道我是怎么闪转腾挪躲过他的。”我快活地反驳她道。

“就是弄丢了自己的鞋子。”

“我没穿上它们，它们就很难逃脱被海狼拉森捉住的命运。”

我俩乐得哈哈大笑，然后开始认真地制定计划。我们要将“幽灵”号的桅杆重新树起来，驾着它重返外部世界。我还模糊地记得在高中学的物理知识，过去几个月的实践也使我积累了一些机械方面的经验，然而我必须承认，当我俩走下沙滩仔细观察“幽灵”号，以便着手实施计划时，那些泡在海水中的巨大桅杆几乎让我泄了心气。该从哪里着手呢？哪怕有一根桅杆是竖起的，也有一个高的位置可以固定住滑轮和滑车！可是一根也没有。这使我想起了令人搜住鞋带将自己提到半空中的亘古难题。我知晓杠杆原理，但上哪儿去找支点呢？

就说主桅杆吧。桅底座的直径有十五英寸，断下的部分有六十五英尺长，我粗略估算了一下，至少重三千磅。然后是前桅，直径更大，重量肯定超过三千五百磅。我该从何处下手呢？莫德一言不发地站在我身边，而此时我的脑海中浮现出水手们口中相传的“人字起重架”装置。不过尽管水手们都熟悉“人字起重架”这种玩意儿，我的“人字起重架”却是在勉力岛上独自发明出来的。我将两根圆杆的一端交叉，然后用绳子系牢，将其竖起来成倒“V”形，就能在甲板上空树起一个可以固定起吊滑车的支点。如果有必要的话，还可以在这个起吊滑车上再固定一个起吊滑车，再说还可以使用绞盘。

莫德眼见我找到了解决问题的办法，向我投来信服的温柔目光。

“下一步该干什么了？”她问道。

“清理那些杂物①！”我回答，用手指了指那些漂浮在船外、裹缠在一起的桅杆、桁板和帆索。

啊，这话语的不容置疑性，它的铿锵节奏，听在我的耳朵里就是一种享受。“清理那些杂物！”这种带有海洋味的句子数月前汉弗莱·范·魏登说得出来吗?!

我说这句话时的姿态和声调一定带有些许夸张的成分，逗得莫德忍不住笑了出来。她对可笑的人或事异常敏感，凡属虚情假意、矫揉造作、言过其实之类，都难逃她的法眼。正是她的这一特质使她的作品具有厚重感和穿透性，使她在英语文学评论界享有盛名。即使是最严肃的文学评论家，也必须具有幽默感和表达这种情感的能力，只有这样才能够吸引世人的注意力。她的幽默感是与她文学

---

① 杂物：Raffle 这个单词有特指“（船上索具等）乱糟糟一堆”之意，知晓这一点可更好地理解下文对话的含义。

艺术家的直觉相称的。

“这话我听人说过，好像是在某本小说里吧。”她笑着低声说。

我自己也具有相称的直觉，即刻间便崩溃了，掌控局面的师傅陷入了手足无措的尴尬境地。这样的场面，至少是够悲催的。

她立刻伸手握住了我的手。

“真是对不起。”她向我道歉。

“用不着，”我大喘气地说道，“这对我是个教训。我身上确实有太多的孩子气。但这一切都无关紧要，我们现在实际要做的就是那句话的字面意思：‘清理那些杂物。’你如果愿意跟我上小艇，我们就开始干活，清出个头绪来。”

“桅楼瞭望水手们口衔着折刀，正在清理那些杂物。”她面对我直接背诵了那句引语，那天下午剩余时间的劳作都是在欢声笑语中度过的。

她的任务是稳住小艇，而我的工作是将纠缠在一起的杂物分开理顺。好一堆杂乱的物品——升降索、帆脚索、支索、收帆索、左右支索、桅支索——全都让海浪冲得乱成一团，相互缠绕。不到迫不得已，我还不能割断它们，只好有时把一根根长绳在帆底横桁下面拉过，在桅杆边绕过，有时要把升降索、帆脚索打的死结解开，有时把绳索收进小艇里盘好，有时为了打开另一个死结又不得不将盘好的绳索重新散开，我不一会儿就干得汗流浃背了。

对船帆却非动刀不可。帆布经海水浸泡，变得十分沉重，分外考验我的体力。但在夜幕降临之前，我已将它们清理完毕并在沙滩上铺开，等阳光将它们晒干。收工吃晚餐时，我俩都累坏了。我们干得有效率，尽管成果看起来并不显眼。

第二天早晨，我钻进“幽灵”号的底舱去从桅座里去除桅杆断茬，莫德做我的得力助手。我俩刚开始干活，敲敲打打声就惊动了海狼拉森。

“喂，下边的人！”他在敞开的升降口朝下喊道。

一听见他的声音，莫德迅速靠近我的身子，仿佛要寻求保护似的。我们交流时她一直用一只手抓住我的胳膊不愿松开。

“你好，甲板上的人，”我应道，“早上好。”

“你在下面鼓捣什么玩意儿？”他质问道，“打算帮我把船凿沉吗？”

“正相反，我正在修理它。”我答道。

“你他妈的会修船？”他的语音里带着不解之惑。

“我在做前期清理工作，打算重新将桅杆立起来。”我轻松地回答，仿佛那是一件最简单的活儿。

“看来你真的是靠自己的双腿站立起来了，驼背。”他如此说道，然后沉默了一会儿。

“但听我说，驼背，”他又朝下叫喊道，“你不能修它。”

“我当然能修，”我反驳他道，“我现在就在修。”

“但这是我的船，我的私人财产。如果我禁止你修呢？”

“你可能忘记了，”我答道，“你再也不是那块最大的酵母了。你曾经是，而且用你偏爱的说法，可以轻易地吞噬掉我。但是情况发生了变化，现在是我可以吃掉你了，你那块酵母已经走了味了。”

他嘿嘿冷笑两声。“我看你是将我的哲学发挥到极致，反用到我身上来了。但是不要犯小瞧我的错误，我提醒你是为了你好。”

“你什么时候变得悲天悯人了？”我质问道，“现在证明给我看，在为了我好而提醒我方面，你的做法是前后一致的。”

他不理会我话中的讽刺意味，继续说道，“如果我现在就把升降口盖给盖上，你该怎么办？你没法像上次在储藏室那样糊弄我了。”

“海狼拉森！”我厉声喝道，生平第一次用人们最熟悉的名字叫他，“我无法向一个无助的、没有反抗能力的人开枪，对于这一点，你和我都感到满意。可是现在我警告你，不是为了你好，而是为了我好，只要你一打算采取敌意行动，我就会朝你开枪。我现在站的位置就可以对你开枪射击，如果你有种，你就盖上升降口盖试试。”

“可是不管怎么说我都要制止你，我明确禁止你乱搞我的船。”

“可是，老兄！”我规劝他，“你指出这条船是属于你的事实，仿佛它是一项道德权利，但你在与人打交道时是从来没有考虑过道德权利的。你总不至于梦想我在跟你打交道时会考虑道德权利吧？”

我已经走到了敞开的升降口下面，可以抬头观察他。他脸上毫无表情，与我在隐身处看到的大不相同，再配上一双呆瞪不眨的眼睛，确实让人看得不舒心。

“就连驼背这种可怜虫都不知道尊重人了。”他轻蔑地说。

那轻蔑全体现在了他声音里，脸上一如既往的没有表情。

“你好呀，布鲁丝特小姐。”过了一会儿他忽然大声喊道。

我吓了一大跳。她自始至终没有出过声，甚至连脚步都没挪动一下。难道他还残存一点模糊的视力？或者是他的视力又恢复了？

“你好，拉森船长。”她回应道，“请问，你是怎么知道我在这儿的呢？”

“当然是听见你喘气。我说，驼背可是有长进了。难道你不觉得吗？”

“我说不清楚。”她答道，含笑望着我，“我觉得他一直就是这个样子。”

“那你真应该看看他以前的那副模样。”

“那也是服了一种叫‘海狼拉森’的药，而且是大剂量的。”我喃喃地说，“药效明显。”

“驼背，我再对你说一句，”他语带威胁地说，“你最好离我的船远点。”

“你难道不想和我们一起逃离这个岛吗？”我不敢相信地问。

“不想。”他回答，“我想死在这里。”

“随你的便，但是我们不想死在这儿。”我挑战般地给出了结论，又开始敲打起来。

第三十五章

第二天桅座清理完毕，一切准备就绪，我们开始往船上搬运那两根中桅。那根主中桅有三十多英尺长，前中桅也差不多三十英尺，我想用这两根桅杆做“人字起重架”。这是一件费脑的活儿。我将重型滑车的一端连接在绞盘上，另一端拴住前中桅的底部，开始起吊。莫德负责转动绞盘并收紧绳索。

前中桅很快就被吊了起来，其轻松程度令我们吃惊。这是一个经过改进的曲柄绞盘，提升力效率得到了极大的提高。当然，提升力的增强必须以距离的增加作为补偿，力量增加了多少倍我绞起的绳索也就要长多少倍。滑车吊坠着重物越过了船的栏杆，随着桅杆逐渐离开水面，重量也随之增加，绞盘也越来越吃力。

但是前中桅的底部与栏杆持平时，出现了僵局。

“我早该想到这一点的。”我不耐烦地说，“我们又得重来一遍了。”

“为什么不把滑车固定在离桅杆底部近一点的位置呢？”莫德建议道。

“我刚开始时就应该这么干的。”我答道，十分憎恶自己的愚蠢。

我松掉了绞盘，将桅杆重新放回海水中，在离桅杆底部的三分之一处拴住了滑车。经过一个小时的吊吊停停，我将桅杆吊到了再也无法上吊的位置。此时桅杆底部已高过栏杆八英尺，但仍然和上次一样，我无法将它弄上船。我坐下来琢磨问题到底出在哪里，没一会儿就高兴地蹦了起来。

“找到解决方法了！”我叫道，“我应该将滑车固定在桅杆的平衡点上。弄懂了这个道理，以后往船上吊任何东西都没有问题。”

我再次返工，把桅杆重新放回海水中。但是我没有找准桅杆的平衡点，这一次在空中翘起的是桅杆头，而不是桅杆底。莫德看上去有点绝望，我却笑了起来，说就这样也不碍事。

我指导她如何稳住绞盘，听到我的指令就放松它。然后我双手抓住桅杆，试图使它平衡地越过栏杆进到船的上方，当我认为已做到这一点时，便大声命令她松开绞盘。但尽管我加了外力，桅杆仍然恢复了原状并向水面坠了下去。我再次将桅杆吊到原先的高度，因为这时我又有了一个主意。我想起了挂表式滑车——一个两端分别有单、双滑轮的装置——并将它取了出来。

我将挂表式滑车一头固定在桅杆顶上，一头固定在相对的栏杆上。这时海狼拉森来到了现场，我们之间除了打了个招呼，没有更多的交流。他虽然眼睛看不见，却坐在不碍事的栏杆位置上，无论我干什么活都用耳朵听着。

我再一次要求莫德在我发出指令后放松绞盘，然后开始拉动挂表式滑车。前中桅慢慢向船侧靠拢，最后与栏杆形成直角悬在栏杆上方。这时我惊讶地发现不仅不需要莫德放松绞盘，而是要反向操作。我固定住挂表式滑车，再使用绞盘将桅杆一英寸一英寸地拉进船，直到桅杆顶触及甲板，最后整个桅杆都放倒在甲板上。

我看了看手表，已经是中午十二点钟了。我背部痛得厉害，觉得又累又饿，而一上午的劳动只不过换来了一根躺在甲板上的木头。我第一次彻底认识到我们面临任务的艰巨性。但我正在学习，在学习，下午就会出活的，后来的事实证明确实如此。我们美美地吃了一顿午餐，身体得到了休息，积蓄了气力，一点钟时又返回到船上。

我用不到一小时的时间将主中桅吊上了甲板，开始制作“人字起重架”。忽略掉较长那根桅杆的多余部分，我将两根中桅的顶端交叉捆绑在一起，把主喉头升降索的双滑轮固定在交叉点上，有了它，再加上单滑轮和喉头升降索本身，我就有了一个起吊滑车了。为了防止桅杆底部在甲板上滑动，我给打上了粗大的固着楔。一切准备妥当，我将一根绳索在“人字起重架”顶端系牢，另一端直接接到了绞盘上。我对那绞盘越来越有信心，因为它的力量之大出乎我的预料，像先前一样，莫德转动绞盘我负责起吊，“人字起重架”树立在甲板上。

这时我才想起忘了挂牵引拉索，我不得不爬上“人字起重架”。我前后爬上去两次，才将前后及两边的牵引拉索拴好。活干完时已是薄暮时分，海狼拉森坐在现场听了整整一个下午，但一直一语不发，现在起身去厨房做晚餐了。我感到腰背部十分僵硬，挺立起来十分不易且伴有疼痛。我得意地望着我的“杰作”，终于出成果了。我像一个小孩得到一个新玩具般跃跃欲试，想用它吊起一个什么玩意来。

“我真希望时间没这么晚，”我说，“我想看看它起吊的效果。”

“别那么不知足，汉弗莱。”莫德责备我道，“记住，明天自会到来的。再说，你现在累得都几乎站不稳了。”

“那你呢?”我忽然关心起她来。“你一定累坏了。你干得很尽力，活儿也好。莫德，我为你感到骄傲。”

“我加倍地为你感到骄傲，而且有着双倍的理由。”她回答道。她的双眼有那么一会儿直视着我的眼睛，眼神中有着某种表情，而且闪烁着我以前从未见过的神秘光芒，使我的心灵快活地颤动起来。我无法解释其中的原因，因为我自己也没理会过来。然后她垂下了眼皮，再抬起来时，已是笑盈盈的了。

“如果我们的朋友能看到咱俩现在的样子，”她说，“瞧瞧咱俩吧，你难道没有那么一会儿想想我俩现在的模样吗？”

“当然，我经常想到你的模样。”我回答道，但仍然迷惑于我在她眼中看到的东西，不解她为何忽然转换了话题。

“天啊！”她惊呼道，“请问我是怎样的一副模样？”

“恐怕像个稻草人①。”我回答，“比如看看你被海水浸湿的衣裤下摆，还有上面被撕裂的这些三角形破洞。再瞅瞅这种腰身！根本不需要什么歇洛克·福尔摩斯就可以推导出结论：你近来一直在营火上烧饭，更明显的是用海豹脂肪熬过油。盖过这一切的是你戴的这顶帽子！这还是那位写出《任他吻去》的女诗人吗？”

她对我行礼如仪，然后说道：“至于你嘛，先生……”

虽然接下来的五分钟都是在嘲弄中度过的，但这种表面的戏谑之下潜藏着某种严肃的成分，我只能将它与我在她眼中看见的那种转瞬即逝的奇怪表情联系起来。那会是什么呢？难道是我俩的眼睛表露了无法言传的情感吗？我知道我的眼睛泄露过我内心的想法，后来我知道了它的目标指向，强行抑制了它。这种情形过去发生了好几次，但是她看见了它的诉求了吗？能心领神会吗？她的眼睛对我诉说过相同的意愿吗？这种表情应该不会有别的意思——那种闪烁着的神秘光芒，还有那言语无法描述的意蕴。然而也可能是我误会了，这一切都是异想天开。再说，我也不是一个眉目传情的高手。我只不过是汉弗莱·范·魏登，一个自坠情网的书呆子而已。渴望爱、等待爱、获得爱，有此经历此生足矣。就在我俩拿彼此的外貌打趣时，我内心亦在做如此感想，直到我俩上岸要考虑别的事情为止。

“真可惜，如此辛苦地干了一整天活，我们却不能舒服地睡个通

① 稻草人：Scarecrow，此处为直译，英语中此单词含有“外表骇人而实则无害的人”之意。

宵觉。”晚餐后我抱怨道。

“现在应该没有什么危险了吧？一个瞎子能做出什么事来？”她试探地问道。

“我绝对不能相信他，”我发誓道，“瞎眼的海狼拉森更不能够相信。身体部分功能的丧失只会使他的行为更恶毒。我知道明天该如何行事。明天要做的第一件事就是将三桅帆船驶离沙滩，向海底抛轻锚固定住船身。我们每天晚上坐上小艇上岸，把海狼拉森先生作为囚徒困在船上。所以这是我俩轮流值班的最后一个夜晚了，这会使我们觉得今晚好过一些。”

第二天我们起了一个大早，天破晓时已经快吃完早餐。

“啊，汉弗莱！”我听见莫德惊恐的叫喊声，停止了进食。

我看着她，她注视着“幽灵”号。我随着她的目光望过去，但没发现什么异常的情况，她又望向我，我用探询的目光回看着她。

“‘人字起重架’。”她用颤抖的声音说道。

我忘掉了“人字起重架”。我再一次望向“幽灵”号，“人字起重架”已不见了踪影。

她抚慰性地将手放在我的手上，说道：“看来你要另做一个了。”

“唉，相信我吧，我的愤怒不算什么。”我苦笑着说，“我都伤害不了一只苍蝇，而最可恶的是，他对此心知肚明。你说得对，如果他毁掉了起重架，除了重新做一个，我也没有其他的办法。”

“但今后我会留在船上守夜，”过了一会儿我脱口而出道，“如果他再敢出手的话……”

“但我不敢一个人整晚地待在岸上。”等我冷静下来后，莫德说，“如果他能够和我们友好相处，甚至帮助咱们，那就会好多了。那我们就可以舒适地住在船上了。”

“我们会搬到船上去的。”我肯定道，语气依然凶狠，我心爱的起重架被毁使我受到沉重的打击。“我说的是，你和我住到船上去，无论与海狼拉森是否能和平相处。”

“我们都太孩子气了。”过了一会儿我笑了。“无论是他干出这种事来，还是我为这种事生气，都不值当。”

但是当我们登上船，看到他造成的严重破坏后，我的精神都要崩溃了。“人字起重架”没了踪影，牵引拉索被割断，胡乱扔在了甲板上；我装配的喉头升降索被拦腰截断，而且他知道我不会捻接绳索。一个可怕的念头袭击了我，我奔向绞盘。绞盘也没用了，被他破坏了。我和莫德面面相觑。然后我们又奔向船舷处，我清理出来的桅杆、横桁和斜横桁都不见了。他解开了捆住它们的绳子，让它们漂走了。

莫德的眼中涌出了泪水，我相信它是为我而流的。我本人也真想大哭一场。我俩重新为“幽灵”号树起桅杆的计划该如何收场？他活儿干得不赖。我在舱口围板上坐下来，将双手托住腮，陷入无底的绝望中。

“这家伙该杀。”我狂喊道，“上帝宽恕我，我不够男人，不能亲手宰了他。”

此时莫德站在了我的一边，她用手抚慰性地摸着我的头发，仿佛我是一个孩子，口中说道：“好了，不要难过了，事情会好起来的。我们是好人，好人必有好报。”

我想起了米什莱的话，将头倚靠在她身上，无疑又获取了新的力量。这个被命运垂顾的女人对我而言是一个不会枯竭的力量源泉。这算得了什么？只不过是后退一步，耽搁一点时间罢了。潮水不可能将桅杆、桁板带得离海岸太远，何况也没有风。这就意味着花上一些工夫去寻找它们，将它们拖回来就行了。再说，我们也得到了教训，我对以后会发生什么状况心中有底了。他本可以再多等一段时间，待我们成果更多时再下手，那破坏力就更大了。

“他过来了。”莫德轻声提醒我。

我抬头望去，海狼拉森正在舵楼甲板的左舷边悠闲地走着。

“别理会他。”我轻语道，“他是来看我们的反应的。别让他知道我们已经发现了。我们不能让他有那种满足感，把你的鞋子脱掉——对——就这样拿在手里。”

然后我们就和这个瞎子玩起了捉迷藏的“游戏”。他来到船的左舷我们就溜往右舷；我们在舵楼甲板上时，眼瞅着他循着我们的行动轨迹去了船的后部。

不知出于什么原因，他一定是知道我们上了船，因为他很自信地喊出“早上好”，等待着我们对他招呼的回应。然后他又往船的后部逛去，而我们又溜到了前面。

“喂，我知道你俩在船上。”他大声喊道，我看见他喊完话后又专注地倾听着。

这使我想起了猛禽森鸮，它用低沉的鸣叫声威慑猎物，待惊恐的猎物一动弹便一击致命。但我们不动弹，待他行动后我们才相应地采取行动。我俩就这样手牵手地在甲板上东躲西藏，像被一个邪恶的吃人妖魔追逐着的两个小孩。最终，海狼拉森显然对此感到了厌恶，离开甲板回到了舱房。随后，我俩眼中闪烁着愉悦的光芒，强忍住嘴角边的窃笑，穿上鞋子、翻过栏杆回到小艇中。我望着莫德那清澈的褐色眼睛，忘掉了海狼拉森所做出的坏事，只知道我爱她。为了她，我会尽全力找到返回我们熟悉的那个世界的路。

第三十六章

莫德和我花了两天的时间在海面上和沙滩上搜寻漂失的桅杆和失去的物件，但直到第三天才将它们全部找到，包括“人字起重架”。漂落之处的地理环境也十分恶劣，最险恶的地方要算在西南部岬角绝壁下的汹涌海浪处了。我们付出了多大的体力啊！第一天傍晚我们拖着主桅筋疲力竭地回到小海湾，当时海面上完全没有风，我们全凭着划桨一英寸一英寸地挪回来。

第二天经过累心和危险的劳作后，我们又将那两根中桅拖回了营地。第三天我孤注一掷，将前桅、前横桁、主横桁、前斜桁全捆在了一起。当时风向对我们有利，我认为可以张帆将它们全部拖回营地，但风力逐渐减弱，最后完全止住了。用桨划行的速度慢如蜗牛，令人灰心丧气，将全身的力量和重量都施加到桨上，而艇后的拖曳物却阻滞着小艇的前行速度，这种感受使人非常不痛快。

夜幕开始降临，更糟糕的是刮起了顶头风，我们不但无法前行，还被风逼迫着倒退，向外海漂去。我拼命地划桨，直至快要虚脱过去。可怜的莫德，我从来阻止不了她将体力用到极限，此时已累得瘫倒在艉座板上。我再也不能划桨了，磨破皮的肿胀双手已握不住桨柄，手腕和胳膊痛得无法忍受；虽然中午十二点时饱餐了一顿，但因体力消耗过大，我已饿得发晕了。

我收起双桨，俯身朝向那牵引着拖曳物的绳子，但莫德忽然伸出手来抓住我的手。

“你想干什么？”她用费力、紧张的口吻问道。

“抛掉它们。”我回答道，开始解绳结。

但是她的手指握紧了我的指尖。

“别这么干。”她央求道。

“说别的都没用了。”我回答，“天都已经黑了，风又在将我们吹离海岸。”

“但是想一想吧，汉弗莱。我们如果不能乘着‘幽灵’号离开，就有可能在岛上呆好多年——甚至要待上一辈子。既然这许多年来人们都没有发现这座岛，以后也可能永远不会被人发现的。”

“你难道忘记了我们在海滩上发现的那只小艇？”我提醒她。

“那是一只猎海豹艇。”她答道，“你心里十分清楚，要是乘坐那只小艇的猎手逃离了小岛，他们一定会重返这个海豹栖息地发大财的。你知道他们没有逃出去。”

我左右为难地沉默着。

“再说，”她吞吞吐吐地补充道，“这本来就是你的主意，我希望你能成功。”

话说到这里，我只能硬起心肠了。她从个人的角度夸赞我，迫于回应，我只能否定她的意见。

“如果今晚、明天或后天会死在这只无篷船上，那我宁愿在岛上待许多年。我们没有做好与大海搏斗的准备。我们没有食物，没有淡水，没有毛毯，什么都没带，不是吗？没有毛毯，你可能捱不过今天晚上。你什么体质我清楚，你正在全身发抖呢。”

“我这只是精神紧张。”她回答，“我怕你听不进我的意见，将它们抛掉。”

“啊，求你了，求你了，汉弗莱，别抛掉它们!”过了一会儿，她终于叫了起来。

得，一切结束，她知道这句话对我的魔力。我们整夜都过得很凄凉，冻得全身发抖。我偶尔能打一下瞌睡，但总是冻得全身疼痛地醒过来。我无法想象莫德是怎么熬过来的。我自己都累得无法活动手臂取暖，但仍然尽力一次又一次地给莫德搓手搓脚，促进她体内的血液循环。她仍然央求我不要抛掉桅杆。下半夜三点钟左右，她冷得抽起筋来，我又给她搓揉身子，虽然抽筋缓和了下来，人却差不多冻僵了。我吓坏了，架起桨来给她划，尽管她身体已非常虚弱，每划一桨我都担心她会晕厥过去。

天亮了，我们借着逐渐明亮的晨曦搜寻着小岛。最终它现身了，却是海际线上的一个小黑色斑点，离我们的距离足足有十五英里。我用望远镜观察着海面，看见在遥远的西南方的水面上有一条黑线，我观察它时，它在迅速地扩展。

“好风来了!”我嘶哑着喉咙叫道，就连自己都不敢相信那嗓音是我的。

莫德想回应我，却发不出声音。她的双唇冻得发乌，眼眶深陷——但是，啊，她那双褐色的眼睛仍然那么勇敢地瞧着我！她勇敢得令人怜惜!

我又一次忙着给她揉搓双手，帮助她上下左右地活动胳膊，直到她自己能够自如活动为止。然后我又强迫她站起身来——虽然是如果我不扶住她，她就会跌倒——逼着她在艇头和艇尾间那有限的几步距离来回走动，最后还让她上下蹦跳了几次。

“啊，你真是一个勇敢的女人，”我看到活力又回到她的脸上，不由得赞叹道，“你知道自己很勇敢吗?”

“我以前不是，”她回答我，“在认识你之前我从来都不勇敢，是你让我勇敢起来的。”

“我也一样，直到认识你我才勇敢起来。”我回答。

她快速地瞥了我一眼，我又捕捉住了那闪烁的神秘光芒，这次还蕴含有新的意味。但这仅是转瞬间的事，然后她便微笑了。

“我知道这都是环境造成的。”她如此说道。但我知道她说错了，而且我怀疑她是故意这么说的。

好风到来，强劲有力，小艇乘风破浪向小岛驶去。下午三点半钟我们绕过了西南处的岬角。我们不仅饥饿难耐，而且口渴难忍。我们的嘴唇都干得起了皮，口中没有了唾液，无法用舌尖去湿润它们。然而风力却逐渐减弱，到晚上竟然完全没有了。我只好又操起桨来划——但是划不动，实在是太难划了。直到凌晨两点钟，小艇才在小海湾的滩头拢了岸。我跌跌撞撞地跳下艇，拴紧小艇的系缆。莫德站不住身子，我又没有力气架住她，两人一起摔倒在沙滩上。待我恢复了些体力，也只能将双手抄在她的腋下，半拖着将她拽上沙滩，送进了棚屋里。

第二天我们没有出工，实际上我们一直睡到了下午三点钟，至少对我来说是如此，因为我醒来时发现她正在做饭。她身体的恢复能力真是惊人。她那娇弱得犹如百合花的身子里潜藏着一股韧劲，一种顽强的生命力，与其表面的柔弱极不匹配。

“你知道我是因为身体原因去日本散心的。”吃完晚餐后我俩闲坐在火堆旁，享受着这难得的闲暇时光。“我的身体不算健康，一向都是如此。几个医生都建议我做一次海上旅行，我选择了离本土最远的。”

“你当时可没想到选择了什么。”我笑着说。

“但是这次旅行的经验使我变成了另外一个女人，身体也变结实了。”她答道，“同时我希望变成了一个更好的女人，至少对生命有更多的感悟。”

短促的一天逐渐逝去，我们谈到了海狼拉森的眼盲问题。这事令人难以理解，但情况却很严重。我转述了他的想法，说他打算留在勉力岛上结束自己的性命。像他这么一个从前身体那么强壮、那么留恋性命的人，能坦然地面对死亡，显然是遇到了比瞎眼更大的麻烦。他还有那么严重的头痛症状，我们一致认为那是脑子的一种病变，发作时他所忍受的痛苦是我们难以想象的。

我观察到，在我们讨论海狼拉森的困境时，莫德对他产生了越来越明显的同情心，而我也只能爱上她的这一点，因为这更增添了她温柔的女人味。再说，她自然流露出的情感中并没有虚假做作的成分。她同意，我们要想逃走，必要时可以采取最严厉的手段，但面对为了挽救我的性命——用她的话说是“我们的性命”——而要结果海狼拉森的性命时，她又畏葸不前。

我们早上吃过早餐，天一亮就开始干活了。我在帆船的前货舱发现了一个轻型小锚（那儿存放着此类物品），费了很大的气力将它搬上甲板，放进了小艇。将一卷盘起的牵引绳索放在艇头，我将小艇划进了小海湾，在那儿抛下锚。那里无风，潮水很高，三桅船随波浮动着。然后我解缆放船，并靠自己的臂力拉锚移船（绞盘已无法使用），直到帆船在小锚的牵引下随波浪上下颠簸——锚太轻，即使在微风状态下也稳不住船身——我又抛下帆船右舷的大锚，有意松绑了一段锚索，预留了一定的活动空间。到了下午，我开始修理绞盘。

修理绞盘花费了我三天的时间。我最不擅长的就是机械修理，我三天的工作量一个普通的机械师三个小时就能够完成。我得从学习使用工具开始，机械师们手头最简单的机械操作技巧我都得从头学起。三天之后我有了一个操作不甚灵便的绞盘，它从来没有像旧绞盘般如我的意，但勉强能用，我可以继续下面的工作了。

我花半天的时间把那两根中桅柱拉上了船，扎成了“人字起重架”，和上次一样挂上了牵引拉索。当天晚上我在帆船甲板上睡觉，守护着我的劳动成果。莫德拒绝一个人留在岸上，睡在了水手舱里。海狼拉森每天坐在现场听着我修理绞盘，跟我和莫德扯些不相干的闲话。双方都未提及破坏“人字起重架”的事，他也没再说“别动我的船”之类的话。但在我心中，惧怕他的阴影挥之不去：眼睛瞎了，看上去挺无助的，却倾听着，一直倾听着。我干活时，从来不让自己的身体靠近他那有力的双臂能够触及的范围。

那天晚上，我在心爱的“人字起重架”下睡觉时被他踩在甲板上的脚步声惊醒了。那是个有星光的夜晚，当他走动时，我隐约可见他的庞大身躯。我从毛毯中翻身滚了出来，双脚只穿着袜子悄悄尾随在他身后，他用从工具箱里找到的一把拉刮刀武装了自己，打算用刀割断我再次固定在“人字起重架”上的喉头升降索。他用双手摸到了绳索，却发现我没有将它绷紧，不便用刀割，于是便拉紧绳索，将其固定住，准备用拉刮刀将它割断。

“如果我是你，就不会这么干。”我冷静地说。

他听见了我手中手枪发出的“咔嗒”声，笑了起来。

“你好，驼背。”他说，“我一直都知道你就在这儿，你骗不了我的耳朵。”

“你在撒谎，海狼拉森。”我仍然用冷静的口吻说道，“不过我倒巴不得有个机会来干掉你，你动手割吧。”

“你向来都是有机会的。”他不屑地说道。

“动手割呀。”我语带机锋地威胁道。

“我倒愿意让你失望。”他笑道，转身朝船后走去。

“汉弗莱，总得想出个解决办法来。”第二天早晨我告诉了莫德上个夜晚发生的事，莫德对我说，“他只要能自由走动，是会干出任何事情来的。他可能会将船凿沉，或是放一把火给烧掉。谁也说不准他会干什么事，我们必须把他关起来。”

“但如何关呢？”我问道，无助地耸了耸肩，“我不敢靠近他的胳膊。再说，他也知道，只要他不主动攻击我，我不会朝他开枪。”

“总得想个办法出来。”她争辩道，“让我想一想。”

“有一个方法。”我坚决地说。

她等着我说出来。

我拾起一根打海豹的木棒。

“这要不了他的命。”我说，“但是在他清醒过来之前，我就可以把他绑得结结实实的了。”

她身体抖颤了一下，摇着头说：“不行，不能这么干。总会找到一个不那么残忍的办法，咱们再等等吧。”

但我们并没等待太长的时间，问题就自行解决了。早晨，经过几次尝试后，我找到了中桅的平衡点，在平衡点上方几英尺处固定好起吊滑车。我负责起吊，莫德负责转盘收绳。要是绞盘运转顺畅，操作起来应不太费力，但现在每吊一英寸我都要付出全身的重量和力气。我必须不断地停住歇口气，实际上，我休息的时间比干活的时间还要长。有时，在我用尽全身的力气也绞不动的时候，莫德竟然用一只手稳住转盘，用另一只手施加上她娇小身躯的全部重量来帮我的忙。

一个小时过去了，挂表式滑车的单、双向滑轮在“人字起重架”的顶部会合，我再也吊不动了。但是桅杆并没有完全吊入船的内空，桅杆底部还靠在左舷栏杆外，桅顶已伸到右舷外很远的水面上。我的起吊架高度不够，空忙了一场。但我再不像先前那样感到绝望了，我对我自己，对绞盘、起重架和起吊滑车的潜在功能有了更大的信心。解决方案总是有的，只不过是等着我找出它来罢了。

当我正考虑着如何解决难题时，海狼拉森上了甲板。我们立刻注意到他今天有点不对劲。他走动时的动作迟缓，或者说脚步虚弱，表现得更明显了。他从舱房左舷过来时实际上有些脚步踉跄。他在舵楼甲板隔断处身子摇晃了一下，抬起一只手以我们熟悉的动作擦拭着双眼，却从台阶上跌撞——双腿还立着——到主甲板。他在甲板上打了几个趔趄，眼瞅着要摔倒，伸出双臂想稳住自己的身体。他终于利用统舱升降口栏杆立住了身子，站在那儿迷糊了一会儿，忽然身体蜷缩着瘫倒在甲板上，倒下时上身压住了自己的双腿。

“病又发作了。”我轻声对莫德说。

她点了一下头，我看见她眼中泛起同情的神色。

我们走近他的身边，但他似乎已经失去了意识，只是间歇性地大口喘着气。莫德出手照顾他，抬起他的脑袋，减轻血液对脑部的冲击压力，并吩咐我到舱房取一只枕头过来，我同时还带来了毛毯。我俩尽力使他躺得舒服一些。我把了一下他的脉搏，跳动得稳定有力，很正常。这使我迷惑不解，也起了疑心。

“如果他是故意装病，那该怎么办？”我问道，手中仍然把着他的脉搏。

莫德摇摇头，眼神中有了责备的意思。但就在此时被我把住的手腕忽然挣脱开来，像钢夹子般反抓住了我的手腕。我吓坏了，不由得大声叫了出来，那是一种含混不清的嚎叫。在恐慌中我瞥了他一眼，脸上带有一种凶恶和得逞的表情。这时他的另一只手搂住我的身子，我就这样落入了他的魔掌控制之中。

他松开我的手腕，但另一只手臂已绕过我背后缚住了我的两条胳膊，使我的身体无法动弹，空出来的那只手伸向了我的喉咙。此时我尝到了死亡到来时最痛苦的滋味，而这都是我的愚蠢至极导致的。我怎么能够轻信这么一个人，使自己陷入了那两条可怕胳膊的控制范围？我感觉到有另外的两只手也触及了我的喉咙，那是莫德的手，努力想掰开那只欲置我于死地的手，却全然无用。她松开了手，大声尖叫着，喊声触及了我的灵魂，因为那是一个女人惊恐的、绝望得令人心碎的呼叫声。我以前也听到过这种呼救声，那是在“马丁内斯”号沉没的时候。

我的脸被挤压在他的胸膛上，什么也看不见，但我听见莫德转身顺着甲板快速地逃掉了。这一切都发生的太突然了，我虽然没有一丝丧失意识的感觉，然而在我听到她快步如飞地返回现场之前，已捱过了一段漫无止境的时间。然而就在此时我觉得海狼拉森的整个身子在我身前垮掉了，他长呼一口气，胸膛在我身体施加的压力下瘪了进去，我不知道这是由于呼气的缘故，还是他自己意识到身体愈来愈力不从心导致的。他的喉头颤抖着发出沉重的呻吟声，掐住我喉咙的手松开了，我又可以自由呼吸，那只手抖动着再一次掐紧，但即便他的坚强毅力也无法战胜他体力的忽然崩溃。他的意志力瓦解了，人也快晕厥过去。

莫德的脚步声已十分靠近我们，海狼拉森的手最后颤抖了一下，松开了我的喉咙。我就地一翻滚，背部着地仰躺在甲板上，大口喘着气，眼睛在阳光下不停地眨巴着。莫德脸色惨白但表情镇定——因为我第一眼就关注了她的脸部——她带着惊异和放心的混合神情回望着我。我注意到她手中握着一根沉重的打海豹木棒，她也随着我的目光望向它。忽然，她扔掉了那根木棒，仿佛被它蜇了一下似的。就在此时，我的心中充盈着极大的快乐。她的确是我的女人，我的伴侣，像穴居山洞的女人那样和她的男人并肩作战，为她的男人搏命。她已被激发出体内全部的原始野性，褪去了文化的熏陶，在迄今为止为她唯一所知的文明所柔化的内心里异化出坚硬的外壳。

"可爱的女人!"我从甲板上一跃而起，发自肺腑地大声呼唤道。

下一刻我已将她拥入怀中，她伏在我的臂膀上抽泣着，我紧紧地搂住了她的身子。我低头看着她那泛着光泽的褐色秀发，在阳光下如闪烁的宝石，对我而言比国王宝箱里的珠宝还要珍贵。我低下头去轻吻了一下她的头发，动作轻柔得连她本人都毫无察觉。

然后，更清醒的想法在我的头脑里占了上风。她毕竟是个女人，在危险过去之后，倒在她的保护者，或者说生命受到威胁者的怀中，以哭泣的方式舒缓内心的压力。我如果是她的父亲或是兄弟，情形亦大体如此。再说，时间和地点都不合适，我希望我在更具有权利的场合下宣布自己的爱情。因此，当觉察到她要离开我的怀抱时，我又一次轻吻了一下她的头发。

"刚才那一次是真发作，"我说，"与它类似的那次发作弄瞎了他的双眼。他开始时是装的，但却引发了病情。"

莫德已开始重新整理他的枕头。

“别干，”我说，“还不到时候。既然他现在动弹不得了，我就让他一直动弹不得下去。我们从今天起就住进舱房了，海狼拉森得住到统舱去。”

我两手抄住他的腋下，将他拖到升降口。莫德按照我的吩咐找来一根绳子，我将绳子穿过他的腋下系牢，将他的身子稳住挪过门槛，顺着扶梯将他放倒在舱底的地板上。我无法直接将他的身体搬到铺位上，然而在莫德的协助下，我先将他的头和肩膀搁在下铺上，然后将他的下半身稳在铺位边缘，掀动身子让他滚进了铺位。

但是这样还不够保险，我想起他舱房中有手铐。他喜欢用手铐铐住不听话的船员，而不喜欢用船上老式笨重的铁镣。就这样，当我们离开时，他的手脚都已戴上了镣铐，多少天以来我终于可以第一次自由自在的呼吸了。我登上甲板时，浑身感到一种异样的轻松，仿佛肩上卸下了千斤重担，同时觉得我和莫德之间更亲近了。当我俩沿着甲板并肩向被悬在“人字起重架”上的前桅走过去时，我不知道她是否也有同感。

第三十七章

我俩立即将随身物品搬上了“幽灵”号，住进了各自原先的舱房里。从季节上来说，囚禁住海狼拉森是恰逢其时，因为当前这高纬度地区的“小阳春”天气已经结束，风大雨密的日子已经到来。我们住得很舒适，而那个不怎么给力的起重架，以及吊在上面的前桅，给人一种业务上的假象，好像这条三桅渔船随时可以启航似的。

我们将海狼拉森铐在了铺位上，这个预防措施似乎并没有必要性。与第一次发作的情形相似，第二次发作使他严重丧失了行动能力。那是莫德下午给他送营养餐时发现的。他有了恢复意识的迹象，莫德试着和他说话，他却没有反应。那时他左侧着身子躺着，表情十分痛苦，他不停地扭动着身体晃动着脑袋。当他将原先压在枕头上的左耳抬起时，他听见了她在说话并有了回应。于是莫德马上跑来叫我去。

我用枕头埋住他的左耳，问他能否听见我的声音，他毫无反应。我拿掉枕头，重新问他相同的问题，他马上回答说他能够听见。

“你知道你的右耳已经聋了吗？”

“知道。”他回答的声音低沉而有力，“还有比这更糟糕的。我的身体的整个右半部分都受到了影响，像睡着了似的。我的右臂和右腿都不能动了。”

“又装假不是?”我余怒未消地问道。

他摇摇头，刚硬的嘴角浮现出一种怪异、扭曲的微笑。的确是一种扭曲的笑，因为只有左边的面部肌肉有动作，右边的僵硬不动。

“这是海狼的最后演出了。”他说，“我身体瘫痪了，再也不能下床行走了。哦，只是瘫痪了那一边。”他补充说，似乎猜到了我瞥他左腿一眼的意思，那条腿的膝盖刚才还收上来，顶起了毛毯。

“很遗憾，”他继续说，“我真想先把你干掉，驼背。我原先想我体内还是残留有那么干的力气的。”

“但这到底是为什么呢?”我问他，一部分是出于恐惧，另一部分是为了好奇。

他的刚硬嘴角再一次露出那种扭曲的笑意，他说道：

“啊，只不过是为了活着，活着总要干些事情，要吃掉你，临死也要做最大的那块酵母。但以这副模样死去……”

他耸了耸双肩，或者说，他试图耸动双肩，因为只有他的左肩能动。同他的怪笑一样，他的耸肩动作也是扭曲的。

“但你能解释发生这一切的原因吗?”我问道，“病根在哪里?”

“在脑子里。”他立刻答道，“都是那该死的头痛造成的。”

“那只不过是症状罢了。”我说。

他点点头。“那我就无法解释了。我一辈子从未生过其他的病，是脑子里出了问题。从疼痛症状来看，是癌、瘤或诸如此类的玩意儿在吞噬、毁坏着脑子，在攻击着我的神经中枢，正在吃掉它们，一点一点地吃，一个细胞一个细胞地吃。”

“也攻击着运动神经中枢。”我补充道。

“看来是这样的。可恶的是我只能躺在这里，意识清醒，思维正常，知道命运正在沉沦，与外界的联系正一点点被隔断。我已经看不见了，听觉和触觉也正在逐渐消失，照这种发展速度，我很快就会说不出话来。可我还必须一直待在这里，还能喘气，思维还活跃，却动弹不了身体。"

"当你说你待在这儿时，我倒觉得你说的是你的灵魂。"我对他说。

"胡说！"他反驳道，"这只不过是意味着我的脑子受到攻击时，高级神经中枢没有被波及罢了。我还有记忆，还能思考和推理，当这些都不复存在时，我也就不存在了，我就不是我了。关灵魂什么事？"

他嘲弄般地笑了一声，将左耳贴紧枕头，表示再也不想和我们交谈了。

莫德和我接着干着各自的活儿，但支配着他的可怕命运却沉重地压在我俩的心头——但到底有多可怕，当时我们并没有充分的认识。海狼拉森这病有着使人敬畏的因果报应意味。我们的联想既深刻又庄重，彼此谈起此事时都尽量地做到轻声细语。

"你们可以去掉我身上的镣铐了。"那天晚上我们站在那儿讨论他的问题时，海狼拉森说，"你们是绝对安全的。我现在是一个瘫子，你们下一次要警惕的东西是褥疮了。"

他又扭曲地笑了。莫德吓得瞪大了双眼，只好转过头去。

"你知道你的笑容是扭曲的吗？"我问他。我知道莫德一定会来照料他，想尽量减少她的不痛快心情。

"那么我以后就不笑了。"他平静地说，"我知道有些问题，右边的脸整天都是麻痹的。对，这三天来我都有预感，我右边的身体一阵阵地失去知觉，有时是胳膊或手，有时是腿或脚。"

"这么说我的笑容是扭曲的？"过了一会儿他又问道，"好吧，那么我以后就暗自发笑吧。如果你乐意，说是在灵魂里笑也行，灵魂里。你不妨认为我现在就在笑。"

他有好几分钟，躺在那里不再出声，沉溺在他那奇异的幻想当中。

这个男人的本质没有改变，依旧还是那个桀骜不驯、令人心生恐惧的海狼拉森，只不过被囚禁在那曾经看上去不可战胜、令人叹为观止的肉体里。而如今，麻痹的桎梏锁住了他的肉体，将他的灵魂禁锢在黑暗和静寂之中，与外部世界隔绝开来，而那世界对于他来说是弱肉强食的暴力乐园。他再也不能用“行动”去诠释动词的种种语气和时态了，剩下的只有“活着”。就他的定义而言，活着而不能活动，有意愿却不能去实现，那就与死亡无异。就精神层面而言，他还能一如既往地思考和推理，但肉体却丧失了功能，彻底死掉了。

可是，虽然我打开了他身上的镣铐，但我们心里还是有些抵触情绪，怕掌控不住局面。对我们而言，他是一个充满潜在威胁的人物，我们不知道他下一步会采取什么行动，干出超越肉体限制的可怕事情来。过往的经验使我们有如此怀疑的理由，因此我们干活时心里总是受到这种疑惑的干扰。

我已经解决了“人字起重架”高度不够的难题。我用挂表式滑车（我又新做了一个）将前桅吊过了栏杆，放到了甲板上；然后又用吊车把主横桁吊上了船。主横桁有四十英尺长，可以提供起吊桅杆所需的高度。我利用固定在“人字起重架”上的第二个滑车，将主横桁提升到几乎呈直角的状态，然后将它的底部落在甲板上。为了防止它滑动，我围绕着它钉上了一圈粗大的固着楔。我将原先“人字起重架”上挂表式滑车的单滑轮固定在横桁顶部。这样，通过将滑车牵引到绞盘上，我可以随意抬高或降低横桁顶部，底部一直处于静止状态。我还可以用牵索将横桁左右移动。在横桁的顶部我照样安装了一个起吊滑车。当整个装置安装完毕，它所具有的效能和灵活度令我吃惊。

当然，干完这部分活儿花去了我两天的时间，直到第三天上午我才从甲板上将前桅吊了起来，开始将桅底安进桅座里。这活儿我干得最笨手笨脚，我对那根有些岁月、经受过风雨的木头锯着、砍着、凿着，最后显露出一副被大老鼠啃啮过的模样，但可以插进桅座了。

“行了，我知道能行的。”我叫道。

“你知道约旦博士检验真理的最终标准是什么吗？”莫德问。

我正在抖落掉进我领口里的木屑，停下来摇了摇头。

“标准是：我们能将它付诸实践吗？我们能将生命托付给它吗？”

“他可真是你崇拜的一个人物。”我说。

“当我拆除了我古老的万神殿，抛弃掉拿破仑、凯撒和他们的信徒后，我立刻建立了自己新的万神殿。”她庄重地说，“供奉的第一个神祇就是乔丹博士。”

“一个现代英雄。”

“正因为是现代的，所以更加伟大。”她补充道，“旧时代的英雄怎能和新时代的相提并论？”

我摇摇头。在许多具有争议性的问题上我俩有点过于相似了，但至少在对生命的观点和看法上我俩是近乎一致的。

“作为两个评论家我们的观点太一致了。”我哈哈大笑着说。

“作为一个船木工和他能干的助手来说，配合得同样一致。”她哈哈笑着回应我。

但在那段日子里，由于沉重的劳作负荷，再加上海狼要死不活的生存状态，我们能开怀大笑的次数并不多。

海狼拉森又经历了一次中风，声音哑了，或者说快要哑了。他只能间歇性地说话，用他的话来说，声线就像股票市场上的指数线一样，起伏不定。有时，曲线上升，他能像往常一样说话，只是语速慢一些，声音沉重一些。然后，忽然间他就说不出话来，哪怕话只说了一半，我们有时就得等上数个小时，才能跟他重新接上话茬。他抱怨脑袋痛得厉害。就在此时他设计了一种交流方法，以备在说不出话来时使用：握一下手表示“是”；连握两下手表示“不是”。幸好提前做好了这种安排，因为到了傍晚他就彻底失声了。他以后就只能用握手来回答我们的问题。他想说话时，就用左手笨拙地在纸上写画出来，倒也辨认得清楚。

严酷的冬季劈面朝我们扑来，刮着一场接一场的大风，风中裹挟着冻雨和雪片。海豹已经开始了朝向南方的大迁徙，栖息地上已难觅海豹的踪影。尽管天气严寒，特别是大风给我造成了很大的麻烦，我从早到晚在甲板上拼命干活，工作取得了很大的进展。

我从先前摸索树起“人字起重架”和爬上起重架安装拉索中吸取了教训，将那根前桅从甲板上起吊到合适的高度，在顶端装上了索具、支索、喉头升降索和顶端升降索。与先前一样，我低估了这部分的工作量，花了整整两天的时间才将它弄妥当。而其他的工作量也不小，就拿帆来说吧，实际上得重新制作。

我忙着在前桅上装索具时，莫德就忙着缝帆，并随时准备着在我需要人手时扔下手中的活儿来帮我的忙。帆布又硬又重，她虽然使用着专业的手掌护具和三棱缝帆针，但两手很快就打起了大泡，但是她勇敢地坚持缝着，此外还要兼管做饭和照料病人。

“讲不得迷信了。”星期五①早晨我说，“今天就将桅杆竖起来。”

一切准备工作就绪。我将固定在横桁上的滑车接上了绞盘，把桅杆吊起到几乎脱离甲板。将此滑车固定住，又将“人字起重架”滑车（它联结着横桁顶）拉上了绞盘。我只绞了几圈，桅杆就垂直地吊了起来，脱离了甲板。

莫德松开了绞盘把手，鼓起掌来。她大声叫好道：

“成功了！它成功了！我们能将生命托付给它了！”

过后她脸上露出遗憾的表情。

“可它并不在桅座的上方。”她说，“你还得重新来一次吗？”

我莫测高深地微笑着，放松了一根横桁导引绳，拉紧了另外一

① 星期五：西方基督徒习惯上认为星期五是不吉利的日子，因为耶稣是在星期五被钉上十字架的。

根，便将桅杆吊到了甲板正中央，但仍然不在桅杆上方。她的脸上再次显露出遗憾的表情，我亦再次高深莫测地微笑着，同时放松了横桁滑车绳索，用同样的力度拉紧“人字起重架”的滑车绳索，将桅杆底部调到了桅座的正上方。我随后向莫德仔细交待了放下桅杆的步骤，然后便下到舱底的桅座处了。

我冲着甲板上的莫德呼叫，桅杆便顺利准确地降了下来。但在它下降的过程中产生了偏转，上下方孔就对不上位了。我没有片刻的犹豫，指挥莫德停止了进程，我跑上甲板，用一个轮结将挂表式滑车固定在桅杆上。我让莫德控制住它，自己又下到了舱底。我借助防风灯的灯光看见桅底慢慢转动着，直到它的四条边和桅座方孔相应的四条边重合，这时莫德做了固定，返回到绞盘旁。桅底轻微地扭动着下降了剩余的几英寸，而莫德又一次做了校正处理，然后操纵绞盘往下放桅杆，方头嵌进方孔，桅杆插进了桅座。

我发出了一声欢呼，她冲下来察看结果。我俩在昏黄的防风灯光下仔细地辨识着来之不易的劳动成果。我们又相互凝望着，两双手不自觉地握在了一起。我想，我俩的眼睛都因为这成功的快乐而湿润了。

“这事做起来也不难嘛。”我评价道，“所有工作的成功全在于准备。”

“所有奇迹的成真全在于完成。”莫德补充道，“我真是难以相信这根巨大的桅杆竟然树立起来了。你竟然将它从海水里捞了出来，吊在了空中，然后将它安放在原先的位置，这可是提坦干的活呢。”

“而提坦们还附带做了一些发明。”我快活地说，然后突然停住嗅了一下空气中的味道。

我急忙瞅了防风灯一眼，灯并没有往外冒烟。我嗅了一下。

“有什么东西烧起来了。”莫德惊呼道，突然间明白了过来。

我俩一起奔楼梯而去，我抢先她一步上了甲板。一股浓烟正从统舱的升降口处冒出来。

“海狼还活着。”我咕哝了一句，冒着浓烟冲下了扶梯。

舱底有限空间里的烟雾实在太浓厚，我只能摸索着前行。海狼拉森的魔力对我想象力的影响太大，我竟然时刻提防着那个已失能的巨人会一把扼住我的脖子，置我于死地。我犹豫了，在我心中，转身往后跑、爬上扶梯、登上甲板的欲望占了上风。就在此时我想到了莫德。就是刚才在底舱昏黄灯光下的形象，那双褐色的、因为欢乐而显得温润的眼睛在我面前一闪而过，我知道我无路可退。

我摸到海狼拉森的铺位前时，已呛得快要窒息过去。我伸出手去摸索他的手，他正躺在床上一动不动，但在我的手的触碰下轻微地颤动了一下身子。我又摸了一下他身上盖的和身下垫的毛毯，都是凉的，没有着火的迹象，但是那股使我看不见东西、咳嗽和喘不过气来的浓烟肯定有个源头。我一时间也没了主意，在统舱里发疯般地东摸西寻。后来我在桌子上猛磕了一下，撞得我几乎喘不过气来，但头脑却清醒过来。我想到，一个动弹不了的人想纵火，也只能在他的身边范围之内。

我又摸回到海狼拉森的铺位旁，在那儿发现了莫德。她究竟在这令人窒息的烟雾中待了多长时间，我无法做出判断。

“回到甲板上去！”我断然地命令道。

“可是，汉弗莱……”她用一种奇怪的、沙哑的嗓音抗议道。

“求你了！求你了！”我对她严厉地吼道。

她顺从地转身走掉了。我转念一想，要是她找不着楼梯该怎么办？我又追了上去，在升降梯脚下站住了。她说不定已经上去了。我正站在那儿犹豫不决，却正好听见她在轻声地呼喊：

“啊，汉弗莱，我迷路了。”

我发现她在后舱壁的墙上摸来摸去，就半拖半抱地将她弄上了升降口。舱外纯净的空气犹如甘露般怡人。莫德只不过是被烟熏得有点晕糊，我让她躺在甲板上舒缓一下，第二次冲下舱去。

着火点一定是在海狼拉森身边的某处，对此我坚信不疑，因此直接去到他的铺位。我在盖在他身上的毛毯里外摸索时，一个滚烫的物体落在我的手背上，我被烫得缩回了手。然后我明白了过来，他是从上铺板的缝隙点燃上铺的草垫的，他的左臂还能支持他这么做。垫子里潮湿的草从下面被点燃了，却没有足够的空气助燃，因此一直闷烧着冒出浓烟。

我从上铺抽出了草垫，但它却似乎在空中解体了，同时蹿出了火苗。我抹掉了铺上还在燃烧着的余草，然后冲到甲板上去呼吸新鲜空气。

统舱地板中央燃烧的草垫只用几桶海水就浇熄了。十几分钟后，浓烟散尽，我同意莫德下到舱里去。海狼拉森已陷入昏迷状态，但呼吸上几分钟的新鲜空气就足以使他清醒过来。我们正在他身边忙碌着，他醒过来后却向我们打着手势，索要纸和笔。

“请别打扰我，”他写道，“我现在正在笑。”

“你瞧，我还是一块酵母。”过了一会儿，他又写道。

“我高兴地看到你这块酵母变小了。”我回应他道。

“谢谢。”他写道，“但是请考虑一下，我在死之前还能变多小。”

“我整个人都躺在这儿，驼背。”他写道，最后还卖弄了一个花饰，“我的思维比以往任何时候都清晰，没什么能干扰到我，注意力绝对集中。我整个人虽然瘫在这里，但能神游世界。”

这像是从黑暗的坟墓中传出的信息，因为这个人的躯壳正成为他的坟茔。在这个怪异的墓穴中，他的魂灵还在颤动着，挣扎着，还会维持这种状态，直至发出最后的信息。至于在那以后，谁能知道它还会颤动多久？挣扎多久？

第三十八章

“我想我的左侧身子也快要瘫痪了。”海狼拉森在企图烧毁帆船后的那天上午写道，“它越来越麻痹，我左手几乎动不了了。最后的指数线已经往下走了，你对我说话得大声点才行。”

“你身上痛吗？”我问道。

我被迫放大嗓门再问了一次，他才答道：

“时断时续。”

他的左手在纸上缓慢地、痛苦地划着，我们费了老大的劲才辨认出那些潦草的字体。它就像巫师在降神会上颁布的“神谕”，还是入场费只需一美元的那一种。

“但我还躺在这儿，完整地躺在这儿。”那只手潦草地写着，动作更缓慢、更痛苦了。

铅笔从手中掉了下来，我们只好再塞进他手中。

“不痛时我的心境非常平静祥和，我的思维从来没有这样清晰。我能像一个印度教哲人一样思考生死问题。”

“还思考永恒吗？”莫德对准他的耳朵大声问。

那只手三次试着想写下字来，却无助地哆嗦着。铅笔又掉了，我们却再也塞不进他的手中，指头根本捏不住笔杆。莫德只好用自己的手攥住他握笔的手，花了数分钟时间，缓慢地、一个字母一个字母地写下了硕大的一个单词：

“胡说。”

这就是海狼拉森的留世遗言：“胡说。”他至死也是持怀疑论的，不肯屈服的。左臂和左手松弛下来，他的身躯微动了一下，止住了。莫德松开他的手，由于自身的张力，他的手指微微张开，铅笔落地滚走了。

“你还能听见我说话吗？”我大声叫道，抓住他的手指等他握一次表示“可以”，但没有反应，手彻底坏死了。

“我看到他的嘴唇微微动了一下。”莫德说。

我又重复问了一遍那个问题，他的嘴唇嚅动了。莫德将手指尖搁到他嘴唇上，我再问那问题。“可以。”她公布说。我们彼此期待地望着对方。

“这能有什么用？”我问，“我们现在能说些什么？”

“啊，问问他……”

她犹豫着不知该如何往下说。

“问他一个需要用‘不’回答的问题试一下，”我建议道，“那样我们就心里有数了。”

“你饿了吗？”她大声问道。

嘴唇在她的手指下动了，她回答，“是。”

“吃点牛肉好吗？”她又问。

“不。”她宣布。

“喝点牛肉汁？”

“是的，他想喝点牛肉汁。”她抬头望着我，平静地说。

“在听力消失之前，我们还能和他交流。可在那以后……”

她望着我的眼神有些异样，嘴唇颤抖着，眼里逐渐盈满了泪水。她的身体向我倾来，我一把抱住了她。

“啊，汉弗莱”，她抽泣道，“这一切到什么时候才能够结束？我太累了，真的太累了。”

她将头埋在我肩上，娇小的身躯因痛哭而剧烈颤抖着。她在我的怀中宛如一片羽毛那么纤细，那么柔软。“她的精神终于崩溃了。”我暗自想道，“如果没了她的帮助，我该怎么办呢？”

但是经过我的抚慰，她很快就重拾起勇气，心智的恢复与她体力的恢复一样快。

“我真应该为自己感到羞愧，”她不好意思地说，脸上又浮现出那种令我入迷、勾起联想的微笑。“但我只不过是一个独特的小女人。”

“独特的小女人”这个称呼像电流般击中了我。这可是我的专用称呼，一个我钟爱、隐蔽的称呼，是我对她的爱称。

“你是从哪里听到过这个称呼的？”我问她问题的突兀令她吃了一惊。

“什么称呼？”她问。

“独特的小女人。”

“是你的称呼吗？”

“是的，”我答道，“它是我的，我发明的。”

“那你一定是在梦中说了出来。”她笑着说。

她眼中又跳跃起那种神秘的光芒。它是我的，是不受我意志控制公诸于世的。我的身子朝她靠了过去，就像疾风吹袭了的树木毫无抵抗力地倒向她。啊，眼瞅着我俩就要合在一起，但她忽然间晃动了一下头，仿佛一个人要去除一丝睡意，一种梦境，口中说道：

“我从小就熟悉这种称呼，我父亲就是这样称呼我母亲的。”

“可那也是我的称呼。”我顽固地坚持道。

“你父亲也是这样称呼你母亲的？”

“那倒不是。”我回答。

她没有追问下去。但我敢发誓，有那么一段时间，她眼中都有一种戏弄的俏皮表情。

前桅装上之后，工作进度就明显加快了。在不知不觉中，在没受到什么阻碍的情况下，我就将主桅装上了，是靠前桅上装的转臂吊杆完成的。又过了几天，所有的桅杆支索和护桅索也都拉好了，一切安装到位。我们只有两个人手，中桅帆可能会碍事，带来危险。于是我将中桅帆收回到甲板上，将它们捆紧安放妥当。

我们又花费了几天时间将帆整理好并挂上桅杆。总共用了三种帆：艏三角帆、前桅帆和主帆。经过缀补、裁剪和拉扯，这些帆的模样看上去丑陋可笑，配不上“幽灵”号这条漂亮的三桅船。

“但是它们管用！”莫德快活地叫道，“我们能让它们兜满风，能将生命托付给它们！”

必须承认，在我所学会的所有新行当里，最不擅长的就是修帆工的活了。我张帆的本领比补帆强，我并不怀疑我有将帆船驶进日本北方某个海港的能力。实际上，我上船后急就章地读过几本航海方面的教科书，再说那儿还有海狼拉森的航海星际标尺，操作十分简单，就连小孩也会使用。

至于标尺的发明人，这一个星期以来除了听力日益减弱、嘴唇嚅动得越来越不明显外，没有什么明显的变化。但在我们全部系好三桅船风帆的当天，我们目睹了他最后的唇语。当时我问他：“你整个儿还在这里吗？”他回应“是”，然后嘴唇就再也无法嚅动了。

曲线趋近于零了，但在那肉体坟墓的某处还蛰居着这个人的灵魂。在尚有活性泥土墓壁的禁锢下，我们已熟知的巧智之火尚在燃烧，但也只能在幽暗静寂的虚无之境中闷燃着，而与躯体无关。那巧智并无对躯体的客观认识，它漠视躯体，藐视整个世界。在它眼中只有它自己，以及那个既深且广、幽暗静寂的虚无之境。

第三十九章

出发的日子终于到来，勉力岛上再也没有羁绊我们航行的障碍了。“幽灵”号上几根截短的桅杆均已安装到位，形状怪异的风帆也都系在了桅杆上。我手工出的活儿看上去并不赏心悦目，但都结实耐用。我知道它们能行，我眼瞅着它们，内心里觉得自己是个有能耐的男人。

“我修的！是我修的！是我亲手修好的！”我真想大声地喊出来。

莫德和我都具有洞悉对方内心想法的能力，她在我们准备升起主帆的时候对我说：

“想一想吧，汉弗莱，这一切都是你亲自用双手修好的！”

“可是还有另外两只手呢，”我回答，“两只小手。这次你可别说这是你父亲的专用称呼。”

她笑了，摇摇头，然后举起双手让我看。

“我这双手是再也洗不干净了，”她哀叹道，“也除不掉日晒雨淋留下的痕迹。”

“那么，这种污色和肤色就是对你功劳的奖赏。”我说道，握住那两只小手。若不是她抽得快，我就会禁不住地去亲吻那两只可爱的小手的。

我们的同伴关系已经愈来愈难以维系了。长久以来我成功地管控了自己的爱情，但爱情现在已经控制了我的身心。不久之前它有意违背我的意愿，从我的双眼中逃逸出来；现在它又战胜了我的舌头——唉，还有双唇，因为它们此刻也发了狂，竟想去亲那双凡事亲力亲为、辛苦劳作的小手。而我自己也癫狂了。我的内心吹响了集合的号角，召唤我靠近她的身边；一股无形的风以我无法抗拒的力量将我推向她，直到我的身子在不知不觉中倾向她的怀中。但她是有知觉的，从她迅速抽取双手这一点上就可以得到证实，但她在将目光移向别处之前，还是禁不住地瞟了我一眼。

我已用甲板上的滑车将升降索前接到绞盘上，现在我同时使用桅顶滑车和喉头滑车升起了主帆。这种操作方式虽然笨拙，但可以节省时间，没过多久前帆也升了上去，在空中摆动起来。

“这儿的海面太狭窄，无法起锚。”我说，“否则锚一离开海底，帆船就会撞到礁石。”

“那该怎么做?”她问。

“将帆船滑出去。”我答道，“我操作时，你得第一次独自使用绞盘。我快速跑向舵轮时，你同时升起艏三角帆。”

这种启程模式我已经研究、设计过一二十次了。我将艏三角帆的升降索连上绞盘，相信莫德可以升起那张不可或缺的帆。一阵清新的风吹进了小海湾，水面虽然依旧平静，但若想平安地驶离小海湾，手头的工作必须加紧了。

我敲开了锚链上的连钩螺栓，锚链哗啦啦地通过锚链孔坠入海中。我赶忙跑进舵楼，向上打舵。船帆兜满风的一瞬间，船身倾侧了一下，“幽灵”号似乎获得了新的生命力。艏三角帆升了起来，随着它逐渐兜满风，“幽灵”号侧转了船头，我急忙向下打了几把舵，稳住了船身。

我设计出了一种艏三角帆的自动帆脚索，能自行穿过艏三角帆，用不着莫德的下一步操作。但在我使劲往下打舵时，她仍在往上吊艏三角帆。那可是安危系于千钧一发的危机时刻，因为“幽灵”号正笔直冲向海滩，离海岸仅剩投掷一块石子的距离了。然而就在此时，它听话地滑进了顺风里，所有的船帆和缩帆带都发出飘动和振动的声响，我听上去是那么的入耳。接下来，“幽灵”号偏转船头兜满风，抢风航行起来。

莫德完成了我分配的任务，来到舵楼，站在我的身边。她那被海风吹拂的头发顶上俏皮地扣着一顶小帽，脸颊因刚使过力而泛着红晕，双眼激动地放射出光芒，鼻孔因受到新鲜的、带咸味海风的刺激性吹袭而翕动着。她那褐色的眼睛中有一种小鹿受惊时的神情，警觉而机敏，那是我以前从未见到过的。“幽灵”号向内海湾入口处的绝壁驶去时，莫德张开嘴，屏住了呼吸，但此时帆船已顺进风里，风涨满帆驶向安全的海域。

我在海豹猎场期间的大副岗位上学到了不少航行的知识和实际操作技能。驶出内海湾后，我将“幽灵”号沿外海湾近岸抢风航行了很长一段距离，然后再次调头，奔向漫无边际的大海。现在帆船已经跟上了大海的运动节奏，在波峰浪谷中自如地上下起伏行进着，和大海融为一体。那天天气原本一直晦暗沉闷，但此时阳光已穿透云层，这可是个好兆头。阳光照射在那片弧形的沙滩上，那儿是我们挑战“妻妾成群”的海豹“老爷”、棒杀“海豹雏儿”的昔日战场。整个勉力岛都沐浴在明亮的阳光下，就连那陡峭的西南岬角看上去都不那么阴森瘆人了。奔涌而至的海浪冲击着它嶙峋的岩壁，高高激起的浪花在阳光的映照下，不时在几处泛出使人目眩的耀眼白光。

“我将以一种骄傲的心态记住这座岛屿。”我对莫德说。

她以一种貌似女王的姿态高仰起头，但柔情万种地说道：“可爱的、亲爱的勉力岛，我会永远爱你的。”

“我也一样。”我急忙随声附和道。

我俩的目光似乎心有灵犀地相遇了，但可惜的是，却又挣扎着避开了，并没有碰撞出火花。

此时我俩陷于一种我几乎可以称之为尴尬状态的沉默，直到我率先打破了这种窘境，开口说道：

“你看那些顺风面的乌云。你还记得吧，我昨晚告诉过你气压计下降了。”

“而且阳光也没有了。”她应道。目光仍然凝视着我们的小岛。小岛证实了我们掌控事态发展的能力，亦见证了男女之间最真诚的同伴关系。

“我们现在就放松帆脚索，直奔日本海岸吧！”我兴奋地大声喊道，“顺风一吹，帆脚索一松，就不会有任何意外情况发生。”

我固定好舵轮，跑向前甲板，松开了前帆和主帆的帆脚索，收紧了帆底横桁上的索具，为利用好从船后吹来的、对我们有利的风调整好了相应的帆具。吹起的是清劲风①，可真够清劲的，但我还是决定冒以最大航速行进的风险。但遗憾的是，如果要保持最大航速，就不能将舵轮固定住，我就必须通宵驾船。莫德坚持要与我轮班，但事实却证明，即便她聪慧过人，能在短时间内掌握驾驶帆船的技巧，她也没有足够的体力在波涛汹涌的海面上掌控住帆船。意识到这一点的莫德起先心情十分沮丧，但在盘好滑车绳子、升降索，理清乱绳的过程中恢复了好心情。再说，她还要在厨房里打理一日三餐，整理床铺，还要抽时间照料海狼拉森，她甚至在那天傍晚前对舱房和统舱进行了一次彻底的大扫除。

我通宵达旦地掌着舵轮，无人可以换班；而海风缓慢却稳定地增强着，海浪亦愈加汹涌。清晨五点钟莫德给我端来了热咖啡和亲手烘焙的饼干，七点钟更是送来了热气腾腾的丰盛早餐，给我的身体增加了新的能量。

---

① 清劲风：指五级风，风速在每小时十九至二十四英里之间。

接下来的一整个白天，海风都像前晚一样缓慢且稳定地增强着。愠怒的老天爷给人留下的印象是：它就是要刮风，要刮更大的风，而且要持续不断地刮下去。而“幽灵”号在船头击碎的浪花白沫中奋力前行，直到我确信它的航速超过了每小时十一海里。机不可失，失不再来，但是到黄昏时我已感到精疲力竭了。虽然我的身体正处在最好的状态，但三十六个小时不间断地掌舵已达到我耐力的极限。再说，莫德也劝我停船休息；我心里也明白，如果海风和海浪在夜间以目前的速度增强下去，我就很快做不到顶风停船了。因此，在暮色渐浓的时候，我心不甘情不愿地将“幽灵”号转向顶住风。

但我却没有预料到，单靠一个人要缩进三张帆是多么艰巨的一项工作。帆船顺风行驶时我并没有感觉到海风有多么大的力量，当帆船停下时，我才痛苦地、近乎绝望地感受到它的威力。劲风挫败着我每一次的努力，它强行夺走了我双手中扯着的帆，我搏斗十分钟取得的成果它顷刻间就将其化为乌有。干到晚上八点钟我只收进了前桅帆的第二缩帆，再干到深夜十一点钟却没有取得任何进展。我双手的每一个指尖都在滴血，指甲盖撕裂得露出了嫩肉。因为疼痛加上疲劳，我在黑暗中悄悄地哭了，没让莫德知道。

然后，在绝望中我放弃了收进主帆的方法，试着采用另外一种方法：束住收缩的前帆顶风停船。用束帆带束住主帆和艏三角帆又花去我三个小时的时间，到清晨两点钟时我几乎快累死过去，生命中仅存的一点精力都被消耗光了，潜意识中模糊地感觉到这种方法奏效了：束住的前帆起了作用，“幽灵”号迎风稳住了船身，再无侧身跌进浪谷的危险了。

我已饥肠辘辘，但莫德却无法让我进食，我能口中含着食物打盹儿，往往食物还未送到口中，人却昏睡过去，被折磨醒来发现食物尚未咀嚼。我昏昏欲睡得坐不住身子，莫德只得将我强按在坐椅上，以免我被颠簸的船身给掀翻在地板上。

我是如何从厨房回舱房的，对此我毫无印象。就像一个梦游者，全凭莫德的引导和搀扶。实际上，我醒过来后对先前发生的事情几乎完全记不清了，也不知道自己到底昏睡了多长时间，只知道自己被人脱掉了靴子，躺在了床上。天是黑的，我全身僵硬酸痛，我可怜的指尖碰到床单更是使我痛得大叫起来。

显然天还没有亮，于是我又闭上双眼睡了过去，浑然不知我已昏睡了整个白天，睡到了第二天的晚上。

我又醒了，因为睡眠质量不好而烦恼。我划着一根火柴看了一眼表，时针指向午夜十二点，而我在深夜三点钟之前还未离开甲板！我如果没有猜到答案定会感到迷惑不解，难怪我睡得时断时续的，我原来已经睡了二十一个小时。我凝神倾听了一下“幽灵”号目前所处的状态，听见了海浪冲击船身的轰鸣声和疾风横扫甲板的呼啸声，然后翻过身去安稳地睡到了天亮。

我早晨七点钟起了床，却不见莫德的身影，以为她在厨房准备早餐。我登上甲板，发现“幽灵”号在缩帆的牵制下安然无恙。但在厨房里，虽然炉火燃着，开水沸腾着，我却没见着莫德。

我在统舱里找到了莫德，她正站在海狼拉森的床位旁。我看着海狼拉森，看着这个从生命的巅峰坠落，被生生活埋、已生不如死的男人。他那面无表情的脸上似乎有一丝释然的神情，这是我以前从未见过的。莫德望着我，我心中已然明白了。

“他残余的生命之火终于被暴风给吹灭了。”我说。

“但他还活着。”她回答道，声音里有无穷的信念。

“他拥有的力量过于强大。”

“说得好，”她说，“但那力量再也羁绊不住他了。他已是一个自由的灵魂。”

“他确实是一个自由的灵魂。”我答道，牵着她的手将她带上了甲板。

那天晚上风暴平息了下来，就是说消失得跟刮起时一样缓慢。第二天早晨早餐后，我把海狼拉森的尸体拖上甲板准备海葬，这时海面上仍然刮着大风，浪头依然很高，不断地越过船的桅杆，冲刷着甲板，从排水孔排了出去。阵风吹袭着三桅船，倾斜了船身，直至它下风面的栏杆淹没在海水里。船帆索具被风刮得由低沉的“咯吱”声变调成刺耳的尖啸声。我脱帽祈祷时，我俩都站在了齐膝深的海水里。

“我只记得一句祈祷词，”我说“那就是：‘那身子将被扔进海里。’”

莫德呆望着我，脸上露出惊骇的表情。但是我以前目睹的相似场面刺痛了我，逼迫着我用海狼使用在他人身上的相同方式为他举行了葬礼。我抬起了舱口盖的一端，被帆布裹住的尸身溜滑下去，绑着铁块的双脚朝下坠进海里，海狼拉森走了。

“永别了，路西法，孤傲的灵魂。”莫德喃喃自语道。她的声音太轻，淹没在呼啸的风声中。但我看见了她嘴唇的嚅动，猜到了她心中的感慨。

当我们抓住下风面栏杆朝船的后部走去时，我偶然朝下风端远处望了一眼，此时“幽灵”号正被推在了浪尖上。我清晰地看见了在离我们两三英里远的海面上有一条蒸汽小船，船身涂成了黑色，逆着风，似乎正劈波斩浪朝我们驶来。我从以前猎手们的谈话和偷猎描述中推断，这一定是一条美国政府的缉私巡逻艇。我向莫德指明了那条艇，然后匆匆领着她登上了安全的舵楼。

我匆忙跑向放在下面甲板上的存放旗帜的储物箱，却想起在装置索具时忘了装上旗帜升降索。

“没必要挂上遇难信号，”莫德说，“他们只要看见我们就会一目了然的。”

“我们有救了。”我清醒庄重地说道。接着，我的语调又变得欣喜若狂：“可我真不知道是否应该为此感到高兴。”

我凝望住她，我俩的目光再也不惮于相撞。我俩朝彼此倾过身去，在不知不觉中我的两条胳膊已搂住了她的身子。

“需要我说出来吗?”我问她。

她回答:“没这个必要。虽然说出来是甜蜜的，非常甜蜜。”

她的嘴唇接住了我压下的双唇。不知我的想象力施展了哪种魔法，“幽灵”号船舱里的那一幕又浮现在我的脑子里:当时她将手指轻按在我的嘴唇上，口中说道:“嘘！嘘!”

“我的女人，我独特的小女人。”我呢喃道，用空着的手爱抚她的肩膀，那是世上情人都会的动作，尽管学校没有教过。

“我的男人。”她柔声喊道。她颤动着的眼睑下的一双褐眼望住了我一会儿，低垂下去，口中发出一声轻微的幸福叹息，将头依偎在我的胸上。

我抬头望向缉私艇。它已经靠近帆船，正在往下放救生小艇。

“再吻一次，亲爱的。”我悄声道，“再亲吻一次，在他们到来之前。”

“来将我们从自身中解脱出来。”她续上了我的话，脸上浮现出令人叹为观止的微笑。我以前从未见过如此撩人心弦的笑容，因为它显示出了爱情的真谛。